Melissa Foster

Mad About Moon – Verrückt nach dir

Die Whiskeys: Dark Knights aus Peaceful Harbor

DIE AUTORIN

Melissa Foster ist eine preisgekrönte *New-York-Times-* und *USA-Today*-Bestsellerautorin. Ihre Bücher werden vom *USA-Today-Bücherblog*, vom *Hagerstown Magazin*, von *The Patriot* und vielen anderen Printmedien empfohlen. Melissa hat mehrere Wandgemälde für das *Hospital for Sick Children*, eine Kinderklinik in Washington, D. C., gemalt.

Besuchen Sie Melissa auf ihrer Website oder chatten Sie mit ihr in den sozialen Netzwerken. Sie diskutiert gern mit Lesezirkeln und Bücherclubs über ihre Romane und freut sich über Einladungen. Melissas Bücher sind bei den meisten Online-Buchhändlern als Taschenbuch und E-Book erhältlich.

www.MelissaFoster.com

Melissa Foster
Mad About Moon – Verrückt nach dir

Die Whiskeys: Dark Knights aus Peaceful Harbor

LOVE IN BLOOM – HERZEN IM AUFBRUCH

Aus dem Amerikanischen von Anna Wichmann

Vorwort

Jed Moon hat nie geglaubt, dass er mal jemand sein könnte, zu dem andere aufblicken, doch Josie Beckley hat ihn vom ersten Moment an bewundert. Sie kennen einander zwar dank einer einzigen magischen Nacht vor vielen Jahren, allerdings hat sie ihm damals nur einen kurzen Vorgeschmack auf das gegeben, was ihm entging. Nun ist sie zusammen mit ihrem Sohn erneut in sein Leben getreten. Sie erinnert sich noch gut an den Menschen, der er früher war, und er beweist ihr voller Stolz, zu was für einem Mann er inzwischen geworden ist. Ich hoffe, Ihnen macht die Liebesgeschichte der beiden so viel Spaß, wie ich damit hatte.

Alle von Jeds und Josies Freunden und Familienmitgliedern bekommen ihre eigene Liebesgeschichte. Eine Liste aller Serientitel finden Sie am Ende dieses Buches. Abonnieren Sie meinen Newsletter und bleiben Sie immer auf dem Laufenden über alle Neuerscheinungen:
www.MelissaFoster.com/Newsletter_German

Weitere Informationen über meine ebenso unterhaltsamen wie romantischen Romane, die alle einzeln oder als Teil der Reihe gelesen werden können, finden Sie auf meiner Website:
www.MelissaFoster.com/Herzen-im-Aufbruch

Josie spielte mit dem Büchlein herum, das vom häufigen Lesen schon ganz zerfleddert und zerknittert war. Sie würde niemals den Augenblick vergessen, in dem der Freund ihrer Schwester Sarah, zu der sie keinen Kontakt mehr pflegte, es ihr vor ein paar Wochen in die Hand gedrückt und gesagt hatte: *Das ist Sarahs Geschichte. Wenn du sie liest, wirst du merken, dass ihr Leben nicht so verlaufen ist, wie du dir das vorgestellt hast. Sie liebt dich, Josie, und ich liebe sie sehr. Wenn du dazu bereit bist, und wir hoffen beide, dass das eines Tages der Fall sein wird, würden wir dich und deinen Sohn gerne besser kennenlernen.*

Sie sah zu Hail hinüber, ihrem fast sechsjährigen Sohn, der mit seinen Spielzeugautos unter dem Weihnachtsbaum im Frauenhaus in Parkvale spielte. Seine struppigen hellbraunen Ponyfransen reichten ihm bis zur Nasenspitze, während sich seine Haare an den Seiten und hinten knapp über dem Kragen kräuselten. Heute war Weihnachten. Vor zwei Jahren und zwei Monaten hatte Josie Hails Vater Brian beerdigt, den Mann, den sie schon mit dreizehn geliebt und mit achtzehn geheiratet hatte. Er war an einem angeborenen Herzfehler gestorben, von dem sie nichts gewusst hatten. Als er gerade einen Hund von ihrem Grundstück verjagte, hatte sein Herz einfach aufgehört zu schlagen. Er war sofort tot gewesen, ohne Vorwarnung, und damit hatte sich das Leben, wie sie es kannte, schlagartig verändert.

Damals war sie derart von ihrer Trauer übermannt worden, dass sie glaubte, nie wieder atmen zu können. Aber sie war auch Mutter, und aufgeben kam schlichtweg nicht infrage. Der Schmerz über Brians Verlust hatte sich im Laufe der Zeit abgeschwächt, aber sie fühlte sich innerlich weiterhin entsetzlich leer und bezweifelte, dass sich daran je etwas ändern würde. Sie hatte immer gehofft, dass ihre älteren Geschwister ihr Glück gefunden hatten, nachdem sie dem qualvollen Leben bei ihren gewalttätigen Eltern entkommen waren. Zwar hatte sie geglaubt, es gäbe nichts Schlimmeres, als dabei zusehen zu müssen, wie ihre Geschwister von ihren Eltern misshandelt wurden. Aber der Kummer nach dem Tod ihres Mannes war derart tief gewesen, dass es fast ein Jahr gedauert hatte, bis er nachließ. Und nachdem sie Sarahs Geschichte mit dem passenden Titel *Von obdachlos zu glücklich* gelesen hatte, war ihr klar geworden, dass es eine andere Art von Schmerz gab, die genauso einschneidend sein konnte.

»Guck mal, Mama! Ich bin wie Daddy, wenn er die Maschine fährt. *Brumm!*« Hail rutschte auf den Knien herum und schob den Spielzeugbulldozer und den Bagger, die sie ihm zu Weihnachten geschenkt hatte, durch den Haufen Bauklötze. Ihr Sohn war ein Buddler, ein Entdecker. Er besaß bereits etliche Spielzeuglaster und Klötze, und damit konnte sie ihm jederzeit eine riesige Freude bereiten.

»Daddy wäre stolz auf dich, Spatz.« Von ihrem letzten Job war nicht mehr viel Geld übrig geblieben, und sie war dankbar dafür, dass einige Menschen dem Frauenhaus Geschenke gespendet hatten, auch wenn es sich komisch anfühlte, diese anzunehmen. Aber als Hail die Malbücher, Buntstifte und Action-Figuren voller Begeisterung ausgepackt hatte, war ihre Verlegenheit ein wenig besänftigt worden, auch wenn er sich sofort wieder seiner Minibaustelle zugewandt hatte.

Hail war ihr kleines Wunder. Sie war geradezu panisch gewesen, als sie ein paar Wochen nach ihrem achtzehnten Geburtstag feststellte, dass sie schwanger war, hatte es jedoch nie bereut, Hail bekommen zu haben.

Er war ihr und Brians Ein und Alles gewesen, und seinetwegen hatte sie auch einen Grund gehabt, nach Brians Tod weiterzumachen. Ihr kleiner Sohn hatte ihr unwissentlich dabei geholfen, den Schock zu überwinden. Allerdings hatte sie in letzter Zeit manchmal das Gefühl, versagt zu haben, weil sie das einzige Zuhause, das er je gekannt hatte, hatten verlassen müssen und an ganz und gar nicht angemessenen Orten und jetzt sogar in einer Notunterkunft lebten, ohne zu wissen, wie es weitergehen sollte. Aber sie sagte sich, dass das alles nur vorübergehend war und Hail sein ganzes Leben lang geliebt worden war – und dieses Wissen war das beste Heilmittel überhaupt.

Ihre Freundin Tracey blickte von dem Buch auf, das sie gerade las. »Willst du mitkommen, Sarah besuchen?«

Tracey war nach der Flucht aus einer gewalttätigen Beziehung im Frauenhaus gelandet. Dort hatte sie Sarah und ihren Freund Wayne »Bones« Whiskey kennengelernt, einen Arzt, der ehrenamtlich im Frauenhaus arbeitete. Eines Abends war Sarah mit Bones hierhergekommen, um den Frauen zu helfen, die ähnlich wie sie Opfer von Gewalt geworden waren. Sarah hatte Tracey für heute Abend in ihr Haus eingeladen, um gemeinsam Weihnachten zu feiern. Wahrscheinlich hätte sie auch Josie hinzugebeten, wenn sie ihr die Gelegenheit dazu gegeben hätte. Aber nachdem sie ihren geliebten Mann und ihr Haus verloren hatte und in einer beängstigenden Welt gelandet war, vor der Brian sie immer beschützt hatte, war Josie Sarah gegenüber nicht gerade aufgeschlossen gewesen, als diese sie vor ein paar Monaten aufgespürt und kontaktiert hatte.

Wem wollte sie denn etwas vormachen? Nachdem sie sich ein Jahrzehnt lang von Sarah und ihrem älteren Bruder Scott – *Scotty* – schlichtweg vergessen gefühlt hatte, war sie einfach nur zickig gewesen.

Aber da hatte sie auch noch nicht gewusst, was Sarah durchgemacht hatte. Erst später hatte Bones ihr das Büchlein samt einer Adresse gegeben und gesagt, dass sie jederzeit vorbeikommen könne.

»Willst du hin?«, fragte Josie. »Geh ruhig, wenn du möchtest. Es macht mir nichts aus. Aber ich sollte vielleicht noch warten. Ich bin mir nicht sicher, ob Weihnachten der beste Zeitpunkt ist, um unangekündigt aufzutauchen.«

»Weihnachten ist der *perfekte* Zeitpunkt, um sich auszusöhnen. Die Einladung war total zwanglos. ›Komm Weihnachten vorbei und lern die Kinder kennen.‹ Ich glaube nicht, dass sie großartig was geplant haben, aber ich bin eigentlich nicht so recht in der Stimmung, so zu tun, als wäre ich glücklich«, gab Tracey zu. »Doch du solltest auf jeden Fall hingehen und versuchen, das Eis zu brechen. Wenn ich Verwandte hätte, würde ich nicht zögern.«

Josie warf einen verstohlenen Blick zu Hail hinüber und dachte an den vergangenen Sommer zurück, als Scotty, Sarah und Sarahs Kinder in einen furchtbaren Autounfall verwickelt gewesen waren. Sie würde niemals vergessen, wie panisch Sarah geklungen hatte, als sie in der Bar anrief, in der Josie arbeitete, und ihr gesagt hatte, dass sie im Krankenhaus waren. Hail und

Josie waren da gerade erst aus dem Haus geworfen worden, in dem sie gelebt hatte, seit sie aus Florida weggelaufen und mit Brian nach Maryland gezogen war. Ihre geistige Gesundheit hing damals am seidenen Faden. Sie schlugen sich gerade so durch und wohnten über der schäbigen Bar in einer schrecklichen Einzimmerwohnung. Obendrein war Hail krank gewesen, und die Teenagertochter eines Nachbarn hatte auf ihn aufgepasst. Das Mädchen hatte sich bereits darüber beklagt, dass Hail sich übergab, aber Josie hatte zuerst ihre Schicht beenden müssen, um genug Geld für die Miete zu haben. Wegen all dem war sie nicht einmal ansatzweise bereit gewesen, ihre Familie wiederzusehen, nicht, wenn gerade ihr ganzes Leben aus den Fugen geriet. Trotzdem war sie nach Sarahs Anruf ins Krankenhaus gefahren und davon überzeugt gewesen, sie könne den Mut aufbringen, ihren Geschwistern gegenüberzutreten.

Doch da hatte sie sich geirrt.

Der Anblick von Sarahs Verletzungen, die Angst in ihren Augen und die schrecklichen Nachrichten über die Verletzungen von Scott und den Kindern hatten Josie schlagartig in die furchtbaren Jahre bei ihren Eltern zurückversetzt – und ihr sogleich eine Panikattacke beschert. Sie war praktisch aus dem Krankenhaus geflohen und hatte keine Luft mehr bekommen …

Allein bei der Erinnerung daran zog sich ihr Brustkorb schon zusammen. »Ich habe mich Sarah gegenüber schrecklich verhalten«, flüsterte sie.

»Weil dein Leben in Trümmern lag.« Tracey ließ das Buch sinken und setzte sich zu Josie auf die Couch. »Nach allem, was sie hinter sich hat, wird sie es garantiert verstehen. Abgesehen davon streiten sich Geschwister doch ständig und sagen Sachen, die sie gar nicht so meinen, oder?«

»So sind wir nie gewesen. Es galt immer: sie und ich gegen den Rest der Welt.« Josie hatte keine Ahnung, warum ihr Vater sie nicht so misshandelt hatte wie Sarah und Scott, aber Scott war so unbarmherzig geschlagen worden, dass er mit siebzehn Jahren davongelaufen war, und Josie hatte ihn seitdem nicht mehr gesehen. Sarah war kurze Zeit später abgehauen, und Josie hätte nie gedacht, dass sie einen der beiden je wiedersehen würde. Sie hatte ihren Ohren kaum getraut, als sie erfuhr, dass Scott und Sarah seit einigen Monaten zusammen in Peaceful Harbor, Maryland, wohnten, nicht einmal eine Stunde entfernt.

Tracey zog die Füße hoch und schlang die Arme um die Knie. Sie hatte einen hinreißenden Pixie-Cut. Dank ihrer braunen Haare sah ihre Haut noch blasser aus und ihre blaugrünen Augen wirkten noch größer. Auch wenn sie knapp vierundzwanzig war und damit genauso alt wie Josie, hätte sie in ihrem roten Flanellhemd, den Jeans und den Turnschuhen auch gut als Teenager durchgehen können.

»Sarah ist in der gleichen Situation gewesen wie du jetzt«, rief Tracey ihr in Erinnerung. »Sie musste auch neu anfangen, wieder Boden unter den Füßen finden.«

»Aber ihr Leben war so viel schlimmer als meins«, sagte Josie leise. Zwar hatten Scott und Sarah sie mehrfach in der Bar angerufen, doch sie hatte Scott nicht persönlich getroffen und Sarah auch nur zweimal gesehen – einmal im Krankenhaus und das zweite Mal draußen vor dem Frauenhaus in der Nacht, in der Josie keine andere Wahl gehabt hatte, als mit Hail dorthin zu gehen. »Als sie mich draußen sah, habe ich ihr gesagt, dass sie *in ihr perfektes Leben zurückkehren* soll, und bin davongestürmt. Ich fühle mich so schuldig. Ich hatte doch keine Ahnung …« Sie fingerte an dem Büchlein herum.

Tracey legte eine Hand auf Josies. »Ich kenne Sarah. Wenn

jemand weiß, wie leicht man einen anderen Menschen falsch einschätzen kann, dann sie. Sie liebt dich, Josie. Sie wird es verstehen.«

Sie beobachtete, wie Hail mit seinen Lastern um seine improvisierte Baustelle herumfuhr. Seit Brians Tod hatte er so viel durchstehen müssen. Er konnte eine Familie gebrauchen, aber sie wusste, dass eine Versöhnung mit ihren Geschwistern nicht leicht werden würde. »Und was mache ich, wenn ich dort hinfahre und die Fassung verliere? Ich möchte nicht, dass Hail mich so sieht.«

»Soll ich mit ihm hierbleiben?«

»Nein. Ich lasse ihn ungern zurück, erst recht nicht, nachdem unser Leben in letzter Zeit derart auf den Kopf gestellt wurde.«

»Dann komme ich mit«, schlug Tracey vor. »Ich kann ihn ablenken, falls es unangenehm wird. Es wird schon gut gehen.«

Josies Herz raste, und sie war sich nicht sicher, ob sie Sarah und Scott wirklich gegenübertreten konnte, aber sie wünschte es sich so sehr. Sie schob sich das rotblonde Haar hinter die Ohren, eine nervöse Angewohnheit, die sie als Kind entwickelt hatte. »Es macht dir wirklich nichts aus?«

»Na ja, mein Festtagsoutfit habe ich ja schon an ...« Tracey grinste schelmisch. »Komm schon. Ich freue mich für dich. Brauchst du eine Wegbeschreibung?«

Josie stand auf und hoffte, dass sie es diesmal wirklich durchziehen konnte. »Danke, und nein. Ich habe mir den Weg online angesehen und ihn mir eingeprägt, nachdem Dr. Whisk... ich meine, *Bones* mir Sarahs Adresse gegeben hat.« Sie verschwieg Tracey, dass sie sich schon mehrfach zum Haus ihrer Schwester aufgemacht und jedes Mal auf dem Weg kalte Füße bekommen hatte.

Sie hockte sich neben Hail und beschloss, ihm nicht zu verraten, wohin sie fuhren, für den Fall, dass sie doch wieder einen Rückzieher machte. »Komm, Spatz.« Sie strich ihm über das struppige Haar. »Mama muss für ein paar Minuten bei einer Freundin vorbeischauen. Du kannst deine Spielsachen mitnehmen.«

Nachdem sie einiges zusammengesammelt hatten, zogen sie die Mäntel an und gingen nach draußen zu Josies Auto. Vor Angst und Anspannung zog sich ihr Magen während der Fahrt zusammen, und es wurde immer schlimmer, je weiter sie sich von Parkvale entfernten und je näher sie Peaceful Harbor kamen.

»Ist es immer noch Weihnachten, wenn wir wieder zurück sind?«, fragte Hail, der sich mit seinen Spielzeuglastern beschäftigte.

»Ja, natürlich.« Josie hörte selbst, wie unsicher ihre Stimme klang.

Tracey musste es auch bemerkt haben, denn sie machte ein besorgtes Gesicht und legte eine Hand auf Josies Handgelenk. »Alles in Ordnung?«

Ein Schauder lief über Josies Arm. Sarah hatte das Gleiche gemacht, wenn ihr Vater auf Scott losging, nur dass auf diese Berührung sofort folgte, dass Sarah Josie hinter sich schob, um sie zu schützen, wenn ihr Vater sich ihnen zuwandte. Sarah und Scotty hatten sie immer beschützt, aber am Ende hatten sie sie sich selbst überlassen. Der Gedanke lag ihr wie Blei im Magen.

Und jetzt musste Sarah ihre beiden kleinen Kinder beschützen, und Josie hatte Sarahs Babybauch mit eigenen Augen gesehen. *Ich bin Tante.* Der Gedanke ließ Hoffnung in ihr aufkeimen. Vielleicht bekam Hail die Chance, seine Tante und seinen Onkel kennenzulernen und auch seine Cousins.

Würde es ihr, Scott und Sarah gelingen, ein Jahrzehnt der verletzten Gefühle zu überbrücken, oder hatten sie sich alle zu sehr verändert, um ihre Beziehung jemals wieder zu kitten?

Eine Million anderer Gedanken und Fragen, Ängste und Hoffnungen wirbelten in ihrem Kopf herum, bis alles zu viel wurde, um darüber nachzudenken. Sie umfasste das Lenkrad mit beiden Händen und wurde sich bewusst, dass Tracey immer noch auf eine Antwort wartete. Da sie ihrer Stimme nicht traute, versuchte sie zu lächeln und nickte, während sie über die Brücke steuerte, die nach Peaceful Harbor führte.

Sie steuerte durch die dunklen Straßen auf Sarahs Haus zu. Je näher sie kamen, desto langsamer fuhr sie, während sie mit sich rang, ob sie nicht doch umdrehen sollte. Als sie in einen schmalen Weg einbog, schlug ihr Herz schneller. So weit war sie noch nie gekommen. Sie warf im Rückspiegel einen Blick auf ihren kleinen Sohn. Sein ganzes Leben war auf den Kopf gestellt worden, und jetzt ging es ihm endlich besser. Machte sie gerade das Richtige? Oder brachte sie nur noch mehr Stress in ihr Leben? Woher sollte sie das wissen?

Als sie an die letzte Abzweigung kam, legte sie die Hände fester um das Lenkrad und bog links ab. Einige Minuten später verwandelte sich die Straße in eine lange Auffahrt, und ein Haus hoch oben auf einem Hügel kam in Sicht. Sie bekam keine Luft mehr und trat auf die Bremse.

»Wohnt deine Freundin hier, Mama?«, fragte Hail.

»Äh, ich glaube schon«, antwortete sie, während Tracey aufmunternd nickte. »Glaubst du, dass das das richtige Haus ist? Es ist so groß. Wie können Scott und Sarah sich das leisten?«

»Das Haus gehört Bones und Sarah. Er ist Arzt. Natürlich haben sie ein schönes Haus«, sagte Tracey.

»Sie wohnen zusammen? Ich dachte, sie würde bei Scott

wohnen.«

»Bones und Sarah sind vor ein paar Wochen zusammengezogen. Er vergöttert Sarah und ihre Kinder. Sie sind wirklich glücklich.«

Josie kamen vor Freude die Tränen. »Das ist so schön.«

Im Stillen betete sie um Kraft und fuhr die Auffahrt hoch. Nach und nach sahen sie mehrere Fahrzeuge sowie den Rest des traumhaften Grundstücks. Es gab eine Garage für mehrere Autos, und das Haus war nicht riesig, aber groß und schön, mit einer breiten Veranda, einer Steinfassade und einer riesigen Sonnenterrasse, die auf den Hafen hinausging. *Heiliger Strohsack ...*

Josie parkte hinter den anderen Autos. In allen Fenstern schimmerten helle Lichter, und sie wusste, dass sie einen Fehler begangen hatte. »Wir platzen hier in eine Party oder so etwas hinein. Ich glaube nicht, dass ich ...«

»Du kannst das«, versicherte Tracey ihr. »Du bist schon so weit gekommen ...«

»Was kannst du, Mama? Mit deiner Freundin reden?«, erkundigte sich Hail.

Josies Magen krampfte sich noch mehr zusammen. Sie hatte ihm unabsichtlich Angst eingejagt, als sie vor dem Frauenhaus vor Sarah davongelaufen war, und sie wollte ihn nie wieder so verängstigen. Diese Nacht war schrecklich gewesen. Bones hatte seinen Bruder Bullet – den furchterregendsten Riesen mit Lederkluft, Tätowierungen und Bart, den sie je gesehen hatte – auf die Suche nach ihr und Hail geschickt, damit sie sicher zum Frauenhaus zurückkehrten. Ihr Sohn verließ sich darauf, dass sie stark war und das Richtige tat. Was auch immer das sein mochte.

»Nein, Liebling.« Sie überlegte rasch. »Ich war mir nicht

sicher, ob ich den Motor ausschalten soll, weil es draußen so kalt ist. Ich werde ihn einfach für dich und Tracey laufen lassen. Ich bin gleich wieder zurück, okay?«

»Willst du nicht, dass wir mitkommen?«, raunte Tracey ihr zu.

Josie schüttelte den Kopf. »Noch nicht. Lass mich erst die Lage sondieren.«

»Okay, dann los. Du schaffst das.« Tracey tätschelte Josies Hand, um ihr Mut zu machen. Dann kletterte sie über den Sitz und setzte sich neben Hail. »Ich wollte schon immer mal mit dem Bagger spielen!«

Hail reichte ihr den Spielzeuglaster und fing sofort an, sich lang und breit darüber auszulassen, was man damit alles machen konnte und was nicht. Brian hatte in der Baubranche gearbeitet und war ein großes Vorbild für Hail gewesen. Um die Lücke zu füllen, die sein Daddy hinterlassen hatte, stöberte Josie bei jeder sich bietenden Gelegenheit im Internet nach Fakten über Baumaschinen, die ihr kleiner Sohn noch nicht kannte.

Sie stieg auf wackeligen Beinen aus, zog die Kapuze ihres Parkas hoch, um die Kälte abzuwehren, und steckte die Hände tief in die Taschen. Dabei berührten ihre Finger das Büchlein. Sie wusste nicht einmal, warum sie es mitgenommen hatte, aber es schien wichtig zu sein, wie eine Entschuldigung dafür, dass sie unangemeldet auftauchte.

Während sie zur Tür hochging, warf sie einen Blick zurück zum Wagen, doch das Scheinwerferlicht blendete sie, sodass sie das Innere nicht erkennen konnte. Sie drehte sich um, konzentrierte sich auf die Haustür und zwang sich dazu, Hail zuliebe stark zu sein. Verdammt, auch sich selbst zuliebe. Das Rauschen in ihren Ohren löschte sämtliche anderen Geräusche aus, als sie die Stufen erklomm. Sie hob eine zitternde Hand und klopfte an, bevor sie die Nerven verlieren konnte.

Die Tür ging auf – und Sarah erbleichte bei ihrem Anblick. »Josie …« Musik und Stimmen ertönten hinter Sarah, und Bones trat neben sie und legte einen Arm um sie.

Sarah war hochschwanger und wunderschön und stand *direkt vor ihr*. Josie kamen die Tränen, und sie konnte nur hoffen, dass sie nicht ohnmächtig wurde.

»Hör auf, sie anzustarren.« Bullets schroffe Stimme lenkte Josies Aufmerksamkeit auf einen anderen Mann, der links neben Sarah stand und sie beobachtete. Er war groß gewachsen und hatte eine breite Brust und dunkelblonde Haare – nicht gerade außergewöhnliche Eigenschaften, die auf jeden zutreffen konnten. Aber Josie kannte diese blaugrauen Augen. Sie hatte den stechenden Blick, bei dem sie das Gefühl hatte, er könnte all ihre Gedanken lesen, niemals vergessen, auch nicht die Narbe am Wangenknochen, die sie mit den Fingern entlanggefahren war und geküsst hatte. Binnen einer Sekunde stürzte ihre Vergangenheit auf sie ein.

Moon?

Die Tür fiel zu und das Geräusch holte sie aus ihrem Schockzustand zurück in die Gegenwart. Sarah und Bones standen vor ihr auf der Veranda und starrten sie erwartungsvoll an. Vielleicht sogar *hoffnungsvoll*.

Josies Gedanken rasten. Sie wusste nicht, was sie tun oder sagen sollte, also nahm sie das Büchlein aus der Tasche, hielt es hoch und zwang sich zum Weiterreden. »Bones hat mir das hier und eure Adresse gegeben, und sagte, dass ich jederzeit vorbeikommen könne. Ich wusste nicht, dass ihr eine Party feiert.«

»Das ist keine Party«, erwiderte Sarah schnell und rang die Hände. Ein riesiger Diamant funkelte an ihrem linken

Ringfinger. »Bitte bleib. Scott ist da, und ich weiß, dass er unglaublich gern mit dir reden möchte.«

Josie war wie betäubt. Scott war im Haus, und Sarah sah sehr glücklich aus. *Sie ist verlobt.* Aber war das wirklich Moon gewesen? Ihre Welten kollidierten, überwältigten sie. »Ich kann nicht. Meine Freundin wartet mit Hail im Auto.«

»Sie kann gern reinkommen«, sagte Sarah schnell. »Ich möchte sie kennenlernen.«

Die Hoffnung in ihrer Stimme und das Flehen in Bones' Augen hätten sie beinahe überzeugt, aber es bestand die hohe Wahrscheinlichkeit, dass sich der einzige Mann, mit dem sie außer Brian je geschlafen hatte, genau hinter dieser Tür befand, und sie konnte zusätzlich zum Wiedersehen mit ihren Geschwistern nach einem Jahrzehnt unmöglich auch noch das händeln.

»Nein«, sagte Josie schnell. »Ich bin noch nicht bereit …« *Mit all dem umzugehen.* »Ich wollte dir nur sagen, dass ich deine Geschichte gelesen habe. Ich wusste nicht, dass dein Leben so hart gewesen ist. Es tut mir leid.« Sie eilte die Stufen hinunter, hielt auf dem Weg abrupt inne und kniff die Augen zu, um die Tränen zurückzuhalten. Erneut steckte sie die Hände in die Taschen und drehte sich um. Sie wollte nicht wieder weglaufen, war jedoch momentan einfach zu nichts anderem in der Lage. »Frohe Weihnachten«, stieß sie daher hervor. »Vielleicht können wir nach den Feiertagen mal miteinander reden?«

»Das wäre schön«, erwiderte Sarah, der die Tränen über die Wangen liefen.

Gut. Perfekt. Josie war sich nicht sicher, ob sie diese Worte tatsächlich ausgesprochen hatte. Sie zitterte am ganzen Körper, als sie wieder in den Wagen stieg und einen letzten Blick auf Sarah und ihren Verlobten warf, die Arm in Arm dastanden.

Hail kicherte auf der Rückbank, und sie presste hervor: »Bist du immer noch angeschnallt, Spatz?«

»Ja, ist er. Bei uns ist alles in Ordnung. Und du hast dich gut geschlagen, Josie.« Tracey legte ihr eine Hand auf die Schulter, während sie den Motor anließ und zurücksetzte. »Soll ich fahren?«

Josie schüttelte den Kopf und konnte den Tränen nicht länger Einhalt gebieten. Sarah hatte sie nicht abgewiesen. Sie hatte sie hineingebeten. *Sie hasst mich nicht.* Und sie war verlobt!

Erleichterung und Glück durchströmten sie, und sie spürte, wie sich ein Lächeln auf ihre Lippen stahl. Dann musste sie sogar lachen und spürte zum ersten Mal seit langer Zeit wieder Hoffnung.

»Sieh mal, Mama!«, rief Hail. »Ich kann den Mond durch die Bäume sehen.«

Vor Josies geistigem Auge tauchte Moons Gesicht auf. Mit starken Schuldgefühlen dachte sie an das einzige Mal zurück, dass sie sich zu jemand anderem als Brian hingezogen gefühlt hatte.

»Der Mond ist wirklich weit weg, auch wenn es so aussieht, als müsstest du nur die Hand ausstrecken, um ihn zu berühren«, meinte Tracey.

Josie schluckte schwer. *Er ist gar nicht so weit weg, wie man vielleicht denkt …*

Jed stand noch lange am Fenster, nachdem Josie – oder Joanne, *Jojo*, wie er sie kennengelernt hatte – weggefahren war. Sarah und Scott hatten monatelang versucht, Kontakt zu ihrer jüngeren Schwester aufzunehmen, und Jed war überhaupt nicht bewusst gewesen, dass sie nach dem Mädchen suchten, dem er vor Jahren kurz begegnet war. Er hatte sie nur durch die Tür gesehen, und sie hatte eine Kapuze aufgehabt. Irrte er sich möglicherweise?

Er fuhr mit der Hand über die Tätowierungen auf seinem linken Arm und dachte an den Moment zurück, in dem er Jojo bei einer Sommerparty zum ersten Mal auf der anderen Seite des Feldes gesehen hatte. Mädchen gab es auf solchen Partys wie Sand am Meer, aber bei Jojos Anblick war er wie vom Donner gerührt gewesen. Nicht nur, weil sie mit ihren langen rotblonden Haaren und den eindringlichen braunen Augen einfach umwerfend ausgesehen hatte. Sie war zudem auch noch ziemlich tough. Zuvor war sie ihm schon bei mehreren Partys aufgefallen, bei denen sie jedoch immer für sich geblieben war. In jener Nacht war es anders gewesen. Sie hatte ihm einen interessierten und herausfordernden Blick zugeworfen, der wie ein Blitz durch ihn hindurchfuhr und direkt in seinem besten Stück landete. Von ihren allerersten Worten und den Stunden, in denen sie sich unterhielten, bis hin zu der Art, wie sie beim Sex richtig wild wurde, als sie schließlich miteinander schliefen, schien es zwischen ihnen nicht nur zu knistern, vielmehr hatte sie sich tief in seinem Inneren verankert, wie er es bis dahin noch nie erlebt hatte – bis heute nicht wieder.

Verdammt, sie war ihm in jener Nacht unter die Haut gegangen.

Josie hatte kein Blatt vor den Mund genommen und ihm Sachen entlockt, die er noch keiner Menschenseele anvertraut hatte. Sie hatte aufmerksam zugehört, sich nach *ihm* erkundigt – nicht nur nach seiner Lebenssituation. Er war jung gewesen, erst dreiundzwanzig, aber als er ihr seine Dämonen offenbarte und von seiner Trauer über den Verlust seines Vaters und von seiner Wut auf seine Mutter erzählte, die sich ins Vergessen trank, war es ihm so vorgekommen, als wäre diese Frau vom Himmel geschickt worden. Er hatte ihr seine dunkelsten Geheimnisse gestanden, seine vielen Frauengeschichten und auch, dass er gestohlen hatte, damit seine Schwester nicht hungern musste.

Konnte es nach all der Zeit wirklich sie gewesen sein? Seine Gefühle für sie waren derart intensiv gewesen, dass er sich fast schon eingeredet hatte, er hätte sie aus purer Hoffnung heraus bloß heraufbeschworen, statt wirklich die beste Nacht seines Lebens mit einer Frau verbracht zu haben, die er nie wiedersehen würde. Sie war zu seiner Fantasie geworden, der Frau, mit der er alle anderen verglich. Er konnte immer noch ihren weichen Körper unter sich spüren, sehen, wie sich ihr Haar um ihr wunderschönes Gesicht auffächerte, während sie im Gras lagen und sich unter dem Sternenhimmel küssten. Als sie hinterher *Du bist also ein echter Wolf im Schafspelz* zu ihm sagte, hatte er ohne nachzudenken geantwortet: *Sag du es mir, Rotkäppchen.* Sie hatte mit diesem tiefen, sexy Lachen den Kopf geschüttelt und erwidert: *Vergiss das Rotkäppchen. Ich bin der große, böse Jäger, der den Wolf mit dem ersten Schuss niedergestreckt hat.*

»Kommst du auch mal wieder auf die Erde zurück, Mann?«, fragte Bullet Whiskey und stieß ihn an.

Bullet war der Älteste der Whiskey-Geschwister, zu denen auch Bones, Bear und Dixie gehörten, und mit seinen eins fünfundneunzig und ungefähr hundertzehn Kilo auch der Bedrohlichste. Er hatte mehrere Jahre bei den Special Forces verbracht und wäre dabei beinahe ums Leben gekommen.

Seitdem führte er die familieneigene Bar Whiskey Bro's. Inzwischen war er mit Finlay verheiratet, einer zierlichen Blondine, die eine Cateringfirma besaß und Teilzeit in der Bar arbeitete.

Jed schüttelte den Kopf und versuchte, seine Gedanken zu sortieren. »Ja. Was ist denn?« Er bemerkte, dass sich Bones am anderen Ende des Raumes mit Sarah und Scott unterhielt. »Geht es Sarah und Scott gut?«

»Machst du Witze? Sie sind begeistert, dass ihre Schwester vorbeigekommen ist.« Er wies mit seinem bärtigen Kinn auf seinen Vater. »Biggs hat ein Treffen einberufen. Ab in die Küche mit dir, Prospect.«

Biggs Whiskey war der Präsident des Dark Knights Motorradclubs. Die Whiskeys und die Dark Knights hatten Jed den Hintern gerettet, anders konnte man es nicht sagen, und ihm einen Job, ein Zuhause und eine Perspektive gegeben, weshalb er sich ihnen jetzt anschließen wollte. Ein Mitglied der Dark Knights zu werden war ein Prozess, der als *Hangaround* begann, eine Art Kennenlernphase, in der die Männer, die dem Club beitreten wollten, und die aktuellen Mitglieder feststellen konnten, ob sie gut genug miteinander klarkamen, um zur nächsten Phase der Entscheidungsfindung überzugehen. Prospects mussten die Hilfsarbeiten erledigen, vom Holen eines Aschenbechers während eines Treffens bis hin zum Einsammeln eines gestrandeten Mitglieds um drei Uhr morgens. Diese Phase würde er wahrscheinlich bis zum nächsten Jahr ertragen müssen, aber Jed interessierte nicht, wie lange es dauerte oder wie viele niedere Tätigkeiten er erledigen musste. Im Club ging es nur um die Bruderschaft und darum, auf die Gemeinschaft und die Mitglieder aufzupassen, was weit über Geburtsrechte und Blutlinien hinausging und selbst die Familien aller Mitglieder mit einschloss. Er wünschte sich mehr als alles auf der Welt, ein Teil davon zu sein.

Bis jetzt.

Jetzt wollte er genauso unbedingt herausfinden, ob es sich bei der Frau, in die er sich vor so langer Zeit verliebt hatte, um Josie Beckley handelte. Er wusste, dass Sarah und ihre Geschwister in einem äußerst gewalttätigen Haushalt groß geworden waren, auch wenn sie und Scott es nie miterlebt hatten, dass Josie misshandelt worden war. Aber sie war all dem ausgesetzt gewesen, und Sarah und Scott hatten ihr Zuhause vor Josie verlassen, daher wussten sie nicht, was Josie danach bei ihren entsetzlichen Eltern hatte erleben müssen. Er versuchte immer noch, Josie und seine *Jojo* zusammenzubringen. Sarah hatte allen vor Wochen von der Begegnung mit Josie erzählt und dass Josie – *Jojo* – einen Sohn hatte. Er hoffte bei allem, was ihm heilig war, dass den beiden nicht irgendein Mistkerl wehgetan hatte. Allein die Vorstellung, Jojo oder ihr Junge könnten leiden, brachte sein Blut in Wallung.

Während er Bullet in die Küche folgte, versuchte er, sich daran zu erinnern, was er vor all den Jahren über Jojo erfahren hatte. Er erinnerte sich an das Gefühl, dass sie eine Menge gemeinsam hatten und dass sie die Erste war, die genau verstand, was er durchgemacht hatte. Aber wenn er jetzt genauer an ihre Unterhaltung zurückdachte, wurde ihm klar, dass sie sich mit ihren Äußerungen sehr bedeckt gehalten hatte: *Mein Leben läuft jetzt gut. Ich kenne mich mit Alkoholikern aus. Manche Menschen sollten nie Eltern werden.* Während sie Informationen aus ihm herausgekitzelt hatte, war er zu sehr von ihrer Aufmerksamkeit, ihrer Schönheit und ihrer faszinierenden, mitfühlenden Persönlichkeit verzaubert gewesen, um sie auszufragen.

Verdammt. War er egoistisch gewesen?

Er würde das auf jeden Fall wiedergutmachen. Schließlich war er nicht länger ein problembehafteter Dreiundzwanzigjähriger. Mit achtundzwanzig drehte er keine krummen Dinger mehr. Er hatte zwei sichere Jobs, sparte Geld und teilte sich ein Apartment über der Autowerkstatt mit seinem Kumpel Quincy, solange er auf der Suche nach einem eigenen Haus war. Glücklicherweise hatte er nie viel getrunken oder Drogen genommen. Sein Niedergang war dadurch eingeleitet worden, dass er sich mit allen ihm zur Verfügung stehenden Mitteln um seine Familie gekümmert hatte, wodurch er oft auf der falschen Seite des Gesetzes gelandet war. Doch nun bewegte er sich schon seit langer Zeit auf der richtigen Seite, und er würde nie wieder rückfällig werden.

Die Mitglieder der Dark Knights versammelten sich in der Küche, während ihre Freunde und Verwandten im Wohnzimmer blieben. Jed straffte sich beim Anblick von Biggs, der Schulter an Schulter mit Bullet dastand, die wettergegerbten und tätowierten Arme über der Lederweste verschränkt, während sein Stock am Küchenschrank lehnte. Seit seinem Schlaganfall konnte Biggs nicht mehr Motorrad fahren, aber er würde immer ein Biker bleiben. Es lag ihm im Blut, und er hatte seinen Kindern die gleiche Treue zum Biker-Lebensstil eingeimpft. Sie waren ebenso beinhart wie er und seine Söhne waren geschätzte Mitglieder der Dark Knights.

»Wir haben heute eine Menge zu feiern«, sagte Biggs, dem das Sprechen nach dem Schlaganfall nicht mehr so leichtfiel, ein wenig schleppend. Sein dichter, wilder Vollbart, der langsam ergraute, verbarg seine leicht herabhängende linke Gesichtshälfte, und der Gehstock half ihm, die muskulären Nachwirkungen des Schlaganfalls ein wenig auszugleichen.

Trotz Gehstock und der langsamen, manchmal undeutlichen Sprechweise wirkte seine raue, männliche Präsenz höllisch einschüchternd. Aber er war ein guter Mensch und für Jed inzwischen fast zu einem Vater geworden.

»Und es gibt da ein paar neue Angelegenheiten, um die wir uns kümmern müssen«, fuhr Biggs fort. »Wir müssen sicherstellen, dass Sarahs und Scotts Schwester beschützt wird. Die beiden wissen nicht, was Josie die letzten zehn Jahre alles erlebt hat, und wir haben keine Ahnung, ob sie vor jemandem davonläuft oder ob sie nur eine Pechsträhne hat.«

»Im Frauenhaus ist sie sicher«, fügte Bones hinzu. Als Arzt war Bones der Gepflegteste der Whiskeys, allerdings wollte man sich mit ihm genauso wenig anlegen. »Aber wir wären sehr erleichtert, wenn wir wüssten, dass jemand auf sie aufpasst. Sie hat von sich aus Kontakt aufgenommen, doch sie ist offensichtlich noch nicht dazu bereit, sich von Sarah und Scott helfen zu lassen, was vermutlich bedeutet, dass sie auch von mir keine Hilfe annehmen wird.«

»Ich kann das übernehmen«, bot Jed an. Auch wenn er sich nicht sicher war, ob es sich bei Josie um Jojo handelte – er wollte es um jeden Preis herausfinden. Aber solange es nicht klar war, ließ er das lieber unerwähnt. »Ich lerne sie erst mal kennen und stelle dann sicher, dass sie einen guten Job und eine Wohnung für sich und ihr Kind findet. Die Arbeit in der Werkstatt und in der Bar nimmt mich zwar ganz schön in Anspruch, aber ich kriege das schon hin.«

Bear klopfte ihm auf den Rücken. »Gute Idee, Prospect. Ich kann notfalls auch mehr Stunden in der Werkstatt einlegen.«

»Nein, das wirst du nicht tun«, widersprach Biggs. »Du bist frisch mit Crystal verheiratet und ihr erwartet ein Baby. Diesel ist wieder in der Stadt und braucht einen Job. Er kann einige

Abende in der Bar übernehmen. Tex Sharpe könnte über den Winter auch ein paar zusätzliche Stunden gebrauchen und kann in der Werkstatt aushelfen, wenn Not am Mann ist. Wir regeln das schon.« Diesel und Tex waren Mitglieder der Dark Knights, allerdings gehörte Diesel als *Nomad* keinem spezifischen Chapter oder Gebiet an.

»Diesel? Meine Güte, Pop. Er ist ja noch furchteinflößender als Bullet«, warf Bear ein.

Bullet verpasste Bear eine Kopfnuss. »Wir brauchen Leute, die das Gesindel einschüchtern. Du bist ja schließlich nicht dazu in der Lage.«

Bear schnaubte. »Halt ja die Klappe. Mit mir legt sich keiner an.«

»Jungs, könntet ihr euch die Streitereien nicht wenigstens zu Weihnachten sparen?«, schaltete sich ihre Mutter Wren »Red« Whiskey ein, die gerade in die Küche kam. Die meisten Menschen glaubten, sie hätte den Spitznamen ihren flammendroten Haaren zu verdanken, die Dixie von ihr geerbt hatte, doch das war ein Irrtum. Als Bear noch ein kleiner Junge war, hatte er gehört, wie jemand sie »Wren« nannte, und stattdessen »Red« verstanden. Der Name war ihr geblieben. Red wirkte nach außen ebenso tough wie die Männer des Clubs, aber sie besaß auch eine weichere, mütterliche Seite. Eine Seite, die Jed dazu brachte, in ihrer Nähe sein zu wollen, sie zu beschützen und all die mütterliche Liebe aufzusaugen, die sie zu geben bereit war.

Bear und Bullet murmelten: »Entschuldige, Mom.«

»Mmm«, machte sie. »Da ihr gerade über Clubangelegenheiten sprecht und alle zusammen in einem Raum seid, ohne euch von euren wunderschönen Ladys und Babys ablenken zu lassen, möchte ich auch noch etwas ansprechen. Ich habe mich mit Sarah und Dixie unterhalten, und jetzt, wo wir zwei neue Babys in der Familie haben und zwei weitere unterwegs sind, ist es meiner Ansicht nach Zeit, eine weitere Kellnerin für die Bar einzustellen. Ich würde gerne mehr Zeit damit verbringen, meinen Mann und meine Enkel zu verwöhnen, anstatt die Babysitterin für irgendwelche Männer in der Bar zu spielen.«

Bones, Bear und Bullet grinsten breit.

»Du solltest Unterricht in elterlicher Fürsorge geben, Red«, erklärte Jed. »Für eine Mutter wie dich hätte ich alles gegeben.«

Sie kam zu ihm und legte ihm mit dem aufrichtigsten mütterlichen Gesichtsausdruck, den er je gesehen hatte, eine Hand auf die Wange. »Jetzt bin ich ja für dich da, Schätzchen. Du bist ebenso Teil unserer Familie wie Truman, Gemma, Quincy, ihre Babys und unsere restlichen Ersatzkinder.«

Bear hatte sich schon als Teenager mit Truman und seinem jüngeren Bruder Quincy angefreundet. Ihre Mutter war drogensüchtig gewesen, und Bear hatte Truman unter seine Fittiche genommen und ihm beigebracht, wie man Autos reparierte. Bedauerlicherweise war Truman für ein Verbrechen ins Gefängnis gekommen, das Quincy mit gerade mal vierzehn Jahren begangen hatte – nur um kurz nach seiner Entlassung herauszufinden, dass seine Mutter an einer Überdosis gestorben und Quincy ebenfalls der Sucht verfallen war, während seine beiden kleinen Geschwister, von deren Existenz er gar nichts gewusst hatte, in einem Crackhaus leben mussten. Heute war Quincy clean, und Truman und seine Frau Gemma zogen die jüngeren Geschwister Kennedy und Lincoln als ihre eigenen Kinder auf.

»Danke, Red. Das bedeutet mir sehr viel.«

»Wie wäre es, wenn Josie in der Bar anfängt?«, schlug Biggs vor.

»Das wird nicht funktionieren«, erwiderte Red. »Ich habe es Sarah vorgeschlagen, aber sie meinte, dass sich Josie gerade erst mit dem Gedanken an eine Versöhnung anfreundet. Sie befürchtet, es könnte Josie abschrecken oder sie würde sich gedrängt fühlen, wenn wir zu schnell versuchen, sie in unsere Welt hineinzuziehen, und sie hat Angst, dass sie dann wieder untertaucht. Aber Sarahs Freundin Tracey braucht einen Job.«

»Ich weiß nicht. Tracey ist so ein zartes Persönchen«, sagte Bones. »Ich bin mir nicht sicher, ob sie mit so einer rauen Meute umgehen kann.«

»Wenn Finlay das schafft, kann Tracey das mit Sicherheit auch, denn *niemand* ist zarter als meine Frau«, entgegnete Bullet.

»Sarah ist davon überzeugt, dass Tracey das draufhat«, versicherte Red ihnen. »Außerdem wird auch Izzy von niemandem belästigt, solange Jed und Bullet in der Nähe sind.« Isabel Ryder war Kellnerin im Whiskey Bro's.

Bear nahm sich ein Bier aus dem Kühlschrank. »Da müsste ein Mann schon lebensmüde sein, wenn er die Mädchen belästigt oder sich mit jemandem anlegt, solange Desmond ›Diesel‹ Black in der Nähe ist. Wo hat er überhaupt gesteckt?«

»Ich habe ihn nicht danach gefragt, und er hat es mir auch nicht erzählt«, antwortete Biggs.

Bear zeigte zur Küchentür und räusperte sich, womit er die Aufmerksamkeit auf die niedliche vierjährige Kennedy in ihrem bauschigen rot-grünen Prinzessinnenkleid lenkte, die Sarahs drei Jahre alten Sohn Bradley an der Hand hielt.

»Papa Biggs?«, fragte Kennedy. »Kannst du jetzt bitte fertig sein?«

Sämtliche Anwesenden verkniffen sich das Lachen, während Biggs seinen Stock nahm und zu den Kindern hinüberhinkte, die den Schneid hatten, etwas zu tun, das kein Erwachsener außer Red je wagen würde: eines von Biggs' Meetings zu unterbrechen.

Kennedy und Bradley legten den Kopf in den Nacken, als Biggs mit ernsten dunklen Augen auf sie hinabblickte. »Was ist denn los? Ärgert euch da draußen jemand?«

Sie schüttelten den Kopf.

Kennedy spielte mit einem Band an ihrem Kleid herum. »Tante Dixie sagt, dass du Onkel Beah nur mit uns spielen lässt, wenn ich dich ablenken kann. Kann ich das?«

Da musste selbst Biggs loslachen. »Ja, Schätzchen, ich glaube, das kannst du.« Er richtete einen finsteren Blick auf Dixie, die ihm einen Kuss zuhauchte.

»Kommt schon, Leute.« Bear klemmte sich ein Kind unter jeden Arm und trug sie quietschend und kichernd ins Wohnzimmer.

Biggs legte Jed eine Hand auf die Schulter. »Bist du sicher, dass du das schaffst, Junge?«

»Auf jeden Fall, Biggs. Ich werde dich nicht enttäuschen.«

Wenn es sich bei Josie um seine Jojo handelte, und sein Bauchgefühl verriet ihm, dass sie es war, würde er das Mädchen, das er nie vergessen hatte, nicht wieder gehen lassen. Er war einmal gewarnt worden, dass er sich von ihr fernhalten solle, und der Mistkerl, der das gewagt hatte, konnte nur hoffen, dass er nicht der Grund war, aus dem sie jetzt in einem Frauenhaus lebte. Denn dann würde er es mit ihm zu tun bekommen.

Zwei

»Nicht mit dem Bagger in den Zuckerguss«, ermahnte Josie ihren Sohn am nächsten Nachmittag und hielt seine flinken kleinen Finger davon ab, die Baggerschaufel in die Schüssel mit dem Zuckerguss zu tauchen, mit dem sie die Lebkuchenhäuser dekorierten.

Hail grinste sie auf die niedliche Art an, der sie noch nie hatte widerstehen können, und rollte seinen Bagger auf die andere Tischseite.

Sie tauchte einen Löffel in den Zuckerguss und reichte ihn Hail. »Nimm einen Löffel dafür, mit Baggern schaufelt man in der Erde.«

Ihre Worte stießen auf taube Ohren. Er steckte sich den Löffel in den Mund und drehte sich zu dem kleinen Mädchen neben sich um. »Du kannst meinen Bagger nehmen und dir auch was holen!«

»Ganz bestimmt nicht«, sagte Josie und tunkte einen zweiten Löffel in den Zuckerguss. »Aber mit einem ›Bitte‹ erreicht man schon eine Menge.« Sie reichte der kleinen Emily, die mit ihrer Mutter im Frauenhaus wohnte, den Löffel und drückte Hail einen Kuss auf den Scheitel.

Zu Weihnachten gab es bei ihnen immer Lebkuchenhäuser

und Kekse, aber dass sie sie am Tag nach Weihnachten in einem Frauenhaus backen würde, hätte sie sich niemals träumen lassen. Allerdings hätte sie auch nie damit gerechnet, dass sie alles verlieren würde, was ihr Leben in den letzten zehn Jahren ausgemacht hatte, dass sie wieder Kontakt zu ihren Geschwistern aufnehmen oder Moon jemals wiedersehen würde. Falls er es wirklich war. Sie hatte da ihre Zweifel. Aufgrund ihrer Nervosität war es durchaus denkbar, dass ihre Augen ihr in der vergangenen Nacht einen Streich gespielt hatten.

»Ich habe heute bestimmt noch mehr genascht als zu Halloween.« Tracey schob eine Schüssel mit Gummibärchen in die Tischmitte.

»Dafür können wir uns bei Josie bedanken.« Sunny Yeun, die zusammen mit ihrer Mutter das Frauenhaus leitete, steckte sich ein Gummibärchen in den Mund. Sunny hatte das glänzendste schwarze Haar, das Josie je gesehen hatte, und trug eine Brille mit runden Gläsern wie Harry Potter, die bei ihr erstaunlich schick aussah.

»Danke, Josie«, sagten Tracey und die drei anderen Frauen, die im Frauenhaus wohnten.

»Ach, nichts zu danken. Das macht mir Spaß«, erwiderte Josie. Die Küche war erfüllt vom Duft der Gewürze und Fröhlichkeit, und die Weihnachtsmusik rundete die gemütliche Stimmung ab. »Wenn ich könnte, würde ich das jeden Tag tun.«

Kurz, nachdem sie mit Brian zusammengezogen war, hatte sie eine Zeit lang fast jeden Tag gebacken und die Lebkuchenhäuser regelrecht um ihre zuckersüße Welt beneidet. Sie hatte sich ein glückliches Leben innerhalb dieser köstlichen Wände erträumt, ohne dass sie jeden Morgen angsterfüllt aufwachte. Ein Leben, in dem ihre Geschwister in Sicherheit und ihre Eltern so weit weg waren, dass sie keinen von ihnen jemals wieder anrühren konnten. Schließlich hatte sie gelernt, anderen zu vertrauen, und im Laufe der Zeit erkannt, dass ihre Wunschträume von einem sicheren, glücklichen Leben längst Realität geworden waren.

»Ich will das jeden Tag mit dir machen!«, erklärte Hail und holte sie wieder in die Gegenwart zurück.

Sie wischte ihm die Ponyfransen aus den Augen und küsste ihn auf die Stirn, während sie sich im Stillen schwor, dass das nächste Jahr besser werden musste als das vergangene. »Und was würden deine Lehrer sagen, wenn du nach den Winterferien nicht mehr zur Schule kommst, weil du Lebkuchenhäuser backen musst?«

Er zuckte kichernd mit den Achseln und machte sich daran, sein Haus zu dekorieren.

»Für mich klingt das nach einem ziemlich schönen Leben.« Tracey drückte eine Schokolinse in den Zuckerguss auf dem Dach ihres Lebkuchenhauses.

Josie stand auf, um ein Blech mit Plätzchen aus dem Ofen zu holen. Sie hatte bei der Zwangsräumung viele ihrer Sachen zurücklassen müssen, die Backutensilien jedoch behalten. Der Großteil davon waren Geschenke von Brians Großmutter gewesen, von der sie das Backen gelernt hatte.

Sie stellte das Blech ab und legte die Plätzchen zum Abkühlen auf das Kuchengitter. »Ich dachte, nach deinem Telefonat mit Sarah heute Morgen würdest du dich darauf freuen, in der Bar der Whiskeys anzufangen?«

Sie war etwas enttäuscht gewesen, als Sarah angerufen hatte, um mit Tracey zu sprechen und nicht mit ihr. Aber Sarah hatte ausrichten lassen, dass sie Josie die Entscheidung überließ, wann sie wieder Kontakt zu ihr aufnahm. Josie wusste das zu schätzen. Sie wollte einen weiteren Schritt auf sie zugehen und sich mit ihr versöhnen. Aber nachdem sie in der vergangenen Nacht fast durchgedreht war, wusste sie, dass sie das nur tun konnte, wenn Hail nicht dabei war. Sie hoffte auf einen weiteren Versuch in der nächsten Woche, wenn er wieder zur Schule ging.

»Ich freue mich auch«, erwiderte Tracey. »Aber ich habe auch ein bisschen Angst. Und du möchtest das wirklich nicht machen? Du hast ja schon in einer Bar gearbeitet.«

»Stimmt, und du weißt ja, wie das endete«, rief Josie ihr in Erinnerung. Sie hatte ihren Job verloren, als Hail zwei Wochen lang mit Grippe im Bett lag und sie nicht zur Arbeit kommen konnte. »Abgesehen davon möchte ich eigentlich lieber tagsüber arbeiten, damit ich abends bei Hail sein kann.«

»Das hört sich vernünftig an. Ich habe zwar schon gekellnert, aber was passiert, wenn ich Mist baue?«, fragte Tracey. »Ich will Bones oder Sarah nicht enttäuschen. Sie sind so nett zu mir gewesen.«

Sunny klebte eine Schokolinse mit Pfefferminzgeschmack auf das Dach von Traceys Lebkuchenhaus. »Du kannst sie nicht enttäuschen, weil sie nichts erwarten.«

»Das weißt du nicht«, meinte Tracey.

»Doch, das weiß ich. Mein Vater ist ein Dark Knight. Ich geriet jahrelang immer wieder in Schwierigkeiten und habe dagegen rebelliert, dass ich so gut beschützt wurde. Ich verdanke Bones mein Leben – und meine Eltern wahrscheinlich ihre geistige Gesundheit.« Sunny erzählte ihnen, wie Bones sich sogar geweigert hatte, sie aufzugeben, als sie am Leben verzweifelte. Er war auf Partys aufgetaucht, um auf sie aufzupassen, hatte sie nach Hause gefahren und nachts vor dem Haus Wache gehalten, damit keiner zu ihr gelangen konnte.

»Bones ist ein wahrer Held. Ich war ziemlich gemein zu ihm, habe ihm bissige Bemerkungen an den Kopf geworfen und mich über ihn lustig gemacht, weil er meinen Babysitter spielte. Aber er hat nie aufgegeben. Er war immer in meiner Nähe und hat nie versucht, mir Angst einzujagen, indem er mir sagte, dass ich auf dem besten Weg war, mich selbst zu zerstören, und er hat auch nie versucht, mich einzuschüchtern, um mich von diesem Weg abzubringen. Er war einfach immer da, hat zugelassen, dass ich mir mein eigenes Grab schaufele, und gleichzeitig aufgepasst, dass ich nicht völlig den Boden unter den Füßen verliere. Irgendwann ist er dann zu mir durchgedrungen, und mir wurde klar, dass ich mich wegen des Lebens schämte, das ich damals geführt habe. Wer weiß, wo ich heute ohne Bones wäre.«

»Mein Mann war genauso«, sagte Josie. »Vor unserer Hochzeit benahm er sich sogar noch schlimmer, denn als wir heirateten, war ich achtzehn, verhielt mich aber, als wäre ich bereits viel älter.« Sie wusste, dass sie in Hails Gegenwart aufpassen musste, was sie sagte, weil er sich an alles erinnern und später nachhaken würde. Deshalb sagte sie: »Er hatte so eine Art, immer zur richtigen Zeit am richtigen Ort zu sein und mich vor Fehlern zu bewahren. Und er sorgte immer dafür, dass ich nie den Respekt vor mir selbst verlor.« Was für sie als Teenagerin äußerst frustrierend war, weil sie ihn attraktiv fand und – vergeblich – zu verführen versucht hatte.

»Ist mal jemand bei dir handgreiflich geworden, als du in der Bar gearbeitet hast?«, fragte Tracey. »Das macht mir auch ein bisschen Sorgen.«

»Wir Frauen werden doch auch im Supermarkt und an der Tankstelle angebaggert«, erwiderte Josie. »So ist das Leben. Wir müssen sie selbst in die Schranken weisen.«

Sunny nahm sich einen Keks von einem Teller in der Tischmitte. »Deine Kollegen im Whiskey Bro's werden nicht zulassen, dass dich irgendjemand belästigt. Das kannst du mir glauben. Und Dixie duldet das auch nicht. Sie ist Bones' Schwester, und sie ist eine verd…«, sie schaute rasch zu Hail und Emily hinüber und fuhr fort, »sie ist eine knallharte Bikerin. Du wirst sie mögen. Abgesehen davon könnte dir etwas mehr Härte nicht schaden, Tracey. Vielleicht schaffst du es dann, nie wieder von jemandem verletzt zu werden.«

Ein lautes Summen gab ihnen zu verstehen, dass jemand an der Vordertür war. Sunny sprang auf. »Bin gleich wieder da.«

Nachdem sie den Raum verlassen hatte, sagte Josie: »Ich hoffe, du fühlst dich nicht dazu verpflichtet, den Job in der Bar mir oder Sarah zuliebe anzunehmen.«

»Seit ich hier vor ein paar Wochen angekommen bin, habe ich etliche Online-Bewerbungen für Geschäfte in der Gegend ausgefüllt«, erklärte Tracey, »und ich stehe immer noch mit leeren Händen da.«

»Wem sagst du das? Mir geht es doch nicht anders.«

»Ich bin dankbar für die Chance und will sie nutzen. Aber ich habe keine Lust, mich mit Kerlen abgeben zu müssen, die mich begrapschen wollen. Anscheinend haben die Whiskeys alles unter Kontrolle.« Tracey zuckte mit den Achseln. »Was kann mir dort schon passieren? Wenn es unangenehm wird, kündige ich eben.«

Sunny kehrte in die Küche zurück. »Josie, Jed möchte dich sprechen.«

»Ich kenne keinen Jed.«

»Er ist ein Freund der Whiskeys und sagte, dass er im Auftrag der Dark Knights hier sei. Es macht fast den Anschein, als hätte Bones den Schutzschirm der Dark Knights auch auf dich ausgeweitet.«

Josie verdrehte die Augen. »Ich brauche keinen Schutz. Es war schlimm genug, als er Bullet hinter uns hergeschickt hat. Der Kerl hat mir Angst eingejagt. Wenn seine Frau Finlay nicht gewesen wäre, hätte ich die Polizei gerufen. Ich werde diesen Jed wieder wegschicken. Bin gleich wieder zurück.« Sie beugte sich zu Hail hinunter. »Kannst du dich ein paar Minuten benehmen, Spatz?«

Er nickte. Er hatte Streifen aus Zuckerguss im Gesicht, und seine Lippen waren ganz klebrig vom Zucker.

Josie wusch sich die Hände und suchte nach dem Mann, den sie gleich vom Gelände werfen würde. Ihr war völlig egal, wie nett die Whiskeys waren. Sie war niemandes Eigentum, das beschützt werden musste. Als sie den Flur zur Lobby betrat, wandte ihr der Mann den Rücken zu und stand mit den Händen in den Taschen seiner schwarzen Lederjacke vor dem Schwarzen Brett. Er beugte sich vor, um etwas zu lesen, und sie konnte schlichtweg nicht übersehen, wie sich seine Jeans an seine muskulösen Oberschenkel und seinen Hintern schmiegten. *Himmel noch mal, was ist denn mit mir los? Das ist ja lächerlich.*

Sie verschränkte die Arme. »Hi, ich bin Josie.«

Er drehte sich um, und als sich ihre Blicke trafen, zuckte ein Stromstoß durch sie hindurch und es verschlug ihr die Sprache. Ihr Mund wurde staubtrocken und ihr Puls raste. Es war Moon, und er sah sogar noch wilder und attraktiver aus als in ihrer Erinnerung. Aber es waren seine scharfen, lebhaften und irgendwie auch durchdringenden blaugrauen Augen, die sie wie eine alte Freundin begrüßten. Einen langen Moment starrten sie einander schweigend an, jede endlose Sekunde schien die Hitze in ihr pulsieren zu lassen. Sie verspürte das seltsame Verlangen, zu ihm zu laufen, was er zu bemerken schien, denn das wilde innere Feuer, an das sie sich so gut erinnerte, spiegelte sich in seinem Blick wider.

»Moon«, stieß sie schließlich hervor, während er gleichzeitig »Jojo« sagte, und ihr Herz setzte einen Schlag aus.

»Ich war mir nicht sicher, ob ich mir das letzte Nacht nur eingebildet hatte«, gab er zu und trat näher.

Aus der Nähe war er sogar noch größer, hatte eine breitere Brust und markantere Gesichtszüge. Die Narbe an seinem Wangenknochen fiel ihr ins Auge. Wie oft hatte sie sie in jener Nacht berührt – der Nacht, die sich wie eine Ewigkeit angefühlt hatte?

»Warum bist du hier?«, fragte sie zu schneidend, aber sie konnte einfach nicht anders. Sie war verwirrt, erschrocken, überwältigt. In Brian hatte sie sich über einen Zeitraum von Wochen, Monaten, Jahren verliebt. Er hatte sich um sie gekümmert, sie beschützt und ihr ein wundervolles Leben bereitet. Aber er hatte sie vor ihrem achtzehnten Geburtstag nicht angerührt, trotz aller ihrer Bemühungen, ihn mit fünfzehn, sechzehn, siebzehn Jahren zu verführen … Er war ein guter, intelligenter Mann gewesen, der nur das Beste für sie wollte. Mit Moon war es genauso wie jetzt gewesen, er übte von dem Moment an, in dem sie ihn zum ersten Mal gesehen hatte, eine magische Anziehungskraft auf sie aus. Erst wenige Tage vor ihrem achtzehnten Geburtstag hatte sie zum ersten Mal mit ihm gesprochen, nachdem sie wieder einmal versucht hatte, mit Brian anzubandeln, und er sie vernünftigerweise, frustrierenderweise abgewiesen hatte … wie schon so oft.

»Ich wollte mich vergewissern«, antwortete er.

Das jungenhafte Lächeln aus ihrer Erinnerung umspielte seine Lippen und ließ seine rauen Züge etwas sanfter wirken. Sie hatte ihm das vor all diesen Jahren gesagt, als sie nur zu der Party gegangen war, um Brian eifersüchtig zu machen, und nicht weggesehen, als Moon sie mit diesem Blick bedachte.

»Jetzt weißt du es«, erwiderte sie nervös. Sie rang innerlich mit sich. Einerseits wollte sie ihn wegschicken, andererseits hatte sie das verwirrende Gefühl, einen vertrauten Freund wiedergefunden zu haben. Einen Freund, mit dem sie intim gewesen war. Wie konnte es sein, dass es zwischen ihnen auch nach so vielen Jahren noch knisterte? Er nahm die Hände aus den Taschen und rieb sich den Nacken, als hätte er dort Schmerzen. »Ich kann es immer noch kaum glauben. Du hast gesagt, dein Name wäre Joanne. Ich hatte keine Ahnung, dass du Sarahs Schwester bist. Sie sucht schon seit Monaten nach dir.«

»Ich weiß. Tut mir leid, wenn ich so viele Umstände gemacht habe.« Sie sah sich um und war froh, dass es für dieses unbehagliche und gleichzeitig verführerische Treffen keine Zeugen gab. »Ich habe mich damals Joanne genannt, damit meine Eltern mich nicht finden.«

Sein Gesichtsausdruck wurde ernst. »Geht es dir gut, Jojo? Sarah sagte, dass du ein Kind hast. Ist auch bei ihm alles in Ordnung?«

»Ja, es geht uns gut. Danke.«

»Aber du wohnst im Frauenhaus. Hat euch jemand wehgetan?« Er straffte sich. »Wenn ja, dann bringe ich ihn um.«

Sie stieß ein nervöses Lachen aus, und er sah sie perplex an, als hätte er den Eindruck, sie würde nicht glauben, dass er jemandem etwas tun könnte, was vollkommen verrückt war. Sein enges T-Shirt ließ seine muskulöse Brust deutlich erahnen, und man sah seine starken Arme unter der Lederjacke. Sie ließ den Blick an ihm herunterwandern zu seinen kräftigen

Oberschenkeln. Das war ein Fehler, denn jetzt starrte sie ihm in den Schritt.

Rasch sah sie woandershin, doch sein tiefes Lachen brachte sie dazu, doch wieder zu ihm zu schauen.

Sie lächelten beide. Verdammt, genau so hatte es in jener Nacht angefangen. Ein Blick, eine Bemerkung, und bevor sie wusste, wie ihr geschah, verließen sie zusammen das Lagerfeuer und die Party und gingen zum Bach. Sie hatten in dieser Nacht so lange miteinander geredet, dass sie geglaubt hatte, ihn schon immer zu kennen.

Es fiel ihr schwer, diese Erinnerung beiseitezuschieben und sich auf seine letzten Worte zu konzentrieren. Was hatte er doch gleich gesagt? Ach ja, dass er denjenigen umbringen würde, der ihr wehgetan hatte.

»Mir hat niemand wehgetan«, sagte sie, »zumindest nicht mit Absicht. Es geht mir gut.«

»Okay, schön. Ich möchte dir gerne auf jede mir mögliche Art helfen. Sollen wir irgendwo anders hingehen und reden?«

Sie dachte tatsächlich etwa drei Sekunden lang darüber nach. *Was denke ich mir nur dabei? Ich muss mein Leben wieder in Ordnung bringen.* »Ich weiß nicht einmal, wer du bist, oder was du all die Jahre gemacht hast.«

»Lass uns reden. Ich bringe dich auf den neuesten Stand.« Er deutete auf die Sofas im Warteraum.

»Ich kann nicht«, erwiderte sie schnell. »Ich dekoriere Lebkuchenhäuser mit meinem Sohn Hail. Er ist mit den anderen in der Küche.«

»Gut, ich habe ihm nämlich etwas mitgebracht.« Er zog eine schmale rechteckige Geschenkschachtel aus der Tasche.

»Ach, Moon.« *Wie lieb von ihm!* »Das war doch nicht nötig.«

»Er ist ein Kind. Und es ist Weihnachten.« Er zuckte mit den Achseln. »Fühlte sich richtig an.« Er blickte den Flur hinunter. »Weißt du was, ich habe noch nie ein Lebkuchenhaus dekoriert. Hättest du was dagegen, wenn ich mich anschließe?«

»Ja«, platzte es aus ihr heraus, bevor sie Zeit zum Überlegen hatte. Sie wollte ihn nicht wegschicken, und sie verstand auch nicht, warum sie das gesagt hatte, aber es schien irgendwie das Richtige zu sein. Schließlich war er doch ein Fremder für sie, nicht wahr? Selbst, wenn sie einander schon einmal sehr nah gewesen waren …

Er zog eine Augenbraue hoch. »Du willst mir ernsthaft die Gelegenheit versagen, meine ersten Erfahrungen mit dem Dekorieren von Lebkuchenhäusern zu machen?«

»Ich … Es verstößt wahrscheinlich gegen die Regeln.«

Er setzte ein arrogantes und verdammt heißes Lächeln auf. »Ich verstoße gern gegen Regeln. Abgesehen davon muss ich deinem kleinen Jungen noch sein Geschenk geben. Es sei denn, du willst ihn auch um diese Erfahrung bringen.«

Da war sie wieder, diese süße und sexy Kombination, die sie schon beim ersten Mal um den Verstand gebracht hatte. »Vielleicht brauche ich eher Schutz vor dir«, meinte sie lachend.

»Glaub mir, Jojo, den brauchst du nicht. Und jetzt zeig mir mal diese Lebkuchenhäuser …« Er trat neben sie, legte ihr eine Hand ins Kreuz und steuerte sie den Flur entlang. »Geht es hier zur Küche? Es duftet nämlich köstlich.«

Jed sagte sich, dass er nur deshalb so aufdringlich war, weil er weder Sarah und Scott noch Biggs und die anderen

Clubmitglieder enttäuschen wollte; er war schließlich nur ein Prospect. Alles, was er tat, wurde von den Mitgliedern bewertet, bis sie irgendwann entschieden, ob sie ihn bei sich aufnehmen wollten. Aber während sie zur Küche gingen und Josie weiter über die Regeln und Vorschriften im Frauenhaus sprach, wusste er, dass er sich teilweise selbst belog. Er wollte den anderen zeigen, dass er ihr Vertrauen verdient hatte, aber vor allem wollte er sich *Jojo* gegenüber beweisen, dem Mädchen, durch das er vor all diesen Jahren erstmals begriffen hatte, was ihm alles entging.

Sie blieb mit besorgtem Gesichtsausdruck stehen. »Die Frauen in der Küche sind hergekommen, weil sie Sicherheit und einen Zufluchtsort gesucht haben, Moon. Manche von ihnen haben viel Schlimmes mitgemacht, während sich andere einfach in einer schwierigen Situation befinden. Ich weiß nicht, ob du da einfach so reinplatzen kannst. Ich sollte lieber Sunny fragen. Du könntest sie erschrecken. Sind Männer hier überhaupt zugelassen?«

»Das geht schon in Ordnung. Ich weiß das alles. Das Frauenhaus wurde von der Familie eines Dark Knights aufgebaut. Biggs hat mir versichert, dass es okay ist, sonst wäre ich gar nicht erst hergekommen.«

»Biggs? Das hört sich jetzt fast so an, als würdest du dir willkürlich Namen ausdenken.«

Er lachte auf und entlockte ihr damit ein Lächeln, und er hätte am liebsten gleich noch einmal gelacht, damit er erneut sehen konnte, wie sich ihr wunderschönes Gesicht aufhellte. »Biggs Whiskey ist der Vater von Sarahs Verlobtem und der Präsident der Dark Knights. Seine Familie patrouilliert seit Generationen in Peaceful Harbor, und sie behalten das Frauenhaus seit der Eröffnung im Auge. Wenn Sunny mir sagt, dass ich gehen soll, bin ich sofort wieder weg.«

»Okay.« Ihre Stimme war kaum lauter als ein Flüstern. Dann fuhr sie mit etwas lauterer Stimme fort: »Jag ihnen bitte keine Angst ein. Und bilde dir nicht ein, du würdest mich kennen, nur weil wir vor hundert Jahren einmal miteinander geschlafen haben.«

Sie war so unglaublich bezaubernd und zart wie eine Elfe, und doch trat sie selbstbewusst und bestimmt auf. Es gefiel ihm, dass die Welt das offenbar nicht aus ihr herausgeprügelt hatte. »Ich glaube, ich weiß, wer du damals gewesen bist und dass wir eine Menge gemein hatten, aber ich mache mir nichts vor. Ich kenne dich nicht so gut, wie ich es gern tun würde.«

Mit einem kurzen Nicken sagte sie: »Also gut«, und ging weiter zur Küche.

Er lief neben ihr her, und die Luft zwischen ihnen schien immer wärmer zu werden. Sie presste die Lippen aufeinander. Er unterdrückte ein Grinsen, und im gleichen Moment setzte sie eine finstere Miene auf. »Hör auf, so selbstgefällig zu grinsen«, fauchte sie.

»Das mach ich doch gar nicht. Ich bin nur …« *Glücklich?* Das klang lahm, deshalb sagte er: »Komm schon, Jojo. Du kannst die Anziehungskraft nicht leugnen, die immer noch zwischen uns besteht.«

»Halt die Klappe.« Sie sah weg. »Kein Wort mehr darüber, oder ich werfe dich raus, egal, was die anderen sagen.«

»Da ist das unerschrockene Mädchen wieder, das ich einst kannte«, sagte er leise und fing ihren Blick auf, während sie die Küche betraten.

Auf den Arbeitsplatten standen Bleche voller Lebkuchenmänner und großer Lebkuchenplatten sowie Schüsseln mit unterschiedlichen Arten von Süßigkeiten, Brezeln und buntem

Zuckerguss. Drei Frauen dekorierten an einem Tisch Lebkuchenplätzchen und -häuser. Sunny und eine kurzhaarige Brünette saßen mit einem kleinen Jungen mit zerzausten Haaren und einem niedlichen rothaarigen Mädchen an einem weiteren Tisch, auf dem sich ebenfalls mehrere weihnachtliche Gebäckstücke befanden. Auf dem Tisch neben dem kleinen Jungen stand eine Schatzkiste voller Spielzeugautos.

Er hatte nur ein Geschenk mitgebracht und wollte die Gefühle des kleinen Mädchens nicht verletzen, deshalb steckte er das Päckchen vorerst in die Tasche.

»Jed?«, fragte Sunny, und alle Augen wandten sich ihm zu. Schweigen breitete sich aus, während Sunny zu ihm trat und Josie fragend anblickte. »Wie ich sehe, hast du Josie um den Finger gewickelt.«

»Quatsch, es war eher umgekehrt.«

Josie verdrehte die Augen. »Ich war mir nicht sicher, ob er mit in die Küche darf.«

»Jed ist harmlos, solange du nicht versuchst, jemandem wehzutun, den er gernhat. Dann zerquetscht er dich wie eine Ameise, hab ich mir sagen lassen. Was glaubst du wohl, warum er Prospect bei den Dark Knights ist?«, meinte Sunny. »Weil er ist wie sie und in unserer verrückten Welt sehr viel Gutes tut.«

»Zumindest heutzutage«, sagte Jed. »Aber ich hatte auch so meine Probleme.« Er hatte mehrfach im Jugendknast gesessen und auch als Erwachsener einige Monate im Gefängnis verbracht, doch darüber wollte er jetzt ganz bestimmt nicht sprechen. Wichtig war nur, dass er inzwischen ein ehrliches, anständiges Leben führte. Er zog die Lederjacke aus, wobei ihm das Verlangen in Josies Augen nicht entging. *Verdammt.* Das gefiel ihm wahrscheinlich viel mehr, als nach diesem kurzen Wiedersehen gut für ihn war.

»Sehen lassen kann er sich auch noch«, sagte Sunny, bevor sie ihre Aufmerksamkeit wieder den anderen Frauen im Raum zuwandte. »Jed kann auch wieder gehen, wenn eine von euch etwas gegen seine Anwesenheit hat.«

Die Frauen murmelten »Nein, alles gut« und »Ist in Ordnung«. Josie nuschelte irgendetwas Unverständliches, aber ihre geröteten Wangen verrieten ihr Interesse. »Herrgott«, kam es ihr leise über die Lippen, als sie sich neben die hübsche Brünette mit dem Kurzhaarschnitt setzte.

»Hoffentlich sieht Gott wirklich so aus«, erwiderte die Brünette leise.

Josie starrte ihn finster an, als ob er etwas falsch gemacht hätte. Dann zeigte sie auf ihre Freundin. »Moon, das ist Tracey.« Danach stellte sie die Kinder vor. »Das sind mein Sohn Hail und seine Freundin Emily, Jennas Tochter.« Sie deutete durch den Raum auf eine Rothaarige am anderen Tisch, die schüchtern zurückwinkte.

Bones hatte ihn kurz zuvor angerufen, um ihn wissen zu lassen, dass Sarah mit Tracey gesprochen und ihr den Job angeboten hatte. Traceys Blick wanderte neugierig zwischen Jed und Josie hin und her. Er fragte sich, ob Josie ihn ihr gegenüber erwähnt hatte. »Dann bist du Sarahs Freundin Tracey? Dir haben die Whiskeys den Job als Kellnerin angeboten, oder?«

»Genau die bin ich«, bestätigte sie.

»Ich arbeite auch dort. Es wird dir bestimmt gefallen. Die Gäste sind im Grunde genommen sehr nett, und keine Angst, wir werden alle auf dich aufpassen.«

»Du arbeitest da?« Tracey warf Josie einen Blick zu.

Er war davon überzeugt, dass sie irgendeine Art von geheimer Frauenbotschaft ausgetauscht hatten, auch wenn er keine Ahnung hatte, wie er sie entziffern sollte.

Sunny stellte ihm die Frauen am anderen Tisch vor und wies dann auf den leeren Stuhl neben Hail. »Du kannst meinen Stuhl haben. Ich setze mich da drüben hin.«

»In Ordnung.« Er setzte sich neben Hail. »Hi. Ich bin Jed. Ich habe gehört, dass du Autos und Lastwagen magst.«

Hail nickte. »Vor allem Lastwagen.«

»Das sehe ich.« Jed griff über den Tisch und schnappte sich einen Bagger. »Wollen wir etwas Zuckerguss aufschaufeln?«

Hail kicherte und schüttelte den Kopf, wobei seine Ponyfransen vor seinen Augen hin- und herschaukelten. »Mama hat gesagt, keine Bagger im Zuckerguss.«

Jed schnitt eine Grimasse. »Ups. Ich muss erst noch die Regeln lernen.« Er sah Josie an und bat lautlos um Entschuldigung. Sie schüttelte lächelnd den Kopf, schien sich jedoch etwas zu entspannen.

»Pass mal auf, Hail, ich mache das hier zum ersten Mal«, gestand Jed. »Kannst du mir vielleicht zeigen, wo man bei einem Lebkuchenhaus anfängt?«

»Klar. Zuerst musst du Mama dabei helfen, dir ein Haus zu bauen«, erklärte Hail, nahm sich ein M&M aus einer Schüssel und stopfte es sich in den Mund. »Sie macht die besten Lebkuchenhäuser. Mein Daddy konnte die besten echten Häuser bauen.«

Jeds Vater war von einem betrunkenen Autofahrer überfahren worden, als er elf Jahre alt war, und auch wenn er wusste, dass es diverse Gründe dafür geben konnte, dass Hails Vater kein Teil seines Lebens mehr war, spürte Jed ein Stechen in der Brust, als der Junge in der Vergangenheitsform von seinem Vater sprach.

»Spatz, du hast vergessen, ihm zu sagen, dass du der beste Hausdekorateur bist.« Josie stand auf und ging zur Arbeitsplatte.

»Und Emily hat ebenfalls ein Händchen dafür. Und dann haben wir da noch Tracey, bei der mehr Süßigkeiten im Bauch als auf dem Haus landen.«

Sie versuchte so offensichtlich, das Thema zu wechseln, dass Jed ihr Unbehagen spüren konnte. Er sagte Hail, dass er gleich wieder da sei, und ging zu Josie, die gerade dabei war, eine Lebkuchenplatte zu zerschneiden.

»Es ist wirklich einfach«, meinte sie, ohne aufzusehen. »Man muss nur darauf achten, dass die gegenüberliegenden Stücke die gleiche Größe haben. Ich hatte einmal Vorlagen dafür, aber …«

Er legte eine Hand auf ihre und brachte sie damit zum Schweigen. Sie blickte zu ihm auf. »Er spricht von seinem Vater in der Vergangenheitsform. Lebt er noch? Läufst du vor ihm davon?«, erkundigte er sich leise.

»Nein und nein.«

»Du brauchst mir nicht auszuweichen. Wenn er dir wehgetan hat, kümmern wir uns um ihn. Ich werde ihn von Hail fernhalten.«

Sie entzog ihm ihre Hand und starrte ihn an. Dann warf sie einen Blick zu Hail hinüber und ließ die Schultern sinken. Es war beinahe so, als hätte man die Luft aus ihr herausgelassen. Er versuchte, geduldig auf eine Erklärung zu warten, aber sein verdammtes Herz raste. Als er schon die Fäuste ballen und seine Frage wiederholen wollte, sah sie ihn blinzelnd an. »Sein Vater hätte uns niemals wehgetan. Nicht in einer Million Jahren.«

»Gut. Entschuldige, ich wollte einfach nur …« Seine Erleichterung hielt nicht lange an, als ihm klar wurde, was ihre Antwort höchstwahrscheinlich bedeutete.

»Er hatte einen angeborenen Herzfehler, von dem wir nichts wussten«, sagte sie traurig. »Er ist vor etwas mehr als zwei Jahren gestorben.«

»Großer Gott, Jojo. Das tut mir so leid.«

»Danke. Können wir bitte aufhören, darüber zu reden?« Sie blickte wieder zu Hail hinüber. »Wir beide haben endlich das Schlimmste hinter uns, und ich möchte, dass es so bleibt.«

»Ja, natürlich. Aber …« Er legte ihr eine Hand ins Kreuz, und sie schloss für eine Sekunde die Augen. In diesem Moment wurde ihm klar, dass er rein gar nichts über Frauen wusste. War es ein Zeichen der Erleichterung, weil sich jemand um sie sorgte, oder unterdrückte Josie den Drang, ihm zu sagen, dass er die Hand wegnehmen sollte? Um sie nicht zu bedrängen, unterbrach er die Berührung, und als sie die Augen aufschlug, erkannte er darin den Schmerz, den sie hinter einer Mauer von Stärke zu verbergen versuchte.

Er war sich nicht sicher, wie er mit dieser Situation umgehen sollte, aber er wollte, dass sie ihm vertraute, und die Wahrheit kam ihm leicht über die Lippen. »Du bist die einzige Person auf diesem Planeten, die meine Geheimnisse kennt.«

Sie zog erstaunt die Augenbrauen hoch.

»Das mag sich seltsam anhören, aber es stimmt. Meine längste Beziehung dauerte ungefähr acht oder zehn Stunden, und ich hatte sie mit einem Mädchen, das ich auf einer Sommerparty kennengelernt habe.«

Ihr fiel die Kinnlade herunter. »Das kann nicht sein.«

Er hob zwei Finger in die Luft. »Pfadfinderehrenwort.«

Sie streckte den Arm aus und sorgte dafür, dass er noch einen dritten Finger dazunahm.

»Oh, verdammt, das habe ich offenbar auch falsch gemacht. Wie man sieht, war ich kein Pfadfinder, aber du kannst mir trotzdem deine Geheimnisse anvertrauen.«

Sie schnaubte. »Ein Mann, der keine Frau halten kann, will, dass ich ihm mein Herz ausschütte? Das hättest du wohl gern.«

»Das kann ich dir irgendwie nicht verdenken. Aber du solltest wissen, dass es nicht daran liegt, dass ich keine Frau halten kann. Ich meine, sieh mich an.« Er grinste arrogant, was ihm einen amüsierten Blick einbrachte, und nahm sich ein Lebkuchenstück. »Ich habe einfach nur noch nicht diejenige gefunden, mit der ich alt werden und mir ein Zuhause einrichten will.«

»Wow. Bei dir heißt es wohl alles oder nichts, was?«

Er hatte sich nie als jemand gesehen, der keine halben Sachen machte, aber jetzt, wo sie es aussprach, fragte er sich, ob sie vielleicht recht hatte. »Zeigst du mir jetzt, wie das geht?«

»Ich dachte, deine Bikerfreunde hätten dich hergeschickt, um mich zu beschützen, und nicht, um Lebkuchenhäuser zu bauen.« Sie setzte zwei Lebkuchenstücke im rechten Winkel zusammen und legte Jeds Hand darauf, damit er sie festhielt, während sie nach einem Spritzbeutel mit Zuckerguss griff.

Er schmunzelte. »Ehrlich gesagt habe ich mich freiwillig gemeldet.«

Sie presste die Lippen aufeinander und musterte sein Gesicht. »Hm. Interessant.«

Ihr Ausdruck wurde weicher, und sie zog eine Spur aus Zuckerguss an den Rändern der beiden Lebkuchenwände entlang, um danach eine dritte Wand aufzustellen. »Kannst du das bitte festhalten?«

Er kam der Bitte nach, und sie klebte auch diese beiden Wände mit Zuckerguss zusammen. Sie arbeitete akribisch und wortlos, bis das gesamte Lebkuchenhaus fertig war.

Schließlich stemmte sie die Hände in die Hüften. »So baut man ein Haus. Aber es besteht ein himmelweiter Unterschied zwischen einem Haus und einem Zuhause, und nach allem, was ich so gehört habe …«, ihr fiel das Tattoo von einem Wolf im

Schafspelz auf seinem Unterarm auf, und ihr Magen zog sich zusammen, »sind große böse Wölfe besser darin, sie umzupusten als aufzubauen.« Sie zeigte auf das Haus und bedachte ihn mit einem herausfordernden Blick. »Das muss jetzt einen Tag stehen bleiben, bevor du es dekorieren kannst. Solche Dinge brauchen Zeit.«

»Anscheinend habe ich noch eine Menge zu lernen.« Er folgte ihr zurück an den Tisch.

»Wo ist dein Haus, Moon?«, fragte Hail, als sich Jed neben ihn setzte.

»Tja, Kumpel, wie es aussieht, kann meins erst morgen dekoriert werden. Du darfst mich übrigens Jed nennen.«

Hail zeigte seine Zahnlücke und legte den Kopf schief. Dabei erinnerte er Jed sehr an Josie, die ihn genauso beäugt hatte. »Mama nennt dich Moon. Darf ich dich auch Moon nennen?«

Tracey klimperte mit den langen dunklen Wimpern und schlug einen neckischen Ton an. »Und ich auch?«

Josie verdrehte abermals die Augen. Er hatte irgendwie das Gefühl, dass sie das öfter machte, aber sie lächelte, und er würde das Augenverdrehen, den Spott und alles Weitere in Kauf nehmen, mit dem sie ihr Herz üblicherweise beschützte. Jetzt, wo er wusste, dass sie ihren … Freund? Ehemann? Im Grunde genommen spielte es keine Rolle, wen sie verloren hatte. Er musste ihr sehr viel bedeutet haben und war zudem der Vater ihres Sohnes. Jed wusste nur zu gut, was es für ein Kind bedeutete, ein Elternteil zu verlieren – ganz zu schweigen von der Frau, die allein zurückblieb.

Er beugte sich näher zu Hail hinüber und senkte die Stimme. »Du darfst mich gern Moon nennen, Kumpel.« Dann sah er Josie in die Augen. »Aber ich glaube, unsere Freundin Tracey sollte mich lieber Jed nennen, denn Moon ist für alte

Freunde und ihre Kinder reserviert.«

Jed griff über den Tisch und beschlagnahmte eine Schüssel mit hellen und dunklen Karamellwürfeln. Er hielt Hail ein helles Stück hin. »Schau mal, Kleiner. Es hat dieselbe Farbe wie dein Haar.« Mit einem Blick zu Josie, die sie nicht aus den Augen ließ, fügte er hinzu: »Ich wette, du wusstest nicht, dass ich einen Sommer lang als Steinmetz gearbeitet habe.« Bei seinen Worten machte sich Erstaunen in ihrem Gesicht breit. Aber sie hatte sich schnell wieder im Griff. »Ich weiß auch das eine oder andere darüber, wie man Häuser baut, aber ein Zuhause? Dafür braucht man ganz andere Fähigkeiten.«

»Was ist ein Steinmetz?«, wollte Hail wissen und griff sich eine Handvoll Karamell.

»Jemand, der etwas mit Steinen baut. Komm, ich zeige es dir.« Er nahm sich ein anderes Karamellbonbon und hielt es zwischen Daumen und Zeigefinger fest. »Stell dir vor, dass das ein Ziegelstein ist.« Er bestrich den Karamellwürfel bis auf zwei der schmalen Seiten mit Zuckerguss und drückte ihn an die Wand von Hails Lebkuchenhaus. »Der Zuckerguss ist der Mörtel, der die Ziegelsteine zusammenhält«, erklärte er, während er sich ein weiteres Karamellbonbon schnappte, es bestrich und auf das erste klebte. »Wir bauen einen Kamin aus Ziegelsteinen. Hilfst du mir dabei?«

Hail nahm sich einen Karamellwürfel, und als er nach einem Plastikmesser greifen wollte, fragte Jed: »Wie wäre es, wenn wir einfach die Finger nehmen?«

Er nahm sich eine Schüssel mit Zuckerguss und Hail schrie: »Nein! Meine Mama hat gesagt, da darf man nicht mit den Fingern rein. Wir müssen uns die Schüssel alle teilen.«

Jed zuckte erneut zusammen und warf Josie einen – wie er hoffte – entschuldigenden Blick zu. »Tut mir leid. Ich scheine heute andauernd ins Fettnäpfchen zu treten.«

Tracey lachte auf. »Ich mag Männer, die die Verantwortung für ihre Taten übernehmen.«

»Ist schon okay, Spatz«, meinte Josie. »Diesmal darfst du mit den Fingern reinfassen.«

»Du bist eine ziemlich coole Mom«, stellte Jed fest und stellte die Schüssel mit dem Zuckerguss vor Hail ab. Sein Blick traf Josies, der jetzt etwas verträumt wirkte. Vielleicht war das aber auch nur Wunschdenken.

»Ich will auch die Finger benutzen!«, fiel Emily ein, womit sie die Aufmerksamkeit ihrer Mutter erregte.

Jed wandte sich an Emilys Mutter. »Tut mir leid, dass ich einen schlechten Einfluss auf die Kinder habe, aber hätten Sie etwas dagegen, wenn sie sich eine Schüssel mit Zuckerguss teilen und die Finger benutzen?«

»Auf dem Spielplatz kriegt sie mehr Keime ab«, erwiderte ihre Mutter. »Macht einfach.«

Die Kinder jubelten.

Er fühlte die Hitze in Josies Blick, während er den Kindern dabei half, einen Schornstein aus Karamell zu bauen.

Den Großteil des Nachmittags verbrachten sie damit, ausgefeilte Lebkuchenhäuser zu errichten, was schließlich in einem Wettbewerb endete, bei dem Tracey und Josie gegen Jed und die Kinder antraten. Josies und Traceys Haus hatte Zäune aus Brezeln, Bäume aus grünem Zuckerguss und fein säuberlich dekorierte Höfe. Außerdem verteilten sie Gummibärchen wie Steine überall auf den Wänden. Das Haus von Jed und den Kindern war ein Durcheinander aus mit Fingern aufgetragenem Zuckerguss und kunterbunten Süßigkeiten. Aus den dreireihigen Schornsteinen ragten Pfefferminzstangen hervor, und es gab nicht einen Zentimeter Lebkuchen, der nicht von kleinen Fingern berührt worden war. Jed hätte sich nie träumen lassen, dass er mal so etwas machen würde, und dieser lustige

Nachmittag wurde dadurch sogar noch besser, dass er Josie häufig dabei ertappte, dass sie ihn beobachtete. Manchmal sah sie so aus, als wollte sie am liebsten über den Tisch klettern und ihn küssen, und der stumme Tadel in ihren Augen, als er das Dach zerbrach und versehentlich fluchte, war nicht zu übersehen.

Kinderregeln. Wird Zeit, dass ich sie lerne.

Als sie fertig waren, klebten mehr Zuckerguss und Süßigkeiten an den Kindern und am Tisch als am Haus. Jed bot seine Hilfe beim Saubermachen an, aber Josie erklärte scherzhaft, dass er schon genug Schaden angerichtet hätte. Er zog sich die Jacke an und merkte dabei, dass er vergessen hatte, Hail das Geschenk zu geben.

Während Emily damit beschäftigt war, mit ihrer Mutter den Abwasch zu machen, kniete er sich neben Hail. »Danke, dass du mir gezeigt hast, wie man das macht. Frohe Weihnachten, mein Kleiner.«

Jed zog das Geschenk aus der Tasche. Hail schnappte nach Luft, aber statt nach dem Geschenk zu greifen, sah er Josie mit hoffnungsvollen großen Augen an. Seine Hände und sein Gesicht waren mit klebrigen Süßigkeiten und Zuckerguss bedeckt, ebenso seine Kleidung. Selbst in seinem Haar klebte weißer Zuckerguss. An Josies Stelle wäre Jed niemals dazu fähig gewesen, ihm das Geschenk vorzuenthalten.

»Schon okay«, sagte sie und sah Jed mit einem warmen Gesichtsausdruck an.

Hail schnappte sich das Geschenk und riss das Geschenkpapier auf. »Mama! Ein Lastwagen!« Er hielt das kleine grüne Allradfahrzeug hoch, sodass sie es sehen konnte.

»Wow. Das ist wirklich ein tolles Geschenk. Du solltest …«

Ihre Worte wurden von ihrem Sohn erstickt, der dem immer noch knienden Jed die Arme um den Hals schlang und rief: »Danke schön!«

Er presste die klebrigen Hände gegen Jeds Hals. Als Hail sich von ihm löste, war Jed deutlich bewusst, dass überall an ihm Zucker klebte, doch das war ihm egal, weil Josies kleiner Junge wie ein Äffchen an ihm hing und sie ihn ansah, als hätte er gerade die Sterne vom Himmel geholt.

Hail löste sich aus seinen Armen und machte Anstalten, aus der Küche zu flitzen, aber Josie konnte ihm im letzten Moment die Arme um die Taille schlingen. »Du bist zu klebrig, um rauszugehen. Wir müssen dich erst mal waschen.« Sie drückte ihm einen Kuss auf die Wange.

»Lass das, Mama! Ich will spielen!« Er entwand sich ihrem Griff und lief hinaus.

Jed erwischte ihn im Vorbeilaufen und hob ihn mit beiden Händen hoch, sodass er fast die Decke berührte. »Hey, Kumpel. Was hat deine Mama gesagt?«

Hail kicherte. »Dass ich mich waschen soll.«

»Und wo wolltest du gerade hin?«, fragte er den Jungen. Hails Antwort bestand in weiterem Gekicher, wobei Jed das Herz aufging. »Wenn ich dich absetze, rennst du dann wieder weg?«

»Ja!« Als Hail nicht aufhören konnte zu kichern, musste auch Jed lachen. »Zumindest weißt du, was Ehrlichkeit bedeutet.«

Josie hielt sich eine Hand vor den Mund, damit man ihr Grinsen nicht sah. »Wenn man lacht, kommt er nur auf dumme Gedanken.«

Jed runzelte die Stirn und sah Hail ernst an. »Soso.« Er stellte ihn wieder auf die Beine und nahm seine Hand. »Kein Wunder, dass ich als Junge ständig in Schwierigkeiten geraten bin.« Er legte Hails Hand in Josies und meinte dabei: »Ich habe gehört, dass du einen Job suchst.«

Sie hockte sich neben Hail. »Könntest du in die Küche gehen und den Hocker an die Spüle stellen, Spatz? Ich komme gleich, um dir beim Waschen zu helfen.«

Hail lief in die Küche, aber statt zur Spüle zu gehen, kniete er sich hin und fing an, seinen neuen Laster über den Fußboden rollen zu lassen.

Jed gluckste. »Du wirst ihn wohl mit dem Schlauch abspritzen müssen.«

»Kinder und Dreck gehören zusammen wie Spaghetti und Fleischbällchen.«

»Du suchst also einen Job?«

»Ich suche schon seit einer Weile, finde jedoch keinen. Vor Brians Tod habe ich nicht viel gearbeitet, und danach, nun ja … Es war hart. Er hatte keine Lebensversicherung, und wir haben unser Haus verloren. Ich fand einen Job und eine Unterkunft, doch als Hail krank wurde und ich nicht arbeiten konnte, flog ich bei beiden raus. Im Augenblick versuche ich einfach, uns irgendwie über Wasser zu halten.« Sie seufzte. »Ich habe die Gegend durchkämmt, und es gibt einfach keine freien Stellen. Mir ist noch nicht ganz klar, wie es weitergehen soll.«

Großer Gott, sie war zwar nicht misshandelt worden, aber definitiv durch die Hölle gegangen. »Hast du mal überlegt, dich in Peaceful Harbor zu bewerben? Damit wärst du auch näher bei Sarah und Scott.«

»Ich habe darüber nachgedacht«, gab sie zu. »Es gibt eine Menge, worüber ich nachdenken muss.«

»Ja, das glaube ich gern. Morgen muss ich arbeiten, aber ich kann Donnerstag vorbeikommen und dich durch die Stadt führen, damit du dich in ein paar Läden bewerben kannst. In unserer Kleinstadt geht es mehr darum, wen du kennst, als wie viele Online-Bewerbungen du ausfüllen kannst.«

»Danke, aber ich kann nicht.«

Er verschränkte die Arme. »Kannst du nicht oder willst du nicht?«

Sie senkte die Stimme. »Ich weiß das Angebot zu schätzen und auch das Geschenk für Hail, aber ich kann mich erst persönlich auf Jobs bewerben, wenn er nach den Winterferien wieder zur Schule geht.«

»Oh, du hast ihn angemeldet? Das ist gut.«

»Er war so begeistert davon, in die Vorschule zu kommen, und ich dachte mir, dass das etwas Stabilität in sein Leben bringen könnte. Bisher gefällt es ihm. Aber ich hätte nichts dagegen, näher bei Sarah und Scott zu leben. Wir haben noch einen langen Weg vor uns, aber irgendwann wollen wir vielleicht wirklich auf der anderen Seite der Brücke wohnen.«

»Cool.« Er zückte sein Handy. »Gib mir deine Nummer, dann melde ich mich morgen bei dir.«

Sie steckte die Hände in die Taschen ihrer Jeans. »Ich habe kein Handy.«

Er war sich nicht sicher, ob das die Wahrheit war oder ihre Art, ihn abzuweisen. »Hör mal, ich versuche nicht, mich in dein Leben einzumischen. Ich habe auch schwere Zeiten hinter mir, nur dass ich keinen Ort wie diesen hatte oder eine Familie, die sich um mich geschart und versucht hat, mich kennenzulernen. Ich hatte auch keinen niedlichen Sohn, der sich darauf verlässt, dass ich mein Leben besser in den Griff kriege.« Das brachte ihm ein süßes Lächeln ein. »Aber ich habe jahrelang an irgendwelchen Orten geschlafen – in meinem Wagen, auf der Couch von Freunden – und mich irgendwie durchgeschlagen. Es ist in Ordnung, manchmal um Hilfe zu bitten oder welche anzunehmen. Ich versuche nur, dir ein Freund zu sein. Ich bin mir nicht sicher, ob ich bei unserer ersten Begegnung ein guter Zuhörer war, aber ich bin erwachsen geworden und habe eine

Menge dazugelernt. Heute kann ich gut zuhören.«

Er hoffte inständig, sie würde ihm nicht entgegenhalten, dass er ihr vorhin eben nicht zugehört, sondern sie gedrängt hatte, Zeit mit ihm zu verbringen. Sie öffnete den Mund und wollte schon etwas sagen, doch er kam ihr zuvor. »Ich weiß, ich kann aufdringlich sein, aber ich meine es nur gut.«

Sie schloss für eine Sekunde die Augen, wie sie es schon einmal getan hatte, und atmete tief ein. Als sie ihn wieder ansah, schien die Gereiztheit, die er zu spüren geglaubt hatte, verschwunden zu sein.

»Es tut mir leid, Moon. Mir geht ziemlich viel im Kopf herum. Ich habe gerade erst mit Sarah gesprochen und ich möchte an dieser Beziehung arbeiten. Vielleicht werde ich nach Jobs rings um Peaceful Harbor suchen. Aber bis Hail wieder in der Vorschule ist, kann ich nicht viel machen. Nächsten Mittwoch geht die Schule wieder los.«

Das klang viel besser als *verschwinde*. »Was hältst du davon: Ich hinterlasse meine Nummer an der Rezeption für den Fall, dass du irgendetwas brauchst, und schaue bald wieder hier vorbei.« Er wandte sich zum Ausgang, spürte aber ihren Blick auf sich ruhen und drehte sich noch mal um.

Josie hatte sich nicht bewegt. Sie kräuselte die Lippen, hob die Hand und winkte ihm zaghaft zu, sodass er lieber geblieben wäre.

»Danke, dass ich heute mit dir und Hail basteln durfte. Und viel Glück dabei, ihn wieder sauber zu kriegen.«

»Ich wünsche dir ebenso viel Glück bei deiner Jacke«, rief sie ihm hinterher.

Er bemerkte den verschmierten Zuckerguss auf dem schwarzen Leder. Es war ein wirklich schöner Tag gewesen, und mit etwas Glück würden sie noch viele weitere davon erleben.

Drei

Am Montagmorgen betrachtete Josie fasziniert die Website der Dark Knights. Sie hatte sich dort umgesehen, seit Tracey am vorigen Nachmittag von ihrem Einführungsgespräch aus dem Whiskey Bro's zurückgekehrt war und von den Whiskeys und den Dark Knights geschwärmt hatte. Auf der Seite gab es mehrere Bilder von Jed, darunter eins, auf dem er auf einem glänzenden schwarzen Motorrad saß und wild und sexy aussah, sowie einen Schnappschuss von ihm, auf dem er lachend mit einem Bier in der Hand zu sehen war und eine Hand in der Tasche seiner tief sitzenden Jeans stecken hatte. Auf manchen Fotos hatte er einen sanfteren Ausdruck, und sie studierte diese neugierig und las die Bildunterschriften, während sie sich fragte, was für eine Beziehung er zu diesen Menschen hatte. Beispielsweise bei dem Foto, auf dem er sich mit Red Whiskey unterhielt, der Frau des Präsidenten der Dark Knights, und dem mit seiner Schwester Crystal, die zu Josies Erstaunen pechschwarzes Haar hatte. Und dann gab es da noch eins von ihm und zwei Brüdern namens Quincy und Truman Gritt. Auf diesen Bildern erinnerte Jed sie an den schelmischen, dreiundzwanzigjährigen, harten Typen, den sie vor all diesen Jahren auf der Sommerparty kennengelernt hatte. Er war zu einem sogar noch attraktiveren, aufmerksameren Mann herangewachsen, als sie sich je hätte vorstellen können. Ihn Dienstagvormittag mit Hail zusammen zu sehen, hatte sich gut angefühlt, weshalb sich leichte Gewissensbisse bei ihr bemerkbar machten. Seit Brian hatte sie sich von niemandem mehr angezogen gefühlt.

Sie klickte auf die Artikelseite und las einen Bericht ein weiteres Mal, den sie zuvor schon überflogen hatte. Er hatte sie derart zu Tränen gerührt, dass sie zu Jeds Fotos zurückkehren musste, um sich wieder in eine bessere Stimmung zu versetzen. Sie zwang sich dazu, den ganzen Artikel zu lesen, der ausführlich über eine Sternfahrt und eine Benefizveranstaltung berichtete, die vom Motorradclub organisiert worden waren, um Sarah und Scott nach dem Unfall im vergangenen Sommer mit den Krankenhauskosten zu helfen. Sie hörte wieder Sarahs angsterfüllte Stimme, gefolgt von der Welle von Panik, die Josie bei ihrem Besuch im Krankenhaus überwältigt hatte.

Erneut schossen ihr Tränen in die Augen, während sie sich dazu zwang, sich die Fotos von Scotty im Rollstuhl mit Nägeln in einem Bein und dem anderen Bein im Gips anzusehen. Sarah stand neben ihm, schwanger und lächelnd mit ihrem kleinen Mädchen auf dem Arm. Neben ihr war Bones zu sehen, der Bradleys Hand hielt. Erstickend und schwer senkten sich die Schuldgefühle auf Josie herab. Sie berührte den Monitor und wünschte sich, sie wäre nicht aus dem Krankenhaus weggelaufen oder hätte nicht später abermals die Flucht ergriffen, als sie Sarah im Frauenhaus gesehen hatte.

Wir werden uns vergeben und uns versöhnen.

Brian hatte ihr immer gesagt, dass jeder Dinge tat, auf die er nicht stolz war. Aber während die meisten Menschen der Ansicht waren, dass es darum ging, anderen zu verzeihen, glaubte er, dass man sich auch seine eigenen Schwächen vergeben sollte. Dass sich das nicht nur auf die eigene Zukunft auswirkte, sondern auch auf die Zukunft anderer. Diese Worte musste sie sich jetzt mehr denn je ins Gedächtnis rufen. Wenn sie sich selbst verzeihen konnte, dass sie Weihnachten nicht einen Schritt weiter auf Sarah und Scotty zugegangen war, und sich dafür jetzt umso mehr bemühte, dann würde Hail vielleicht endlich eine größere Familie bekommen. Viel zu lange hatte es immer nur Brian, Hail und sie gegeben, daher hatte sie schon fast vergessen, wie es sich anfühlte, Geschwister zu haben. Aber jetzt sehnte sie sich nach ihnen.

»Starrst du Jeds Fotos noch immer sabbernd an?« Tracey ließ sich auf den Stuhl neben ihr sinken.

»Nein«, erwiderte sie und war heilfroh, dass diese Seite nicht mehr auf dem Bildschirm zu sehen war.

Sie hatte inzwischen viel Zeit gehabt, um über Jed nachzudenken, und erkannt, dass es in einer Welt, in der sie alles außer ihrem Sohn verloren hatte, schön war, einen Freund zu haben, der sie noch aus der Zeit nach ihrer Flucht aus ihrem Elternhaus und vor dem erneuten Zusammenbruch ihrer Welt kannte. Und ja, er konnte sich sehen lassen und ließ ihr Herz höherschlagen, was einen Haufen widersprüchlicher Gefühle mit sich brachte, aber sie versuchte, dem keine allzu große Bedeutung beizumessen.

»Ist es nicht abgefahren, dass Jed Prospect bei den Dark Knights ist?«, fragte Tracey.

Es gab einen ganzen Artikel über Jeds Aufnahme als Prospect, was bedeutete, dass er vollwertiges Mitglied des Motorradclubs werden wollte und sich jetzt in der Probezeit befand. Die Fotos von den vergangenen Sternfahrten und Benefizveranstaltungen der Dark Knights zeigten eine ziemlich einschüchternde Gruppe von tätowierten Männern und Frauen in Lederkluft. Manche Männer wirkten mit ihren buschigen Bärten oder Glatzköpfen regelrecht bedrohlich, während andere wiederum gepflegt und überhaupt nicht wie Biker aussahen. Aber sie hatte gelesen, dass die Dark Knights ein Motorradclub waren und keine Gang, und inzwischen kannte sie auch den Unterschied. Darüber hinaus hatte sie zahlreiche Artikel über all das gelesen, was der Club in den vergangenen Jahren Gutes für die Gemeinde getan hatte. Das gab der alten Redewendung, dass man niemals nur nach dem Äußeren gehen sollte, eine völlig neue Bedeutung.

»Es ist cool«, stimmte sie Tracey zu. »Und ich bin froh, dass so viele Menschen auf Sarah und Scott aufpassen.«

Tracey warf ihr einen ausdruckslosen Blick zu. »Müsste der Satz nicht noch weitergehen? Fehlt da nicht der Teil darüber, dass du dich freust, weil sie Jed geschickt haben, um auf dich und Hail aufzupassen?«

»Jed hat das freiwillig gemacht«, erwiderte Josie. Diese Tatsache fühlte sich ungemein gut an.

»Wirklich? Ich schätze mal, ihm hat gefallen, was er vor Sarahs Tür gesehen hat, was?«

Josie hatte Tracey nichts von ihrer Vergangenheit mit Jed erzählt. Sie hatte noch nie zuvor Freundinnen gehabt, und sie war sich nicht sicher, wie sie sich dabei fühlte, jemandem so etwas Intimes anzuvertrauen. Brian hatte sie immer dazu ermutigt, Freundschaften zu schließen, aber sie hatte gerne in ihrer glücklichen kleinen Blase mit Brian und Hail gelebt. Jetzt, wo Brian nicht mehr da war und ihre Welt sich so sehr verändert hatte, verstand sie so langsam, warum er stets gesagt hatte, ein Partner könne ihr keine Freundinnen ersetzen. Er hatte immer das Beste für sie gewollt, was nur einer der Gründe war, aus denen sie ihn so sehr geliebt hatte. Sie war sich nicht sicher, wie viel davon sie Tracey erzählen wollte, aber sie sollte wissen, dass mehr zwischen ihr und Jed passiert war als nur das, was sie am Vortag gesehen hatte. Letzten Endes entschied sie sich für eine äußerst knappe Version. »Ich kenne Jed schon aus meiner Teenagerzeit.«

Sie wackelte mit den Augenbrauen. »Was soll das heißen? War es nur eine oberflächliche oder eine *intimere* Bekanntschaft?«

»Lass das!« Josie stieß sie mit der Schulter an und lachte auf, obwohl sie spürte, wie ihr das Blut in die Wangen schoss.

Tracey zeigte auf den dunkelhaarigen Mann auf dem Bildschirm. »Das ist Bear, der Motorräder baut. Ist er nicht heiß? Er ist mit Crystal verheiratet, Jeds Schwester. Sie ist eine toughe Frau und außerdem schwanger. Und, oh mein Gott, Josie, wenn ich groß bin, will ich wie Dixie sein. Ich wette, sie lässt sich von niemandem was gefallen. Sie ist …«

»Der tätowierte Rotschopf, der im Büro der Bar und der Werkstatt arbeitet«, beendete Josie den Satz für sie. »Ich weiß. Ich habe praktisch die gesamte Seite auswendig gelernt. Mir geht ständig durch den Kopf, wie dumm ich gewesen bin. Ich habe einen Bogen um die einzigen beiden Menschen auf der Welt gemacht, die schon vor Brian für mich da gewesen sind.«

»Dann mach den nächsten Schritt«, ermutigte Tracey sie. »Ruf Sarah an. Verabrede dich mit ihr und Scott zum Mittagessen oder etwas in der Art und bring die Sache in Ordnung. Du bist jetzt am Zug. An deiner Stelle würde ich die Chance sofort nutzen, auch wenn es anfangs ziemlich komisch sein wird. Ich kann dich auch gern begleiten, damit du nicht ganz so nervös bist.«

Josie schaute zu Hail und Emily hinüber, die am Kaffeetisch

saßen und malten. »Bei dir klingt das so einfach. Vielleicht nächste Woche, wenn Hail in der Schule ist, dann muss er mich wenigstens nicht als emotionales Wrack erleben.«

»Du machst dir zu viele Gedanken. Mütter sollen doch emotional sein. Wenn du das nicht wärst, würde ich mir Sorgen um dich machen.«

Josies Gedanken wanderten an den dunklen Ort zurück, den sie äußerst selten aufsuchte – zu dem Leben bei ihren Eltern. Ihre Mutter war gefühllos, kaltschnäuzig, wütend und gemein gewesen. Aber aus Gründen, die Josie nie so ganz begriffen hatte, war es ihr nie so schlecht ergangen wie Sarah und Scotty. Sarah war als Teenager eine Schönheit gewesen, auch wenn sie das niemals zur Schau gestellt hatte, und ihre Mutter hatte dafür gesorgt, dass sie das auch nie tun würde, indem sie sie als Schlampe, Nutte und noch Schlimmeres bezeichnete. Der arme Scotty war derart übel niedergemacht worden, dass Josie nicht einmal daran denken wollte.

»Darüber muss ich erst nachdenken«, sagte sie schließlich. »Ich möchte auf keinen Fall ein weiteres Mal kalte Füße kriegen. Wenn das zu oft passiert, halten sie mich noch für verrückt.«

»Zu spät«, meinte Jed zwinkernd und kam mit einer Zooey-Deschanel-Doppelgängerin in den Aufenthaltsraum, der die lockigen walnussbraunen Haare über die Schultern fielen. Die Frau an seiner Seite sah nicht nur unaufgeregt hübsch aus wie ein Mädchen von nebenan, sondern wirkte in den engen Jeans, die in kniehohen Pelzstiefeln steckten, und dem weißen Parka sehr stylish. Ihr königsblauer Schal betonte ihre lebhaften Augen.

Josie sprang nervös auf. »Moon. Was machst du denn hier?« *Und wer ist das?* Der Gedanke schlug eine eifersüchtige Saite in ihr an, die sie gar nicht kannte, und es gefiel ihr überhaupt nicht, dass sich ihr dabei der Brustkorb zuschnürte.

»Du sagtest, du kannst dich vor nächster Woche nicht persönlich bewerben.« Er zuckte mit den Achseln. »Daher dachte ich, du könntest das Bewerbungsgespräch einfach hier führen. Dies ist meine Freundin Penny Wilson. Ihr gehört Luscious Licks, die Eisdiele in Peaceful Harbor, und sie braucht zufälligerweise gerade Hilfe im Laden.«

Penny gab ihr die Hand. »Hallo, Josie. Schön, dich kennenzulernen.«

»Äh … ganz meinerseits.«

Sie schüttelte Penny die Hand und war völlig erstaunt darüber, dass sich Jed ihretwegen solche Mühe machte. »Du hättest nicht den ganzen Weg hierherkommen müssen.«

Tracey sprang auf. »Was sie meint, ist: ›Danke, dass du den ganzen Weg bis nach Parkvale auf dich genommen hast.‹ Ich bin Tracey, Josies Freundin.«

»Ja, natürlich«, murmelte Josie. »Danke. Es kommt nur so unerwartet.«

»So ist Jed eben«, erwiderte Penny. »Er und sein Mitbewohner Quincy können manchmal ein bisschen aufdringlich sein. Ist das für dich denn in Ordnung? Hättest du denn überhaupt Interesse, bei mir zu arbeiten?«

»Oh ja, und wie. Vielen Dank euch beiden.« Sie zupfte an ihrem T-Shirt und ihrer Jeans und richtete geistesabwesend ihr Haar. »Ich hätte mir was anderes angezogen, wenn ich gewusst hätte, dass du herkommst.«

»Du siehst großartig aus, Jojo«, erklärte Jed mit einem Funkeln in den Augen, bei dem Josie spontan Schmetterlinge im Bauch bekam.

Tracey stupste Josie abermals an. »Josie, warum redest du

nicht nebenan in Ruhe mit Penny, und ich bleibe bei Hail und Jed?«

»Oh, ja, natürlich. Danke.« Sie musste sich wieder in den Griff kriegen, bevor sie diese Chance auf einen Job vermasselte, aber wie sollte sie das schaffen, wo Jed sie doch völlig überrumpelt hatte?

»Du hältst mich bestimmt für eine Vollidiotin«, sagte sie zu Penny, während sie den Flur entlanggingen. »Ich wusste nicht, dass Jed vorbeikommt, geschweige denn, dass er dich mitbringt, auch wenn ich es wirklich zu schätzen weiß.«

»Keine Sorge. Du wirkst weder unbeholfen noch klingst du wie eine Idiotin«, versicherte Penny ihr beim Betreten des angrenzenden Raums. »Wenn sich Jed etwas in den Kopf gesetzt hat, dann zieht er die Sache auch durch. Er hat mir erzählt, dass ihr euch von früher kennt, daher weißt du vermutlich, dass er aus zerrütteten Verhältnissen stammt. Er hat die Kurve gekriegt und ist heute einer meiner besten Freunde. Und falls du denkst, dass Jed aufdringlich ist, solltest du erst mal Quincy kennenlernen. Der Mann ist einfach unglaublich …« Penny schüttelte den Kopf, zog sich die Jacke aus und setzte sich mit Josie auf die Couch.

Josie konnte deutlich erkennen, wie sehr Penny beide mochte, aber wenn sie von Quincy sprach, verriet ihr Tonfall auch, dass sie von ihm besonders angetan war.

»Gut zu wissen. Ich kann es immer noch nicht glauben, dass er das getan hat, aber wo sollen wir anfangen? Ich hatte noch nicht viele Bewerbungsgespräche und habe auch kaum Berufserfahrung. Vor dem Tod meines Mannes war ich Hausfrau und habe mich um meinen Sohn Hail gekümmert. Er ist jetzt fünf und geht zur Vorschule, daher könnte ich in der Zeit arbeiten gehen.«

»Ich wusste nicht, dass du deinen Mann verloren hast. Mein aufrichtiges Beileid.«

Josie war überrascht, dass Jed ihr das nicht erzählt hatte, wo er Penny doch so nahestand, aber sie war auch dankbar, dass er ihr diese Entscheidung überlassen hatte. »Danke. Das ist jetzt über zwei Jahre her. Die erste Zeit danach war besonders hart, aber wir haben sie überstanden, und Hail und mir geht es jetzt viel besser, jedenfalls emotional. Glücklicherweise hatten wir ein paar Ersparnisse, sodass ich mich in der schlimmsten Phase auf Hail konzentrieren konnte. Seitdem habe ich immer mal wieder gearbeitet, sobald ich einen Job und einen Babysitter für Hail finden konnte. Ich hatte drei oder vier Monate lang einen Job bei Dairy Queen im Einkaufszentrum, musste die Stelle jedoch aufgeben, als mein Babysitter aufs College ging. Danach war ich etwa sechs Monate bei dem Supermarkt an der Seventh Street angestellt, bis er ausgeraubt wurde. Dieser Zwischenfall hat mir solche Angst eingejagt, dass ich noch am selben Abend gekündigt habe. Außerdem habe ich mal in einer wirklich schlimmen Bar gekellnert, wurde jedoch gefeuert, weil Hail fast zwei Wochen lang Grippe hatte und ich nicht arbeiten konnte. Ehrlich gesagt bezweifle ich, dass meine Referenzen dank meiner Kündigung wegen des Überfalls und dem Rauswurf bei meinem letzten Job besonders gut sind. Aber solange Hail in der Vorschule ist, werde ich garantiert zur Arbeit kommen und tun, was du von mir verlangst. Ich möchte einfach wieder auf die Beine kommen, damit wir ein neues Zuhause finden und nach vorn blicken können.«

In Pennys Augen spiegelte sich Mitgefühl wider. »Im Leben können immer mal schlimme Dinge passieren, und für kranke Kinder habe ich durchaus Verständnis. Hoffentlich musst du dir in Peaceful Harbor nicht mehr so viele Sorgen wegen Überfällen machen wie in Parkvale. Die Dark Knights sind wirklich äußerst präsent in der Stadt, und die Whiskeys schauen regelmäßig in der Eisdiele vorbei. Sie würden es niemals zulassen, dass dir was passiert.«

»Ich hatte eben etwas über den Motorradclub gelesen, als ihr reingekommen seid. Ich wusste ja gar nicht, dass die Vorfahren der Whiskeys die Dark Knights gegründet haben und seit Jahrzehnten über die Gemeinde wachen.«

»Meine Schwester Finlay ist mit Bullet Whiskey verheiratet.«

»Tatsächlich? Ich bin Finlay schon begegnet. Sie ist der Grund dafür, dass ich hier im Frauenhaus gelandet bin.« Ihr ging auf, dass Penny wahrscheinlich wusste, wie sie Finlay kennengelernt hatte. Das musste sie auch gar nicht verbergen. »Meine Schwester und meinen Bruder, Sarah und Scott Beckley, kennst du doch bestimmt? Und du hast vermutlich auch davon gehört, wie Bullet und Finlay mich und Hail gefunden haben, nachdem ich vor Sarah davongelaufen bin?«

»Ja«, antwortete Penny sanft. »Ich wollte es nicht ansprechen, damit du dich nicht unwohl fühlst, aber Sarah und Scott sind gute Freunde von mir.«

»Sie scheinen jeden hier zu kennen«, erwiderte Josie und empfand es als tröstliche Erkenntnis, dass ihre Geschwister hier so viele Freunde hatten.

»Denk jetzt bitte nicht, ich wäre nur hier, weil Scott oder Sarah mich darum gebeten haben, denn so ist es nicht. Ich bin hier, weil Jed mir erzählt hat, er hätte da eine Freundin, die momentan eine Pechsträhne hat und einen Job braucht. Er sagte, du hättest einen kleinen Sohn und könntest arbeiten, wenn er in der Vorschule ist. Ich führe die Eisdiele ganz allein und könnte Hilfe gebrauchen.« Sie machte eine kurze Pause.

»Ich war an Weihnachten in Bones' und Sarahs Haus, als du vorbeigekommen bist. Ich habe Sarah und Scott noch nie so glücklich gesehen.«

Josie kamen die Tränen, und sie wandte sich schnell ab und wischte sich über die Augen in dem Versuch, ihre Gefühle wieder unter Kontrolle zu bekommen. »Entschuldige. Aber ich bin immer so gerührt, wenn ich höre, dass sie glücklich sind. Puh«, sagte sie mit leisem Lachen. »Das hatte ich noch weniger erwartet, als dass ihr heute hier auftaucht. Wenn du mich einstellst, werde ich nicht noch mal weinen, sobald du erwähnst, wie glücklich meine Geschwister sind, versprochen.«

»Ich schätze, damit wird noch eine Weile zu rechnen sein, auch wenn du das gar nicht willst. Aber das ist in Ordnung. Ich habe ebenfalls eine Schwester und kann das verstehen. So, was den Job angeht ...«

Josie war erleichtert über ihr Verständnis und den Themenwechsel. Penny erklärte ihr, was sie erwartete, falls sie den Job in der Eisdiele annahm. Dazu gehörten Jugendliche, die es sich ein Dutzend Mal anders überlegten, welche Eissorte sie haben wollten, sie würde bei der Inventur mithelfen müssen und in den ersten Wochen vermutlich schmerzende Handgelenke aufgrund der ungewohnten Bewegung haben. Sie berichtete, dass in der Eisdiele bei Gemeindeveranstaltungen wie Paraden und Festivals ordentlich Betrieb herrschte und dass das Geschäft auch im Winter recht gut lief, der Laden jedoch nicht so brummte wie im Sommer. Sie unterhielten sich eine ganze Weile, und Josie vergaß völlig, dass es sich um ein Bewerbungsgespräch handelte, vielmehr kam es ihr so vor, als würde sie einfach mit einer Freundin plaudern.

»Wenn du Interesse hast, komm doch morgen im Laufe des Tages mal mit Hail vorbei. Dann zeige ich dir die Eisdiele, und wir können den Arbeitsplan besprechen.«

»Ja, sehr gern, hast du auch wirklich nichts dagegen, wenn ich Hail mitbringe?«

»Überhaupt nicht. Ich möchte ihn kennenlernen, und außerdem reden wir hier doch über eine Eisdiele. Oder ist er laktoseintolerant?«

»Nein, und er hat auch keine Lebensmittelallergien.« Ganz im Gegensatz zu Sarah, deshalb hatte Josie Hail schon vor Jahren testen lassen. Doch er war gegen nichts allergisch.

»Großartig. Pack ein paar Spielsachen für ihn ein, und dann sehen wir ja, wie es läuft.«

»Vielen Dank, Penny. Ich kann dir gar nicht sagen, wie viel mir das bedeutet.«

Penny stand auf. »Mir bedeutet es eine Menge, dass du den Job in Betracht ziehst und dass Jed mir genug vertraut, um mich überhaupt darauf anzusprechen. Es war recht offensichtlich, dass du ihm wichtig bist. Wir mussten sogar unterwegs bei der Buchhandlung anhalten, in der Quincy arbeitet. Hast du die Tasche gesehen, die er dabeihatte?«

»Was denn für eine Tasche?« Jeds heiße Blicke und Pennys Anwesenheit hatten sie derart abgelenkt, dass ihr die Tasche völlig entgangen war.

»Der große Softie hat drei Kinderbücher über Baufahrzeuge gekauft«, erzählte sie, als sie durch den Flur zurückgingen. »Er meinte, Hail wäre völlig begeistert davon und dass er ihm vielleicht das eine oder andere beibringen kann.«

»Da wird er aber eine Überraschung erleben. Mein Sohn weiß vermutlich mehr über Baufahrzeuge als du über Eiscreme.«

Als sie in den Aufenthaltsraum zurückkehrten, standen Hail und Emily in der Mitte des Raums, hielten sich die Augen zu und zählten laut. Tracey saß auf der Couch und blätterte in einem der Bücher, die Jed mitgebracht hatte, während Jed sich hinter der Couch versteckte und einen Finger auf die Lippen legte, als er die beiden Frauen bemerkte. Es war so ein bezaubernder Anblick, wie sich der Riese hinter die Couch kauerte und sie wortlos anflehte, ihn nicht zu verraten, dass Josies Herz einen Schlag aussetzte.

»Neun. Zehn!«, schrien die Kinder und fingen dann an, hinter jedes Möbelstück zu spähen, bis sie Jed gefunden hatten – und fielen dann laut kichernd und kreischend über ihn her.

»Ich habe die wilden Äffchen erwischt!« Jed stand mit einem strampelnden Kind unter jedem Arm auf. Er hob sie hoch, flüsterte beiden etwas zu, setzte sie dann links und rechts von Tracey ab und sagte: »Kitzelattacke!«

»Da muss ich mitmachen!« Penny rannte in den Raum und fing an, die Kinder durchzukitzeln. Während die Kinder Tracey kitzelten und ihrerseits von Penny gekitzelt wurden, kam Jed auf Josie zu und ließ seinen Blick an ihrem Körper herunterwandern. Ihr Herz schlug schneller, als sie sah, wie er den muskulösen Körper mit genauso viel Anmut wie Selbstvertrauen bewegte. Sie genoss seine unverhohlene Bewunderung, ihr wurde ganz heiß, und ein längst vergessen geglaubtes Verlangen toste durch ihren Körper, während sie gleichzeitig auch Besorgnis empfand. Es würde noch eine ganze Weile dauern, bis Hail und sie wieder richtig auf den Beinen standen, und diese Art von Komplikation konnte sie jetzt wirklich nicht gebrauchen. Allerdings war es auch früher schon so zwischen ihnen gewesen, und sie hatte irgendwie das Gefühl, dass sich daran auch nichts ändern würde.

Er kam näher, bis er ganz dicht vor ihr stand. Sein herrlich maskuliner und irgendwie vertrauter Duft stieg ihr in die Nase.

Auch wenn sie keine weitere Unruhe in ihr Leben bringen wollte, ließ sich ihr Verlangen nach diesem Mann nicht leugnen.

Jed konnte den Blick nicht von Josies Mund abwenden. Vielleicht war es die Art, wie sie sich die Lippen leckte und seine Brust betrachtete, als wollte sie sie berühren. *Oder ablecken.* Bei dieser Vorstellung bekam er fast eine Erektion. Sie hatte sehr zarte Gesichtszüge – eine Stupsnase, schmale, unglaublich schöne Augen und hohe Wangenknochen –, als wären sie von einem Bildhauer geschaffen worden. Zudem waren da noch ihr voller, sinnlicher Mund und der hinreißende kleine Schönheitsfleck gleich unter dem linken Mundwinkel. Die letzten beiden Nächte hatte er sogar noch häufiger als in den vergangenen Jahren davon geträumt, wie sich ihr Mund auf seinem – auf seinem ganzen Körper – anfühlte. Als sie ihm in die Augen sah, schien die Luft zwischen ihnen zu knistern.

Völlig verzückt trat er noch näher und hatte nur noch den Wunsch, sie zu küssen. Doch das Geräusch ihres stockenden Atems holte ihn in die Realität zurück, nur Sekunden, bevor er diesen Fehler beging. Er verlagerte das Gewicht, als hätte er die ganze Zeit vorgehabt, sich gegen den Türrahmen zu lehnen. »Wie ist es gelaufen?«

Sie klappte den Mund auf, aber es kamen keine Worte heraus. Erst nach einem schnellen Blick in den Aufenthaltsraum, in dem Hail Penny gerade einen Vortrag über Baufahrzeuge hielt, antwortete sie. »Gut. Ich kann kaum glauben, dass du dir all die Mühe gemacht hast. Vielen Dank dafür, und Penny sagte, du hättest Bücher für Hail gekauft? Das ist doch nicht nötig. Er ist es gar nicht gewohnt, so viele Geschenke zu bekommen.«

»Ich hatte mir eingebildet, ihm etwas beibringen zu können, aber dein Sohn scheint bereits ein Experte für Baufahrzeuge zu sein.« Er wollte sie nicht vor Penny oder Tracey in Verlegenheit bringen, deshalb wies er mit dem Kopf in Richtung Flur. »Kann ich dich einen Moment unter vier Augen sprechen?«

Sie gingen einige Schritte, und er zog das Prepaid-Handy aus der Tasche, das er für sie gekauft hatte. »Moon ...« Sie schüttelte den Kopf. »Das kann ich nicht annehmen.«

»Natürlich kannst du das, schon allein für Hail. Die Schule muss dich doch erreichen können, wo immer du auch bist. Ob du nun im Auto sitzt, bei der Arbeit bist oder wo auch immer. Es ist für drei Monate im Voraus bezahlt.«

Josie seufzte und runzelte die hübsche Stirn. Sie war noch immer zierlich, wie sie es als Teenager gewesen war, aber ihre schlanken Hüften sahen etwas kurviger und ihre eher kleinen Brüste etwas voller aus, wodurch sie nur noch heißer wirkte.

»Du musst das nicht alles für uns tun«, sagte sie.

»Jeder braucht ab und zu mal ein bisschen Hilfe. Wenn nicht von mir, von wem dann? Was hast du für heute Abend geplant?«

»Ähm ... Ich werde mit Hail zusammen sein ...«

»Mein Mitbewohner Quincy und ich planen ein Lagerfeuer. Wenn ich mich recht erinnere, hat mir ein gewisser Jemand mal von einer Schwäche für S'mores erzählt.« Er rückte näher an sie heran und senkte die Stimme. »Ich habe Schokolade gekauft und hoffe, dass du ein paar Lebkuchen mitbringen kannst, weil die sich viel besser dafür eignen als Graham-Cracker.«

Sie sah ihn erstaunt an. »Wie kann es sein, dass du dich an

meine Vorliebe für S'mores erinnerst?«

»Soll das heißen, dass du nicht mehr viel über mich weißt?« Er zog eine Augenbraue hoch, als er ihre Verlegenheit bemerkte. »Ich erinnere mich an weitaus mehr als das. Was sagst du? Komm doch auch, und verbring Zeit mit zwei der coolsten Kerle in Peaceful Harbor. Penny wird vermutlich da sein, und Quincys Bruder Truman schaut garantiert mit seiner Frau und den Kindern vorbei. Du kannst Tracey mitbringen, wenn du magst.«

Sie verlagerte das Gewicht nervös von einem Fuß auf den anderen. »Ich, äh … Ich habe noch nicht wieder mit Sarah oder Scotty gesprochen. Eigentlich hatte ich es vor, aber nicht vor so vielen anderen Menschen, und falls sie also auch dort sein werden …«

»Wenn dem so wäre, hätte ich es dir gesagt. Ich würde dich nie absichtlich in eine unangenehme Lage bringen.« Er drückte ihr das Mobiltelefon in die Hand und schloss seine Finger um ihre. »Ich habe meine Nummer und meine Adresse eingespeichert. Komm vorbei, wenn du magst. Ich will dich nicht dazu drängen, aber ich gehe davon aus, dass es Hail Spaß machen würde.« Er rieb mit dem Daumen über ihren Handrücken. »Seine Mama amüsiert sich vielleicht ebenfalls.«

Vier

Josie hatte Hail in seinem Kindersitz angeschnallt, schloss die Tür und glaubte, gleich ohnmächtig zu werden oder sich übergeben zu müssen. Oder beides. Sie konnte nicht einmal Tracey oder Sunny vorwerfen, sie dazu gedrängt zu haben, Jeds Einladung anzunehmen. Das war überhaupt nicht nötig gewesen. Josies und Hails Leben hatte sich in den letzten Monaten vor allem darum gedreht, irgendwie über die Runden zu kommen, da klang ein bisschen Spaß mit neuen Freunden nach genau dem, was sie nun brauchten. Es wäre außerdem eine gute Gelegenheit für Josie, Penny besser kennenzulernen. Aber während sie in der kalten Dezembernacht neben ihrem Wagen stand, gingen ihr ganz andere Dinge durch den Kopf. Sie wollte Jed wiedersehen und herausfinden, ob es zwischen ihnen mehr gab als diese magische Anziehungskraft.

Ihr wurde ein bisschen mulmig, und sie lehnte sich an den Wagen. »Bist du wirklich dieselbe Person, die zu einem Typen ins Auto gestiegen ist, den sie kaum kannte, um mit ihm den ganzen Weg von Florida nach Maryland zu fahren?«, fragte Tracey, die auf der anderen Seite des Autos stand. »Weil du nämlich ganz grün im Gesicht bist, dabei wollen wir uns doch nur einen schönen Abend machen.«

»Damals ging es um Leben oder Tod. Ich hatte nicht einmal Zeit, um Angst vor dem zu haben, was vor mir lag, weil ich genau wusste, was mich zu Hause erwartete.« So nervös war sie bei Brian nie gewesen, nicht einmal in dem Moment, in dem sie zum ersten Mal zu ihm ins Auto gestiegen war. Sie hatte so lange in Angst gelebt, dass seine Freundlichkeit die reinste Wohltat gewesen war. Weshalb war sie dann in Jeds Gegenwart so nervös? Er war ebenso nett wie Brian, mehr nicht. Aber er war darüber hinaus auch ein heißer Typ und an ihr interessiert.

Das ist der Unterschied.

Als sie Florida im Alter von dreizehn Jahren verlassen hatte, war für sie nichts anderes wichtig gewesen, als zu überleben und ihrem schrecklichen Leben zu entkommen. Brian hatte sie anfangs nicht so angesehen, wie Jed es heute tat. Das kam erst Jahre später.

»Ich bin nur ein bisschen nervös«, entgegnete sie schließlich. *Was die Tatsache beweist, dass ich mich sechsmal umziehen musste.* Sie hatte sich schließlich für ihre Lieblingsjeans und einen schwarzen Pullover entschieden. Nicht, dass das eine Rolle spielte. Sie würde sowieso den ganzen Abend ihren Parka tragen. Aber es war so lange her, dass sie sich Gedanken wegen ihres Aussehens gemacht hatte, und es fühlte sich ungemein gut an, sich ein bisschen zurechtzumachen.

»Wegen Jed? Weil wir die Funken zwischen euch sogar noch am anderen Ende des Raums spüren konnten?« Tracey grinste vielsagend. »Wenn du mit ihm allein sein willst, kannst du auf mich zählen. Ich werde deinen kleinen Schatz schon ablenken.«

»Ich fange nichts mit Jed an.«

»Ich meinte zum Reden!«, erwiderte Tracey lachend.

»Na, sicher doch.« Josie setzte sich lächelnd auf den Fahrersitz. Sie schaute kurz zu Hail hinüber, der mit dem Laster spielte, den Jed ihm geschenkt hatte, und machte sich dann auf den Weg nach Peaceful Harbor.

Die Fahrt war kurz, auch wenn sie ihr wie eine Ewigkeit vorkam, und sie musste die ganze Zeit daran denken, wie es sich angefühlt hatte, als Jed ihre Hand gehalten und mit dem Daumen darübergerieben hatte. Sogar noch verführerischer war die reine Freude in seinen Augen gewesen, als er mit Hail gespielt hatte. Ihr war ja gar nicht bewusst gewesen, wie gut und auch *ungewohnt* sich das anfühlen konnte. Hail war im Vergleich zu manchen Kindern ziemlich pflegeleicht. Die Frauen im Frauenhaus, seine Lehrer und auch die übrigen Kinder mochten ihn gerne, es hätte sie also nicht überraschen sollen, dass Jed ihn ebenfalls gut leiden konnte. Warum sich seine Zuneigung Hail gegenüber so anders anfühlte, konnte sie sich nicht erklären, aber es war nun mal so. Er schien Jed wichtig zu sein.

Beim Überqueren der Brücke nach Peaceful Harbor machten sich ihre Nerven überdeutlich bemerkbar.

»Wir müssen da lang.« Tracey zeigte auf die Auffahrt, die zu Whiskey Automotive führte. »Sarah hat gesagt, Jed und Quincy würden über der Werkstatt wohnen.«

»Du hast mit Sarah gesprochen?«, erkundigte sich Josie und bog ab.

»Sie hat angerufen und wollte wissen, wie mir die Einführung gefallen hat. Aber keine Sorge, sie und Bones essen heute Abend bei seiner Familie, sie werden also nicht hier sein.«

Josie entspannte sich ein bisschen, aber es ärgerte sie auch, dass sie sich Sorgen machte, ob sie Sarah oder Scott begegnen würde. Sie musste dieses durch ihre Entfremdung entstandene Unbehagen überwinden und ihre Geschwister neu kennenlernen.

Die Flammen des Lagerfeuers kamen in Sicht, zusammen mit mehreren dunklen Gestalten, und verdrängten die Gedanken an Sarah und Scott. Das Lagerfeuer befand sich in der Mitte des Feldes neben der Werkstatt und erinnerte sie an die Nacht, in der sie Jed zum ersten Mal getroffen hatte. Damals war es ein Feld angrenzend zu einem Trailerpark gewesen; dieses wurde von Bäumen auf der rechten und der Werkstatt auf der linken Seite eingegrenzt. In der Werkstatt war es dunkel, aber die Lichter aus dem Apartment darüber tauchten das »Whiskey Automotive«-Schild in einen sanften Schimmer.

»Mama, sieh mal!«, rief Hail aufgeregt. »Ist das das Lagerfeuer?«

»Ja. Erinnerst du dich an die Regeln?« Sie hatte beim Abendessen ausführlich darüber gesprochen, was beim Umgang mit Feuer zu beachten war.

Er fuhr mit dem Laster über seine Beine. »Nicht ums Feuer herumrennen. Niemals ins Feuer greifen, auch nicht, wenn mein Marshmallow runterfällt. Wenn ich einen Funken auf dem Boden sehe, darf ich ihn nicht anfassen.« Er quengelte. »Können wir jetzt Marshmallows grillen?«

Sie stiegen aus, und Josie nahm die mitgebrachte Dose mit Lebkuchen vom Rücksitz.

»Moon!« Hail winkte, als Jed auf sie zukam.

Josies Nerven waren zum Zerreißen gespannt, je näher er kam. Sie war sich ihrer Umgebung überdeutlich bewusst – seiner zielstrebigen Schritte, der ausgeprägten Konturen seiner Schultern unter der schwarzen Lederjacke und des geheimnisvollen Ausdrucks in seinen graublauen Augen.

Er wuschelte Hail durch die Haare. »Hey, Kumpel.« Dann sah er Josie an. »Schön, dass du da bist.«

»Komm mit, Hail.« Tracey nahm ihn an die Hand. »Sehen wir uns doch mal das Lagerfeuer an.«

Josie wusste, dass Hail bei Tracey in Sicherheit war, konnte sich die Ermahnung aber dennoch nicht verkneifen. »Seid bitte vorsichtig.«

»Natürlich«, rief Tracey im Weggehen.

»Ich war mir nicht sicher, ob du auftauchen würdest.« Jed trat näher an sie heran und fuhr fort. »Umso mehr freue ich mich, dass du hergekommen bist.«

Ihr schossen alle möglichen Erwiderungen durch den Kopf: *Ich war mir auch nicht sicher, ob wir herkommen würden. Hail musste mal aus dem Frauenhaus raus.* Oder gar die Lüge: *Tracey hat mich dazu überredet …* Aber als sie den Mund öffnete, sagte sie stattdessen: »Ich auch.«

»Du bist nervös.«

»Weißt du nicht, dass man eine Frau nicht auf so was ansprechen sollte?« Sie verlagerte das Gewicht von einem Fuß auf den anderen.

Ein Grinsen stahl sich auf seine Lippen. »Ich habe dir doch gesagt, dass ich absolut keine Ahnung von solchen Dingen habe. Komm mit, dann stelle ich dich den anderen vor.« Er legte ihr eine Hand in den Rücken, und sie gingen über das Gras. »Sind das meine Lebkuchen?«

»Es könnte passieren, dass du dich mit Hail darum streiten musst.«

Ihre Blicke trafen sich erneut, und die Luft zwischen ihnen schien zu knistern. Sie hatte Brian gefühlt ein wunderschönes Leben lang geliebt und doch nie eine derart lodernde Hitze in ihren Adern erlebt. Das fühlte sich ungemein intensiv und durchdringend an. Sie war sich nicht sicher, ob sie sich davor fürchten sollte, aber bisher hatte ihr nichts an Jed je Angst eingejagt.

»Mama! Penny ist hier!«, schrie Hail und riss sie aus ihrer Verzückung.

»Komm, Jojo. Sorgen wir dafür, dass Hail einen schönen Abend hat.«

Hatte er auch nur eine Ahnung, wie viel es ihr bedeutete, dass ihm Hails Glück wichtiger war als alles andere? Sie versuchte, sich auf die Menschen um das Lagerfeuer zu konzentrieren statt darauf, wie sehr sie das berührte. Tracey saß auf einem Stuhl zwischen Hail und einem bezaubernden kleinen Mädchen, dessen funkelndes Kleid unter dem Mantel hervorlugte. In dem kräftigen, bärtigen Mann, der einen kleinen Jungen auf dem Schoß sitzen und den Arm um eine schöne Frau gelegt hatte, erkannte sie Truman Gritt wieder, den sie auf den Bildern von der Benefizsternfahrt auf der Website der Dark Knights gesehen hatte. Der große Mann neben ihm mit den längeren hellen Haaren und ohne Bart war sein Bruder Quincy.

Penny stand auf und umarmte Josie. »Ich freue mich so, dass du da bist. Hail hat gesagt, du hättest Lebkuchen mitgebracht. Zufälligerweise würde ich für Lebkuchen sterben. Darf ich?« Sie griff nach dem Behälter in Josies Hand.

»Natürlich.« Josie reichte ihr die Dose. »Wir haben ihn vor ein paar Tagen gebacken, wahrscheinlich ist er also nicht mehr ganz so saftig. Tut mir leid.«

Penny hatte sich schon ein Stück in den Mund gesteckt. »Köstlich!«

Jed schnappte sich ebenfalls ein Stück und zwinkerte Josie dabei zu.

»Ich will auch Lebkuchen!« Das kleine Mädchen mit dem extravaganten Kleid kam in glänzenden weißen Schuhen angerannt. Ihre langen dunklen Haare wurden von einem rosa

Stirnband zurückgehalten, und ihre Augen leuchteten auf, als Penny sich neben sie kniete, damit sie sich ein Stück aussuchen konnte.

»Das ist Kennedy, Trus und Gemmas Tochter.« Penny zeigte auf das Paar, das auf sie zukam, um sie zu begrüßen.

»Hi! Ich bin eine Winterprinzessin«, sagte Kennedy mit dem Mund voll Lebkuchen.

»Eine wunderschöne Winterprinzessin«, stellte Josie fest. »Ich bin Josie, Hails Mom.«

Kennedy nickte und nahm noch einen Lebkuchen aus der Dose. »Den bringe ich Hail.« Sie sprang fröhlich an ihren Eltern vorbei auf Tracey und Hail zu, die Marshmallows rösteten.

Jed ließ die Hand auf Josies Rücken ruhen. »Das ist mein Mitbewohner Quincy ...«

»Sein großartiger Mitbewohner«, unterbrach Quincy ihn. »Schön, dich kennenzulernen.«

»Freut mich auch«, erwiderte Josie.

»Und das sind Quincys Bruder Truman – Tru – und Trus Frau Gemma«, stellte Jed die anderen vor. »Leute, das ist Jojo – *Josie* –, Sarahs und Scotts Schwester. Ich glaube, ihren Sohn Hail habt ihr bereits kennengelernt.« Er kitzelte den niedlichen kleinen Jungen mit den kastanienbraunen Haaren in Trumans Armen am Kinn. »Und dieser kleine Kerl ist ihr Sohn Lincoln.«

Lincoln verbarg sein Gesicht an Trumans Hals. »Hi«, sagte Josie. »Eure Kinder sind bezaubernd.«

»Dein Sohn aber auch«, erwiderte Gemma. Sie war so zierlich wie Josie, hatte smaragdgrüne Augen und trug eine hübsche graue Strickmütze über den dunklen Haaren. »Wie schön, dass wir dich endlich kennenlernen.«

Kennedy zog Hail mit sich zu einer Decke auf dem Gras, auf der eine große Kalikokatze neben mehreren Spielzeugen lag.

»Wir spielen jetzt mit Big Mama! Und Hail will ins Touch Museum gehen!«

»Big Mama ist eine der Katzen, die in der Werkstatt leben«, erklärte Truman. »Kennedy kommandiert andere gerne ein bisschen herum. Du darfst das natürlich jederzeit unterbinden.«

Truman war größer und breiter als Jed und wirkte ein bisschen bedrohlich. Seine Hände und Finger waren mit Tätowierungen bedeckt, und weitere schmückten seinen Hals. Josie hätte darauf wetten können, dass auch der Rest seines Körpers damit übersät war. Aber er hatte tief liegende, freundliche Augen, und als er Lincoln einen Kuss auf die Wange drückte, wirkte er schon nicht mehr ganz so angsteinflößend.

»Das geht schon in Ordnung«, sagte Josie, und sie gesellten sich zu Tracey ans Feuer. »Hail verbringt sehr viel Zeit mit mir. Er ist an herrische Frauen gewöhnt.« Sie setzte sich, und Jed nahm neben ihr Platz. »Gehe ich recht in der Annahme, dass Kennedy ein Fan vom Touch Museum ist? Ich bin mit Hail noch nicht hingefahren. Liegt es nicht eine Stunde entfernt?«

»Ja, knapp eine Stunde. Wir sind letztes Wochenende mit den Kindern dort gewesen«, berichtete Truman. »Sie redet unaufhörlich davon.«

»Ich hab nicht die geringste Ahnung, was ein Touch Museum ist, aber es klingt irgendwie nicht ganz jugendfrei«, scherzte Tracey. »Aber das hier ist cool. Ich saß noch nie zuvor an einem Lagerfeuer. Vielen Dank für die Einladung.«

»Wir freuen uns, dass du gekommen bist«, antwortete Jed, dessen Bein Josies berührte.

Die Dunkelheit in seinen Augen bewirkte die seltsamsten Dinge in ihr.

Josie warf einen Blick zu Hail hinüber, der gerade eine von

Kennedys Puppen auf dem Laster fahren ließ, den Jed ihm geschenkt hatte. Kennedy hatte ihr Kleid um sich herum ausgebreitet und wiegte eine Puppe in den Armen. »Kennedys Kleid ist wirklich schön. Es muss toll sein, ein kleines Mädchen zu haben, das sich gerne herausputzt. Hail interessiert sich nicht die Bohne für das, was er anhat, aber gib ihm etwas Erde zum Buddeln, und er ist glücklich.«

»Kennedy macht sich wahnsinnig gern hübsch. Sie hält sich für eine richtige Prinzessin«, erklärte Gemma. »Bears Frau Crystal hat ihr das Kleid genäht. Wir führen zusammen die Boutique ›Princess for a Day‹ in der Stadt und veranstalten Geburtstagspartys und andere Events für Kinder. Du kannst gern mal vorbeikommen. Wir haben auch jede Menge Kostüme für Jungs.«

»Das muss ich mir ansehen«, warf Tracey ein.

»Klingt interessant. Ich komme euch bestimmt mal besuchen.«

»Du hättest die Männer an Halloween sehen sollen.« Penny steckte ein Marshmallow auf einen Stock. »Kennedy wollte als Football-Spielerin gehen und hat alle Männer dazu gebracht, sich mit Pompons und allem Drum und Dran als Cheerleader zu verkleiden. Es war köstlich, diese bulligen, volltätowierten Kerle mit ihren haarigen Beinen und Motorradstiefeln in diesem Aufzug zu sehen.«

Alle lachten, und deckten sich ebenfalls mit Marshmallows ein.

»Hast du dich auch als Cheerleader verkleidet?«, wollte Josie von Jed wissen.

Jed rieb sich das Kinn. »Ist dir aufgefallen, wie niedlich Kennedy ist? Es gibt nicht viel, was ich nicht für dieses Kind tun würde, also ja, ich habe mich ebenfalls verkleidet.«

Sie lachte auf. »Das hätte ich zu gern gesehen.«

»Hey, zumindest habe ich tolle Beine«, erwiderte Jed.

»Kennedy wickelt jeden um den Finger, seit Tru sie zu sich geholt hat«, erklärte Gemma.

»Wo war sie denn vorher?«, fragte Tracey.

Truman gab Lincoln einen Kuss. »Dieses Kerlchen ist Quincys und mein kleiner Bruder, und Kennedy ist unsere Schwester. Aber Gemma und ich ziehen sie als unsere Kinder auf.«

»Wow«, murmelte Josie. »Das ist ja unglaublich.«

»Wir sind eben eine Familie«, meinte Truman.

»Unsere Mutter war drogensüchtig«, erklärte Quincy. Er stützte sich mit den Ellbogen auf die Oberschenkel und hielt sein Marshmallow über die Flammen. Als ihm die Haare ins Gesicht fielen, warf er sie mit einer Kopfbewegung zurück. »Auch ich hatte mit meiner Drogensucht zu kämpfen. Damals war ich völlig durch den Wind. Bis zu der Nacht, in der unsere Mutter eine Überdosis nahm, wusste Tru noch nicht einmal etwas von der Existenz dieser Kinder. Aber er hat sie gerettet. Er hat uns alle gerettet.«

Josie ging bei dem Ausdruck in seinen Augen und den Emotionen, die zwischen ihm und Truman in der Luft hingen, das Herz auf.

»Hey, wir alle haben uns gegenseitig gerettet«, sagte Truman. »Gemma und ich haben uns in derselben Nacht kennengelernt, und der Himmel kann bezeugen, dass sie mich auf hundert verschiedene Arten gerettet hat. Und das war, nachdem Bear und seine Familie mir einen Job und eine Unterkunft organisiert haben.« Er wies mit einem Nicken auf die Werkstatt. »Ich habe dort oben gewohnt, bevor Quincy und Jed da eingezogen sind.«

»Mir haben sie ebenfalls geholfen.« Jed drehte sich zu Josie um. »Dank der Whiskeys konnte ich in der Bar und in der Werkstatt arbeiten und hatte einen Platz zum Schlafen, und sie wurden mir zusammen mit unseren Freunden zur Familie.«

Gemma nahm Trumans und Pennys Hand. »Sie haben die Tür zu ihrer Familie geöffnet, und wir sind alle Teil davon geworden.«

»Genau wie Sarah und Scott.« Josie war kurz davor, in Tränen auszubrechen. »Sie gehören jetzt auch dazu.« Jed nahm ihre Hand, und sie war dankbar, dass sie sich an irgendetwas festhalten konnte.

»Wir sind auch für dich da, Jojo«, sagte er. »Und wenn du dazu bereit bist, wirst du den Weg zurück zu deiner Familie finden.«

»Bin ich die Einzige, der nach Weinen, einer Umarmung oder etwas in der Art zumute ist?«, jammerte Penny.

Quincy zog sie auf die Beine und nahm sie fest in die Arme. »Ich bin für dich da, Babe.« Dann ließ er die Hände zu ihren Pobacken wandern und kniff hinein.

»Hey! Hände weg, Bücherwurm«, schimpfte Penny und brachte alle zum Lachen. Sie drehte sich beim Hinsetzen zu Josie. »Er scheint mich tatsächlich für sein Eigentum zu halten.«

»Eines Tages …«, meinte Quincy grinsend.

Ihre Unterhaltung wandte sich wieder leichteren Themen zu. Penny erzählte den anderen, dass sie darauf hoffte, Josie einstellen zu können, was zu einer Diskussion über Pennys Laden führte und wie köstlich das Eis war. Gemma schilderte Josie und Tracey, wie sie und Truman sich bei Walmart kennengelernt hatten. Es war eine reizende Geschichte, und darauf folgten noch andere darüber, wie ihre engsten Freunde ihre bessere Hälfte gefunden hatten.

Zwar war jede dieser Geschichten bedeutungsvoll und etwas Besonderes, aber sie hatten auch alle eine dunkle Seite, womit Josie nicht gerechnet hatte. Einige dieser unglaublich herzlichen, familienorientierten Menschen und ihrer Freunde waren durch die Hölle gegangen, bevor sie ihr Glück gefunden hatten. Selbst Gemma, deren Familie reich war und deren Kindheit voller Reisen und aufwendiger Partys gewesen war, hatte ihren Vater durch einen Suizid verloren und eine nicht besonders liebevolle Mutter gehabt.

Stunden später, nachdem Truman und Gemma nach Hause gegangen waren und Hail auf Josies Schoß eingeschlafen war, dachte Josie noch immer über all das nach, was sie an diesem Abend gehört hatte.

»Hast du Appetit auf Pizza?«, fragte Tracey Josie schon zum zweiten Mal.

Sie starrte gedankenverloren ins glimmende Feuer. Jed berührte sie am Arm, und sie schrak zusammen. »Entschuldige«, sagte er. »Die anderen gehen Pizza essen und würden gern wissen, ob du mitkommen möchtest.«

»Ich sollte Hail lieber nach Hause bringen.« Sie rutschte auf ihrem Stuhl nach vorn, um aufzustehen, aber Jed legte ihr eine Hand auf den Arm.

»Warte eine Sekunde.« Er wandte sich an die anderen. »Geht nur, Leute. Ich sorge dafür, dass Jojo gut nach Hause kommt.«

»Ist es wirklich in Ordnung, wenn ich mit den anderen mitgehe?«, fragte Tracey. »Sie können mich zum Frauenhaus zurückfahren, aber ich kann auch bei dir bleiben, wenn dir das lieber ist.«

»Das musst du nicht«, versicherte Josie ihr. »Amüsiere dich ruhig.«

Nachdem sie gegangen waren, erkundigte sich Jed: »Geht es dir gut? Du warst zuletzt so still.«

»Ich habe nur über all das nachgedacht, was sie erzählt haben. Sind all die Geschichten wahr? Dass Quincy den Drogendealer seiner Mutter umgebracht hat, Truman hinter Gittern saß und Crystal vergewaltigt wurde …?«

»Bedauerlicherweise ja. Wenn du eins über meine Freunde wissen solltest, dann, dass sie Tacheles reden. Wir sagen, was Sache ist.«

»Meine Güte, es gibt so viel Dunkelheit in ihrem Leben. Ich war entsetzt, als ich mehr über Sarahs Vergangenheit erfahren habe. Trotz allem, was ich mit meinen Eltern durchmachen musste, haben mir ihre Geschichten vor Augen geführt, dass ich ein ziemlich beschütztes Leben hatte, zumindest in den letzten Jahren. Das mit deiner Schwester tut mir so leid. Geht es ihr gut?«

»Ja, jetzt schon.«

»Und Penny? Sie ist wohl die Einzige, die keine schmerzhafte Vergangenheit hat. Sie ist so anders als die Menschen, die ich in Florida kenne. Ich kann dir nicht sagen, inwieweit irgendjemand in Florida über das Bescheid wusste, was in unserem Haus vor sich ging. Es muss jemand etwas mitbekommen haben, aber statt uns zu helfen, haben sie uns so behandelt, als wären wir genauso schrecklich wie unsere Eltern. Ich erinnere mich, dass ich mir gewünscht habe, irgendjemandem davon erzählen zu können, aber ich hatte Angst, dass mir niemand glauben würde und sich dadurch alles nur noch verschlimmern würde. Penny scheint vor nichts und niemandem Angst zu haben.«

Jed wollte sich über ihre Vergangenheit erkundigen, aber da Hail auf ihrem Schoß schlief, zögerte er. »Penny ist ziemlich realistisch. Sie hat vor ein paar Jahren ihren Vater verloren und weiß, dass das Leben nicht nur aus Friede, Freude, Eierkuchen besteht.«

Josie gab Hail einen Kuss auf die Stirn und fuhr mit der Hand über seine Wange. »Ich hätte nie gedacht, dass ich mich einmal in dieser Situation befinden und zusammen mit Hail in einem Frauenhaus wohnen würde. Nicht, dass es das Ende der Welt wäre, aber ich will einfach nicht als Mutter versagen.«

»Das macht dich zu einer guten Mutter.«

»Mich macht vor allem zu einer guten Mutter, dass ich weiß, wie man keine *schlechte* Mutter ist. Ich habe genug abschreckende Beispiele gesehen. Es war einfach riesiges Pech, das uns in diese Situation gebracht hat. Aber wir bleiben nur vorübergehend im Frauenhaus. Hail wird geliebt, und ich glaube, dass er sich sicher fühlt. Das ist das Wichtigste. Häuser und materielle Dinge sind einfach nur… Dinge.«

Sie starrte ins Feuer, und er wartete darauf, dass sie weitersprach. Es gab so viele Fragen, die er ihr über ihr Leben stellen wollte – wo sie gewesen war, was sie durchgemacht hatte, wie sie nach Maryland gekommen war –, doch stattdessen legte er seine Hand auf ihre und wiederholte seine Frage von zuvor. »Geht es dir gut?«

Ein sanftes Lächeln umspielte ihre Lippen und sie streichelte Hails Rücken. »Ja«, antwortete sie leise. »Es geht mir gut. Uns.« Sie schwieg ein oder zwei Minuten, bevor sie fortfuhr: »Sarah und Scott haben dir unsere Familiengeschichte erzählt, nehme ich an?«

»Ich weiß, dass Scott und Sarah von euren Eltern körperlich und emotional misshandelt wurden und dass deine Eltern dich nie geschlagen haben, solange sie noch dort wohnten. Scott sagte, dass er für dich und Sarah Geld hinterlassen hat, als er weggelaufen ist, damit ihr ebenfalls fortgehen konntet. Er hätte dich und Sarah gerne mitgenommen, aber euer Vater hat gedroht, die Polizei zu rufen, wenn er sich euch nähert.«

»Das stimmt alles. Aber bei der Misshandlung ist es wie bei einer Krebserkrankung: Sie wirkt sich auch auf das Leben aller im Umkreis aus. Mein Vater hat Scotty und Sarah körperlich misshandelt, und sie haben mich mit allem geschützt, was sie hatten. Aber ich hatte ständig Angst um ihr Leben. Bevor Scotty gegangen ist, hatte er einen so heftigen Streit mit meinem Vater, dass ich schon glaubte, einer von beiden würde es nicht überleben. Ich habe sogar gehofft, dass Scotty unseren Vater umbringen würde. Das ist schrecklich, aber es ist die Wahrheit.«

Jed nahm ihre Hand und konnte ihren Schmerz nachempfinden. »Du musstest einfach überleben.«

»Die gesamte Situation war furchtbar. Nachdem Scotty gegangen war, lief es für eine Weile etwas besser, aber dann ließ mein Vater seinen Zorn an mir aus.«

Sein Magen zog sich zusammen.

»Anfangs hat er nur verbal ausgeteilt, aber er war ein furchterregender Mann. Allein schon seine Stimme bewirkte, dass ich mich in eine Ecke gekauert und ganz klein gemacht habe, weil ich befürchtete, er würde mich schlagen. Ich wusste, dass er dazu fähig war, und ich wusste auch, dass er bald seine Wut an mir auslassen würde.«

Jed spannte jeden Muskel im Körper an, bis es wehtat. Er biss die Zähne zusammen, damit seine Wut nicht aus ihm herausplatzte, während sie mit ihrer Geschichte fortfuhr.

»Am Tag, bevor Sarah abgehauen ist, hat mich meine Mutter frühzeitig von der Schule abgeholt. Sie sagte, dass Sarah zu Hause warten würde und wir sie abholen und meinen Vater verlassen würden. Meine Mutter hat uns niemals geschlagen, aber sie war auf andere Weise grausam. Sie hat Sarah und Scotty beschimpft und gedemütigt. Trotzdem dachte ich, dass sie vielleicht netter wäre, wenn wir nur von unserem Vater wegkämen. Ich bin mit ihr mitgegangen, aber sie hat Sarah nicht abgeholt. Sie fuhr einfach immer weiter. Ich wusste nicht einmal, wo wir hinwollten, aber sie hielt nicht an. Manchmal hatte ich den Eindruck, wir würden auf dem Highway hin- und herfahren. Ich war dreizehn, hungrig, verängstigt und so besorgt um Sarah, dass ich geweint und sie gebeten habe, wieder umzukehren. Aber das tat sie nicht. Dann dachte ich, dass Sarah vielleicht tot wäre.« Ihre Stimme war kaum lauter als ein Flüstern. »Dass mein Vater sie umgebracht hatte und meine Mutter nicht wollte, dass ich davon erfuhr.«

»Großer Gott, Jojo. Du musst völlig verängstigt gewesen sein.«

Sie nickte. »Als wir am nächsten Abend endlich zurückkehrten, war Sarahs Zimmer der reinste Trümmerhaufen. Sarah hatte immerzu Notizbücher vollgeschrieben, und die Bücher lagen alle zerrissen auf dem Fußboden. Ihr Bettzeug war voller Blut, und ich war mir sicher, dass mein Vater sie umgebracht hatte.«

»Verdammt, Baby.« Er legte die Arme um sie und Hail und spürte ihre Tränen an seiner Wange. So hielt er sie eine ganze Weile fest, und als sie wieder etwas sagte, löste er sich von ihr, damit er ihr ins Gesicht sehen konnte.

»Sarah und ich hatten diesen geheimen Ort hinter der Wärmepumpe neben dem Haus, wo wir einander Nachrichten hinterlassen haben. Dort fand ich einen Brief von ihr und etwas von dem Geld, das Scotty uns gegeben hatte. Sie schrieb, sie würde mich holen kommen. Ich habe darauf gewartet, aber nach acht Tagen ließ mein Vater seinen Zorn an mir aus und …« Sie drückte die Wange auf Hails Kopf und schloss die Augen.

Am liebsten hätte er ihre Eltern aufgesucht und sie für den verursachten Schmerz bezahlen lassen, aber die Rache würde warten müssen, denn noch viel lieber wollte er Josie an sich ziehen und in den Armen halten. Sie vor ihren schmerzhaften Erinnerungen schützen. Er wischte ihr die Tränen von den Wangen. Dann legte er einen Arm um sie und zog sie so eng an sich, wie es mit dem Stuhl und Hail zwischen ihnen möglich war.

»Es ist vorbei, Jojo. Sie können jetzt keinem von euch mehr etwas tun.«

»Ich weiß«, erwiderte sie schniefend. »Sie sind tot.«

Erleichterung machte sich in ihm breit, obwohl er ihnen am liebsten heimgezahlt hätte, was sie ihren Kindern angetan hatten. »Sie sind tot? Wissen Sarah und Scott davon?«

Sie hob den Kopf. »Ein paar Monate, nachdem wir die Stadt verlassen hatten, erfuhr Brian davon, aber er hat es mir erst einige Jahre später erzählt. Er meinte, er hätte nicht gewusst, wie ich die Nachricht aufnehmen würde. Ich war noch so jung, wahrscheinlich hat er sich zu Recht Sorgen gemacht. Als ich schwanger wurde, bin ich regelrecht ausgeflippt, weil ich Angst hatte, meine Eltern würden irgendwie versuchen, Kontakt zu unserem Kind aufzunehmen. Daraufhin hat er mir dann erzählt, dass sie bei einem Hausbrand ums Leben gekommen sind. Es war eine Erleichterung. Es ist furchtbar, so etwas auch nur zu denken, aber sie waren bösartige Menschen. Ich weiß nicht einmal, wie jemand überhaupt so werden kann.«

»Manche Menschen werden wahrscheinlich so geboren«, mutmaßte er. Dann musste er an seine Mutter denken. »Aber andere werden von Trauer, Drogen oder Alkohol dazu getrieben. Oder vom Leben.«

Sie sah ihn voller Mitgefühl an. »Ich weiß noch, dass du damals erzählt hast, deine Mutter sei nach dem Tod deines Vaters zur Alkoholikerin geworden, und dass du deswegen gestohlen hast und in Schwierigkeiten geraten bist. Damit ihr etwas zu essen hattet, und damit deine Schwester Kleidung und Bücher bekam, und was sie sonst noch so brauchte.«

»Unglaublich, dass du dich daran erinnerst.«

»Ich erinnere mich an die ganze Nacht, Moon. Wie du erst den harten Kerl gespielt hast, aber als wir uns unterhalten haben, hast du auch eine andere Seite an dir gezeigt. Wie offensichtlich es war, dass du deine Familie liebst, und dass dir die Tränen kamen, als du über deinen Vater gesprochen hast, weil er dir so sehr gefehlt hat. Ich erinnere mich, dass es sich so angehört hat, als würdest du deine Mutter für das hassen, was aus ihr geworden ist. Aber als du über sie gesprochen hast, hattest du den gleichen Ausdruck in deinen Augen wie bei deinem Vater. Und ich kannte dieses Gefühl so gut, Moon, denn ich habe meine Eltern zutiefst gehasst und sie gleichzeitig geliebt. Ich weiß nicht einmal, wie das überhaupt möglich war bei allem, was sie getan haben. Aber ich habe nie vergessen, dass ich dachte, es wäre uns vorherbestimmt gewesen, dass wir uns über den Weg laufen, weil wir uns so ungemein ähnlich waren.«

Bei ihren Worten schnürte es ihm die Kehle zu.

»Was ist aus deiner Mutter geworden?«, erkundigte sie sich sanft.

»Das ist keine schöne Geschichte«, gab er zu und versuchte,

seine Gedanken von der Nacht wegzulenken, in der sie sich kennengelernt hatten. »Sie hängt immer noch an der Flasche. Dass Crystal vergewaltigt wurde, habe ich erst vor ein paar Monaten erfahren. Da fand ich auch heraus, dass unsere Mutter ihr das Gefühl vermittelt hat, sie wäre selbst schuld daran. Nach allem, was ich getan habe, um meine Mutter am Leben zu halten, hat sie ihre eigene Tochter wie Dreck behandelt. Ich konnte es nicht glauben. Crystal und ich haben sie ihrer Misere überlassen und uns lieber ein eigenes Leben aufgebaut. Jedenfalls hat sie das getan. Ich habe es versucht, aber es ist schwer, einfach wegzugehen. Manchmal besuche ich sie immer noch und hinterlasse ihr Geld oder etwas zu Essen vor der Tür. Aber ich kann mich nicht dazu überwinden, ihr wieder gegenüberzutreten, nicht nach all dem, was sie Chrissy angetan hat. Es bringt mich um, dass ich nicht für meine Schwester da gewesen bin, als sie mich am meisten gebraucht hätte. Ich dachte, sie wäre fernab unserer Mutter am College in Sicherheit ...«

Sie berührte sanft seine Hand. »Eine Sache habe ich durch all das gelernt: Wenn man in einer schrecklichen Situation steckt, ist die Sicht auf alles andere getrübt. Du warst damals ein guter Mensch, und das bist du offensichtlich immer noch, Moon – Jed. Mann, es ist verrückt, dich bei deinem Vornamen zu nennen. Für mich bist du immer Moon gewesen.«

»Dann nenne mich doch weiterhin Moon.« Er strich mit dem Daumen über ihre Hand und fragte sich, wie er sich ihr so nah fühlen konnte, als wäre seit damals nicht die geringste Zeit vergangen, dabei hatten sie sich eine Ewigkeit nicht gesehen. »All das, was ich dir damals anvertraut habe, wusste bis vor Kurzem niemand außer dir, und erst neulich habe ich auch Crystal in alles eingeweiht.«

»Ich hatte immer das Gefühl, dass unsere gemeinsame Nacht etwas bedeutet hat«, erwiderte sie sanft. »Als hätte sich daraus etwas entwickeln können, wenn ich nicht so in Brian verliebt gewesen wäre. Ich weiß nicht, ob ich es dir damals gesagt habe, aber ich bin eigentlich nur zu der Party gegangen, um ihn eifersüchtig zu machen.«

»Das dachte ich mir schon, als ich am nächsten Tag zu dir gegangen bin und er mich weggejagt hat. Zu deinem Schutz hätte er vermutlich sogar jemanden umgebracht. Aber du hattest mir erzählt, dass du achtzehn seist, Jojo, und dich so viel reifer benommen. Wie konnte ein siebzehnjähriges Mädchen nur hinter die Fassade des Diebs mit den vielen Frauengeschichten blicken und mein wahres Ich erkennen?«

»Erstens wurde ich nur wenige Tage später achtzehn. Zweitens fühlte ich mich viel älter nach allem, was ich durchgemacht hatte. Und drittens: Was soll das heißen, dass er dich verjagt hat? Ich wusste ja gar nicht, dass du vorbeigekommen bist.«

»Du warst ja auch in der Schule. Kannst du dir vorstellen, wie sich die Erkenntnis angefühlt hat, dass ich mit einer Siebzehnjährigen geschlafen hatte? Einer Highschoolschülerin? Ich war dreiundzwanzig und sowieso schon ein ziemlicher Versager. Jedenfalls hatte ich auch den Eindruck, dass da zwischen uns etwas ist, und habe mich jahrelang gequält, weil ich fand, ich hätte es besser wissen müssen – ich habe mich für einen Mistkerl gehalten, denn ich hätte dir nicht widerstehen können, selbst wenn ich es gewollt hätte.«

Sie senkte den Blick. »Es tut mir leid. Ich weiß, dass es falsch war, dich anzulügen, aber ich war eine dumme Teenagerin, die von dem Mann, in den ich verliebt war, eine Abfuhr nach der anderen kassiert hatte. Demzufolge war ich frustriert, wütend und verletzt. Und dann kamst du, der heiße Kerl, den ich schon auf anderen Partys gesehen hatte. Als wir uns unterhielten, schien da sofort eine Verbindung zu dir da zu sein. Ich wollte dich besser kennenlernen, dich zum Freund haben. Außer Brian und seiner Großmutter wusste keiner von meiner Vergangenheit und ich hatte noch niemanden getroffen, der etwas erlebt hatte, das dem auch nur im Entferntesten nahekam. Und plötzlich redete ich mit jemandem, dessen Vater den Job und dessen Familie ihr Haus verloren hatte und schließlich in einem Trailerpark gelandet war. Als du mir dann erzählt hast, dass dein Vater gestorben war, was mit deiner Mutter passiert ist und was du notgedrungen tun musstest, nur um zu überleben, kam es mir vor, als wäre unsere Begegnung einfach Schicksal. In diesen wenigen Stunden habe ich nicht an Brian gedacht. Außer dir und mir schien nichts anderes zu existieren. Und dann hast du mich geküsst und … *Himmel noch mal* … Moon …« Sie errötete. »So hat mich noch kein anderer geküsst. Himmel, ich glaube, ich habe diese Nacht unzählige Male in Gedanken aufleben lassen.«

»Das fand Brian bestimmt sehr prickelnd.« Er konnte sich den Sarkasmus nicht verkneifen.

»So war das nicht. Ich habe Brian geliebt. Ich war glücklich mit ihm. Wir hatten praktisch nichts, aber wir führten ein glückliches Leben. Es flogen keine Funken und es gab kein Knistern, so wie bei uns beiden in jener Nacht.« Sie hielt für einen kurzen Moment inne, bevor sie hinzufügte: »Oder wie jetzt, wenn du meine Hand berührst oder mich so ansiehst.«

»Schön, dass du das auch spürst.«

»Machst du Witze? Sogar Tracey hat es gemerkt«, flüsterte sie. »Das, was Brian und ich miteinander hatten, war sicher und gut. Er war ein großartiger Vater und Ehemann, und für ein

Mädchen, das sich nicht sicher war, ob es jemals vorher geliebt worden war, konnte ich mich wirklich glücklich schätzen.«

»Wusste er von uns?«, fragte er.

»Falls ja, hat er nie ein Wort darüber verloren. Ich bin in meinem ganzen Leben nur mit zwei Männern zusammen gewesen, mit Brian und dir, und ich bereue nichts davon. Aber es tut mir leid, dass ich dich angelogen habe.« Ein verspieltes Lächeln erschien auf ihrem Gesicht. »Zumindest ein bisschen. Wenn du gewusst hättest, dass ich erst siebzehn war, wären wir uns wahrscheinlich nicht nähergekommen, doch das ist eine der Nächte meines Lebens, die mir sehr viel bedeuten. Dann hast du mir von deiner Schwester erzählt – Chrissy, so hast du sie damals genannt –, und deine Liebe zu ihr war so deutlich zu spüren.«

»Für mich wird sie immer Chrissy sein. Oder wie ich sie auch manchmal nenne: Shrimp.«

Josie musste lachen. »Das verstehe ich. Scott wird für mich auch immer Scotty sein. Was er wahrscheinlich auf den Tod nicht ausstehen kann. Aber diese Geschwisterliebe, die du für sie empfindest? Sie hat mich früher durch jeden Tag gebracht. Meine Liebe zu Scotty und Sarah. Ich hatte in Florida keine Freunde, aber ich hatte die beiden. Als mein Vater auf mich losging, nachdem sie mich verlassen hatten, war er dabei nicht mal halb so brutal wie bei ihnen. Aber es hat so wehgetan. Ich weiß nicht, wie sie das tagein, tagaus, Jahr für Jahr ertragen haben. Ich habe jeden Schlag, jeden Schubser, jedes Ziehen an den Haaren noch lange Zeit danach gespürt. Er hat mich in einer Nacht zweimal verprügelt, und am nächsten Morgen glaubte ich, das wäre mein Ende.«

Jed mahlte mit dem Kiefer, um den in ihm aufsteigenden Hass im Zaum zu halten.

»Brian arbeitete ein paar Blocks von unserem Haus entfernt auf einer Baustelle. In den Monaten, bevor mein Vater anfing, mich zu schlagen, habe ich ihn häufig auf dem Weg zur Schule und auf dem Heimweg gesehen. Manchmal, wenn ich die Schule geschwänzt habe, bin ich stundenlang ziellos rumgelaufen. Die ersten paar Male hat er mich ermahnt, dass ich nicht allein durch die Gegend stromern soll und dass ich aufpassen müsse, weil es auf der Welt böse Menschen gibt. Tja, zwei der schlimmsten warteten bei mir zu Hause, daher stieß seine Warnung auf taube Ohren. Dann habe ich mich eines Tages aus der Schule davongestohlen, und als ich Stunden später nach Hause ging, saß er an der Baustelle. Die anderen Arbeiter waren längst heimgegangen, und mir war klar, dass er sich nur vergewisserte, ob ich heil zurückkam, doch er hat keinen Ton gesagt.«

»Wie alt war er damals?«

»Er war neunzehn. Ich weiß, was du jetzt denkst, aber er hat nie irgendwelche Anstalten bei mir gemacht. Nicht einmal. So war er nicht. Jedenfalls haben wir mehrmals miteinander gesprochen, und ich habe ihm erzählt, wie meine Eltern so waren. Er wollte zur Polizei gehen, aber ich hatte Angst. Nachdem Sarah abgehauen war, glaubte ich, dass sie es aus der Stadt rausgeschafft hatte und niemals zurückkehren würde. Somit hatte ich niemanden mehr, der meine Geschichte bestätigen konnte. Am Tag, bevor mein Vater mich verprügelt hat, sagte Brian zu mir, dass er Florida am nächsten Tag verlassen würde. Seine Großmutter, die ihn aufgezogen hatte, lebte in Maryland. Sie war gestürzt und hatte sich die Hüfte gebrochen, und jetzt zog er zu ihr zurück, um sich um sie zu kümmern. Es war, als hätte der Himmel mir Brian geschickt, um mich zu retten, denn in genau jener Nacht schlug mich mein Vater windelweich, und am nächsten Morgen passte mich Brian auf meinem Schulweg mit dem Auto ab. Wir fuhren weg und haben nie zurückgeblickt. Als er meine Verletzungen sah, hat er angehalten. Er war so wütend, dass ich dachte, er würde umdrehen und meinen Vater auf der Stelle umbringen. Aber ich habe ihn angefleht, einfach schnell wegzufahren und eine möglichst große Distanz zwischen mich und meinen Vater zu bringen.«

»Und dann bist du hierhergekommen? Nach Maryland?«

Sie nickte. »Ich bin ins Haus seiner Großmutter gezogen. Zwei Wochen später wurde ich vierzehn. Er hat mir einen Kuchen gebacken und mir einen falschen Ausweis besorgt, mit dem ich mich in der Schule anmelden konnte. Ich wollte ihn dazu überreden, mich zu Hause zu unterrichten, aber er war nicht davon abzubringen, dass ich eine Ausbildung mache und den richtigen Weg einschlage. Es mag vielleicht schwer vorstellbar sein, aber er hat nicht ein einziges Mal versucht, mich zu küssen, mich unsittlich zu berühren oder irgendetwas anderes. Er war wirklich ein Geschenk des Himmels.«

»Du hast wirklich Glück gehabt, ihm begegnet zu sein. Nur wenigen wird so ein Ausweg ermöglicht.« Er streichelte Hails Rücken und ließ die Finger auf ihren ruhen, als ihm klar wurde, was er gerade gesagt hatte. »Vergiss es. Denk nicht darüber nach. Ich hätte das nicht sagen sollen.«

Ihre Blicke trafen sich, und sie errötete. Sie öffnete leicht die Lippen, aber es war ihr *Küss-mich*-Blick, der trotz all der düsteren Dinge, die sie einander erzählt hatten, Verlangen in ihm aufsteigen ließ. *Genau wie beim ersten Mal.* Er hätte sich nur vorbeugen müssen, um sie zu küssen, was sie ja offenbar beide wollten, doch ihm war auch bewusst, dass er nicht unbedacht handeln durfte. Dennoch konnte er sich nicht losreißen, konnte nicht aufhören, darüber nachzudenken, wie sehr er sie beschützen und derjenige sein wollte, der ihr diesmal ein Gefühl von Sicherheit gab.

»Was ist das nur mit uns beiden?«, fragte sie mit einem nervösen Lachen. »Da sitzen wir an Lagerfeuern und auf Feldern und einer schüttet dem anderen sein Herz aus.«

Sie lachten beide leise, aber er konnte nicht umhin, sich zu fragen, ob es das Schicksal war, das sie beide wieder zusammengebracht hatte.

»Erinnerst du dich an den Stein?«, wollte sie auf einmal wissen.

Er nickte und wusste noch genau, wie sie diesen herzförmigen Stein auf dem Feld gefunden hatten. Josie hatte gesagt, dass dies ein Zeichen dafür sei, dass etwas Gutes geschehen würde, und sie hatten mit einem kleineren Stein ihre Namen und das Datum hineingekratzt.

Sie lächelte wieder und runzelte dann die Stirn. »Mit dir kann man gut reden, Moon. Danke, dass du meiner chaotischen Lebensgeschichte zugehört hast. Es tut mir leid, wenn ich dir nach unserer ersten Begegnung das Herz schwer gemacht habe.«

Er wollte so gern stundenlang mit ihr reden, ihr sagen, dass ihre gemeinsame Zeit alles andere als qualvoll gewesen war und er nur danach gelitten hatte. Doch sie hatte ihm eben so viel anvertraut, und sie musste ihren kleinen Sohn ins Bett bringen, deshalb meinte er nur: »Ein bisschen Leid tut der Seele gut.«

Fünf

Am Freitagvormittag herrschte viel Betrieb bei Whiskey Automotive, und normalerweise wäre die Zeit für Jed wie im Flug vergangen. Er arbeitete gerne als Barkeeper im Whiskey Bro's, aber in der Bar musste er ständig aufpassen, dass keiner über die Stränge schlug. Die Werkstatt bot ihm Trost und erlaubte es ihm, in der Arbeit zu versinken. Er liebte es, mit den Händen zu arbeiten und das Gefühl zu haben, als könnte er etwas bewirken, aber irgendwie konnte ihn heute nichts davon abhalten, über Josie und Hail nachzudenken. Zudem war ihm überdeutlich bewusst, dass er Bear von Josies und seiner Vergangenheit erzählen musste. Letzte Nacht hatte er ihr zum Frauenhaus hinterherfahren wollen, um sicherzustellen, dass sie gut nach Hause kam, aber sie hatte abgelehnt. Immerhin hatte sie zugestimmt, ihm eine Nachricht zu schicken, wenn sie angekommen war. Knapp eine Stunde nachdem sie sich verabschiedet hatten, meldete sie sich dann auch: *Hail liegt im Bett. Danke für diesen Abend. Wie kann es sein, dass mir nach all den Jahren unsere Gespräche derart gefehlt haben? Du musst mir nicht antworten. Ich habe morgen einen großen Tag vor mir und brauche meinen Schlaf.*

Er hatte seine ganze Willenskraft zusammennehmen

müssen, um nicht auf ihre Frage einzugehen, wollte aber zumindest reagieren: *Ich habe dich auch vermisst. Wenn ich heute Nacht die Augen schließe, sehe ich dein Gesicht vor mir. Schlaf gut, meine Schöne.* Sekunden später kam ihre Antwort in Form eines Emojis mit weit aufgerissenen Augen und mit dem Kommentar: *Ja, das hilft mir jetzt. LOL. Danke für den schönen Abend.*

Er wischte sich die Hände an einem Lappen ab und legte ihn auf den Wagen, an dem er gerade schraubte. Dann ging er durch die Garage zu Bear, der mit einem Motorrad beschäftigt war. Jed hatte jahrelang nur versucht, irgendwie über die Runden zu kommen und von einem miesen Job zum nächsten gewechselt, ohne ein wirkliches Ziel zu haben abgesehen davon, dass er sich um seine abgestürzte Mutter kümmern und sie am Leben halten und versorgen musste. Schon bevor er die Whiskeys kennengelernt hatte, war er bestrebt gewesen, sein Leben in Ordnung zu bringen, und sie hatten ihm in Erinnerung gerufen, wie eine Familie sein konnte – nein, wie sie sein sollte: loyal, liebevoll und echt. Bear war nicht nur Jeds Schwager, Freund und Boss, sondern auch sein Pate als Prospect bei den Dark Knights, was bedeutete, dass er für ihn bürgte. Jed wollte das nicht kaputtmachen, indem er Geheimnisse für sich behielt.

Bear beäugte ihn amüsiert. »Hast du dich verlaufen? Dein Arbeitsplatz ist doch da drüben.«

»Jaja, Frauen können einen ganz schön durcheinanderbringen«, spottete Truman, der ein Stück hinter Bear stand und sich ein Werkzeug von einer Werkbank holte. »Es machte gestern Abend ganz den Eindruck, als würdest du Josie schon ziemlich nahestehen.«

»Ja, genau darüber wollte ich mit Bear reden.«

Bear wandte sich wieder seiner Arbeit zu. »Hast du

herausgefunden, ob sie irgendwie in Gefahr schwebt?«

»Ja, sie ist weder in Gefahr noch auf der Flucht. Sie hat in den letzten Jahren sogar ein ziemlich schönes Leben gehabt. Es ist nicht an mir, euch ihre Geschichte zu erzählen, aber ich will ihr helfen, wieder auf die Beine zu kommen. Ich habe sie mit Penny zusammengebracht. Sie trifft sich heute mit ihr, und wenn alles gut läuft, hat sie zumindest schon mal einen Job. Wird schon klappen. Die beiden scheinen sich gut zu verstehen. Du weißt doch, wie Frauen so sind. Ich schätze, sie wird sich dort gut machen. Und ihr Sohn ist in der Vorschule angemeldet. Nächste Woche geht der Unterricht für ihn wieder los; das wäre also auch schon geregelt.«

»Gut. Hast du Bones davon erzählt?«, erkundigte sich Bear. »Sarah wird erleichtert sein, das zu hören.«

»Noch nicht, aber ich finde, dass es Josies Sache ist, über ihr Leben zu sprechen, wenn sie so weit ist.«

Bear und Truman tauschten einen Blick.

Truman zuckte mit den Achseln. »Ich würde sagen, dass der Mann nicht ganz unrecht hat.«

»Weiß sie, dass du Prospect bei den Dark Knights bist?«, wollte Bear wissen. »Denn wenn dem so ist, kann sie sich vermutlich denken, dass Sarah irgendwann auch davon erfährt.«

»Ja, sie weiß auch, dass ich mich angeboten habe, auf sie aufzupassen. Ich werde Bones eine Nachricht schicken, damit er weiß, dass keine Gefahr für sie besteht. Bear, Josie und ich kennen uns von früher. Ich hätte es dir und den Jungs schon Weihnachten erzählt, aber ich war mir nicht sicher, ob es sich bei Josie um Jojo handelte, das Mädchen, das ich vor mehreren Jahren auf einer Sommerparty kennengelernt habe. Aber sie ist es, und wir … haben eine Nacht miteinander verbracht.«

»Eine Nacht miteinander verbracht?«, wiederholte Bear.

»Soll das heißen, du hast mit ihr geschlafen?«

»Ja, aber kann das bitte unter uns bleiben? Und falls es ein Problem für mich als Prospect ist, dass ich auf sie aufpasse, würde ich das gern wissen.«

Bear richtete sich auf und sah ihn ernst an. »Und falls dem so ist?«

War er dazu bereit, den Club für Josie aufzugeben? Jed wollte sie nicht verlassen. »Darauf habe ich keine Antwort, zumindest keine, die du gern hören möchtest.«

Bear verschränkte die Arme. »Versuch es.«

»Verflucht, Bear.« Jed ging einige Schritte auf und ab. »Mir liegt etwas an ihr, Mann. Ich weiß nicht, was ich dir sonst sagen soll. Ich weiß auch nicht, wie das nach all der Zeit so schnell möglich ist, aber so ist es nun mal. Es fühlt sich auf jeden Fall so an, als wäre ich letzte Nacht wieder auf das Feld zurückversetzt worden, auf dem ich sie kennengelernt habe, nur dass sie diesmal nicht siebzehn ist und ich kein zielloser Idiot mehr bin. Ob ich Mitglied bei den Dark Knights werden will? Ja, zum Teufel. Aber wenn das bedeutet, dass ein anderer Kerl auf Jojo aufpasst, dann scheiß drauf. Ich lasse es nicht zu, dass jemand anderes etwas erledigt, was keiner besser machen kann als ich.«

Truman schmunzelte, was ihm einen irritierten Blick von Bear einbrachte.

»Es hat ihn erwischt.« Truman zeigte auf Jed. »Er besteht nur aus Muskeln und Tätowierungen, ist aber völlig vernarrt in diese Frau und ihren Sohn. Das passiert den besten von uns, Mann.«

Jed warf sich in die Brust. »Ich bin nicht in sie vernarrt, sondern sagte nur, dass kein anderer auf sie aufpassen darf. Sie kann keinen Fremden gebrauchen, der ihr nicht von der Seite weicht. Sie ist stark und clever, und sie weiß, was sie will. Sie braucht jemanden, der ihr dabei helfen möchte, einen Job und eine Unterkunft zu finden, ohne dass man sie gleich ausnutzt.«

»Und du glaubst, dass du das besser kannst als … sagen wir, Bullet?«, forderte Bear ihn heraus. »Oder wie wäre es mit Diesel? Niemand wird ihr dumm kommen, wenn er bei ihr ist.«

»Nein, das glaube ich nicht.« Jed trat näher an ihn heran und starrte Bear noch finsterer und aggressiver an. »Ich *weiß*, dass ich es besser kann.«

»Wow. Was ist denn hier los?«, fragte Dixie, die gerade aus dem Büro kam. Ihre Stiefelabsätze klapperten über den Betonfußboden, als sie nähertrat und sich zu ihnen ans Motorrad stellte. Sie trug ihre übliche Winterkleidung: Skinny-Jeans, die in kniehohen schwarzen Stiefeln steckten, und ein »Whiskey Automotive«-T-Shirt. Dixie erledigte die Buchhaltung für Whiskey Automotive und das Whiskey Bro's und kellnerte auch in der Bar. »Gibt es hier etwa ein Problem?«, erkundigte sie sich amüsiert. »Braucht ihr einen Schiedsrichter, oder wollt ihr euch lieber ein Zimmer nehmen?«

Jed und Bear starrten sie an. Truman gluckste. Bear ignorierte ihre scharfzüngige Bemerkung und warf Jed einen durchdringenden Blick zu; dann zog er die Mundwinkel hoch und gab Jed einen kräftigen Hieb auf den Arm. »Genau darum geht es bei den Dark Knights, Mann, dass wir auf die Menschen aufpassen, die uns am Herzen liegen. Mach ruhig so weiter, aber denk daran, die Hände bei dir zu behalten, falls du dir bei Josie mehr erhoffst und sie kein Interesse hat.«

Jed schnaufte. »Wofür hältst du mich?«

»Für einen Mann«, warf Dixie ein. »Ich wollte mich auch schon nach dir und Josie erkundigen. Es heißt, zwischen euch beiden hätte es gestern Abend ordentlich geknistert.«

»Verdammt noch mal, Tru. Du hast echt eine große

Klappe«, knurrte Jed.

Und ja, es hatte in der Tat zwischen ihnen geknistert, die Luft schien jedes Mal förmlich zu brennen, wenn sie einander begegneten. Die Unterhaltung mit Josie war gestern ebenso wundervoll gewesen wie beim ersten Mal. Er hätte zu gern einen Ort gehabt, den er ihr und Hail anbieten konnte, damit sie das Frauenhaus verlassen konnten, wobei ihm gleich noch etwas anderes einfiel. Das Wichtigste war jedoch, dass er in Gang kommen und sich ein Haus suchen musste.

Truman hob die Hände. »Ich war es nicht, Kumpel.«

»Tru ist unschuldig.« Dixie ließ ihre Kaugummiblase platzen und Jed einen langen Moment lang zappeln, ehe sie fortfuhr. »Gemma und Crystal haben es mir erzählt.«

»Diese Plappermäuler«, schimpfte Jed. »Crystal ist nicht mal dabei gewesen. Im Moment ist rein gar nichts zwischen Jojo und mir – zumindest nicht mehr als Freundschaft –, also vergrault sie bloß nicht mit eurem blöden Weibergeschwätz.«

Dixie grinste süffisant. »Wenn nichts zwischen euch wäre, hättest du nicht eben so ausgesehen, als wolltest du Bear an die Gurgel gehen.«

»Lass es gut sein, Dixie.« Jed kehrte zu dem Wagen zurück, an dem er gerade arbeitete.

»Ich werde es gut sein lassen, wenn du dich für die Benefiz-Junggesellenauktion anmeldest«, schlug sie vor. Sie versuchte schon seit Wochen, ihn dazu zu bringen, dabei mitzumachen.

»Keine Chance«, wehrte Jed ab. Erst recht nicht jetzt, wo er wieder Kontakt zu Josie hatte.

Dixie kam mit wogendem Schritt auf ihn zu, sodass ihre langen roten Haare auf ihren Schultern tanzten. »Jetzt komm schon. Es ist für einen guten Zweck. Die Einnahmen der Auktion gehen an die Obdachlosenunterkunft in Parkvale.«

»Warum kümmerst du dich darum?«, erkundigte sich Truman.

»Weil jedes Jahr ein anderes Unternehmen die Leitung übernimmt«, erklärte Dixie. »Die Bradens waren Gastgeber der letzten beiden Auktionen. Jetzt sind wir dran, und ich brauche Singlemänner.«

Bear musterte sie finster. »Kannst du das nicht anders ausdrücken, Dix?«

»Weißt du was?«, erwiderte Dixie verärgert. »Ich werde nicht nur sagen, was ich will, sondern mich so lange umsehen, bis ich genug Junggesellen habe und wir mehr Geld einnehmen als bei jeder anderen Auktion zuvor.«

Sie stürmte ins Büro, und Bear zückte sein Handy.

»Wen rufst du an?«, fragte Truman.

»Bullet«, antwortete Bear. »Irgendjemand muss ihn warnen, dass Dixie auf der Jagd nach männlichen Singles ist. Mir fallen da gleich ein paar Typen ein, die alles für sie tun würden und darauf hoffen, dafür etwas zurückzubekommen.« Die Whiskey-Männer traten jedem gegenüber als Beschützer auf, aber wenn es um ihre Schwester ging, waren sie wie ein Wolfsrudel, das bereit war, jeden Eindringling zu zerfetzen.

Jed wusste, wie es sich anfühlte, seine Familie so vehement verteidigen zu wollen. Er holte sein Handy aus der Tasche, um Josie eine Nachricht zu schicken und ihr für das Treffen mit Penny Glück zu wünschen. Dabei wunderte er sich ein wenig, weil es ihn durchaus überraschte, wie entschieden er Bear die Stirn geboten hatte. Beim Tippen ging ihm durch den Kopf, dass er offenbar nicht nur seine direkte Familie zu verteidigen bereit war.

Josie parkte vor der Eisdiele. Sie freute sich darauf, Zeit mit Penny zu verbringen, und war gleichzeitig nervös. Kleine Kinder waren eben unberechenbar – man wusste nie, wann ihnen die Kraft ausging und alles aus dem Gleichgewicht geriet. Sie hatte vorsichtshalber viel Spielzeug, Malbücher und Snacks mitgenommen, um Hail zu beschäftigen, und hoffte das Beste. Zudem hatte sie beschlossen, ihm als Erstes ein Eis zu kaufen, denn welches Kind konnte schon in einer Eisdiele herumsitzen, ohne ein Eis zu verlangen?

»Weißt du noch, was ich gesagt habe, Spatz?«, fragte Josie.

»Ja«, antwortete er beim Aussteigen. »Ich soll ›Entschuldigung‹ sagen, wenn ich irgendetwas brauche.«

»Genau. Und es ist in Ordnung, wenn du meine Hilfe brauchst, aber ›Entschuldigung‹ zu sagen ist netter, als einfach nur meinen Namen zu brüllen, okay?«

Er nickte, und sie strich ihm die Ponyfransen aus der Stirn, um einen Kuss darauf zu drücken. Dann schnappte sie sich seine Spielzeugtasche und nahm seine Hand, wobei sie wieder an die Nachrichten dachte, die eine, die Jed ihr letzte Nacht geschickt hatte, und die andere von vorhin: *Ich wünsche dir heute viel Glück. Du wirst dich garantiert großartig schlagen. Viel Spaß mit Penny, und grüß Hail von mir.*

»Mama, sieh mal!« Hail zeigte auf die Eisdiele, ein pistaziengrünes Gebäude mit zwei riesigen Eiswaffeln davor.

»Es macht bestimmt Spaß, da zu arbeiten.«

Während sie auf Pennys Geschäft zugingen, dachte Josie, wie schön es doch war, dass sich wieder jemand um sie sorgte, auch wenn die Intensität ihrer Gefühle für Jed sie ein bisschen beängstigte. Die vergangene Nacht hatte sie größtenteils damit verbracht, sich ihr Gespräch noch einmal durch den Kopf gehen zu lassen. Sie konnte immer noch seine Hand auf der ihren spüren und die Wut in seinen Augen sehen, als sie ihm davon erzählt hatte, was nach Sarahs und Scottys Flucht passiert war. Aber die meiste Zeit dachte sie daran, wie gut es sich anfühlte, wieder mit ihm zu sprechen. Beim Einschlafen war sie so glücklich und geerdet gewesen wie seit Monaten nicht mehr.

Sie zog die Tür auf. Die hellrosa Wände und der zuckrige Duft ließen Hail begeistert nach Luft schnappen, als sie den Laden betraten. An der Wand erstreckte sich eine Theke, und zu beiden Seiten befanden sich Kühlschränke, in denen Geburtstagskuchen und verschiedene Eiscremesandwiches und andere Leckereien präsentiert wurden. Mit Zuckerperlen überzogene Waffeln und Plastikbehälter mit bunten Toppings standen auf der Theke. Im rechten Winkel zum langen Tresen befand sich ein Bereich, in dem die Kunden in die Behälter mit der köstlichen Eiscreme hineinschauen konnten. Vor den Fenstern standen mehrere Tische, und unter der Decke hingen drei Kronleuchter aus pink-grün-gelb-orangefarbenem Glas.

»Hey, meine Liebe«, begrüßte Penny sie und kam hinter dem Tresen hervor. »Hallo, kleiner Mann. Schön, dass ihr da seid.« Ihre Haare waren zu einem unordentlichen Knoten aufgetürmt, der von einer blitzenden Spange festgehalten wurde.

»Ja. Danke für die Einladung. Hier sieht alles so hell und fröhlich aus.«

Penny stieß einen Pfiff aus. »So was kann nur aus dem Mund einer Mutter kommen, denn hier sieht es aus, als wäre ein Flamingo explodiert. Aber ich werde bald alles renovieren. Die Person, von der ich den Laden übernommen habe, stand wie Finlay total auf Pink. Ich bin ehrlich gesagt froh, wenn ich diese Farbe für den Rest meines Lebens nicht mehr sehen muss.« Sie hielt sich eine Hand vor den Mund und flüsterte: »Darf er …?« Bei diesen Worten deutete sie mit dem Kopf in Richtung Eis.

»Ich wollte ihm gerade eins kaufen.«

Penny winkte ab. »Ach was. Ich lade ihn ein.« Sie beugte sich zu Hail hinunter und fragte: »Welche Sorte isst du am liebsten?«

»Schokolade-Pfefferminz.«

»Ach, Spatz, vielleicht hat Penny diese Sorte gar nicht«, meinte Josie. »Zartbitterschokolade ist auch in Ordnung. Er hat einmal Schokolade-Pfefferminz gegessen und das nie mehr vergessen.«

»Wie könnte er das auch?«, erwiderte Penny dramatisch. »Zu deinem Glück habe ich das tollste Schokoladeneis, und …«, sie ging hinter die Theke und fuhr fort, während sie etwas unter dem Tresen hervorholte, »… auch das hier.« Sie stellte ein großes Glas mit Pfefferminzbonbons auf die Theke, krümmte einen Finger, damit Hail nähertrat, und senkte die Stimme. »Ich habe hinten einen Gummihammer. Kannst du mir vielleicht dabei helfen, die Pfefferminzbonbons zu zerstoßen?«

Er nickte aufgeregt. »Was ist ein Gummihammer?« Penny und Josie lachten los.

Josie legte ihm eine Hand auf die Schulter und zog ihn an sich. »Das ist wie ein Hammer, nur aus Gummi.«

»Bin im Handumdrehen wieder da.« Penny verschwand durch eine Tür nach hinten und kehrte mit einem Gummihammer, einem schweren Schneidebrett, einer Plastiktüte und einem Handtuch zurück. Während sie die Tüte mit Pfefferminzbonbons füllte, meinte sie: »Warum legst du deine Sachen nicht auf den Tisch am Fenster?«

Josie baute Hails Spielzeuge auf einem Tisch auf, während Penny das Schneidebrett auf den Fußboden legte. Schon hockten sich Hail und sie daneben. »Wir decken die Tüte mit den Pfefferminzbonbons mit dem Handtuch ab, siehst du, und dann hauen wir kräftig drauf.« Sie schlug mit dem Gummihammer auf die Wölbung unter dem Handtuch und nahm das Handtuch dann herunter, damit er die zerschlagenen Pfefferminzbonbons sehen konnte. »Hast du gut zugeguckt? Jetzt bist du dran.«

Hail schlug mit konzentrierter Miene auf das Handtuch. »Fester«, forderte Penny ihn auf, und er machte es gleich noch mal.

»Gut gemacht.«

Zehn Minuten später stand Hail quietschvergnügt auf einem Schemel hinter dem Tresen und half Penny dabei, die zerstoßenen Pfefferminzbonbons in seine Schale mit Schokoladeneis zu schütten. »Ich glaube, ich muss das als neue Geschmacksrichtung anbieten. Was hältst du davon?«, fragte Penny und brachte die Schüssel zu dem Tisch mit seinen Spielzeugen.

Er nickte und schaufelte sich bereits den ersten Löffel voll Eis in den Mund.

»Wir nennen sie ›Pfefferminzhagelsturm‹, weil dein Name doch ›Hagel‹ bedeutet«, entschied sie mit einem Blick auf den Bagger auf dem Tisch, was ihr ein breites Grinsen einbrachte.

»Du hättest dir nicht so viel Mühe machen müssen«, sagte Josie, doch sie spürte tief in ihrem Inneren, dass sie eine Seelenverwandte gefunden hatte. Früher in ihrem eigenen Haus hatte sie für Hail auch immer versucht, alles möglich zu machen.

»Das nennst du Mühe?« Penny nahm ihre Hand und zog sie hinter den Tresen. Sie zeigte auf die riesige Kreidetafel an der Wand. »Hier stehen alle Geschmacksrichtungen. Was machst du, wenn du ein ›Aufmunterungs‹-Spezial zubereiten sollst oder einen ›Er ist es nicht wert‹-Eisbecher? Oder wie wäre es mit dem ›Das war ein richtig toller Tag‹-Becher? Oder einem ›Zuckerschock‹-Milchshake?«

»Wow«, murmelte Josie und las sich noch einige Namen der anderen Angebote durch – ›Heiße Liebe‹-Becher, ›Sonniger Samstag‹-Shake. »Ich glaube, hier wird es mir richtig gut gefallen.«

»Das wollte ich hören. Eiscreme geht immer, bei jeder Laune. Sie ist wie Tequila für jedes Alter, ohne dass man einen Kater riskiert. Und wir können sie jeden Tag Dutzende Male servieren.«

Während Hail sein Eis aß und sich mit seinem Spielzeug beschäftigte, führte Penny Josie in der Eisdiele herum und erklärte ihr alles genau – wie man auf handgelenkfreundliche Art Eis herauslöffelte und es richtig lagerte bis hin zum Umgang mit den Kunden und der Inventur. Sie bediente derweil auch noch mehrere Kunden und stellte Josie einigen ihrer Stammkunden vor.

Nach der Tour und den Erklärungen schlug Penny vor: »Falls du Lust hast, kann ich dir zeigen, wie man Eistorten und andere spannende Dinge herstellt.«

»Das klingt wundervoll.« Josie überlegte bereits, sich weitere lustige Namen für Eisbecher und Spezial-Angebote einfallen zu lassen. Nicht, dass Penny diese je in Erwägung ziehen würde, aber es war schon so lange her, dass sie ihrer Kreativität freien Lauf gelassen hatte, daher genoss sie es nun in vollen Zügen.

»Und für die schwierigen Trennungen und harten Zeiten

haben wir den Härtefallschrank für Kunden über einundzwanzig.« Penny legte einen Finger auf die Lippen und führte Josie hinter den Tresen zu einem hohen Schrank. Darin befanden sich Flaschen mit Likör und Brandy. »Nicht mehr als fünf Prozent Alkohol, und selbstverständlich kontrollieren wir die Ausweise.«

»Du hast wirklich an alles gedacht. Wenn du damit einverstanden bist, dass ich hier arbeite, während Hail in der Schule ist, würde ich den Job liebend gern annehmen, Penny.«

»Ich hatte gehofft, dass du das sagen würdest. Wann möchtest du denn anfangen?«

Sie kamen überein, dass der nächste Donnerstag Josies erster Arbeitstag sein sollte, da Hail ab Mittwoch wieder zur Schule ging. Sie würde montags bis freitags von zehn bis vierzehn Uhr arbeiten, was perfekt zu Hails Stundenplan passte. Penny sagte, dass sie ihr im Frühling und Sommer wahrscheinlich noch mehr Stunden geben könnte, wenn sie einen Babysitter fand. Während Josie Hails Spielzeuge zusammensammelte, rechnete sie sich schon mal ihr Einkommen aus. Es würde eine Weile dauern, bis sie sich ein Apartment leisten konnte, aber zumindest würde sie mit Hail zusammen sein, wenn er nicht in der Schule war. Vielleicht fand sie sogar einen zuverlässigen Babysitter, sodass sie noch mehr Stunden übernehmen konnte. Aber vorläufig war das absolut perfekt.

Hail bedankte sich bei Penny für das Eis, und Josie sagte: »Penny, ich kann dir gar nicht genug danken. Ich freue mich wirklich darauf, mit dir zusammenzuarbeiten.«

»Ich mich auch. Sehen wir uns bei der Silvesterparty der Whiskeys?«

»Äh … Davon weiß ich nichts, aber ich möchte den Abend auf jeden Fall mit Hail verbringen, und wenn sie in der Bar feiern, dann komme ich nicht. Ich lasse ihn ganz bestimmt nicht allein, um auszugehen.«

»Großer Gott, davon bin ich auch gar nicht ausgegangen«, erwiderte Penny. »Ich dachte nur, dass Jed dich eingeladen hätte. Die Whiskeys schließen die Bar an dem Tag, und die Dark Knights laden ihre Freunde und Verwandten zu einer Party ein. Das ist immer ein großer Spaß.«

»Oh, er hat das gar nicht erwähnt. Aber das ist schon in Ordnung. Ich habe ohnehin so viel zu tun. Vielen Dank noch mal. Wir sehen uns dann nächste Woche.« Im Gehen fragte sie sich, warum Jed ihr nichts davon erzählt hatte. Doch ungeachtet ihrer Gefühle für ihn hatte sie nun mal ein Kind, und Silvesterpartys brachte sie mit Verabredungen und Küssen um Mitternacht in Verbindung, und das war nichts für alleinerziehende Mütter, die in einem Frauenhaus lebten.

»Wohin gehen wir jetzt, Mama?«, wollte Hail wissen und holte sie aus ihren Gedanken.

Sie blickte zu ihm hinunter und bemerkte auf der anderen Straßenseite eine schwangere Frau, die gerade einen Friseursalon verließ. Josies Herz schlug schneller, als sie Sarah erkannte. Sie drückte Hails Hand und antwortete: »Auf die andere Straßenseite.«

Sechs

Josie bekam eine Gänsehaut an den Armen, als sie mit Hail über die Straße eilte. Sarah ging in die entgegengesetzte Richtung. Josie war so nervös, dass sie fest davon überzeugt war, Hail müsste es spüren, aber sie wollte nicht wieder den Kopf in den Sand stecken und zwang sich, nach Sarah zu rufen.

Sarah drehte sich um und sah in ihrem marineblauen Mantel und den Jeans wunderschön aus. Die Verwirrung in ihren Augen verwandelte sich in Verblüffung. »Josie …?«

Während Josie und Hail auf den Bürgersteig traten, schnürte sich Josies Kehle zu. Sie wusste nicht, was sie sagen sollte, aber sie wollte versuchen, die Kluft zwischen ihnen zu überwinden. »Hi«, begrüßte sie ihre Schwester, doch es klang steif und leise, eher wie eine Frage.

»Hi.« Sarahs braune Augen sahen zu Hail, dann zurück zu Josie, und auf einmal kamen ihr die Tränen. Sie war immer die stärkere Schwester gewesen, aber auch die emotionalere.

»Hail, Spatz.« Josies Stimme zitterte. »Das ist deine Tante Sarah, Mamas Schwester.«

Hail blickte durch seine Ponyfransen zu Josie hoch. »Ich dachte, sie wohnt ganz weit weg?«

Das hatte sie ihm erzählt, weil sie nicht wusste, ob sie Scotty oder Sarah jemals wiedersehen würde. »Früher war das auch so, aber jetzt wohnt sie ganz in der Nähe.«

»Hi«, sagte er zu Sarah. »Nach mir wurde heute eine Eissorte benannt. Wo wohnst du?«

»Wow, wie toll. Ich wohne wirklich gleich in der Nähe, direkt am Wasser.« Sarah zeigte auf den Friseursalon. »Und dort arbeite ich. Ich schneide anderen die Haare.«

»Mama arbeitet bald bei Penny in der Eisdiele!«, rief Hail aus.

»Tatsächlich?«, fragte Sarah. »Ich habe gehört, dass sie sich mit dir getroffen hat. Penny ist super. Es wird dir bestimmt gefallen, aber von Parkvale aus hast du einen langen Arbeitsweg.«

Josie nickte. »Ich fange nächste Woche an, wenn Hail wieder in der Schule ist. Es ist schon eine Strecke, aber auf der anderen Seite der Brücke gibt es keine Jobs.« Sie machten Small Talk, um die unangenehme Kluft zu überbrücken, und Josie suchte verzweifelt nach einer Möglichkeit, sie zu überwinden.

»Sarah …«, begann Josie, während Sarah gleichzeitig »Josie« sagte. Sie schenkten sich ein Lächeln.

»Ich komme gerade von der Arbeit. Bones ist mit den Kindern zur Märchenstunde in die Buchhandlung gegangen. Möchtest du auch mitkommen?«, schlug Sarah vor. »Scott ist auch da.«

»Bei der Märchenstunde?« Vor ihrem inneren Auge sah sie immer noch das Bild ihres wütenden und beschützerischen siebzehnjährigen Bruders. Er und eine Märchenstunde, das schien überhaupt nicht zusammenzupassen.

»Er wollte Bones helfen, weil Lila gern herumkrabbelt und Bradley schnell unruhig wird«, erklärte Sarah. »Aber Bones vermutet eher, dass er hingeht, weil Quincy den Kindern vorliest und sehr viele Singlemütter da sein werden. Ich vermute fast, Scott nimmt meine Kinder nur als Vorwand, um jemanden kennenzulernen.«

Sie lachten beide leicht betreten auf.

»Die Märchenstunde ist für alle Altersgruppen gedacht, und wir könnten uns in das Café der Buchhandlung setzen und uns unterhalten, wenn du magst«, schlug Sarah vor.

»Können wir hingehen, Mama?«, fragte Hail hoffnungsvoll.

Josie war besorgt, dass sie von ihren Gefühlen übermannt werden könnte, aber wenigstens wäre Hail damit beschäftigt, einer Geschichte zuzuhören, und würde ihre Tränen nicht bemerken.

»Gern.«

Ein verlegenes Schweigen machte sich zwischen ihnen breit, während sie zur Buchhandlung gingen.

»Wir haben Quincy bei einem Lagerfeuer mit Moon – Jed – kennengelernt. Er scheint nett zu sein. Ich wusste nicht, dass er in einer Buchhandlung arbeitet.«

»Das macht er schon seit einer ganzen Weile. Die Kinder lieben ihn. Er leitet auch Treffen der *Narcotics Anonymous* und hilft Teenagern mit Problemen. Man könnte ihn durchaus als guten Fang bezeichnen. Ich kann es den weiblichen Singles von Peaceful Harbor nicht verdenken, dass sie eine Stunde in seiner Gesellschaft verbringen möchten.«

»Beim Lagerfeuer schien es so, als hätte er ein Auge auf Penny geworfen«, bemerkte Josie. Sie bogen um die Ecke, und die grüne Markise über dem Eingang zu Downtown Books kam in Sicht.

»Das kann man so sagen. Bei den Whiskeys in der Bar läuft eine Wette, wann sie sich endlich küssen. Bear, Bones' Bruder, hatte auf Weihnachten gesetzt. Du hättest ihn sehen sollen, wie er die ganze Zeit mit dem Mistelzweig hinter ihnen hergelaufen ist.«

Josie musste unwillkürlich lachen. Sie hatte Sarah so sehr vermisst, dass ihr selbst jetzt, wo sie sich über Belangloses unterhielten, beinahe das Herz überging. Unauffällig musterte sie ihre Schwester, von der sie geglaubt hatte, sie hätte sie vor einem Jahrzehnt im Stich gelassen, und spürte einen stechenden Schmerz in der Brust. Sie musste Sarah unbedingt fragen, warum sie nicht wie versprochen zurückgekehrt war, um sie zu holen, aber nicht jetzt. Vorerst brauchte sie erst einmal diese Begegnung, das Gefühl, ihr nahe zu sein und nicht wieder weglaufen zu wollen.

Josie öffnete die Tür und hielt sie für Hail und Sarah auf. Sarah blieb neben ihr stehen und raunte ihr zu: »Du hast mir so gefehlt.«

Sofort kamen Josie die Tränen. Sie senkte den Kopf und wischte sie beim Hineingehen weg, damit Hail sie nicht sehen würde, um dann tief Luft zu holen.

»Die Lesung findet da drüben in der Kinderabteilung statt.« Sarah zeigte durch die Buchhandlung.

Josie folgte ihr zu einem mit grünem Teppich ausgelegten Bereich, in dem einige Kinder auf dem Fußboden saßen und Quincy zuhörten. Bei Tageslicht war er sogar noch attraktiver mit seinen klaren blauen Augen und dem Dreitagebart, unter dem ein markanter Kiefer zu erkennen war. Er erinnerte Josie an Brad Pitt mit längeren Haaren.

Quincy blickte auf und zwinkerte ihnen zu. Sarah winkte. Josie hatte so sehr damit zu tun, sich zusammenzureißen, dass schon das aufrechte Stehen eine Herausforderung für sie darstellte.

Neben den Kindern saßen auch mehrere Frauen auf dem

Teppich, andere hatten auf Stühlen Platz genommen oder standen in der Nähe. Anhand des perfekten Make-ups, der schicken Frisuren und der sexy Kleidung waren die Singles leicht von den anderen zu unterscheiden.

Josie erspähte Bones auf einem Stuhl mit Sarahs niedlichem kleinen Mädchen auf dem Schoß. Lila. Sie erkannte sie aus dem Büchlein *Von obdachlos zu glücklich* wieder. Das Mädchen hatte feine blonde Haare, die eine Nuance heller waren als Sarahs, und klammerte sich an Bones' Hand. Neben ihnen saß Scotty mit einem kleinen Jungen mit blonden Haaren auf den Knien, den Josie als Bradley erkannte, und war mit einer hübschen Blondine ins Gespräch vertieft. Ihre Augen brannten, da ihr schon wieder nach Weinen zumute war, und als sich ihre Blicke trafen, gaben ihre Beine beinahe nach.

Die Farbe wich aus seinem Gesicht, und er sagte etwas zu Bones. Bones' Blick zuckte zwischen Sarah und Josie hin und her, während Scotty Bradley neben Lila auf Bones' Schoß setzte.

Dann stand Scotty auf, und Josies Herz schlug schneller.

Als Dreizehnjährige war sie kleiner als die meisten Mädchen ihres Alters gewesen und hatte Scotty immer als Riesen angesehen, aber sie wusste auch, dass das die Perspektive eines kleinen Mädchens war, die durch die vielen Jahre, die sie einander nicht gesehen hatten, nur verstärkt wurde. Doch nichts an ihren Erinnerungen ähnelte dem Mann, der jetzt vor ihr stand. Er war größer, muskulöser, breiter und verströmte eine andere Art von Härte. Als Teenager hatte er immer etwas von einer Viper an sich gehabt, als wäre er ständig zum Zuschlagen bereit. Jetzt strahlte er das Selbstvertrauen eines Mannes aus, der in seinem Leben zu viel gesehen hatte und keine Angst davor hatte, sich dem zu stellen. Seine dunkelblonden Haare waren länger als früher und zurückgekämmt, und er hatte einen deutlichen Bartschatten, der eine Spur dunkler war als seine Haare. In seinen Wangenknochen und seinem Kiefer erkannte sie ansatzweise ihren Vater wieder, aber das war sofort vergessen, als sie die Liebe in seinen vertrauten, verschleierten Augen bemerkte.

»Das ist Scott«, flüsterte Sarah.

Bradley schob sich von Bones' Schoß, sauste an Scotty vorbei und schlang die Arme um Sarahs Beine. »Hi, Mami«, flüsterte er.

Josie blickte auf ihn hinunter, um dann erneut Scotty zu mustern, der hinkend auf sie zukam. Alles um sie herum verwandelte sich in weißes Rauschen, als ihr Bruder immer näher kam. Auf einen Schlag wurde sie in die Nacht des Unfalls zurückversetzt, und ihr fiel das Atmen schwer. Sarah hatte über Scottys Verletzungen geschrieben, von denen er sich nur langsam erholte. Die Metallplatte und Nägel in einem Bein würde er auf Dauer behalten müssen. Er musste nach dem Unfall schreckliche Schmerzen gehabt haben.

Und ich bin davongelaufen.

Sie wurde sich bewusst, dass Hail an ihrer Hand zupfte. Erst jetzt ging ihr auf, dass ihr Sohn etwas gesagt haben musste, denn Bradley, Sarah und er sahen sie erwartungsvoll an. Bones stand mit Lila auf dem Arm neben Sarah, und Josie hatte nicht einmal bemerkt, dass er zu ihnen getreten war. Noch mehr überraschte sie jedoch, dass sie sich an Sarahs Hand festhielt wie an einer Rettungsleine – und sie nicht mehr loslassen konnte.

»Darf ich, Mama?« Hail sah sie flehentlich an. »Darf ich mich mit Bradley hinsetzen und mir die Geschichte anhören?«

Bradley. Er war ebenfalls reizend und sah sogar ein kleines bisschen wie Hail aus, hatte zwar kürzere, hellere Haare, doch ein ähnlich niedliches Gesicht.

»Bones behält sie bestimmt gern beide im Auge, damit wir uns ungestört unterhalten können«, meinte Sarah leise.

Josie versuchte, wieder einen klaren Gedanken zu fassen, ließ Hails und Sarahs Hand aber weiterhin nicht los. Sie beugte sich zu Hail hinunter. »Erinnerst du dich an Dr. Whiskey aus dem Frauenhaus?«

Hail nickte. »Er hat gesagt, dass ich ihn Bones nennen kann. Darf ich das immer noch?«

Sie schaute Bones an, der nickte und lautlos *Sicher* sagte. »Ja. Ich möchte mich mit Tante Sarah unterhalten.« Sie stellte ihm Scotty absichtlich nicht vor, weil sie nicht wusste, ob sie das nicht überforderte. »Aber du musst bei Bones bleiben, okay, Spatz? Wenn du mich brauchst, bittest du Bones einfach darum, dich zu mir zu bringen.«

Er nickte, und sie gab ihm einen Kuss auf die Stirn. »Ich hab dich lieb. Viel Spaß.«

Sie sah ihm hinterher, als er sich mit Bradley auf den Teppich setzte. Zwar hatte sie von Sarahs Kindern gewusst, doch es war etwas ganz anderes, sie mit eigenen Augen zu sehen.

»Ich passe auf ihn auf, Josie«, versprach Bones und berührte sie sanft am Arm. »Mach dir keine Sorgen.«

»Danke«, stieß Josie mühsam hervor.

Bones setzte sich zu den Kindern, und Scotty trat neben sie und sah sie mit seinen braunen Augen an. Dann nahm er sie wortlos in die Arme und hielt sie so fest, dass sie sich kaum bewegen konnte. Sarah schloss sich der Umarmung an, und als Scotty murmelte: »Mann, hab ich dich vermisst«, brachen sich Josies Tränen Bahn.

»Ich kann nicht …« Sie rang weinend nach Luft und spürte, wie Scotty sich versteifte. Schnell fuhr sie fort: »Ich kann das nicht hier tun. In Hails Nähe. Können wir irgendwo anders hingehen?«

Scotty legte ihr schützend einen Arm um die Schultern, und Sarah nahm ihre Hand, und gemeinsam entfernten sie sich von den Kindern. Es war gut, dass die beiden neben ihr herliefen, denn Josie zitterte so heftig, dass sie andernfalls vermutlich zusammengebrochen wäre. Scott sagte etwas zu einer Frau an einem Schreibtisch, die ihnen rasch ein ruhiges Zimmer aufsperrte.

»Lassen Sie sich ruhig Zeit«, sagte die Frau, schloss die Tür und ließ sie allein.

»Es tut mir so leid.« Josie klammerte sich an ihre Geschwister, die die Arme erneut um sie legten. »Es war so schrecklich von mir, in jener Nacht das Krankenhaus zu verlassen und am Frauenhaus vor Sarah davonzulaufen.«

»Schon okay«, murmelte Sarah, die ebenfalls weinte.

»Wir haben dich so lieb, Josie«, sagte Scotty, was nur noch mehr Tränen hervorrief. »Jetzt bist du hier. Das ist alles, was zählt.«

Sie hielten einander fest, und es fühlte sich wie Stunden an und war gleichzeitig nicht lang genug. Schließlich lösten sie sich voneinander, und Josie vermutete, dass ihre Augen genauso verquollen und ihre Nase genauso gerötet aussahen wie Sarahs. Selbst Scotty weinte, aber er räusperte sich, wischte sich die Augen und gewann die Fassung schneller wieder als seine Schwestern.

»Kommt, setzen wir uns und reden miteinander.« Er zog zwei Stühle für sie unter einem kleinen Tisch hervor.

Dann holte er Taschentücher von einem Tisch am anderen Ende des Raums. Derweil legten Josie und Sarah die Jacken auf einen anderen Stuhl. Die Schwestern lächelten einander weiterhin an, lachten schüchtern und konnten gar nicht mehr aufhören zu weinen.

»Das ist völlig verrückt«, sagte Josie schließlich und wischte sich die Augen.

Scotty saß neben ihr und nahm ihre Hand. »Jed sagte, du schwebst nicht in Gefahr. Stimmt das?«

»Du hast mit ihm über mich gesprochen?«, fragte Josie.

»Wir sind beide eng mit ihm befreundet.« Er schaute Sarah an, die zustimmend nickte. »Ich wusste, dass er sich mit dir treffen würde, Josie, darum habe ich mich vorerst ferngehalten, weil ich den Eindruck hatte, dass es so besser für dich war, aber ich musste mich vergewissern, dass du in Sicherheit bist. Mehr als das hat er mir nicht erzählt. Er sagte, dass du selbst entscheiden musst, was du uns von deinem Leben erzählen möchtest.«

Ihr kamen schon wieder die Tränen, diesmal jedoch vor Dankbarkeit. »Moon – Jed – und ich haben uns schon vor langer Zeit kennengelernt. Wir sind uns kurz vor meinem achtzehnten Geburtstag begegnet. Ich mochte ihn damals sehr, und das tue ich auch heute noch. Darum freut es mich auch, dass ihr Freunde seid, und ich weiß es wirklich zu schätzen, dass er nicht mehr gesagt hat.«

»Sarah und ich haben uns solche Sorgen um dich gemacht«, gestand Scotty. »Wenn du nicht darüber reden möchtest, was in der Zeit zwischen unserem Weggang und heute passiert ist, dann ist das in Ordnung.«

Josie senkte den Blick, und die Frage, die sie schon so lange hatte stellen wollen, brach kaum hörbar aus ihr heraus. »Warum habt ihr mich damals nicht abgeholt?«

»Ich werde es mir nie vergeben, dass ich euch beide in der Nacht verlassen habe.« Scotty drückte ihre Hand. »Ich erwarte nicht, dass ihr mir verzeiht. Damals hatte ich einen Job auf einer

Bohrinsel gefunden und wollte genug Geld zusammenkriegen, um euch da rausholen zu können. Ich weiß nicht, ob du dich daran erinnerst, aber in der Nacht, in der ich gegangen bin, sagte Dad, dass er mich verhaften lässt, wenn ich mich euch beiden jemals wieder nähere.«

»Ich erinnere mich daran«, erwiderte Josie leise und wandte sich an Sarah, wobei sie ihren Schmerz nicht zurückhalten konnte. »Aber ich habe fast zwei Wochen auf dich gewartet, und du bist nicht aufgetaucht. Ich war so verängstigt, und ich war noch nie zuvor allein gewesen …«

»Ich bin zurückgekommen.« Sarah sah Josie mit tränennassen Augen an. »Zwei Wochen später war ich wieder da, und ein Mädchen aus deiner Schule erzählte mir, sie habe gesehen, wie du mit einem Mann in einem blauen oder grauen Wagen davongefahren bist, und seitdem habe sie dich nicht mehr gesehen. Ich habe wochenlang überall nach dir gesucht. Dann bekam das Mädchen, bei dem ich untergekommen war, Angst, sie könnte Ärger bekommen.«

Sarah schilderte ihrer Schwester, wie schrecklich ihr Leben verlaufen war, nachdem sie ihr Zuhause verlassen hatte. Manches davon hatte Josie schon in dem Büchlein gelesen. Ihre Schwester hatte einen Aushilfsjob in einem Friseursalon in einer anderen Stadt angenommen, und später war sie nach Baltimore gezogen und hatte als Stripperin gearbeitet, um ihre Ausbildung an der Kosmetikschule bezahlen zu können. Dort hatte sie auch den Vater ihrer Kinder kennengelernt. Einige Zeit darauf hatte er unglücklicherweise einen Unfall gehabt und war drogensüchtig geworden, woraufhin sich die Abwärtsspirale in Sarahs Leben weiter fortsetzte. Sie war schwanger, musste sich um zwei kleine Kinder kümmern und hatte weder Geld noch einen Wagen, um seiner Wut zu entkommen. Eines Nachts hatte er sie an mehrere Männer verschachert, um sich Drogen kaufen zu können. In jener Nacht hatte Sarah ihre Kinder genommen, ein Auto geklaut und war zum allerletzten Mal um ihr Leben gerannt.

Es tat so weh, ihre Geschichte zu hören und den Schmerz in ihren Augen zu sehen, dass Josie die Hand ausstreckte und erstickt schluchzte: »Es tut mir leid, Sarah. Es tut mir so leid.«

»Ich hätte dich niemals verlassen.« Sarah liefen die Tränen über die Wangen. »Ich musste nur zuerst einen Ort finden, an dem wir bleiben konnten. Und dann brauchte ich eine Mitfahrgelegenheit, um zu dir zurückzukommen. Es tut mir so leid.«

»Tief in meinem Herzen wusste ich, dass ihr mich nicht im Stich lassen würdet, aber ich war dreizehn, und jeder Tag ohne euch fühlte sich unendlich lang an. Und dann …«

In Scotts Augen spiegelte sich Mordlust wider, und einen Moment lang erwog Josie, zu lügen und ihnen zu sagen, dass ihr Vater sie niemals angerührt hatte. Aber sie hatte ihren Geschwistern bereits so viel Schmerz zugefügt; wenn sie herausfanden, dass sie auch noch gelogen hatte, verloren sie möglicherweise jegliches Vertrauen in sie, selbst wenn das nur zu ihrem Schutz geschehen war.

Sarah lehnte sich aufgelöst zurück. »Hat er … Haben sie dir wehgetan?«

Josie nickte, aber sie brachte es nicht über sich, die Worte laut auszusprechen, so wie sie es Jed gegenüber getan hatte.

»Verdammt«, brüllte Scotty und sprang mit geballten Fäusten auf. »Das ist alles mein Fehler. Ich hätte euch beide niemals allein lassen dürfen.«

»Scott.« Sarahs Stimme klang schneidend. »Wir haben doch darüber gesprochen. Du hättest ihn nicht aufhalten können und wärst nur im Gefängnis gelandet, weil du ihn letzten Endes umgebracht hättest.«

»Ich vermute, das könnte Brian erledigt haben«, gestand Josie leise.

»Brian?« Scott verschränkte die Arme. »Wer ist Brian?«

»Er war mein Ehemann und Hails Vater. Er ist derjenige, den das Mädchen Sarah gegenüber erwähnt hat. Er fuhr damals einen alten blauen Chevy.« Sie erzählte ihnen, wie sie Brian kennengelernt hatte, auch alles andere, was Jed inzwischen ebenfalls wusste. »Er war gut zu mir, und er hat mich und Hail sehr geliebt. Wir waren sein Leben. Und dann, als wollte Gott mich daran erinnern, dass das Leben nicht auf Dauer wunderschön sein kann, brach Brian zusammen, als er gerade einen Hund vom Hof verjagen wollte, weil er befürchtete, dass er Hail beißen könnte. Er war auf der Stelle tot, noch bevor der Rettungswagen eintraf. Sie sagten, er hätte einen nicht diagnostizierten Herzfehler gehabt. Natürlich habe ich Hail danach sofort untersuchen lassen, und er ist gesund. Danach ging es mit unserem Leben bergab. Aber mein Haus zu verlieren und in einem Frauenhaus noch einmal von vorne anzufangen ist nichts im Vergleich zu dem, was ihr mit unseren Eltern durchgemacht habt und was Sarah im Anschluss erleiden musste ...« Ihre Stimme klang ganz erstickt, und sie schluchzte.

»Schon gut.« Sarah legte die Arme um sie und hielt sie fest. Als Josie sich etwas beruhigt hatte, legte Sarah ihr einen Finger unter das Kinn und zwang sie, sie anzusehen. »Uns geht es allen gut, und Bones und seine Brüder haben sich um den Mann gekümmert, der mir wehgetan hat. Er wird uns nie wieder ein Haar krümmen. Ich würde gern mehr über Brian und dein Leben erfahren, Josie. Es macht mich so glücklich, dass du geliebt wurdest. Du hast deinen Sohn Hail genannt, so wie wir es immer vorgehabt hatten. Unser Kindernamenspakt.«

»Namen aus der Natur, weil die Natur Stärke und Freiheit bedeutet. Nichts und niemand kann einen Hagelsturm aufhalten«, sagte Josie. »Aber du hast dich bei Bradley und Lila nicht daran gehalten.«

Sarah schüttelte den Kopf. »Das konnte ich nicht. Als sie geboren wurden, wollte ich nicht, dass irgendetwas aus meiner Vergangenheit mit ihrem Leben in Berührung kommt.«

»Verstehe«, murmelte Josie.

»Wie kommt es, dass ich von eurem Pakt überhaupt nichts wusste?«, fragte Scotty.

»Weil du ein Junge warst, und wenn du gewusst hättest, dass deine Schwestern über ihre zukünftigen Kinder nachdenken, hätte dein männlicher Verstand sich sofort vorgestellt, wie irgendein Typ uns entjungfert, und du hättest uns vermutlich auf der Stelle Keuschheitsgürtel verpasst«, scherzte Sarah und brachte sie damit alle zum Lachen.

»Verdammt richtig«, erwiderte Scotty.

Er war immer ihr großer Beschützer gewesen. Dass er sie nicht vor ihrem Vater hatte schützen können, würde er sich selbst nie vergeben. Davon war Josie überzeugt. »Ich hätte bei der Heirat beinahe meinen Namen geändert, aber er war meine letzte Verbindung zu euch, daher habe ich ihn behalten.«

Sarah lehnte sich zurück und rieb sich mit einer Hand den hervorstehenden Bauch. »Wie war dein Leben, als du hierhergezogen bist?«

»Das kann ich nicht so genau sagen. Der Großteil ist völlig verschwommen, aber ich erinnere mich daran, dass ich vor Erleichterung darüber, nicht mehr bei unseren Eltern zu sein, gefühlt zum ersten Mal in meinem Leben tief und fest geschlafen habe. Zu Hause hatte ich immer Angst davor, schlafen zu gehen.«

»Die hatten wir alle«, sagte Scotty.

»Aber bei Brian hast du dich sicher gefühlt?«, erkundigte sich Sarah.

»Immer. Wir haben mit seiner Großmutter zusammengelebt, bis sie verstorben ist, und sie haben alles dafür getan, damit ich mich sicher fühlte. Ich habe mir Sorgen gemacht, dass seine Großmutter mich zurückschicken würde, aber sie sagte, in der Hinsicht wäre sie altmodisch. Sie war der festen Überzeugung, dass manche Menschen einfach keine Kinder bekommen sollten. Glücklicherweise hatte sie außerdem nicht das geringste Vertrauen ins Jugendamt. Ich weiß nicht, wie er das geschafft hat, aber Brian hat mir einen falschen Ausweis besorgt, nur für den Fall, dass unsere Eltern nach uns suchen. Ich hieß von da an offiziell Joanne August. Er hat auf dem Bau gearbeitet, ich bin zur Schule gegangen, und wir haben uns zusammen um seine Großmutter Helen gekümmert. Ein Jahr nach Hails Geburt ist sie gestorben. Ich habe sie sehr geliebt. Sie hat mir all das beigebracht, was ich von Mom nie gelernt habe – wie man kocht und backt und sich um einen Garten kümmert. Wie man liebt und geliebt wird. Ich habe euch jeden einzelnen Tag vermisst, aber ich war glücklich, und irgendwie fühle ich mich deswegen schuldig.«

»Es tut mir leid, dass du sie beide verloren hast«, sagte Scotty. »Es klingt, als wäre Brian ein guter Mann gewesen. Was für ein Glück, dass du ihn und Helen hattest. Und fühl dich bloß niemals schuldig, wenn du glücklich bist, Josie. Genau das haben wir uns doch immer für dich gewünscht.«

»Er hat recht.« Sarah drückte Josies Hand. »Es tut mir leid, dass du Brian verloren hast. Du trauerst bestimmt immer noch um ihn.«

»Die erste Zeit war sehr schwer, natürlich auch für Hail. Aber wir konnten eigentlich nicht in unserer Trauer versinken, was vielleicht gar nicht so schlecht war. Brian hatte keine Lebensversicherung. Wir haben eine Weile von unseren Ersparnissen gelebt und hatten dadurch die Gelegenheit, den schlimmsten Teil der Trauerarbeit hinter uns zu bringen, aber dann musste ich arbeiten gehen, um über die Runden zu kommen.« Sie berichtete von ihren Jobs. »Als ihr vor eurem Unfall in der Bar angerufen habt und mich sehen wolltet, ging es mir nicht besonders gut. Wir hatten unser Zuhause verloren, weil ich die Miete nicht mehr zahlen konnte, und wir mussten fast unseren gesamten Besitz zurücklassen. In der Nacht eures Unfalls war Hail krank und ich stand kurz davor, meinen Job zu verlieren. Ich dachte, ich würde es verkraften, euch zu sehen, aber als ich ins Krankenhaus kam, wurde mir alles zu viel. Ich hatte nicht geschlafen, und als ich das Entsetzen in deinen Augen sah und die Verletzungen und du mir erzählt hast, wie schlecht es Scotty und den Kindern ging, bin ich durchgedreht. Es war, als wäre ich wieder in diese schrecklichen Zeiten zurückkatapultiert worden, als ich es nicht geschafft habe, euch vor unseren Eltern zu beschützen. Es tut mir so leid.«

»Hör auf damit. Du darfst dich nicht so quälen, Josie.« Sarah musterte sie nachdenklich. »Es war für uns alle eine harte Zeit, und deine Aufgabe bestand niemals darin, uns zu beschützen.«

»Du warst noch ein Kind, Josie.« Scotty sah sie entschlossen an. »Du hättest nichts ausrichten können.«

»Ja, damals stimmte das vielleicht. Aber später war ich wütend, weil ihr mich verlassen hattet, was ja gar nicht stimmte, und ich habe mich von euch abgewendet und euch aufgegeben. Das war nicht fair, und es tut mir leid. Und der Tag, an dem

Sarah mich am Frauenhaus gesehen hat und ich vor ihr davongelaufen bin? Ich hatte erst wenige Wochen zuvor meinen Job verloren, und wir waren aus unserem miesen Apartment rausgeworfen worden. Wir wohnten in diesem heruntergekommenen Motel, für das man tageweise bezahlt. Ich hatte beschlossen, das bisschen Geld, das uns noch blieb, für Benzin zu sparen, damit ich mir eine neue Stelle suchen konnte. Letztendlich habe ich dann nachgegeben und bin ins Frauenhaus gegangen. Aber dann hast du plötzlich vor mir gestanden, umwerfend schön und schwanger, während mein Leben völlig außer Kontrolle geraten war. Ich dachte, du würdest ein perfektes Leben führen, und ich war so verletzt, dass du mich vor all diesen Jahren zurückgelassen hattest, auch wenn ich das tief im Herzen gar nicht geglaubt habe. Und ich war so durcheinander wegen dem, was Hail und mir zugestoßen war, dass ich keinen klaren Gedanken mehr fassen konnte. Deshalb bin ich davongelaufen.« Sie senkte beschämt den Kopf. »Dann hat Bones mir das Büchlein gegeben, das ich eigentlich gar nicht lesen wollte.«

Sie sah Sarah in die mitfühlenden Augen.

»Und er liebt dich so sehr, Sarah. Er ist der Grund dafür, warum ich es letztendlich doch gelesen habe. Und ich bin froh, dass ich es getan habe. Es tut mir so leid.«

Sarah nahm Josie in die Arme, und Scotty schloss sich ihnen an. Ihre Geschwister versicherten ihr, dass jetzt alles gut werden würde. Sie sprachen noch eine Weile miteinander und schauten immer wieder ängstlich auf die Uhr, als würden sie nie wieder die Gelegenheit bekommen, sich zu unterhalten.

»Was hast du damit gemeint, dass Brian sich möglicherweise um unseren Vater gekümmert hat?«, fragte Scotty irgendwann.

»Ich hatte ganz vergessen, dass ich das gesagt habe«, gestand

Josie. »Ich bin ausgeflippt, als ich schwanger wurde, weil ich unsere Eltern nicht in der Nähe unseres Kindes haben wollte. Da hat er mir dann erzählt, dass unsere Eltern einige Monate, nachdem wir Florida verlassen hatten, bei einem Hausbrand ums Leben gekommen sind. Ich habe mich immer gefragt, ob er die Finger im Spiel hatte, weil er einmal für ein langes Wochenende nach Florida zurückgekehrt ist, aber falls er etwas damit zu tun hatte, hat er nie ein Wort darüber verloren. Jetzt werde ich es nie erfahren.«

Schweigen senkte sich schwer auf sie herab, und sie verloren sich in ihren Gedanken.

»Okay, dann spreche ich es aus«, sagte Scott entschieden. »Wenn er das getan hat, war er sogar ein noch besserer Mann, als ich bisher gedacht habe.« Er legte eine Hand auf Josies. »Es ist Zeit, nach vorn zu blicken, und zwar für uns alle. Ich habe ein Haus in der Stadt und zwei Schlafzimmer im Erdgeschoss, in denen früher Sarah gewohnt hat. Jetzt, wo sie mit Bones zusammenlebt, gehören sie dir. Komm, zieh bei mir ein. Dann kann ich dich und meinen Neffen besser kennenlernen. Dort bist du in Sicherheit. Ich trinke so gut wie nie, ich rauche nicht …«

Abermals kamen Josie die Tränen. Es grenzte an ein Wunder, dass sie überhaupt noch welche hatte.

»Warum weinst du denn?«, wollte Scotty wissen.

»Weil ich solche Angst hatte, dass ihr mich wegen meines Verhaltens hassen würdet, und jetzt lässt du mich auch noch bei dir einziehen.«

»Du bist meine kleine Schwester.« Scotty drückte ihre Hand. »Ich hab dich viel zu lieb, um dich jemals hassen zu können.«

Nachdem er die letzte Schicht mit Isabel und Diesel beendet hatte, wollte Jed unbedingt mit Josie sprechen. Sie hatte ihm vor ein paar Stunden eine Nachricht geschickt, doch er hatte den ganzen Abend keine Pause machen können. Tracey und Dixie hatten gekellnert und waren vor über einer Stunde nach Hause gegangen, aber Isabel brauchte eine Ewigkeit auf der Toilette.

»Beeil dich mal, Iz.« Er hatte überlegt, wo Josie ein preisgünstiges Apartment in einer sicheren Gegend finden könnte, aber ihm war nichts eingefallen. Ihm war sogar der Gedanke gekommen, Isabel zu fragen, ob sie vielleicht eine Mitbewohnerin brauchte, aber er war sich nicht sicher, ob sie die ganze Zeit ein Kind um sich haben wollte. Deshalb hatte er sich zurückgehalten.

Diesel ging auf die Tür zu. Er war ein ziemlich furchteinflößendes Muskelpaket und trug ständig eine schwarze Baseballkappe mit dem Schirm nach hinten. Er hatte Isabels Worten nach einen Killerblick, und das war nicht nett gemeint. Dieser Berg von einem Mann besaß keinerlei Sozialkompetenz, wodurch er sich perfekt dafür eignete, während Bullets Abwesenheit auf die Bar aufzupassen. Jed gab ungeniert zu, dass Diesel ungefähr zehnmal abgebrühter war als er. Der Kerl konnte es selbst mit Bullet aufnehmen.

»Beanspruchst du sie für dich?«, fragte Diesel mit einer Stimme, die zu seinen baumstammgleichen Armen passte.

»Izzy? Nein, Mann, wir sind nur Freunde.« Isabel war schön mit ihren schwarzen Haaren, den großen, mandelförmigen haselnussbraunen Augen, der Stupsnase und nicht zuletzt der sexy Figur. Aber während sie und Jed miteinander flirteten und herumalberten, hatte sie nie so ein Feuer in seinen Adern entfacht wie Josie. Das war noch keiner anderen Frau gelungen.

Diesel gab einen abfälligen Laut von sich, reckte das Kinn und marschierte ohne ein weiteres Wort zur Tür hinaus.

Gutes Gespräch.

Isabel eilte mit ihren Jeans und dem T-Shirt über dem Arm aus der Toilette. Sie trug jetzt ein kurzes rotes Minikleid und hochhackige Schuhe. »Entschuldige! Ich musste mich umziehen.«

»Willst du heute noch jemanden aufreißen?«, neckte er sie.

Sie verzog das Gesicht. »Eifersüchtig?«, fragte sie, während sie den Mantel anzog.

»Wohl kaum, aber pass auf dich auf.« Er hielt ihr die Tür auf. »Mit wem willst du denn in der Aufmachung ausgehen?«, erkundigte er sich und schloss die Tür ab.

»Das wüsstest du wohl gerne, was?« Sie grinste süffisant und ging vor ihm die Stufen hinunter. »Ich habe dich noch nie so schnell von hier verschwinden sehen. Ich schätze mal, die Gerüchte stimmen und du bist völlig hin und weg von Sarahs Schwester.«

»Wer hat das gesagt?«

»So etwas spricht sich rum.« Sie warf ihre Handtasche und die Kleidungsstücke auf die Rückbank ihres Wagens.

»Ist ja auch egal. Wo gehst du hin, Iz? Dir ist hoffentlich bewusst, wie aufreizend du gekleidet bist.«

»Na, das will ich doch hoffen«, erwiderte sie. »Ich treffe mich mit einem Freund von außerhalb auf ein paar Drinks.«

»Um ein Uhr nachts?« Er schüttelte den Kopf. »Ich muss dich doch nicht vor irgendwelchen Tinder-Typen beschützen? So ein Mädchen bist du nicht.«

»Nein, aber manchmal wünschte ich, es wäre anders.« Sie stieg in ihren Wagen. »Lassen sie so spät noch Männer ins Frauenhaus, oder musst du heimlich durchs Fenster klettern?«

Er lachte auf. »Du bist so blöd.«

»Und du liebst mich trotzdem.«

»Schreib mir eine Nachricht, wenn du etwas brauchst, und pass auf dich auf.«

Sie hauchte ihm einen Kuss zu und schloss die Tür. Sobald sie losgefahren war, zog er das Handy aus der Tasche und las noch einmal die Nachricht von Josie, die er vor einiger Zeit erhalten hatte. *Ich schulde dir ein GROSSES Dankeschön! Ich hatte einen richtig tollen Tag, und wenn du mir Penny nicht vorgestellt hättest, wäre das nie passiert. Ruf mich an!*

Er hatte ihr vorhin schon eine Nachricht geschrieben, um ihr zu sagen, dass er lange arbeiten musste, und jetzt tippte er noch eine. *Komme gerade erst von der Arbeit. Bist du noch auf?*

Ihre Antwort kam sofort. Er las sie, während er in seinen Pick-up-Truck einstieg. *Ja!* Schon schrieb er eine Antwort. *Kannst du dein Handy auf lautlos stellen, damit ich dich anrufen kann, oder wecken wir dadurch Hail?*

Sekunden später vibrierte sein Telefon. *Okay, Ton ist ausgeschaltet. Ich gehe zum Reden ins Wohnzimmer.* Er ließ den Motor an, drehte die Heizung hoch und rief sie an.

»Hi«, sagte sie leise, aber energisch. »Ich wollte unbedingt mit dir reden. Wie war dein Tag?«

Es überraschte ihn, wie gut es ihm gefiel, nach der Arbeit noch mit jemandem telefonieren zu können, auch wenn er lieber ihren warmen Körper in den Armen gehalten hätte. Da er nicht wusste, wie viel er ihr schon von seinen Gefühlen verraten sollte, aber auch ein ziemlich mieser Lügner war, antwortete er: »Gut, aber er ist viel zu langsam vergangen. Ich wollte dich anrufen, konnte jedoch einfach keine Pause machen.«

»Ich weiß. Als Tracey nach Hause kam, sagte sie, dass bei euch heute eine Menge los war.«

»Sie hat sich heute gut geschlagen. Warum bist du um diese Uhrzeit noch so aufgedreht? Ich schätze mal, das Treffen mit Penny lief gut?«

»Mehr als das. Sie ist so lustig, und ich freue mich darauf, mit ihr zusammenzuarbeiten. Sie hat eine Eissorte nach Hail benannt, und seitdem erzählt er jedem davon.«

Er stellte sich schmunzelnd die begeisterten Augen ihres kleinen Sohns vor, wie sie unter seinen hängenden Ponyfransen hervorlugten, während er davon erzählte. »So ein toller Junge. Damit kann er ruhig angeben. Freut mich, dass alles so gut gelaufen ist.«

»Ja, Moon, das war alles ganz großartig, aber als wir Pennys Geschäft verlassen haben, sind wir Sarah begegnet. Ich habe mit ihr und Scotty gesprochen, und wir, äh …« Ihre Stimme brach, und er hörte sie schniefen.

»Hey, geht es dir gut? Lassen sie so spät noch Besucher rein? Ich könnte noch vorbeikommen.«

»Nein, mir geht es gut, wirklich«, erwiderte sie, aber er hörte sie noch einmal schniefen, und sein Brustkorb zog sich zusammen. »Wir hatten ein tolles Gespräch. Scotty hat mir sogar angeboten, dass ich mit Hail zu ihm ziehen kann.«

Jed schloss die Augen und lehnte sich erleichtert zurück. »Das ist großartig, Jojo. Ich freue mich sehr für dich. Wirst du das Angebot annehmen?«

»Wahrscheinlich. Ich bin mir noch nicht sicher. Ich habe ihm gesagt, dass ich Mittwoch vorbeikomme, wenn Hail in der Schule ist. Was denkst du?«

»Ich?« Er war erstaunt, dass sie ihn nach seiner Meinung

fragte.

»Ja. Glaubst du, dass ich ihn beim Wort nehmen sollte?«

»Er ist dein Bruder, und er ist ein großartiger Kerl, deshalb kann ich dir nur dazu raten. Warum zögerst du?«

»Ich will ihm nicht zur Last fallen.«

»Babe«, entschlüpfte es ihm, bevor er es verhindern konnte. »Scott liebt dich. Ich glaube nicht, dass du ihm jemals zur Last fallen könntest. Aber wenn du dir unsicher bist, können wir darüber reden, wenn ich dich und Hail morgen abhole.«

»Morgen?«

Er hörte die Freude in ihrer Stimme. »Ich habe morgen frei und dachte, wir könnten mit Hail ins Touch Museum gehen. Er schien sich das gern mal ansehen zu wollen.«

»Moon, nur weil du Prospect bist, bedeutet das noch nicht, dass du deine gesamte Freizeit mit uns verbringen musst.«

Er schnaufte. »Denkst du das wirklich? Dass ich das nur will, weil ich Prospect bin?«

»Ich weiß nicht, was ich denken soll.«

Doch, das weißt du. Er behielt den Gedanken für sich, denn obwohl sie am Lagerfeuer gesagt hatte, dass sie ihre Verbindung genauso deutlich spürte wie er, konnte sie damit auch Freundschaft gemeint haben, also ging er lieber auf Nummer sicher. »Ich weiß nicht, was bei einer Witwe angemessen ist, Jojo, aber ich will dich nicht sehen, weil ich mich dazu verpflichtet fühle. Ich möchte dich wirklich gern treffen. Ich möchte Zeit mit dir und Hail verbringen. Aber wenn dir das zu schnell geht oder du nicht so gern etwas mit mir unternehmen magst, ist das auch in Ordnung. Ich verstehe das.«

»Nein, das würde ich gern. Aber hast du keine Freundin oder jemanden, dem du deine Aufmerksamkeit besser widmen solltest?«

»Hast du vergessen, was ich dir letztens über meine längste Beziehung erzählt habe?«

»Nein, aber sieh dich doch an. Du hast so viel zu bieten: Du kannst gut zuhören und hast ein Herz aus Gold. Da kann es doch nicht sein, dass du keine Verabredungen hast.«

Josie hatte ihn schon durchschaut, als kein anderer auch nur den Versuch gewagt hatte, und Jahre später tat sie es schon wieder. »Es stimmt, Jojo. Beziehungen lagen mir noch nie, aber wenn ich zu weit gehe oder du dich bedrängt fühlst, dann ziehe ich mich zurück.«

Sie schwieg so lange, dass er sich fragte, ob die Verbindung vielleicht unterbrochen worden war. »Bist du noch dran?«

»Ja.«

»Es ist schon okay, Jojo. Zu viel und zu schnell …«

»Zieh dich nicht zurück, Moon«, bat sie leise. »Ich war nur … Heute war ein wichtiger Tag für mich, und ich hatte nicht erwartet, dass du wirklich dasselbe empfindest wie ich.«

Er machte eine Siegerfaust und amüsierte sich über sich selbst, weil er sich wie ein verdammter Teenager benahm, der gerade eine Verabredung für den Abschlussball ergattert hatte. »Ich hol euch dann um neun Uhr ab, meine Schöne. Und sag Hail, dass ich alles über seinen Eiscreme-Namensvetter wissen will.«

Sieben

Das Touch Museum befand sich in Echo Beach, einer Küstenkleinstadt, die etwa eine Stunde von Peaceful Harbor entfernt war. Auf der Fahrt dorthin hatte Josie atemberaubend schöne Strände und Reihen farbenfroher winziger Cottages gesehen, die wahrscheinlich schon immer dort standen. Die Hauptstraße mit den gestrichenen Ziegelsteinfassaden der Geschäfte, den altmodischen Straßenlaternen und einem Park mit einem riesigen weißen Pavillon wirkte anheimelnd. Alles war noch immer weihnachtlich geschmückt, was dem grauen Wintertag eine festliche Stimmung verlieh. Genauso charmant wie der Rest der Kleinstadt waren die von Blumen inspirierten Straßennamen – Pfingstrosenweg, Narzissenstraße, Asternallee …

Die letzten beiden Stunden hatten sie das dreistöckige Museum erkundet, und Hail flitzte völlig aufgedreht von einer Ausstellung zur nächsten, plapperte unentwegt und stellte unzählige Fragen. Josie konnte es ihm nicht verdenken; sie war genauso aufgeregt, und Jed schien es ähnlich zu gehen. Sie hatte noch keinen Ort gesehen, der auch nur annähernd so bunt, lebendig und voller Energie gewesen war. Jeder Raum war passend zu der interaktiven Ausstellung darin gestaltet. Im

Sonnensaal hingen Planeten unter der Decke und die Wände waren mit Sternen bemalt. Jed, Josie und Hail ließen Schaumstoffraketen über große Plastikstartrampen zur Decke sausen. Hail und einige andere Kinder sammelten die Schaumstoffraketen nach der Landung ein und machten laute Motorgeräusche, während sie sie durch den riesigen Saal fliegen ließen.

Josie beobachtete, wie ihr Sohn lachend mit den anderen Kindern herumtobte. Wieder musste sie daran denken, wie glücklich er am Vortag gewesen war, als sie sich mit Scott und Sarah und den Kindern in der Buchhandlung aufgehalten hatten. Hail zum Gehen zu bewegen, war in etwa so gewesen, als wollte sie ihn von seinen besten Freunden losreißen. Sie hatte ihm versprechen müssen, dass er sich bald wieder mit den Kindern treffen durfte, worauf sie ohnehin gehofft hatte. Dieses schöne Gefühl erfüllte sie noch immer.

Ein ebenso schönes durchströmte sie auch jetzt, als Jed sich von hinten an ihre Schulter schmiegte, ihr eine Hand an die Taille legte und ihr ins Ohr raunte: »Er ist ein toller Junge, Jojo.«

Sein nach Pfefferminze duftender Atem strich ihr warm über die Wange. Den ganzen Tag schon blieb er immer in ihrer und Hails Nähe, wobei er die hübschen Frauen, die noch anwesend waren, keines Blickes würdigte. Aber sie hätte dennoch gern gewusst, warum er sie nicht zu der von Penny erwähnten Silvesterparty eingeladen hatte.

»Ja, ich schätze, ich werde ihn behalten«, erwiderte sie und musterte Jeds attraktives Gesicht.

»Wie alt warst du, als er auf die Welt kam? Achtzehn? Wie war das für dich?«

»Es war, als würde ich das großartigste, erschreckendste

Geschenk der Welt bekommen. Plötzlich hatte ich da dieses kleine Baby, das auf mich angewiesen war.«

»Und als du gemerkt hast, dass du schwanger warst? Warst du verängstigt? Mit achtzehn muss das doch ein Schock gewesen sein.«

»Anfangs war ich tatsächlich zu schockiert, um mich zu fürchten oder zu freuen. Nachdem der Schreck nachgelassen hatte, habe ich mich gefragt, ob ich so gemein wie meine Mutter werden würde. Aber da hatte ich schon so lange mit Brian und seiner Großmutter zusammengelebt, dass mir meine Vergangenheit fast wie ein böser Traum oder ein anderes Leben vorkam. Ich fühlte mich nicht mehr, als hätte ich etwas von meinen Eltern in mir, falls das einen Sinn ergibt. Hail ist ein Kind der Liebe, und von dem Moment an, in dem ich ihn in den Armen hielt, habe ich ihn mehr geliebt als alles andere auf der Welt. Ich habe nicht ein einziges Mal bereut, dass ich schwanger geworden bin, und Brian war einfach unglaublich, seit der Sekunde, in der wir es erfahren haben.«

»Das ist gut.« Er wirkte etwas angespannt, als er fragte: »Du sagtest, du wärst in der Nacht, in der wir uns kennengelernt haben, nur zu der Party gegangen, um ihn eifersüchtig zu machen, und dass du versucht hättest, ihn zu verführen. Ich bin mir nicht sicher, ob ich die Antwort hören möchte, aber wann hat sich das zwischen euch geändert?«

»Himmel, ich habe wirklich oft versucht, ihn zu verführen. Etliche Male, mit fünfzehn, sechzehn, siebzehn. Er wollte mich nicht einmal küssen. Aber an meinem achtzehnten Geburtstag hat er mir Blumen geschenkt, und wir haben uns schick gemacht und sind in ein feines Restaurant gegangen, was wir sonst nie getan haben. Wir hatten nicht viel Geld, aber …«

»Mama! Moon! Seht mal!«, brüllte Hail, der eine Rakete

durch einen Plastikring warf.

»Großartig, Kleiner!«, rief Jed.

Es gefiel ihr, dass er so unmittelbar auf Hail einging. Seit sie das Museum betreten hatten, drängte sich ihr kleiner Sohn ständig zwischen sie und nahm ihre Hände, während sie von einer Ausstellung zur nächsten gingen, ganz so, als gehörte Jed zur Familie. Jed hatte Hails Zuneigung nicht infrage gestellt und schien sich auch nicht unwohl zu fühlen. Ganz im Gegenteil, er schenkte ihm sogar noch mehr Aufmerksamkeit. Genauso, wie er jetzt Josie gebannt ansah und darauf wartete, dass sie weitersprach.

»Jedenfalls hat er mir dann, als wir nach Hause kamen, seine Liebe gestanden. Er sagte, dass er nichts übereilen wolle und dass es für ihn die Hölle gewesen sei, mich abzuweisen. Aber er sei doch so viel älter, und ich solle mir auch wirklich sicher sein, bevor wir miteinander schliefen.« Sie bemerkte, dass Jed befangen wirkte, und dann wurde ihr bewusst, dass ihn ihre Worte vermutlich schwer trafen. »Du weißt, dass du der Erste für mich gewesen bist.«

Sie erinnerte sich daran, wie vorsichtig er zu Anfang gewesen war, und es hatte ein bisschen wehgetan, aber sie hatte sich so in ihm verloren, dass der Schmerz Teil des Vergnügens wurde. Jedes Mal, wenn sie mit Brian schlief, hatte sie auf diese köstliche Mischung aus Schmerz und Lust gewartet, doch stets vergeblich. Jed hatte sich genauso in ihr verloren, und sie hatte nie vergessen, wie seine rauen Hände jeden Zentimeter ihres Körpers berührt und sich so sehr in ihre Haut eingeprägt hatten, dass sie es noch Stunden später spürte.

Allein schon der Gedanke an diese Nacht riefen Fantasien von Jed hervor. Sie versuchte, die Flammen zu löschen, aber das Gefühl seiner Hand an ihrer Hüfte und die Art, wie er sie ansah, entfachten eine dunkle Neugier in ihr. *Wie würden sich deine Hände nach all den Jahren auf meinem Körper anfühlen? Würde sich dein Mund noch genauso auf meinen Brüsten anfühlen, auf meiner Haut, meinen Lippen? Würdest du an mir saugen und lecken, mich wild und stürmisch nehmen, oder wärst du zärtlich und behutsam?*

»Hat er etwas gesagt, als ihr …?« Jed holte sie in die Gegenwart zurück. »Hat er gemerkt, dass du …?«

Die Hitze in ihren Wangen machte sie ganz verlegen, und sie senkte den Kopf. »Ich habe mich gefragt, ob er es merken würde, aber falls dem so war, hat er nie etwas gesagt.«

Die Angst davor, Brian könnte herausfinden, dass sie mit Jed geschlafen hatte, war in jener Nacht derart intensiv gewesen, dass ihr bei diesem ersten Mal mit Brian die Tränen gekommen waren, woraufhin er sogar noch vorsichtiger wurde. Sie erzählte Jed nicht, wie anders der Sex mit Brian gewesen war. Wie anders sie sich gefühlt hatte. Brian hatte es langsam angehen lassen. Selbst, nachdem sie schon wochenlang miteinander schliefen, war er zärtlich und behutsam gewesen, nicht zu vergleichen mit der unkontrollierbaren Leidenschaft, die zwischen ihr und Jed existiert hatte. Eine Weile hatte sie deshalb ein schlechtes Gewissen gehabt, dann aber hatte sie es darauf geschoben, dass sie sich diese Chemie nur eingebildet und ihre gemeinsame Nacht zu einer unerreichbaren Fantasie aufgebauscht hatte. Sie hatte sich eingeredet, dass sie bei ihrem ersten Mal mit Jed nicht derart wild und losgelöst hatte sein können. Aber jetzt stellte sie das infrage. Wenn ihre Haut sich schon durch seine bloße Anwesenheit anfühlte, als stünde sie in Flammen, dann war diese explosive Chemie zwischen ihnen vielleicht doch keine Einbildung.

»Von dem Tag an waren Brian und ich zusammen, und als

wir herausfanden, dass ich schwanger war, haben wir geheiratet.«

Jed rückte näher an sie heran und raunte ihr mit leiser, sexy Stimme ins Ohr: »Ich wette, du warst eine wunderschöne Braut.«

»Wir haben nur standesamtlich geheiratet, und es war eine sehr schlichte Trauung.«

»Du hast garantiert trotzdem umwerfend ausgesehen. Brian konnte von Glück reden, dass er dein Herz gewonnen hatte.«

Nicht nur seine Worte ließen sie dahinschmelzen, sondern auch die Sehnsucht in seinem Blick, und sie ermahnte sich, sich nicht mitreißen zu lassen. »In unserer gemeinsamen Nacht hast du ebenfalls mein Herz gewonnen.«

Er zog die Mundwinkel hoch, und als er den Mund öffnete, um etwas zu erwidern, rannte Hail an ihnen vorbei und kreischte: »Ich will zum Pluto fliegen!« Zusammen mit drei anderen Kindern rannte er zur farbenfrohen Einsatzleitung und drückte wie wild alle möglichen Knöpfe, legte Hebel um und gab laute Brumm-Geräusche von sich.

Schon kam Hail erneut angelaufen und nahm Josies und Jeds Hand. »Können wir jetzt in den Wunderlandraum gehen? Kennedy hat gesagt, dass das Wunderland am besten ist!« Er schaute abwechselnd seine Mutter und Jed flehend an. »Bradley und Lila würde das bestimmt auch gefallen! Kennedy hat gesagt, dass es hier Labyrinthe und Spiegel gibt, in denen man lustig aussieht, und Blumen, die die Farbe wechseln …«

Josie und Jed mussten lachen, als Hail aufgeregt all die Sachen in der Ausstellung beschrieb, von denen Kennedy ihm erzählt hatte.

»Ich kann es gar nicht erwarten, ins Wunderland zu kommen«, sagte Josie, und sie verließen den Sonnensaal.

»Ich auch nicht«, meinte Jed mit einem teuflischen Glitzern in den Augen und stimmte »Your Body is a Wonderland« von John Meyer an.

Nach der Wunderland-Ausstellung aßen sie im Café im Erdgeschoss zu Mittag, doch Hail war immer noch so überdreht, dass er kaum einen Bissen herunterbekam. Sie erkundeten und genossen alles im Museum einschließlich des Karussells, wobei Jed darauf bestand, dass Josie mit ihnen zusammen fuhr. Im Souvenirladen kaufte er Hail trotz ihrer Proteste einen Luftballon und einen Plüschhasen. Er sagte, dass das Stofftier ihn an eines erinnerte, das er als Kind gehabt hatte. Sie freute sich, dass er ihnen dieses kleine Geheimnis anvertraute.

»Können wir heute Abend Pizza essen?«, bat Hail, als sie vom Parkplatz losfuhren.

Josie zuckte innerlich zusammen. Jed hatte bisher alles bezahlt, was ihr sehr unangenehm war, aber er ließ nicht zu, dass sie auch nur einen Penny ausgab. Sie hatte das Gefühl, dass es beim Abendessen nicht anders sein würde, und sie wollte nicht, dass er sich dazu verpflichtet fühlte, ihnen ständig etwas auszugeben. »Ich kann Spaghetti kochen, wenn wir zurück sind.«

»Okay«, murmelte Hail, und seine ernüchterte Stimme und sein trauriges Gesicht verrieten deutlich seine Enttäuschung, aber Josie war froh, dass er nicht weiter drängte.

Jed sah im Rückspiegel, wie Hail glücklich mit seinem Plüschhasen spielte, während der Luftballon neben ihm auf und ab hüpfte. Wie gern hätte er sie auf eine Pizza eingeladen. Er wusste, dass Josie Geldsorgen hatte, doch das galt nicht für ihn, und er wollte sie verwöhnen. Sanft nahm er ihre Hand, sodass sie ihm die wunderschönen Augen zuwandte. Ihre Blicke trafen sich, und schon schoss ihm ein Stromstoß durch den ganzen Leib, und wie immer, wenn sie zusammen waren, brauchte er einen Augenblick, um sich an die Hitze zu gewöhnen und die Sprache wiederzufinden.

»Eine P-i-z-z-a kann ich mir schon noch leisten«, sagte er leise. »Ich bin nicht reich, verdiene aber ganz gut.«

»Du hast schon so viel für uns getan und sollst nicht das Gefühl haben, ständig Geld für uns ausgeben zu müssen.«

»Das habe ich doch gar nicht, und ich möchte auch nicht, dass dieser Tag schon zu Ende geht.« Er drückte ihre Hand. »Ich kann mich nicht daran erinnern, jemals so einen tollen Tag erlebt zu haben. Lasst mich euch zu diesem *köstlichen runden Teiglappen* einladen, dessen Namen wir nicht in den Mund nehmen.«

Ihr Lächeln schien seinen ganzen Wagen zu erhellen. »Bist du dir sicher?«

»Absolut.«

Sie drehte sich kurz zu Hail um. »Na gut. Das ist sehr lieb von dir.«

Er fühlte sich, als hätte er in der Lotterie gewonnen. »Hey Kumpel, Planänderung. Wir gehen Pizza essen.«

»Jippie!« Hails Freude wärmte Jed das Herz.

Sie gingen in ein ruhiges Restaurant, das Pizza aus dem Holzofen anbot, und setzten sich an den Tresen, damit Hail bei der Zubereitung der Pizza zusehen konnte. Er stellte tausende von Fragen, und wenn sie nicht gerade mit Antworten beschäftigt waren, unterhielten sich Jed und Josie. Allerdings war es ein Gespräch wie Schweizer Käse, in dem lauter Löcher aufklafften, dennoch genoss Jed jede Sekunde davon.

Als sie das Restaurant verließen, ging gerade die Sonne unter, und bis sie den Highway erreicht hatten, war Hail bereits auf dem Rücksitz eingeschlafen und sein kleiner Kopf auf eine Seite gesackt. Josie sah aus dem Fenster. Sie hatten heute so viel gelacht, und es fühlte sich für Jed ganz natürlich an, Hail an der Hand zu halten und heimlich heiße Blicke mit Josie auszutauschen. Er hatte das Verlangen, sie zu küssen, so oft unterdrückt, dass er sich schon darüber amüsierte, weil es dennoch erneut aufflammte.

Jetzt wollte er sie mehr als je zuvor küssen. Ihren unglaublichen Tag mit dem Versprechen auf mehr besiegeln. Er konzentrierte sich auf die Straße und dachte über Hail nach und wie witzig der Junge war. Er hatte gesagt, er würde keine Pilze mögen. Jed hatte ihm trotzdem einen angeboten und ihn dazu überredet, ihn zu probieren. Hail hatte beim Kauen das Gesicht verzogen – nur um dann die Augen weit aufzureißen und Jed zu fragen, ob er nicht ein Stück Salamipizza gegen ein Stück mit Pilzen tauschen würde. Es hatte so viele Momente wie diesen gegeben – erste Entdeckungen – für Hail, ihn und Josie. Er wusste, dass dies der Beginn von etwas war, von dem er sich niemals würde abwenden können. Der schönste Augenblick hatte sich beim Karussellfahren ereignet. Josie und Hail hatten das erste Mal in einem Karussell gesessen, und als er die reine Freude in ihren Gesichtern sah, ihr melodisches Lachen und Hails unbeschwertes Kichern hörte, wünschte er sich nichts sehnlicher, als auch all ihre anderen ersten Entdeckungen mit ihnen zusammen erleben zu dürfen.

»Was grinst du so?«, fragte Josie.

»Ach, wegen allem.« Er schaute in den Rückspiegel. Hail

schlief immer noch tief und fest. »Warum rutschst du nicht zu mir herüber, damit wir ihn nicht aufwecken?« Er klopfte auf den Sitz neben sich.

Sie löste den Gurt und kam der Aufforderung nach. Während sie sich wieder anschnallte, fragte sie: »Hast du gerade mein schlafendes Kind als Trick benutzt, um mich näher bei dir zu haben?«

»Wir Männer müssen zusammenhalten.«

»Ganz schön dreist.« Sie legte ihm eine Hand aufs Bein. »Aber ich bin froh, dass du es getan hast.«

»Ach ja? Die Seite an mir gefällt dir, was?« Er wackelte mit den Augenbrauen, und sie pikte ihm in die Rippen. »Hey!«

Sie musste lachen, doch auf einmal schlug ihre Belustigung in Ernsthaftigkeit um und sie nahm die Hand weg. Die Luft zwischen ihnen schien kälter zu werden.

»Babe? Bitte entschuldige, wenn das zu aufdringlich war.«

»Das war es nicht.«

»Irgendetwas ist aber.« Als sie nichts erwiderte, sagte er: »Ich kann keine Gedanken lesen. Würdest du mir daher bitte sagen, was gerade passiert ist?«

Sie seufzte. »Ich mache mir wegen etwas Sorgen, was mich wirklich nichts angeht.«

»Spuck es aus, Jojo. Ich habe nichts zu verbergen.«

»Okay, die Sache ist die: Ich habe keine Erfahrung damit, von einem Mann verletzt zu werden, aber ich bin auch nicht immun dagegen.«

»Und du denkst, dass ich dir wehtun könnte?« *Verdammt. Nur wegen einer Bemerkung?*

»Nein, aber was ist, wenn es doch passiert? Ich sollte einfach die Klappe halten, denn wenn ich das ausspreche, klingt es, als wäre ich eifersüchtig.«

»Ich würde liebend gern wissen, weswegen du eifersüchtig sein könntest. Seit ich dich an Weihnachten auf Bones' Veranda gesehen habe, konnte ich an nichts anderes mehr denken als an dich und Hail.«

»Wirklich?«

Sie fragte das so unschuldig, dass er sie einfach an seine Seite ziehen und ihr einen Kuss auf die Schläfe drücken musste. »Wirklich. Glaub mir, Jojo, du willst gar nicht wissen, wie oft ich an dich gedacht habe.«

Ein süßes, leises, verlegenes Lachen entschlüpfte ihr. »Dann denke ich vermutlich zu viel darüber nach, aber Penny hat erwähnt, dass die Whiskeys morgen Abend eine Party schmeißen. Sie dachte, du hättest mich eingeladen. Ich ging davon aus, dass du wahrscheinlich schon eine Verabredung hast.«

»Himmel, deswegen machst du dir Gedanken?«

»Ja. Ist das so verrückt?«

»Überhaupt nicht. Ich habe dich nur deshalb nicht gefragt, weil du zwar gesagt hast, dass ich mich nicht zurückhalten muss, ich dich aber auch nicht überfordern wollte. Dabei habe ich die ganze Zeit überlegt, wie ich dich fragen kann, ohne dass es wie ein Date aussieht, damit ich dich nicht verschrecke.«

»Jetzt komme ich mir vor wie ein Dummkopf.«

»Das musst du nicht. So ist es doch viel besser, als wenn ich sagen würde, dass es schön wäre, wenn du zur Party kämst, und dann beiläufig einwerfe, dass ich dich abholen und wieder nach Hause fahren will, weil an den Feiertagen zu viele Betrunkene auf den Straßen unterwegs sind.«

»Wo ist da der Unterschied zu einem Date?«

»Siehst du? Das ist das Problem. Egal, wie ich es formuliere, es ist ein Date.«

»Okay, dann machen wir es uns doch leicht. *Halte dich nicht zurück* bedeutet, dass du mich um eine Verabredung bitten und mir Nachrichten schicken und tun kannst, was immer du willst. Aber wenn du dich außer mit mir noch mit anderen triffst, würde ich das gern wissen, damit ich Hails Erwartungen entsprechend dämpfen kann.«

»*Hails* Erwartungen?«, neckte er sie.

»Ja. Er ist noch klein und könnte sich daran gewöhnen, dass du ihn an die Hand nimmst und …«

»… dass ich seiner Mutter sehnsüchtige Blicke zuwerfe?«

Sie stieß ihn mit der Schulter an.

»Oder vielleicht gewöhnt er sich an das aufgeregte Gefühl, das mich jedes Mal befällt, wenn wir zusammen sind? Oder wie mein Körper in Flammen steht, wenn du dir die Lippen leckst? Ja, ich kann verstehen, wie man danach süchtig werden kann.«

»Hör auf damit«, sagte sie amüsiert. »Ich meine es ernst. Keiner von uns kann es sich erlauben, verletzt zu werden, aber das bedeutet nicht, dass ich dich um eine Beziehung bitte.«

»Oh, ich verstehe. Du willst mich benutzen«, neckte er sie. »Mit mir Zeit verbringen, dich begehrt fühlen …«

Sie schnappte nach Luft. »Nein, natürlich nicht!«

Er bog von der Autobahn ab und hielt in einer dunklen Parkbucht. Ein schneller Blick zum Rücksitz verriet ihm, dass Hail immer noch tief und fest schlief.

»Was machst du da?«, flüsterte sie verwirrt.

»Ich werde dir zeigen, dass du mir seit einer Woche nicht mehr aus dem Kopf gehst.« Er schob die Finger in ihr Haar. »Und wenn wir allein wären, würde ich dir auch demonstrieren, wie sehr du mich die letzten Jahre beschäftigt hast.«

Ganz langsam näherte er sich ihr, bis sich ihre Lippen berührten, weil er sich vergewissern musste, dass sie damit einverstanden war. Ihre Lippen waren warm und weich, und *oh Himmel,* sie war eindeutig bereit für diesen Kuss. Süß und fordernd empfing ihre Zunge die seine. Er vertiefte den Kuss, und sie legte ihm die Hände an die Wangen, zog ihn näher heran, küsste ihn leidenschaftlicher. Nun hielt er sich nicht länger zurück. Er hatte schon so manche Frau geküsst, aber noch nie hatten bloße Küsse ein solches Feuerwerk in ihm entfacht. Josie stieß einen leisen Seufzer aus, und seine Härte drückte sich fast schmerzhaft gegen den Reißverschluss seiner Hose. Aber er war sich des kleinen Jungen auf dem Rücksitz durchaus bewusst, was das Pochen in seiner Hose unwichtig werden ließ. Er legte ihr eine Hand auf die Wange, strich mit dem Daumen über ihre warme Haut und wollte die Lippen schon von ihr lösen. Aber sie wimmerte leise, und er konnte einfach nicht anders, als sie weiter zu küssen. Nach einer Weile sahen sie einander atemlos an.

»Morgen Abend.« Er drückte ihr einen weiteren Kuss auf die Lippen. »Wir drei werden das neue Jahr zusammen begrüßen. Ich hole euch um acht Uhr ab.«

»Wie schick muss ich mich für die Party machen?«, fragte sie zögernd.

»Gar nicht. Außerdem wärst du so oder so die umwerfendste Frau im Raum, was auch immer du anhast.« Er küsste sie noch einmal sanft und zärtlich, und sie ließ eine Hand auf seinen Oberschenkel sinken und drückte ihn fest. *Verdammt!* Die Vorstellung, wie sie mit ihrer Hand seine Härte umklammerte, schoss ihm durch den Kopf, und er zwang sich dazu, von ihr abzurücken.

»Entschuldige. Das sind die Nerven.« Sie legte ihre Hand in den Schoß.

Er verflocht die Finger mit ihren und positionierte ihre

Hand wieder auf seinem Oberschenkel. »Gewöhne dich daran, Babe, denn ich mag es, wenn du mich berührst.«

Er küsste sie noch einmal, lang und innig, und wusste genau, dass er erst einmal eiskalt duschen musste, wenn er zu Hause ankam.

Als sie schließlich weiterfuhren, seufzte sie leise. »Verdammt, Moon, diese Küsse …«

Acht

»Planst du einen Mord, oder schreibst du einen Liebesbrief an den heißen Jed?«, fragte Tracey und ließ sich neben Josie auf die Couch im Aufenthaltsraum sinken.

»An den *heißen Jed?*« Josie klappte ihr Notizbuch zu.

Sie schrieb nicht gerade einen Liebesbrief, aber etwas, das nur für ihre Augen bestimmt war. Ein paar Monate nach Brians Tod hatte sie angefangen, ihm Briefe zu schreiben. Zu Anfang hatte sie es getan, weil sie ihn so sehr vermisste und sich ihm dadurch näher fühlte. Aber nach mehreren Monaten wurden die traurigen Briefe zu Updates über ihr und Hails Leben, und sie brachte zu Papier, wie ihr Leben sich entwickelte. Sie konnte nicht genau sagen, wann die Tränen aufgehört hatten oder eher Tagebucheinträge aus den Briefen geworden waren. Aber an diesem Vormittag schrieb sie darüber, dass sie Jed wiedergetroffen hatte und wie unvergleichlich alles mit ihm war. Sie hatte überlegt, ein neues Tagebuch anzufangen. Aber sie wollte Altes und Neues eigentlich nicht trennen, denn auch wenn sie Gefühle für Jed hatte, würde Brian immer in ihrem Herzen sein.

»So, wie du seine Küsse beschrieben hast, gehe ich mal davon aus, dass der Rest von ihm auch ziemlich appetitlich ist.«

Josie sah zu Hail hinüber, der gerade aus Bauklötzen eine Garage baute. Er fühlte sich in Jeds Gegenwart so wohl, hatte den ganzen Morgen lang über ihn gesprochen und freute sich darauf, mit ihm zusammen heute Abend auf die Party zu gehen. Josie ihrerseits war aufgeregt und nervös, was sich allmählich wie ein Dauerzustand anfühlte. Sie musste unaufhörlich an ihre heißen Küsse denken und wie sehr sie sich gewünscht hatte, sie wären allein und könnten weiter gehen. Diese Gedanken hatten sie die ganze Nacht wachgehalten, hin- und hergerissen zwischen Schuld und Verlangen. Nur … Sie wusste nicht, ob sie sich schuldig fühlen sollte. Brian hätte nicht gewollt, dass ihr Leben ebenfalls endete. Sie hatte keine Ahnung, ob die Sache mit Jed vielleicht etwas zu schnell in Fahrt geriet, doch ihr war auch bewusst, dass sie bei diesem Mann nicht die Bremse ziehen konnte. Er hatte etwas an sich, das bei ihr bisher unbekannte Gelüste und Wünsche hervorrief, und diese Emotionen waren in letzter Zeit immer stärker geworden.

»Dann lass uns doch lieber einen Mord planen«, sagte Josie und wünschte, sie hätte die saftigen Einzelheiten des Abends für sich behalten. »Du kümmerst dich dann um Hail, wenn ich im Gefängnis sitze, okay?«

»Ich halte dir den Rücken frei. Ich bringe dir sogar einen Kuchen mit eingebackener Nagelfeile mit.« Sie beugte sich über Josies Schulter. »Wen wollen wir denn umbringen?«

Josie schmunzelte. »Dich, wenn du Moon weiterhin als heiß bezeichnest.«

»Ha! Da ist jemand eifersüchtig.«

»Ich weiß nicht, was ich bin. Bei Brian bin ich nie eifersüchtig gewesen. Aber gibt es bei solchen Dingen nicht einen Kodex unter Frauen? *Heißer Jed.* Bei dir klingt das irgendwie nach einem Hamburger.«

»Hm, ein Jedburger.«

Josie gab ihr einen Klaps auf den Arm. »Frauenkodex!«

Tracey lachte. »Entschuldige. Das mit dem Kodex ist für mich neu. Ich hatte nie besonders viele Freundinnen und kann es kaum erwarten, dass du Izzy kennenlernst. Sie ist witzig, und sie lässt sich von niemandem was gefallen. Außerdem ist sie gut mit Jed befreundet, also mach dich darauf gefasst, dass sie miteinander herumalbern werden.«

»Nach der letzten Nacht bin ich mir ziemlich sicher, was er für mich empfindet. Und was Izzy angeht, kann ich mir schon denken, dass Jed gerne flirtet und mit vielen Frauen herumschäkert, weil er nun mal Barkeeper ist. Das gehört irgendwie zu seinem Job dazu, und es passt zu seiner Persönlichkeit.« Sie legte ihr Notizbuch auf den Tisch. »Weißt du, was noch verrückt ist? Es kommt mir beinahe so vor, als hätte ich zwei getrennte Leben geführt und würde gerade das dritte anfangen. Außer Sarah und Scotty kannte hier keiner meine Eltern. Und keiner von euch kannte Brian. Das ist beinahe so, als wäre der Teil meines Lebens kein Teil der Josie, die ich jetzt bin. Das bezieht sich natürlich nicht auf Brian. Ihm wird immer ein großer Teil meines Herzens gehören.« Sie senkte die Stimme. »Aber obwohl die ersten Monate nach seinem Tod schrecklich waren, ging unser Leben doch weiter. Nach dem ersten Jahr fühlte ich mich anders, als wäre ich stärker geworden, und jetzt ist es so, als hätte ich eine neue Perspektive gewonnen. Ich vermisse ihn nicht mehr so sehr wie früher. Ist das schlimm? Glaubst du, dass ich ein schlechter Mensch bin, weil ich mich zwei Jahre nach Brians Tod von Moon angezogen fühle?«

»Nein, du bist kein schlechter Mensch. Und die Ehe mag zwar heilig sein, aber du bist auch noch so jung. Und du hast nicht bewusst nach einem Ersatz für deinen Mann gesucht. Ich schätze, das ist Schicksal. Ich meine, wie groß ist die Wahrscheinlichkeit, dass du ausgerechnet den einen Mann wiedertriffst, der dir vor so vielen Jahren etwas bedeutet hat?«

»Genau das frage ich mich auch die ganze Zeit, und dann fühle ich mich mies. Warum hatte ich so viel Glück, während Sarah so viel Pech hatte? Ich bekomme Schuldgefühle, weil ich all die Jahre glücklich gewesen bin, während es Sarah so schlecht ging.«

»Das liegt daran, dass du ein guter Mensch bist. Ich vermute, viele Menschen wären einfach nur dankbar für das, was sie haben, und würden so tun, als wäre das, was Sarah durchgemacht hat, nie passiert.«

»Ich weiß nicht einmal, wie Scottys Leben verlaufen ist, aber ich weiß, dass er Gewissensbisse hat, weil er uns zurückgelassen hat. Als Mann ist es unwahrscheinlicher, misshandelt zu werden, so wie es Sarah widerfahren ist. Aber es gibt andere Arten von Schmerz, und was ist, wenn er die ganze Zeit einsam war? Das wäre doch genauso schlimm, oder?«

»Vielleicht, aber nach allem, was du und Sarah erzählt haben, war sein Leben mit euren Eltern so schrecklich, dass das Alleinsein seine Rettung gewesen sein könnte. Willst du denn bei ihm einziehen?«

»Ich bin mir noch nicht sicher. Ich möchte es eigentlich schon. Immerhin ist er mein Bruder, und ich habe ihn schrecklich vermisst. Aber ich will ihn nicht verärgern, und wir haben uns seit Jahren nicht gesehen. Es wäre schön, wenn wir uns jetzt als Erwachsene neu kennenlernen würden. Ich werde ja sehen, wie es läuft, wenn er mir am Mittwoch sein Haus zeigt.«

»Das klingt nach einem guten Plan, aber wenn du nicht bei ihm einziehst, sag ihm, dass ich einen großen Bruder gebrauchen könnte, der mich beschützt.«

»Ach, Tracey. Er hat zwei freie Zimmer. Vielleicht könnten Hail und ich eins nehmen und du das andere?«

»Tatsächlich denke ich darüber nach, Izzy zu fragen, ob sie eine Mitbewohnerin braucht, wenn der Job in der Bar gut läuft. Finlay hat erzählt, dass Izzy ihren Mietvertrag für das Haus übernommen hat, in dem sie vor ihrer Heirat mit Bullet gewohnt hat, und dass darin mehr als genug Platz ist.«

»Wenn ihr gut miteinander auskommt, halte ich das für eine super Idee.«

Tracey wollte nach dem Notizbuch greifen, aber Josie drückte es an sich.

»Komm schon«, flehte Tracey. »Es ist ganz offensichtlich ein Liebesbrief.«

Josie umklammerte das Notizbuch nur noch fester. »Es ist kein Liebesbrief, aber du darfst es trotzdem nicht lesen.«

Tracey folgte ihr in ihr Schlafzimmer. Josie legte das Notizbuch in die Schublade einer Kommode.

»Was hast du denn geschrieben?«, erkundigte sich Tracey.

»Das ist privat.«

»In der Hinsicht sollte es ebenfalls einen Frauenkodex geben. *Geheimnisse werden geteilt.*« Tracey hielt den grauen Wickelpullover hoch, der am Schrankgriff hing. »Willst du den heute Abend anziehen?«

»Ja, mit schwarzen Jeans und Stiefeln. Was ziehst du an?«

»Das weiß ich noch nicht. Wahrscheinlich Jeans und einen Pullover. Ich habe Red versprochen, dass ich früher vorbeikomme, um bei den Vorbereitungen zu helfen. Du wirst sie mögen. Sie ist für jeden wie eine Mutter, und es ist kein Wunder, dass sich Dixie von niemandem etwas gefallen lässt. Red ist beinhart. Gestern hat mich ein Typ angebaggert, und dieser große Kerl, von dem ich dir erzählt habe, Diesel, ging um den Tresen herum auf den Mann zu. Red hat nur die Hand gehoben, und Diesel ist sofort stehen geblieben. Er hat dieses grummelnde Geräusch von sich gegeben und damit die Aufmerksamkeit der Gäste an den umliegenden Tischen auf sich gezogen. Er hatte zusammengekniffene Augen, fest aufeinandergepresste Lippen und stieß ein Grollen aus, das typisch für ihn ist. Der Kerl ist eine verdammte Steinmauer, und dann stand Red da und hielt ihn mit einer Geste auf.« Tracey reckte lachend die Hand in die Luft. »Dann hat sie sich zu Tex umgedreht, dem Kerl, der mich angemacht hat. ›Behalte diese Kommentare für dich, außer du willst, dass mein Stiefel in deinem Arsch landet. Verstanden?‹, hat sie gesagt.«

»Oh mein Gott.« Josie lachte los. »Gibt es dort häufiger Ärger?«

»Nein. Tex ist einer ihrer Freunde und flirtet einfach gern. Izzy hat erzählt, dass er im Winter manchmal in der Werkstatt arbeitet. Er ist echt heiß und von oben bis unten tätowiert. Aber Red lässt so was einfach nicht durchgehen. Und Diesel? Ich habe gesehen, wie er Tex aus der Bar gefolgt ist, und er kam *zehn Minuten später* wieder zurück.« Tracey flüsterte: »Ich möchte gar nicht wissen, was er zu Tex gesagt hat. Ich finde ihn wirklich furchterregend.«

»Ich bin ein bisschen nervös wegen der Party. Sarah und Scotty werden da sein. Ich hoffe, dass alles gut läuft, aber es könnte peinlich werden, sie und all ihre Freunde zu treffen. Ich meine, was ist, wenn Moon mich küssen will? Oder wenn sie mich verurteilen, weil ich es zulasse? Oder wenn Hail sieht, wie ich ihn küsse? Himmel, ich kann ihn nicht vor Hail küssen. Das würde ihn verwirren.«

»Folge einfach deinem Herzen – bei deiner Familie und

beim heißen Jed. Abgesehen davon werde ich auch da sein, und wenn es dir zu viel wird, können wir gehen. Okay?«

»Du bist wirklich eine gute Freundin, Tracey. Danke.«

Auf dem Weg zurück in den Aufenthaltsraum vibrierte Josies Handy, weil sie eine Nachricht bekommen hatte.

»Kommt die von Jed?«

»Ja. Ist das nicht süß? Er schreibt, dass er seine Schwester gebeten hat, das hier anzufertigen.« Sie zeigte Tracey das Foto, das er geschickt hatte. Darauf war ein graues Baseballshirt mit schwarzen Ärmeln und dem Bild von einem grünen Pick-up-Truck zu sehen, der genau wie Jeds aussah. FROHES NEUES JAHR stand in Goldbuchstaben auf der Seite des Wagens.

»Wow. Der Kerl steht wirklich auf dich. Und Hail hat er auch schon ins Herz geschlossen.«

»Ja.« Und sie konnte es gar nicht erwarten, dass er ihr das noch auf andere Arten zeigte. *Herr. Im. Himmel.* An so etwas sollte sie nicht einmal denken.

»Warum wirst du denn plötzlich so rot?«, erkundigte sich Tracey.

»Keine Ahnung«, log sie. »Aber ich muss ein Glas Wasser trinken. Eiskaltes Wasser.«

Das Whiskey Bro's befand sich gleich jenseits der Brücke, die nach Peaceful Harbor hineinführte. Das alte Holzgebäude hatte dunkle Fenster und grob bearbeitete Holzpfeiler vor der Tür. Es sah ein bisschen wie eine Spelunke aus – die Art von Lokal, an dem Josie normalerweise einfach vorbeifahren würde. Sie konnte nicht glauben, dass Tracey hier arbeitete, aber sie sprach ständig von diesem Ort. Josie musterte Jeds ausgeprägtes Profil, während er auf den vollen Parkplatz abbog, und versuchte, ihn sich hinter dem Tresen vorzustellen. Es fiel ihr leicht, sich auszumalen, wie er auf die Kellnerinnen aufpasste. Im Museum war ihr aufgefallen, dass er nicht zu den Männern gehörte, die in Gegenwart anderer Männer den harten Kerl herauskehren mussten. Er verströmte eine innere Stärke und Selbstvertrauen, selbst wenn er herumalberte. Josie fühlte sich bei ihm immer sicher.

Er parkte hinter der Bar vor einem weiteren heruntergekommenen Gebäude.

»Gehört das zur Bar dazu?«, erkundigte sie sich beim Aussteigen. »Sie sollten alles ein wenig freundlicher gestalten, Blumenkästen aufstellen, vielleicht davor einen Garten anlegen. Das würde doch viel netter aussehen.«

»Das ist eine Bikerbar, Babe. Nett ist hier nicht gefragt. Und das ist das Clubhaus der Dark Knights.« Jed hob Hail aus dem Wagen, stellte ihn neben sich auf den Boden und nahm sofort seine Hand. »Ich weiß, dass das nach nichts Besonderem aussieht, aber die Kameradschaft geht den Mitgliedern über alles. Ich bin sehr stolz darauf, dazuzugehören.«

Sie hatten nicht darüber gesprochen, dass er Prospect war, und Josie hätte gern mehr darüber erfahren, was alles dazugehörte, wenn man einer der Dark Knights war.

»Was ist ein Dark Knight?«, fragte Hail, als hätte er ihre Gedanken gelesen. Er nahm auch Josies Hand und lief zwischen ihnen, so wie er das schon im Museum getan hatte. Das Baseballshirt, das Jed ihm geschenkt hatte, war bei ihm auf große Begeisterung gestoßen. Jed wiederum schien Josies Pullover mit dem tiefen Ausschnitt zu gefallen.

»Die Dark Knights sind ein Motorradclub«, erklärte Jed.

»Eine Gruppe von Männern, die gern Motorrad fahren, zusammen Zeit verbringen, einander helfen und auch zur Sicherheit der Gemeinde beitragen.«

»Fährst du Motorrad?«, fragte Hail.

»Ja«, antwortete er. »Wenn du größer bist und deine Mama dir das erlaubt, nehme ich dich mal mit. Aber das wird noch etliche Jahre dauern.«

»Wenn du dreißig bist, können wir darüber reden«, witzelte Josie.

Jed zwinkerte ihr zu und hielt ihren Blick lange genug fest, dass sich ihr Herzschlag beschleunigte. Seine Miene wurde wieder ernst, und er wandte sich an Hail. »Pass mal auf, Kumpel. Da drin sind möglicherweise ein paar große Kerle mit Bärten, Tätowierungen und Lederjacken. Die sehen vielleicht ein bisschen angsteinflößend aus, aber ich verspreche dir, dass sie nett sind, okay?«

Nun schlug Josies Herz aus einem ganz anderen Grund schneller. Er wollte, dass Hail wusste, was auf ihn zukam, und dass er sich geborgen fühlte, und das gefiel ihr.

Hail nickte. »Du hast eine Lederjacke und Tätowierungen und du bist nett.«

»Das stimmt.« Er wuschelte Hail durchs Haar. »Dann gehen wir uns mal amüsieren.«

Während sie um das Gebäude herum zur Vorderseite der Bar gingen, bemerkte Josie in einiger Entfernung ein Haus. »Wer wohnt da?«

»Das ist die alte Werkstatt. Biggs' Bruder hat das Geschäft aufgebaut, und als es immer größer wurde, hat er das Gebäude die Straße hinunter gekauft. Das Haus hier steht schon seit Ewigkeiten leer.«

Mehrere finster aussehende Männer in Lederjacken unterhielten sich vor der Bar. Josie umklammerte Hails Hand etwas fester.

»Wie läuft's, Jed?«, fragte einer.

»Großartig, danke.« Er blieb stehen. »Jojo, das sind Crow Burke, Court Sharpe und Courts Bruder Tex. Sie sind Mitglieder der Dark Knights. Leute, das sind Josie und ihr Sohn Hail. Josie ist Sarahs Schwester.«

Crow war der Kleinste der drei und hatte ein kantiges Gesicht und pechschwarzes Haar. Er nickte ihnen zu. »Schön, euch kennenzulernen.«

»Wie geht's?«, fragte Tex. Er hatte einen dunklen Haarschopf, einen zerzausten Bart und ein freundliches Gesicht. Man konnte sich leicht vorstellen, wie er mit Tracey flirtete.

»Ihr habt komische Namen«, meinte Hail.

Die Männer lachten, und Court trat vor und kniete sich vor Hail. Er war ein großer Mann mit breiter Brust, glänzendem schwarzen Haar und Stoppelbart und hatte ernste, aber freundliche Augen. »Das sind unsere Biker-Namen. In Wirklichkeit heiße ich Charlie. Ich bin Anwalt und verbringe ganz viel Zeit vor Gericht, deshalb nennen sie mich alle Court. Mein Bruder Tex heißt eigentlich Thomas. Du hast einen coolen Namen. Ist Hail dein Biker-Name?«

Hail schüttelte den Kopf. »Mama hat mich nach der Natur benannt, weil ich so stark bin.« Er hob den Arm und spannte den Bizeps an.

Court legte die Finger und den Daumen um Hails Arm und tat so, als könnte er ihn nicht zusammendrücken. »Du bist ein starker kleiner Kerl. Vielleicht willst du eines Tages auch Peaceful Harbor beschützen und dich den Dark Knights anschließen.« Er stand auf und sah Josie an. »Schön, dass du hier bist. Wenn ich etwas für dich tun kann, sag einfach Moon

Bescheid.«

»Danke.« Sarah hatte ihr erzählt, dass in der Nacht, in der sie am Frauenhaus vor Sarah davongelaufen war, alle Dark Knights eingesprungen waren und bei der Suche mitgeholfen hatten. Das war ihr ein bisschen peinlich, aber damit würde sie nun mal leben müssen.

»Er hat dich Moon genannt«, stellte Josie fest, als sie die Stufen zur Veranda hinaufgingen. »Ich dachte, alle würden Jed zu dir sagen.«

»Das machen die meisten.« Er beugte sich zu ihr hinunter und raunte ihr ins Ohr: »Immer, wenn er das sagt, muss ich an dich denken. Es ist fast, als hätte der Weihnachtsmann gewusst, wie oft du mir im Kopf herumspukst, daher hat er dich am Weihnachtsabend zu mir geschickt.«

Er zog die Tür auf, und Josie versuchte, Jed Moons unfassbar süße Worte vorerst zu verdrängen.

Sie traten in ein Meer aus schwarzen Lederjacken. Ein Hauch von Testosteron, Leder und Kameradschaft hing in der Luft. Laute Musik und Gelächter dröhnten in ihren Ohren. Josie hielt Hails Hand ganz fest, während sie alles in sich aufnahm. Eine rustikale Theke verlief an der linken Seite des Raums, zwischen den vielen Menschen waren Tische aufgebaut, auf denen sich köstliche Speisen türmten, und rechts spielten mehrere Leute Billard. Das Publikum war eine Mischung aus gepflegten, kräftigen Männern mit Bärten und Tätowierungen, schick gekleideten Ladys und tätowierten Frauen in Jeans. Sie war überrascht, dass hier mehrere Kinder kichernd herumliefen. Die Wände waren übersät mit Fotos von Bikern und Neonreklamen für Biermarken, und über den Raum verteilt verliehen blinkende Lichterketten der Bar eine warme, festliche Atmosphäre.

»Mama! Da sind Bradley und Bones! Darf ich ihnen Hallo sagen?«

Josie schaute sich um und erspähte die beiden inmitten der Menschenmenge bei Truman und einigen anderen Männern, die sie von der Website der Dark Knights wiedererkannte. Bevor sie etwas sagen konnte, hörte sie Sarah nach ihr rufen.

»Josie!« Sarah eilte mit Lila auf dem Arm zu ihr hinüber. Einige lächelnde Frauen folgten ihr auf den Fersen, darunter auch Finlay und Penny. Lila umklammerte einen Stoffigel und trug einen glitzernden Reif in den feinen blonden Haaren.

Jed beugte sich näher zu ihr. »Wie wär's, wenn ich mit Hail zu Bradley gehe und wir treffen uns wieder, wenn du mit Sarah geplaudert hast?«

»Bist du sicher? Ich will ihn dir nicht aufdrücken. Er könnte Angst bekommen oder sich verirren. Hier sind so viele Leute.«

»Ich würde niemals zulassen, dass ihm irgendetwas passiert, und wenn ich es dir anbiete, kann ich mich ja wohl kaum dazu gezwungen fühlen, oder? Los, amüsier dich und lass mich Hail den Jungs vorstellen.« Er zwinkerte ihr zu und wandte sich an ihren Sohn. »Komm mit, Kumpel. Ich werde dir jetzt ein paar neue Freunde vorstellen.«

Hail drehte sich im Weggehen nicht mal mehr um, was sich seltsam anfühlte, aber gleichzeitig eine Erleichterung war, da er sich offenbar bei Jed völlig sicher fühlte.

»Hallo.« Sarah umarmte Josie aufgrund ihres Babybauchs ein wenig unbeholfen. »Schön, dass du da bist. Zieh deinen Mantel aus. Wir hängen ihn zu unseren nach hinten.«

Josie kam der Aufforderung nach.

»Gib ihn ruhig mir. Was für ein scharfer Pullover. Du siehst echt heiß aus.« Penny übernahm ihren Mantel und verschwand in der Menge.

»Mamama«, brabbelte Lila. Sie sah in ihrem schwarzen Rüschenrock und dem langärmeligen pinkfarbenen T-Shirt, auf dem vorne in Silberglitzer NEUJAHRSPRINZESSIN stand, unfassbar niedlich aus.

»Lila ist so bezaubernd.« Josie streichelte Lilas Wange. »Hallo, Schatz.« Sie schaute in die Richtung, in die Hail verschwunden war. »Das ist alles ganz schön aufregend. Ich hatte nicht erwartet, dass hier so viele Menschen sein würden.« Sie beugte sich zur Seite und versuchte, durch die Menge hindurchzusehen. »Ich wünschte nur, ich könnte Hail im Blick behalten.«

»Ich weiß, zu Anfang war ich auch überwältigt, aber du wirst dich daran gewöhnen. Hier sind alle wie eine große Familie. Sie passen aufeinander auf. Sieh mal.« Sarah stieß sie sacht an und zeigte zwischen zwei Menschengruppen hindurch.

Josie entdeckte Hail, der auf Biggs' Schoß saß. Der ältere, bärtige Biker sah genauso aus wie auf den Fotos auf der Website, groß, rau und ein bisschen einschüchternd. Josie wurde mulmig. »Ist das auch wirklich in Ordnung?«

»Biggs ist Bones' Vater«, erklärte Sarah. »Er hat eine raue Schale, ist aber im Grunde genommen ein Teddybär. Red und er lieben meine Kinder, als wären sie ihr eigenes Fleisch und Blut.«

»Wenn du das sagst.« Josie war immer noch nervös, aber Hail lächelte, was sie beruhigte, und Jed passte wie ein Bodyguard auf ihn auf.

»Hi. Ich bin Crystal, Jeds Schwester«, stellte sich eine Frau vor, die hinter Sarah auftauchte. Sie hatte schulterlange, glatte schwarze Haare und die gleichen hellblauen Augen wie Jed. In dem figurbetonten schwarzen Minikleid und den hochhackigen schwarzen Stiefeln sah sie sexy aus. »Wie schön, dass wir dich endlich kennenlernen. Du brauchst dir überhaupt keine Sorgen zu machen, was Hail und die Gäste hier angeht. Es kann höchstens passieren, dass dein Junge noch mehr Zeit mit den Bikern verbringen will.«

Josies Nerven waren zum Zerreißen gespannt, als sie jetzt die Schwester traf, die Jed jahrelang beschützt hatte. »Hallo. Ich bin Josie.«

»Ich weiß.« Schon hatte Crystal die Arme um sie gelegt und drückte sie überraschenderweise an sich. »Wir freuen uns alle, dich kennenzulernen. Ich hatte keine Ahnung, dass du meinen Bruder damals in seiner problematischen Zeit schon gekannt hast.«

»Wir haben uns nur ein paar Mal getroffen«, stellte Josie klar und fragte sich, ob Crystal wusste, dass sie miteinander geschlafen hatten. Sie wollte noch einwenden, dass er nur in Schwierigkeiten geraten war, um seiner Schwester beim Überleben zu helfen, entschied sich jedoch dagegen, da dies der falsche Moment dafür war.

»Na, egal, offenbar hast du Eindruck gemacht, denn er interessiert sich wirklich für dich.« Crystal zeigte auf Penny, die durch die Menge auf sie zukam, und auf Finlay, die hübsche, zierliche Blondine, die sie mit Bullet zusammen getroffen hatte. »Finlay und Penny kennst du ja schon.«

Finlay umarmte sie. »Ich freue mich so sehr, dass du hier bist.«

»Ich auch.« Josie versuchte, sich zu beruhigen.

Eine große, dünne Rothaarige in engen Jeans und schwarzem Kurzarmpullover, die eine Bierflasche in der Hand hielt, schloss sich ihnen an. »Hi. Du bist Josie, nicht wahr? Ich bin Dixie. Willkommen auf der Party.« Bunte Tätowierungen schlängelten sich über ihre Arme, und sie war perfekt geschminkt. Dixie wirkte knallhart, aber wenn sie lächelte, strahlten ihre Augen und sie wirkte sofort sanfter. Sie war mindestens fünfzehn Zentimeter größer als Josie und musste sich herunterbeugen, um sie zu umarmen. »Ich habe gerade deinen bezaubernden kleinen Sohn kennengelernt. Er amüsiert sich köstlich mit Bradley. Sie sitzen bei meinem Vater auf dem Schoß und tun so, als würden sie Auto fahren.«

»Lass mich raten. Hail stellt sich natürlich vor, er würde in einem Bagger sitzen«, mutmaßte Josie.

»Nö. Es ist ein Pick-up-Truck.« Dixie trank einen Schluck Bier. »Er sagte, der Wagen wäre grün wie Jeds, nur dass er ihn Moon nennt. Das ist so bezaubernd.«

Josie musste leise lachen. »Das ist meine Schuld. So habe ich Jed genannt, als wir uns vor langer Zeit kennengelernt haben, und das ist hängen geblieben.«

»Oh, du kanntest ihn schon früher?« Dixies Augen leuchteten auf. »Dann ist das bei euch also gewissermaßen der zweite Versuch?«

Sarah musste das Unbehagen in Josies Augen bemerkt haben, denn sie legte einen Arm um ihre Schwester. »Wie wäre es, wenn sich Josie erst mal etwas zu trinken und vielleicht etwas zu essen holt, bevor du sie ausquetschst?«

Sie bahnten sich gemeinsam einen Weg durch die Menge, unterhielten sich und lernten einander kennen. Dabei stellten sie Josie so vielen Menschen im Vorbeigehen vor, dass sie sich niemals an alle Namen würde erinnern können. Die Büfetttische waren derart gut gefüllt, dass es für eine ganze Armee gereicht hätte. Es gab einen Truthahn mit allen nur denkbaren Beilagen, zwei Brathühner, Platten voller Sandwiches, Hähnchenflügel und Brot. Daneben standen zudem Kekse, die wie kleine Lederjacken aussahen, mehrere

Kuchen und Pasteten.

Josie war viel zu nervös, um etwas zu essen, deshalb nippte sie nur an einem Glas Limonade. Sie war so an ein ruhiges Leben gewöhnt, dass sie das alles hier gleichzeitig als wundervoll und ein bisschen überwältigend empfand. Als sie den Raum auf der Suche nach Jed und Hail abscannte, bemerkte sie Jed, der Hail gerade zeigte, wie man ein Queue hielt. Er hob den Kopf, ihre Blicke trafen sich, und schon raste erneut ihr Herz. Lächelnd wandte er sich wieder Hail zu. Er konnte so gut mit dem Jungen umgehen. Als sie hörte, wie Sarah und die Mädchen miteinander redeten und lachten, war sie sehr glücklich, aber es wurde ihr langsam zu viel, hier von so vielen Menschen begrüßt zu werden. Sie war erleichtert, als sie Tracey auf sich zukommen sah.

»Ich habe auf dich gewartet«, meinte Tracey. »Alles gut?«

»Irgendwie schon. Ich nehme nur gerade alles in mich auf. Und bei dir?«

»Alles bestens, nur dass Izzy nicht hier ist, also musst du mir sagen, ob ich gerade den Verstand verliere.« Sie trat zur Seite und wies mit einem zweifachen schnellen Nicken zur Theke. »Siehst du das Mammut dort am Tresen?«

»Diesel.« Dixie gesellte sich zu ihnen. »Was ist mit ihm? Er fährt total auf dich ab.«

Besorgnis zeichnete sich auf Traceys Gesichtszügen ab. »Mir kommt es eher so vor, als wollte er mich häuten oder irgendwas ganz Brutales machen!«

Dixie warf den Kopf in den Nacken und lachte laut los. »Er will dir definitiv etwas vom Leib reißen, aber garantiert nicht deine Haut. Und das Einzige, was eine Frau bei ihm zu befürchten hat, ist, dass er sie um den Verstand vögelt. Ich würde alles dafür geben, um mit ihm zusammen zu sein.«

»Ernsthaft? Er macht dir keine Angst?«, fragte Tracey.

»Nur auf die allerbeste Art. Das Problem als Whiskey-Frau ist, dass jeder, der was mit mir anfangen will, an denen vorbeimuss.« Dixie zeigte auf Bullet und Bones, die ein paar Meter entfernt mit Bear sprachen, den Josie ebenfalls von der Website wiedererkannte.

»Diesel verspeist Typen wie die doch zum Frühstück«, kommentierte Josie.

»Er soll lieber mich vernaschen.« Dixies Augen schienen zu lodern. »Passt mal auf, Diesel ist wie Bullet. Sie sind verdammt einschüchternd, und das kommt nicht von ungefähr und wird sich auch nicht ändern. Also könntet ihr euch genauso gut dran gewöhnen. Sie tragen ihre Dämonen wie eine Kriegsbemalung mit sich herum. Aber tief in ihrem Inneren sind sie zwei der besten Männer, die ihr euch nur vorstellen könnt.«

Dixie ging zu ihren Brüdern hinüber, und Tracey meinte: »Er jagt mir trotzdem Angst ein.«

»Ja, mir auch.« Josie nippte an ihrem Getränk.

»Wir wollen uns einen Tisch suchen«, sagte Sarah. »Kommt ihr mit?«

»Okay«, erwiderte Tracey.

»Ich komme gleich nach. Ich möchte erst mal zur Toilette«, sagte Josie.

»Die ist da drüben.« Tracey zeigte auf eine Tür am anderen Ende des Raumes. »Soll ich dich begleiten?«

»Nein. Das ist nicht nötig. Ich brauche nur eine Minute.« Sie wollte auch nach Hail sehen, damit Jed Zeit mit seinen Freunden verbringen konnte, aber zuerst musste sich ihr Puls wieder beruhigen. Erleichtert stellte sie fest, dass außer ihr niemand in der Damentoilette war. Sie schloss die Augen und lehnte sich an die Wand.

Die Tür öffnete sich, und Josie riss die Augen auf.

»Hallo, Schatz. Ich bin Red Whiskey. Alles okay mit dir?«

Josie schluckte schwer. Reds freundliches Auftreten hätte sie beruhigen sollen, aber sie war nicht so tough wie manche dieser Frauen. Sie befand sich weit außerhalb ihrer Komfortzone, und aus irgendeinem Grund war sie plötzlich völlig angespannt. Also nein, es ging ihr nicht wirklich gut, auch wenn es ihr anders lieber gewesen wäre. Sie mochte die Menschen, die sie kennengelernt hatte, und sie waren Jeds Freunde. Sie wusste, wie viel sie ihm bedeuteten.

»Ich gebe mir Mühe«, antwortete sie ehrlich. »Alle sind so nett zu mir.«

Red streckte eine Hand aus und schob Josie das Haar hinters Ohr, wie es eine Mutter machen würde. Nicht Josies Mutter, aber sie hatte das bei anderen Mädchen und ihren Müttern gesehen und sich nach dieser Art von Zuneigung gesehnt.

»Aber es ist eine Menge zu verdauen.« Red musterte sie voller Mitgefühl.

»Kann man so sagen.«

»Das verstehe ich. Ich bin mir nicht sicher, ob du weißt, wer ich bin, aber Biggs, der Kerl mit dem Gehstock und dem buschigen Bart, ist mein Mann. Bullet, Bones, Bear und Dixie sind meine Kinder.«

»Ich weiß. Ich habe alles über deine Familie auf der Website der Dark Knights gelesen.«

»Du hast deine Hausaufgaben gemacht. Das ist gut. Wir sind ein ziemlich großer und auch rauer Haufen, aber wir sind auch gutmütig, hilfsbereit und ehrlich.«

»Das höre ich von allen«, erwiderte Josie nervös.

»Josie, Schatz, wir lieben Scott, Sarah und Sarahs Kinder.

Für uns gehören sie zur Familie, und das sogar schon, bevor Sarah und Bones zusammengekommen sind. Mein Ältester Brandon – *Bullet* – ist derjenige, der sie nach dem Autounfall gerettet hat. Seitdem sind sie Teil der Whiskey-Familie geworden und damit auch Teil der Dark Knights.« Red trat näher zu ihr und sah sie mit ihren grünen Augen fragend an, als wollte sie ergründen, ob Josie sie verstand. »Das bedeutet, dass Hail und du jetzt auch zu unserer Familie gehört. Es tut mir so leid, dass du deinen Mann verloren hast. Wir haben uns alle Sorgen um dich und Hail gemacht, und ich bin wirklich froh, dass du heute Abend hergekommen bist. Ich kann es gar nicht erwarten, dich und Hail besser kennenzulernen.«

»Danke«, sagte Josie kaum lauter als ein Flüstern. In ihrem Inneren herrschte ein Tumult aus Emotionen. »Das bedeutet mir sehr viel.«

»Familie ist das, worum es bei den Whiskeys und den Dark Knights geht. Alle Menschen da draußen gehören entweder zu den Dark Knights und ihren Familien oder sie sind ihre engsten Freunde, und wenn du irgendetwas brauchst, sind wir für dich da.«

Josie kamen die Tränen. Sie blinzelte schnell und versuchte, die Fassung zurückzugewinnen.

Red breitete die Arme aus und wackelte mit den Fingern. »Komm schon her, Liebes. Lass es raus, damit du uns reinlassen kannst.«

Sie trat in Reds herzliche Umarmung, und als hätte ihre Freundlichkeit einen Damm gebrochen, ließen sich die Tränen nicht länger aufhalten. Red streichelte ihren Rücken, so wie Brians Großmutter das einst getan hatte, was Josie nur noch erbitterter weinen ließ.

»Schon gut«, flüsterte Red. »Du bist so lange allein gewesen, aber ab jetzt musst du nie wieder allein sein.«

Die Musik war über dem Lärm der lachenden und plaudernden Menschen kaum noch zu hören, und das neue Jahr rückte immer näher. Jed glaubte, dass sich sein Herz nicht noch voller anfühlen konnte, als er Josies und Hails Hände hielt. Als er vor ein paar Stunden gesehen hatte, wie Josie auf die Toilette eilte, war er drauf und dran gewesen, sich sie und Hail zu schnappen und an einem ruhigen Ort mit ihnen zu feiern. Er war ihr hinterhergelaufen, aber Red hatte ihn vor der Tür zur Toilette abgepasst und ihn gebeten, sie eine Minute mit Josie allein zu lassen. Kurz darauf war Reds beste Freundin Chicki, eine weitere Dark-Knights-Glucke, mit ihrer Handtasche in die Toilette gegangen und hatte ausgesehen, als hätte sie eine Mission zu erfüllen. Mehrere Minuten später hatten alle drei die Damentoilette wieder verlassen, wobei Red Josie unterhakte. Sie lächelte, war frisch geschminkt, und als sich ihre Blicke trafen, wusste er, dass nun alles gut werden würde.

In den letzten Stunden hatten sie und Hail alle kennengelernt. Josie hatte mehrere Personen mit dem falschen Namen angesprochen und war erstaunlicherweise nicht vor Verlegenheit im Boden versunken. Hail verstand sich prächtig mit den anderen Kindern, lief mit ihnen herum und spielte und hatte großen Spaß. Er fing sogar an, die Whiskeys und ihre besseren Hälften als Onkel und Tanten zu bezeichnen, so wie Kennedy es machte.

Im Augenblick unterhielt sich Josie mit Dixie, als wären sie alte Freundinnen. »Du musst unbedingt mal mit uns ins

Whispers kommen«, sagte Dixie.

Jon Butterscotch setzte sein Lächeln auf, bei dem so manche Frau dahinschmolz, und trat zwischen Dixie und Josie. »Ich kann bestätigen, dass du dich im Whispers amüsieren wirst.«

Jon war Arzt und kam häufig in die Bar. Er fuhr Motorrad, war das ganze Jahr durch gebräunt, hatte längeres blondes Haar und war ein Adrenalinjunkie. Zwar hatte er einen Ruf als Frauenheld, aber Jed hatte es noch nie erlebt, dass er eine andere Frau so angesehen hatte wie Dixie.

»Ich meinte damit einen Mädelsabend«, fuhr Dixie ihn an. »Glaubst du etwa, Jed würde dich Weiberheld in der Nähe seiner Frau haben wollen?«

»Verdammt, Dixie. Heute bist du echt angriffslustig.« Jon wackelte mit den Augenbrauen.

Dixie verdrehte die Augen. »Jedenfalls bin ich mir sicher, dass Red liebend gern die Babysitterin für Hail spielen würde, Josie. Wir wollen uns auch mal zusammensetzen, um Sarahs Babyparty in ein paar Wochen zu planen. Es ist ein Geheimnis, also verrat ihr nichts davon, aber du musst einfach dabei sein.«

»Ich bin ehrlich gesagt noch nie auf einem Mädelsabend gewesen, aber bei der Babyparty helfe ich selbstverständlich gern mit.«

»Du solltest gelegentlich mal mit den Mädels ausgehen«, sagte Jed und drückte ihre Hand. »Ich passe auf Hail auf.« Er beäugte Jon. »Wir müssen nur *Mr. Charming* da drüben von dir fernhalten.«

Crow, Bear und Crystal schlossen sich ihnen an und sahen gerade noch, wie Jon Jed finster anstarrte.

»Welche Laus ist dem denn über die Leber gelaufen?«, fragte Crystal.

»Keine«, knurrte Jon und warf Dixie ein kokettes Lächeln

zu. »Ich habe gehört, dass du die Frühlingsjunggesellenauktion organisierst. Wie kommt es, dass du mich noch nicht gefragt hast?«

»Keine Frau in Peaceful Harbor wird für etwas bezahlen, was sie schon umsonst bekommen hat«, konterte Dixie gereizt. »Wir wollen damit Spenden sammeln, was bedeutet, dass die Frauen auf die Männer bieten sollen. Ich wünschte, ich könnte Jed zur Teilnahme überreden, aber er hat mir eine glatte Abfuhr erteilt.«

»So ist es.« Jed beugte sich näher zu Josie und flüsterte: »Was glaubst du? Wenn man Dixie und Jon zusammen in einen Raum einsperrt, reißen sie einander die Kleider vom Leib oder bringen sie sich gegenseitig um?«

Josie drückte die Nase an seine Brust, um ihr Lachen zu verbergen, und verdammt, es gefiel ihm, wie selbstverständlich sie das tat.

Crow legte einen Arm um Dixies Schultern. »Ich würde es ja tun, Dixie, aber nur, wenn du für mich bietest.«

Sie warf Crow einen vernichtenden Blick zu.

Bear schubste Crows Arm von Dixies Schultern herunter. »Das kannst du getrost vergessen«, knurrte er. In diesem Moment trat Biggs auf die Bühne und räusperte sich. Alle verstummten.

»Hi, Papa Biggs!«, rief Hail, woraufhin alle lachten und Josie errötete.

Biggs straffte sich wie ein stolzer Großvater. »Komm hoch zu mir, Hail.«

Hail sah Jed an, als wolle er ihn um Erlaubnis bitten, und Jed schaute zu Josie. Er wusste, dass sie Hail zu Anfang nur äußerst ungern hätte gehen lassen, aber jetzt, wo sie alle kannte, war er sich ziemlich sicher, dass ihr das nichts mehr ausmachte.

Sie nickte, und Hail rannte auf die Bühne. Er reckte die kleinen Hände in die Luft, weil er von Biggs hochgenommen werden wollte, und da trat Bullet neben seinen Vater und hob Hail mit seinen starken Armen auf.

»Ich nehme ihn, Pop«, sagte Bullet.

Hail schlang einen Arm um Bullets kräftigen Hals und winkte der Menschenmenge zu, die abermals loslachte.

»Will sich uns noch jemand anschließen?«, fragte Biggs.

Einige Kinder riefen begeistert Ja. Truman und Bones trugen Kennedy und Bradley auf die Bühne, und einige weitere Kinder folgten ihnen. Lila schlief tief und fest in einer Wiege neben Sarahs Stuhl.

»Ach herrje.« Josie sah Jed an. »Hat mein Sohn gerade Biggs' Auftritt ruiniert?«

»Keineswegs, Babe. Er hat sogar dafür gesorgt, dass der Abend noch unvergesslicher wird.«

Er beugte sich zu ihr hinunter, hielt aber inne, als ihm bewusst wurde, dass Hail sie sehen konnte. Sie hatten ein paar verstohlene Küsse ausgetauscht, solange Hail beschäftigt war, doch das kam ihm so vor, als bekäme er lauter Kostproben seines Lieblingsgerichts, das ihm dann abrupt wieder entzogen wurde. Es reichte nicht annähernd aus. Sie streichelte ihm verschwörerisch die Wange, stellte sich auf die Zehenspitzen und drückte einen Kuss auf die Stelle, die sie gerade berührt hatte.

»Ihr alle wisst, dass ich kein großer Redner bin«, sagte Biggs und lenkte die Aufmerksamkeit auf sich. »Deshalb fasse ich mich kurz. In ein paar Minuten werden wir ein weiteres tolles Jahr verabschieden, das viel zu schnell vergangen ist. Wir würden mit vielen neuen Familienmitgliedern gesegnet.« Sein warmherziger Blick schweifte langsam über die Kinder, dann über die Erwachsenen und ruhte länger auf Finlay, Tracey, Scott, Sarah und schließlich Jojo. »Und alten Freunden, die den Weg zurück nach Hause gefunden haben.« Er nickte Diesel zu. »Und zwei Kindern, die wir erst noch kennenlernen werden.« Er zwinkerte Crystal und Sarah zu. »Ich bin grauer geworden, aber ich könnte nicht glücklicher sein, geschweige denn stolzer auf unsere Dark-Knights-Familie.«

Red ging zu ihm auf die Bühne und reichte ihm eine Flasche Bier.

Er lehnte den Gehstock an sein Bein und legte seinen Arm um Red, während er die Flasche hob. »Auf ein weiteres großartiges Jahr.« Ein Murmeln lief durch die Menge, und dann fielen alle Dark Knights ein, während er das Credo der Dark Knights rezitierte: »Liebe, Loyalität und Respekt für jeden.«

Es war nicht nur ihr Motto, vielmehr richteten die Dark Knights ihr Leben danach aus, und genauso wollte Jed sein Leben auch verbringen.

Biggs nahm einen Schluck, und alle applaudierten. Als der Silvestercountdown begann und Hail sicher an Bullets Brust gelehnt mit der Menge zusammen von zehn runterzählte, während Jed Josies Hand hielt, hätte Jed kaum glücklicher sein können. Er nahm Josie in die Arme und sah ihr in die wunderschönen Augen, während sie die letzten drei Sekunden zusammen herunterzählten. Als Jubel ertönte und Konfetti in die Luft geworfen wurde, drückte er die lächelnden Lippen auf ihre.

Er hob sie hoch und küsste sie leidenschaftlich. »Das ist schon jetzt das beste Jahr aller Zeiten.«

Neun

Jed ballte die Faust, als er durch die Lücke im rostigen Maschendrahtzaun fuhr, der den Trailerpark umgab, in dem er viel zu viele schreckliche Jahre seines Lebens verbracht hatte. Sie waren dorthin gezogen, nachdem sein Vater seinen Job verloren hatte und sie aus ihrem Zuhause ausziehen mussten. Damals war er gerade elf Jahre alt gewesen. Eine kurze Zeit hatten sich seine Eltern mit Alkohol getröstet. Sein Vater war ziemlich schnell wieder trocken geworden, als die achtjährige Chrissy ihm gesagt hatte, dass er nicht länger wie ihr Daddy roch. Er hatte sich zusammengerissen, und eine Weile war ihr Leben gar nicht mal so schlimm gewesen. Aber zehn Monate später hatte ihr Vater herausgefunden, dass ihre Mutter eine Affäre hatte, und ihr ein Ultimatum gestellt – entweder sie riss sich zusammen oder er zog mit den Kindern aus. An dem Tag, an dem er sich eine Mietwohnung in Peaceful Harbor ansehen wollte, kam er bei einem von einem betrunkenen Fahrer verursachten Autounfall ums Leben. Danach war ihre Mutter in eine Welt abgedriftet, in der es für sie nur noch den Alkohol gab und sie die Augen vor der Wahrheit verschloss. Sie war verbittert und gemein geworden, aber in Jeds Augen war sie vor allem schwach. Notgedrungen hatte Jed stattdessen stärker sein müssen, als er es je für möglich gehalten hätte, und war mit seinen elf Jahren zum Mann im Haus geworden.

Als er vor dem ausgebleichten Wohnwagen seiner Mutter parkte, dankte er dem Himmel, dass Josie so stark war. Nach all dem, was sie durchgemacht hatte, hätte sie genau so enden können wie seine Mutter, oder noch schlimmer. Er wollte sich gar nicht vorstellen, dass Hail etwas durchmachen musste, das auch nur im Entferntesten an das erinnerte, was er selbst erlebt hatte. Er dachte an ihre glücklichen, aufgeregten Gesichter, als er sie heute Morgen mit Donuts überrascht hatte. Sie hatten sich die Handflächen bemalt und Handabdrücke auf Papier hinterlassen. Hail hatte darauf bestanden, dass Jed auch mitmachte, und Jed musste zugeben, dass es sich richtig gut anfühlte, ihre drei Handabdrücke zusammen zu sehen. Er sah auf seine Hände, die immer noch blau waren. Äußerst ungern war er von dort aufgebrochen, aber es war Neujahr und er hatte sich vorgenommen, noch ein einziges Mal zu versuchen, zu seiner Mutter durchzudringen.

Er stieg aus dem Wagen und betrachtete das winzige, ungepflegte, überwucherte Areal vor dem Trailer, auf dem sich einst ein kleiner Garten befand. Crystal und ihr Vater hatten diesen Garten gewissenhaft gepflegt. Die grüne Markise auf der Seite des Wohnwagens war an einer Seite abgebrochen und hing schräg herunter, stützte sich auf die Rückenlehnen zweier Metallstühle wie ein Zahn, der bald herausfallen würde. Während er gegen das altbekannte Pflichtgefühl ankämpfte, ging er um den alten Wohnwagen seiner Mutter herum. Zwei Reifen waren platt, alles war so unfassbar dreckig, als hätte sie es aus dem Sumpf ausgebuddelt, aber er sagte sich, dass das nicht sein Problem war. Sie war langjährige Alkoholikerin und durchaus in der Lage, sich das im Alltag nicht anmerken zu lassen – fast wie Superman, nur dass ihre »Superkraft« der Alkohol war. *Sie kann sich zwölf Bier hinter die Binde kippen und trotzdem arbeiten gehen!* Der Himmel allein wusste, wie sie es schaffte, ihren Job im Supermarkt zu behalten.

Er hielt den Kopf gesenkt und versuchte, den jahrelang aufgestauten Zorn und Ekel unter Kontrolle zu behalten. Stinkender Zigarettenrauch umwaberte ihn, noch bevor er den vermoderten Allwetterteppich unter der Markise erreicht hatte. Die Tür stand trotz der Winterkälte offen. Er spähte durch das Fliegengitter. Auf dem Beistelltisch standen etliche leere Bierflaschen und Aschenbecher voller Zigarettenkippen, und schmutziges Geschirr vermüllte jede freie Fläche.

»Mom?«, rief er beim Betreten des Wohnwagens. Er besah sich die dunkel vertäfelten Wände, das fleckige karierte Sofa und die ranzigen grün-gelben Vorhänge. Als ihm nur Stille antwortete, blickte er den engen Flur zur Schlafzimmertür hinunter, die eine Handbreit offen stand, und fragte sich, ob dies der Tag war, an dem er seine Mutter tot vorfand. Er lebte schon so lange mit dieser Angst, dass er sich beinahe daran gewöhnt hatte. *Es wäre fast ein Segen.*

Himmel, was stimmt nicht mit mir?

Er schob diese furchtbaren Gedanken beiseite. Er war kein kaltherziger Mistkerl. Er liebte seine Mutter, trotz der ausweglosen Situation, in die sie sich manövriert hatte. Ja, er war stets sauer gewesen wegen der Art, wie sie Crystal behandelt hatte, und weil sie zu ihm so herablassend war, aber er wünschte ihr nicht den Tod. Er kümmerte sich schon um sie, seit er elf Jahre alt war. Unglücklicherweise gehörte das genauso zu seinem Leben wie die Luft, die er atmete.

Er nahm den Gestank eines verschwendeten Lebens wahr und wappnete sich für die Möglichkeit, ihren leblosen Körper vorzufinden, als er die Tür aufstieß. Pamela Moon saß in schwarzen Leggins, Stöckelschuhen und einem roten Pullover, der eine dünne Schulter entblößte, auf der Kante ihres ungemachten Betts. Zwischen ihren Lippen hing eine Zigarette mit Lippenstiftflecken, und sie schwankte leicht. Auf dem Beistelltisch lag eine leere Whiskyflasche.

Sie sah Jed mit glasigen Augen an, so vollkommen anders als die Mutter, mit der er aufgewachsen war, die ihm Schulbrote geschmiert und ihn an der Bushaltestelle abgeholt hatte. »Jeddy«, stieß sie mit der heiseren Stimme einer Kettenraucherin hervor. »Was machst du hier? Hast du Zigaretten mitgebracht?« Dieselben Fragen wie immer. Er kam nicht mehr häufig vorbei, aber selbst alle paar Wochen war mehr als genug. Sie stand auf und taumelte, und er nahm ihren Arm.

»Großer Gott, Mom.« Er biss die Zähne zusammen. Normalerweise ging es ihr nicht ganz so schlecht.

Sie schlug auf seine Hände ein und nahm die Zigarette nicht aus dem Mund, als sie an ihm vorbei- und den Flur entlangging. »Hast du Zigaretten?«

»Nein, ich habe dir keine Zigaretten mitgebracht. Du brauchst einen Grund, um lange genug mal von der Flasche abzulassen und dich daran zu erinnern, dass es da draußen noch eine andere Welt gibt.«

»Was willst du dann?«, fragte sie gereizt, während sie einen Wasserkessel auf den Herd stellte. »Hast du deinen Job verloren? Brauchst du einen Platz zum Pennen?«

»Nein, und selbst wenn, wäre dies der letzte Ort, wo ich hingehen würde.« Er machte sich daran, das schmutzige Geschirr einzusammeln. »Hier sieht es aus wie im Saustall. Wie kannst du nur so leben?«

Sie grummelte irgendwas Unverständliches und gab Kaffeepulver in einen Becher. »Ich hatte letzte Nacht Besuch.«

»Ach ja, richtig, frohes neues Jahr. Hast du noch deinen Job?« Er war sich ziemlich sicher, dass sie mit dem Besitzer des Supermarkts ins Bett ging. Ihm fiel kein anderer Grund ein, warum der Kerl sie nicht längst gefeuert hatte.

Sie drückte die Zigarette aus und zündete sich eine neue an. »Was geht es dich an?«

Er stellte das Geschirr in die Spüle. Traurigkeit überkam ihn, als er ihre hohlen Wangen und ihre aschfahle Haut sah. Sie betrachtete ihn abfällig, was diese sanfteren Gefühle wieder vertrieb. »Du bist meine Mutter. Da geht es mich sehr wohl etwas an. Hast du irgendeine Ahnung, wie es ist, sich jeden verdammten Abend zu fragen, ob du es nach Hause geschafft hast? Ob du noch lebst?«

Sie schnaufte verächtlich, als der Kessel pfiff, und griff mit zitternder Hand danach. Jed schubste sie beiseite. »Setz dich hin, damit du wieder ausnüchtern kannst.« Er goss Wasser in ihren Becher und stellte ihn auf den Tisch. Sie schnappte sich eine Schnapsflasche vom Tresen und schüttete den Inhalt in den Kaffee, wobei sie ihn wie ein rebellischer Teenager anstarrte. Jed wollte sich nicht von ihr in einen Streit verwickeln lassen. Er lehnte sich gegen die Arbeitsplatte und verschränkte die Arme, während er darauf wartete, dass sie sich hinsetzte, damit er ihr sagen konnte, weswegen er hergekommen war.

Irgendwann hatte sie endlich Platz genommen. »Du musst dein Scheißleben in den Griff kriegen.«

»Der einzige Scheiß in meinem Leben ist, dass du durch meine Tür gekommen bist.« Sie nippte an ihrem Kaffee und schlug die Beine übereinander, wobei sie einen Fuß auf und ab wippen ließ. »Genau wie dein Vater, der hat auch immer versucht, mir zu sagen, was ich tun soll.«

»Dad hat dich geliebt, selbst nach deiner Affäre.«

»Er war ein Lügner, genau wie du«, schäumte sie. »Er hat mir ein gutes Leben versprochen, aber stattdessen bin ich in diesem elenden Loch gelandet.«

Sie hatte Jed immer mit seinem Vater verglichen. Dass er ihm ähnlich sah, machte die Sache vermutlich nicht besser. Jed hatte seinen Vater bewundert. Er war vielleicht kurze Zeit aus der Bahn geworfen worden, aber er war ein guter Vater gewesen, der für seine Kinder alles getan hätte. Und soweit Jed sich erinnern konnte, hatte er auch ihre Mutter gut behandelt.

»Das hast du dir selbst zuzuschreiben. Er hat dir eine Chance gegeben, nüchtern zu werden und alles wieder in Ordnung zu bringen, aber du hast dich dagegen entschieden.« Er würde es nie vergessen, wie ihr Vater die Schuld für ihre Sauferei und ihr Fremdgehen auf sich genommen und sie angefleht hatte, ihre Familie nicht aufzugeben.

Sie stürzte ihren Kaffee herunter. »Er war ein Scheißkerl. Er hat sich umbringen lassen, und dann musste ich zwei Kinder allein großziehen.«

»Das hast du ja super hinbekommen, was?«, meinte er sarkastisch.

Sie zog an ihrer Zigarette. »Ach, ich hab mir schon Mühe gegeben, aber aus dir wurde ein Dieb und aus ihr eine Mimose, die nicht mal einen Mann befriedigen kann.«

Jed glaubte, gleich explodieren zu müssen. Er stützte beide Hände auf den Tisch und starrte sie an, während er die Worte zwischen den zusammengebissenen Zähnen hervorstieß. »Rede nie wieder so über Chrissy. Sie wurde vergewaltigt. Kriegst du das nicht in deinen dämlichen Schädel? Oder ist es dir egal? Und wenn ich nicht gestohlen hätte, wären wir alle verhungert.«

Er stieß sich vom Tisch ab, lief unruhig hin und her und war verärgert, weil er sich in einen weiteren Streit hatte verwickeln lassen. Mit einer Betrunkenen konnte man nicht diskutieren. *Verdammt noch mal.* Er griff in seine Gesäßtasche und klatschte eine Broschüre für eine Entzugsklinik auf den Tisch. Dort hatte sich Quincy behandeln lassen, und er hoffte inständig, dass seine Mutter diese Chance ergreifen würde.

»Chrissy ist schwanger.« Eine halbe Sekunde lang glaubte er, etwas anderes als Gift in den Augen seiner Mutter zu sehen, aber das musste er sich eingebildet haben, denn im nächsten Moment war es wieder verschwunden. »Ihr Kind hat keinen Großvater mütterlicherseits und dich als Großmutter erst recht nicht verdient. Zumindest nicht diese Version von dir, die hier vor mir sitzt. Aber früher einmal«, fauchte er, »vor langer, langer Zeit, bist du ein guter Mensch gewesen, und eine gute Mutter. Du warst jemand, auf den ich stolz sein konnte und mit dem ich Zeit verbringen wollte. Dad hat dir eine Chance gegeben, und du hast sie versaut. Jetzt bin ich dran.«

Er schob ihr die Broschüre hin. »Mach einmal in deinem verdammten Leben das Richtige für deine Tochter. Ich werde dich dorthin bringen, die Behandlung bezahlen und dich so oft besuchen, wie sie es zulassen. Oder ich bleibe einfach weg, wenn das besser für dich ist.«

Sie zitterte, als sie das Faltblatt betrachtete.

»Tu es für Chrissy, und ich sorge dafür, dass du aus diesem Trailerpark rauskommst.« Er wusste nicht, wie er das bewerkstelligen sollte, aber auch, wenn es Crystal nichts auszumachen schien, dass sie ihre Mutter nicht mehr sah und dass sie kein Teil ihres Lebens sein würde, auch dann nicht, wenn ihr Kind auf der Welt war, wusste er es besser. Jede Frau wünschte sich eine Mutter, die sie liebte und ihre Kinder vergötterte. Er dachte an Josie und Hail, und sein Brustkorb zog sich zusammen. Josie hatte nie eine liebevolle Mutter gehabt, aber zumindest für kurze Zeit Brians Großmutter erleben dürfen. Und auch wenn Hail keine leiblichen Großeltern hatte, wusste er, dass Biggs und Red jederzeit einspringen würden, ebenso wie Chicki und ihre Freunde. Aber Crystal hatte eine Mutter, die früher einmal gewusst hatte, wie man seine Kinder behandelte, die sie nach der Schule mit frisch gebackenen Keksen begrüßt, sie öfter in den Arm genommen, ihnen Pausenbrote mitgegeben und Familienessen gekocht hatte.

Mit etwas Glück konnte Jed diese Mutter für seine Schwester zurückholen.

Seine Mutter schob die Broschüre über den Tisch und stand auf, wobei sie sich am Tisch abstützte. »Eine Klinik ist für Menschen mit Problemen. Mein einziges Problem bist du.« Sie kippte den Rest ihres Kaffees hinunter und zeigte auf einen Pappkarton neben der Tür. »Nimm den Scheiß mit zu Chrissy.«

»Wie kannst du ihr nur so den Rücken zuwenden?«, knurrte er und hob den Karton hoch.

Sie schnappte sich die Schnapsflasche vom Tisch und trottete aufs Schlafzimmer zu.

»Ich werde nicht ewig so weitermachen«, rief er ihr hinterher.

»Doch, das wirst du, Jeddy. Bring nächstes Mal Zigaretten mit.«

»Verdammt«, stieß er hervor, als er zur Tür hinausging und sich darüber ärgerte, dass sie recht hatte.

Auf dem Heimweg bog Jed von der Hauptstraße ab und steuerte Bears und Crystals Blockhütte aus Zedernholz und Stein an. Er kurvte über die engen Bergstraßen und fuhr ihre Auffahrt hinauf. Das Haus lag an einem See, der durch mehrere Hektar Wald vom Rest der Welt getrennt war. Er stieg aus dem Wagen und griff nach dem Karton, wobei sein Blick auf seine blauen Handflächen fiel. Er genoss die Erinnerung daran, wie Hails kleine Hände die seinen aufs Papier gedrückt hatten, als er Jed beibrachte, wie man Handabdrücke machte.

Bear schraubte in der Garage an einem Motorrad herum. Er stand auf, als Jed auf ihn zukam, und legte seine Werkzeuge auf die Werkbank. »Was ist in dem Karton?«

»Keine Ahnung. Meine Mutter hat gesagt, dass das für Crystal ist, also dachte ich, ich bringe es ihr vorbei. Ist sie hier irgendwo?«

»Sie macht ein Nickerchen. Diese Schwangerschaft ist ziemlich anstrengend. Stell ihn einfach auf der Bank ab.« Er zeigte zu einer der Werkbänke. »Crystal weiß nicht, dass du immer noch zu ihr gehst.«

»Doch, das weiß sie«, erwiderte er. »Selbst wenn sie so tut, als wüsste sie es nicht. Ihr ist klar, dass ich unsere Mutter nicht aufgeben kann.«

»Ich verstehe dich, Mann. Blut ist dicker als Wasser. Wie geht es ihr?«

»Noch schlechter als sonst. Ich habe versucht, sie Chrissy zuliebe dazu zu bringen, in eine Entzugsklinik zu gehen –« Er lehnte sich gegen die Arbeitsbank. »Ich begreife es nicht. Wie kann ein Elternteil sein Kind einfach abschieben? Zum Teufel, ich kenne Hail erst seit einer Woche, und er ist nicht einmal mein Kind, und ich würde trotzdem alles für ihn tun. Das Gleiche gilt für Kennedy, Lincoln, Bradley und Lila.«

»Ich weiß es nicht, Mann, aber für deine Schwester ist das ein schmerzhaftes Thema. Vielleicht sollte ich ihr diesen Karton noch nicht gleich geben.«

»Das ist in Ordnung. Ich wollte noch über etwas anderes mit dir sprechen. Du weißt doch, dass ich nach einem Haus suche, und ich hatte mich gefragt, was mit der alten Werkstatt draußen beim Whiskey Bro's ist. Sie steht schon seit Ewigkeiten leer. Glaubst du, dass Biggs sie vielleicht verkaufen würde?«

Bear holte sich ein Bier aus dem Kühlschrank und bot Jed eins an.

»Nein danke. Wenn ich bei meiner Mutter gewesen bin, ist mir nicht nach Alkohol.«

Er folgte Bear den gemulchten Pfad entlang zum Garten. Sie ließen sich unten am Wasser auf Gartenstühlen nieder.

»Mein Onkel Axel war ein guter Mann. Wir haben ihn zu früh verloren.« Bears Onkel war an Lungenkrebs gestorben, als Bear Anfang zwanzig gewesen war. »Ich vermisse ihn jeden verdammten Tag. Alles, was ich über Mechanik weiß, hat er mir beigebracht, und noch jede Menge anderen Kram. Mein Großvater und er haben dieses Haus gebaut.«

»Ich weiß. Crys hat es mir erzählt.«

»Das Haus neben der Bar liegt Biggs sehr am Herzen. Axel und mein Großvater haben es ebenfalls zusammen gebaut. Dort hat Axel sein Unternehmen gegründet. Axels Tod hat Biggs schwer getroffen, er hat sich abgeschottet und niemals wieder jemanden in das Haus gelassen. Ich weiß, dass er manchmal dorthin geht. Er hat noch weitere Geschwister, und sie stehen sich ziemlich nahe – meine Tante Reba lebt auf Cape Cod und Onkel Tiny draußen in Colorado –, aber Axel stand er am nächsten.«

»Das wusste ich ja gar nicht. Gut, dass du es mir erzählt

hast. Ich werde es nicht wieder erwähnen. Jojo hat letzte Nacht danach gefragt, und da kam ich auf den Gedanken. Es liegt in der Nähe der Werkstatt und der Bar und bietet jede Menge Platz, ich hätte also keine Nachbarn im Nacken sitzen.«

»Mein Vater liebt und respektiert dich. Frag ihn ruhig. Das Haus steht schon seit mehr als einem Jahrzehnt leer.«

»Nein«, erwiderte Jed. »Ich muss Biggs nicht unbedingt in die Verlegenheit bringen, mir eine Absage erteilen zu müssen.«

»Es gibt wenig, was Biggs lieber tut.« Bear grinste breit, und sie mussten lachen.

»Also, du und Josie?« Bear trank einen Schluck. »Wird das was Ernsthaftes, oder …?«

Jed stützte die Ellbogen auf die Knie und blickte auf das dunkle Wasser hinaus, auf dem sich das Sonnenlicht spiegelte. »Es ist komisch.« Er legte den Kopf schief und beäugte seinen besten Freund und Mentor. »Bei unserer ersten Begegnung haben wir stundenlang miteinander geredet und uns dann stundenlang leidenschaftlich geliebt. Aber es war mehr als nur ein Gespräch und mehr als nur Sex. Hältst du es für möglich, dass man schon nach einer Nacht was Ernsthaftes haben kann? Denn wenn der Kerl, mit dem sie zusammengewohnt hat – den sie später geheiratet hat –, mir nicht mitgeteilt hätte, dass sie noch minderjährig war, und mich fortgejagt hätte, wäre mein Leben ab diesem Moment vermutlich vollkommen anders verlaufen.«

»Verdammt, Jed. Und jetzt?«

»Es ist, als hätten all die Jahre dazwischen überhaupt nichts geändert. Du weißt, dass ich nicht viel rede, aber bei Jojo will ich einfach nicht mehr damit aufhören. Und der Gedanke daran, dass Hail nicht das beste Leben bekommt, das ein Kind haben kann?« Er klopfte sich mit der Faust auf die Brust über dem Herzen. »Das tut weh. Ich bin sofort von null auf hundert, wenn es um die beiden geht.« Er schüttelte den Kopf. »Und seit unserem Wiedersehen haben wir uns nur geküsst. Ich muss mein Leben nicht komplett umstellen, aber ich brauche definitiv ein eigenes Haus. Sie hat alles verloren, und ich möchte ihr die Welt zu Füßen legen.«

»Dann kennst du die Antwort anscheinend schon. Aber sie hat ihren Mann verloren. Du solltest besser nichts überstürzen.«

»Ich weiß. Ich werde ihr nicht meine Liebe gestehen, aber ich wollte mich vergewissern, dass ich die Realität noch im Blick und nicht den Verstand verloren habe.«

Bear schmunzelte. »Oh, natürlich hast du den Verstand verloren. Aber wie Tru schon sagte: Das passiert den Besten von uns.«

Zehn

Der Mittwoch brachte strahlenden Sonnenschein mit sich und bescherte ihnen einen für die Jahreszeit ungewöhnlich warmen Tag. Josie war so sehr damit beschäftigt gewesen, genug für die Arbeit geeignete Kleidungsstücke herauszulegen, Hail mit dem Gedanken vertraut zu machen, dass er bald wieder in die Schule gehen musste, und ihre Gefühle für Jed unter Kontrolle zu halten, dass die letzten beiden Tage wie im Flug vergangen waren.

Während sie zu Scott fuhr, telefonierte sie mit Sarah über die Freisprechanlage. Die anfängliche Befangenheit war schnell verflogen, und binnen Minuten unterhielten sie sich wie alte Freundinnen.

»Auf der Party waren alle ganz begeistert von dir und Hail«, berichtete Sarah.

»Himmel, ich war anfangs so überwältigt.« Sie erzählte ihr, wie Red ihr geholfen hatte, sich zu beruhigen, und dass Chicki ihr mit etwas Make-up ausgeholfen hatte.

»Das kann Chicki richtig gut.«

Sie lachten über die Kinder und diskutierten über Scottys Angebot, dass Josie und Hail bei ihm einziehen sollten, und dann erkundigte Sarah sich nach Jed. Josie gestand ihr, wie nah sie sich gekommen waren und dass Hail das Bild mit ihren drei Handabdrücken über seinem Bett aufgehängt hatte.

»Ich habe ihn seit Montagnachmittag nicht mehr gesehen, und obwohl wir uns mehrfach Nachrichten geschrieben und miteinander telefoniert haben, vermisse ich ihn.« Jed hatte ihr von seinem Besuch bei seiner Mutter erzählt, und sie machte sich Sorgen, weil er sehr bedrückt wirkte. Montagabends fand das Treffen der Dark Knights statt, das sie witzigerweise als *Church* bezeichneten, aber die Biker hatten eben ihre eigene Sprache. Sie wusste, wie wichtig ihm diese Gemeinschaft und seine Rolle als Prospect waren, und ging davon aus, dass er schon genug um die Ohren hatte und sie ihn nicht drängen musste, über seine Mutter zu reden. »Und weißt du was, Sarah? Ich vermisse Scotty und dich auch, sogar noch mehr, als ich mir die ganzen Jahre eingestehen wollte.«

»Wir haben dich auch so sehr vermisst. Du solltest auf sein Angebot eingehen, Josie. Und was Jed anbetrifft, könnte ich mich nicht mehr für dich freuen.«

Josie seufzte vor Erleichterung. »Danke. Ich hatte eine schwere Zeit, aber wenn ich mit ihm zusammen bin, fühle ich mich nicht länger wie eine alleinerziehende Mutter, die versucht, ihren Weg zu finden. Du weißt, dass ich für nichts in der Welt auf Hail verzichten würde, aber wenn ich mit Jed zusammen bin, bin ich nicht nur Hails Mom, sondern eine normale knapp vierundzwanzigjährige Frau, die lacht und küsst und sich daran erinnert, dass das Leben so viel größer und besser ist als dieser kurze Rückschlag, den wir erlitten haben.«

»Das verstehe ich«, sagte Sarah sanft. »Rufst du mich an, wenn du eine Entscheidung getroffen hast?«

»Das mache ich. Danke.«

Josie fühlte sich gut, als sie zu Scottys Haus fuhr. Aber

kaum hatte er die Tür seines einstöckigen Hauses geöffnet und sie herzlich umarmt, wusste sie, dass sie diesen Tag unmöglich ohne Tränen überstehen würde. Sein blau-graues Flanellhemd war so weich, dass sie sich fragte, ob es ein altes Lieblingsstück war. Darunter trug er ein einfaches weißes T-Shirt und dazu Jeans, genau wie früher als Teenager. Es war seltsam, wie viel und gleichzeitig wie wenig sich innerhalb eines ganzen Jahrzehnts ändern konnte.

»Schön, dich zu sehen. Komm rein.« Scott hielt ihr die Tür auf. »Du bist immer noch so winzig, dass es mir schwerfällt zu glauben, dass du jetzt erwachsen bist.«

»Ich bin mir nicht sicher, ob ich jemals Kind gewesen bin«, erwiderte sie leichthin, obwohl sie beide wussten, dass es kein leichtes Thema war.

Er nahm ihr den Mantel ab, und während er ihn neben der Tür aufhängte, bewunderte sie sein Wohnzimmer – das dank bequem wirkender Couch, zwei Sesseln und einem Kaffeetisch sehr gemütlich aussah. Ein Kaffeebecher und einige Boots- und Automagazine bedeckten die Tischoberfläche. Vor dem Fernseher in der Ecke des Raums stand eine Kiste voller Spielzeug, und auf dem Fensterbrett waren Matchbox-Autos aufgereiht.

»Wie ist es mit Hail gelaufen?«, erkundigte sich Scott. »Hat er sich mit dem Thema Schule schon angefreundet?«

»Ja. Er liebt die Schule, und er hat mich bestimmt ein Dutzendmal gefragt, ob er dort Kennedy und Bradley treffen würde.«

»Es muss verrückt für ihn sein, dass er jetzt plötzlich Cousins hat. Möchtest du einen Kaffee? Einen Muffin? Ich war gestern in der Bäckerei meiner Freundin Cassie und habe ein paar Köstlichkeiten mitgenommen.«

Scotty verschwand in der Küche, die durch eine halbe Wand vom Wohnzimmer abgetrennt war, und Josie sah sich unterdessen die Bücher in seinen Regalen an.

»Nein danke. Ich glaube, für Kinder ist das etwas anderes. Sie betrachten Cousins als Freunde, wohingegen es für uns lebensverändernd ist, einander plötzlich wiederzufinden. Für ihn ist es das auch, aber er ist zu jung, um sich das Ausmaß vorstellen zu können.« Sie fuhr mit den Fingern über die Buchrücken. »Hast du wirklich geglaubt, dass wir uns jemals wiederfinden würden?«

»Ich habe es gehofft«, erwiderte er. »Ich habe nach euch gesucht, aber ich war jung und hatte kein Geld, daher konnte ich nicht viel machen.«

Sie drehte sich zu ihm um. »Aber dann hattest du schließlich die Mittel dafür und hast wieder Kontakt zu uns beiden aufgenommen. Es wird mir auf ewig leidtun, wie schrecklich ich mich dir gegenüber benommen habe, als du dich bei mir gemeldet hast.«

Er legte einen Arm um ihre Schulter und zog sie in eine Umarmung. »Ich habe genug Schuldgefühle und Bedauern für uns alle. Lass sie los, okay? Es wird Zeit, dass wir alle nach vorn blicken.« Er drückte ihr einen Kuss auf den Scheitel. »Komm, ich zeige dir dein Zimmer.«

»Mein Zimmer?«, wiederholte sie, während sie den Flur entlanggingen.

»Eins für dich und eins für Hail. Glaubst du wirklich, dass ich dich in einem Frauenhaus wohnen lasse? Ich habe dir Raum gegeben; aber jetzt wird es Zeit für die Familie.«

Er zeigte ihr zwei wunderschöne Zimmer zu beiden Seiten des Flurs mit großen Betten und dazu passenden Möbeln und einem Badezimmer am Ende des Flurs. Seine Großzügigkeit rührte sie. »Ich weiß nicht, ob wir so in dein Leben hineinplatzen können, Scotty.«

»Bitte nicht weinen. Ich habe schon so viele Tränen gesehen, dass es für ein ganzes Leben reicht.«

»Aber sieh dir doch an, was du uns alles anbietest. Wo ist dein Zimmer? Ich will nicht dein Schlafzimmer in Beschlag nehmen.«

»Ich habe im Keller ein Schlafzimmer, ein Bad und einen Wohnbereich, das hier gehört also ganz dir. Und ich weiß, dass du erwachsen bist und dich mit Jed triffst. Er ist ein guter Freund von mir. Quincy, er und ich, wir unternehmen oft was zusammen.«

»Der Club der Singlemänner?«, neckte sie ihn.

»So in der Art«, erwiderte er. »Er kann ruhig hier übernachten.«

»Wir schlafen ni…«

»Himmel!« Er fuchtelte mit den Händen in der Luft herum. »Hör sofort auf. Dieses Haus ist militärisches Sperrgebiet. Keine Fragen, keine unnötigen Informationen.«

Sie lachten beide auf.

»Du hast mir so gefehlt.« Sie legte die Arme um seine Taille. »Danke. Das bedeutet mir eine Menge. Aber Hail könnte dich in den Wahnsinn treiben und dich früh morgens wecken.«

»Wir werden uns vermutlich alle ein bisschen aneinander gewöhnen müssen«, sagte er. »Aber Sarah und ich haben das geschafft, und ich bin mir sicher, dass wir beide das ebenfalls schaffen werden. Ich bin auch ein großartiger Babysitter.«

»Ja, ich habe schon gehört, dass du die Kinder für deine Zwecke bei Frauen einspannst.«

»Oh Mann. Das war doch mein Geheimnis! Komm mit, ich zeige dir den Rest des Hauses.«

Auch alles andere war wunderschön. Sarah hatte Vorhänge mit Eichhörnchenmotiv für die Küche genäht, und Scotty hielt Spielzeug für die Kinder bereit. Er schien es wirklich sehr zu genießen, Onkel zu sein, was wiederum dafür sorgte, dass Josie sich richtig wohlfühlte. Sie entschieden, dass sie am Samstag einziehen sollte, damit Hail an dem Tag nicht in der Schule war, und riefen Sarah an, um es ihr mitzuteilen und sie und ihre Familie für Samstagabend zum Essen einzuladen.

Als Josie sich langsam wieder auf den Weg machen wollte, fragte sie sich, warum sie überhaupt so nervös gewesen war. »Danke, Scotty. Ich weiß gar nicht, wie ich dir das jemals vergelten soll.«

»Zu wissen, dass meine Schwestern und ihre Familien in Sicherheit sind, ist alles, was ich je gewollt habe.«

Sie umarmte ihn. »Ich weiß ja, militärisches Sperrgebiet und so, aber hast du eine Freundin?«

Er schob eine Hand in die Vordertasche seiner Jeans. »Ich bin kein Mann für nur eine Frau.«

»Wie schön, dass dein Ego bei all dem, was wir durchgemacht haben, keinen Schaden erlitten hat. Du weißt schon, dass Tracey single ist, und Izzy auch, hat sie gesagt. Ach ja, und Dixie!«

»Gute Güte, fängst du jetzt auch damit an? Ich bin mir der alleinstehenden Frauen in dieser Kleinstadt sehr wohl bewusst. Wie wäre es, wenn wir uns einfach nur darauf konzentrieren, dein Leben wieder in die Spur zu bringen? Vermutlich wird das bedeuten, dass ich babysitten muss, damit du dich wieder daran erinnern kannst, was es heißt, single zu sein.«

»Eine Frau mit Kind ist niemals wirklich single.« Im Grunde genommen kannte sie diesen Zustand gar nicht, und nachdem sie mit Brian so glücklich gewesen war und jetzt erneut Jed in ihrem Leben hatte, für den sie so starke Gefühle hegte, konnte sie sich gar nicht vorstellen, dass das Dasein als Alleinstehende so erstrebenswert war.

Als sie losfuhr, entschied sie sich, Jed mit einem Mittagessen zu überraschen. Er hatte so viel für sie getan, und sie war zu aufgeregt, um einfach zum Frauenhaus zurückzufahren. Sie hielt bei Jazzy Joe's Café an und besorgte Sandwiches für sich und Jed und einen Keks für Hail, den sie ihm nach der Schule geben wollte. Danach fuhr sie zur Werkstatt, um Jed zu überraschen.

Als sie in der Werkstatt ankam, wurde ihr bewusst, dass sie vielleicht vorher hätte anrufen sollen. Schließlich wurde dort gearbeitet, und sie wusste noch nicht einmal, ob Jed überhaupt eine Mittagspause machte, geschweige denn, ob er heute dort arbeitete oder in der Bar. Sie schaute sich um, konnte Jed aber nirgends entdecken. In der ersten Bucht ragten zwei Beine in Jeans unter einem Auto hervor, also ging sie mit der Tüte von Jazzy Joe's dort hinüber.

Truman schob sich unter dem Wagen heraus, als er ihre Schritte hörte. »Hallo, Josie. Suchst du Jed?«

»Ja. Ich wollte ihm was zum Mittagessen vorbeibringen. Aber ich werde nicht bleiben oder im Weg stehen.«

»Alles gut.« Er stand auf und zeigte auf die Stufen vor dem Büro. »Er ist oben in seiner Wohnung und muss erst um drei in der Bar anfangen. Geh einfach rauf. Ich bin mir ganz sicher, dass er sich über deinen Besuch freuen wird.«

»Danke.« Sie ging auf die Stufen zu und kam an Tex vorbei, der den Motor eines Autos inspizierte. »Hallo«, sagte sie im Vorbeigehen.

»Hallo. Josie, richtig?«

Big Mama, die große dreifarbige Katze, die sie schon beim Lagerfeuer gesehen hatte, strich um ihre Beine. Josie beugte sich hinunter, um sie zu streicheln. »Ja. Schön, dich wiederzusehen.«

»Das war vielleicht eine Party, was?«

»Es war sehr schön. Ich gehe nur schnell rauf zu Moon – Jed.«

Tex zwinkerte ihr zu. »Viel Spaß.«

Als sie die Stufen erklomm, dachte sie über dieses Zwinkern nach und fragte sich, ob Tex daran gewöhnt war, dass mitten am Tag Frauen zu Jeds Apartment hochgingen. Auf dem oberen Treppenabsatz klopfte sie an die Tür und versuchte, das Flattern in ihrem Bauch zu ignorieren. Sie wartete eine gefühlte Ewigkeit, auch wenn es in Wirklichkeit wahrscheinlich nur eine Minute war, und klopfte dann erneut. Sie hörte ihn etwas sagen, das wie *Herein* klang, also drehte sie den Türknauf und besah sich das maskulin eingerichtete Apartment im Loftstil. Auf dem abgenutzten Hartholzboden standen ein weiches braunes Polstersofa, ein orangefarbener Stuhl und ein schwerer hölzerner Tisch. Dahinter lagen eine kleine offene Küche und Glastüren, die zu einer Terrasse führten.

»Moon?«, rief sie.

»Hier drin«, kam es durch eine halb offene Tür.

Sie schloss die Tür hinter sich und trat näher. »Ich komme gerade von Scotty und …«

Er zog die Tür auf, und ihre Stimme versagte. Sein Haar war nass und zerzaust, seine nackte Brust glänzte noch nach der Dusche, und *heilige Mutter Gottes*, er war nackt bis auf das Handtuch, das er sich tief um die Hüften geschlungen hatte.

»Und …?« Er kam langsam auf sie zu.

Sie wollte etwas erwidern, aber ihr Mund war auf einmal staubtrocken. Ein teuflisches Grinsen zog sich über sein Gesicht.

Da ist er. Mein großer böser Wolf.

Und apropos groß …

Ihr Blick fiel auf die beachtliche Beule unter dem Handtuch. Stürmische Hitze machte sich in ihr breit. Etwas in ihrer Mitte zog sich zusammen, und ihre Brustwarzen stellten sich auf. Er hob ihr Kinn an, und dieses kokette Lächeln verwandelte sich in einen Ausdruck von sündhaft verführerischem Verlangen.

»Und …?«, flüsterte er an ihren Lippen, und entlockte ihr ein bedürftiges Wimmern. »Hast du mich vermisst, Rotkäppchen?«

Ihr rutschte die Tüte aus der Hand, und sie stellte sich auf die Zehenspitzen, als er ihren Mund bereits wild und leidenschaftlich eroberte. Er riss ihr die Jacke herunter und vertiefte den Kuss, küsste sie heftiger und ließ sie alles andere vergessen. Sie zitterte und bebte am ganzen Körper, als er ihr T-Shirt hochschob und ihr den BH auszog. Seine rauen Hände waren einfach überall, legten sich auf ihren Hintern, ihre Brüste, fuhren durch ihr Haar. Oh, wie sie diese Begierde liebte! Er verkrallte sich in ihrem Haar und hielt sie fest, und schon tosten die Wogen dieser herrlichen, mit Schmerz gepaarten Lust durch sie hindurch, von denen sie geglaubt hatte, sie sich vor all diesen Jahren nur eingebildet zu haben. Jetzt wusste sie es besser. Es war genauso real gewesen wie das Verlangen, das jedes Mal durch ihren Körper rauschte, wenn sie ihn sah.

Er strich mit dem Daumen über ihre Brust, und sie hörte sich erneut wimmern. Eigentlich war sie im Bett nie besonders laut, doch Jed lockte eine andere Seite in ihr hervor. Als er ihren Nippel zwischen Finger und Daumen zwirbelte, versuchte sie nicht einmal, sich zurückzuhalten. Sie stieß seinen Namen aus, und er drückte die Lippen auf ihre Brust, saugte grob und hart daran und ließ die köstlichsten Gefühle in ihr aufflackern. Sie umklammerte seinen Kopf und drückte seinen Mund auf ihre Brust, während er daran saugte und knabberte und sie an den Rand des Wahnsinns brachte. Eine Flut unverständlicher Geräusche entwich ihrem Mund, und sie fühlte sich so frei und lebendig und so verdammt gut, dass sie es kaum schaffte, aufrecht stehen zu bleiben.

Doch er zog sich zurück und richtete sich zu voller Größe auf. Das Schimmern in seinen Augen erinnerte sie an ein Raubtier, was ihr Verlangen nur noch steigerte.

»Sag mir, dass ich aufhören soll«, stieß er keuchend aus, »denn von allein werde ich es nicht tun.«

Er fühlte sich so gut an, so *hart*, dass nichts sie davon abhalten konnte, sein Handtuch gierig herunterzuzerren und seine Härte zu umfassen. Sie fühlte das Pulsieren in ihrer Hand. »Hör nicht auf, Moon.«

»Himmel, habe ich dich vermisst«, knurrte er.

Abermals eroberte er ihren Mund und küsste sie wild und leidenschaftlich. Er öffnete den Knopf ihrer Jeans und zog sie zusammen mit ihrem Höschen herunter. Ohne den Kuss zu unterbrechen, streichelte er sie zwischen den Beinen. Sie presste sich gegen seine Hand, während er mit den kräftigen Fingern in sie eindrang. Josie bohrte die Fingernägel in seine Arme und klammerte sich an ihn. Ihre Beine gaben nach, als er diese magische Stelle berührte, und sie ging unwillkürlich auf die Zehenspitzen. Sie legte den Kopf in den Nacken, während er sie dem Orgasmus immer näher und näher brachte. Sanft biss er sie in den Hals und verwöhnte sie mit dem Daumen.

»Oh Gott. Hör nicht auf«, flehte sie.

Er saugte fester an ihr, bewegte die Finger noch schneller, und als er eine Hand auf ihren Hintern legte und die Finger zwischen ihre Pobacken gleiten ließ, wie er es auch damals vor so langer Zeit getan hatte, glaubte sie, gleich vor schierer Lust in Ohnmacht zu fallen. Sie konnte nicht mehr denken, als er sie geschickt bis kurz vor den Höhepunkt brachte. Er roch so gut, fühlte sich so richtig an, dass sie sich völlig und komplett in ihm verlor. Ein Gefühl der Dringlichkeit und Hoffnungslosigkeit überkam sie, als würde sie in einer tiefen Schlucht stehen und herausklettern müssen. Jede Bewegung seiner Finger brachte sie dem entscheidenden Moment etwas näher. Dann lagen seine Lippen erneut auf ihren, und er bewegte die Zunge im gleichen Rhythmus wie die Finger, woraufhin sie nur noch reine, überwältigende Ekstase kannte.

Jed musste gestorben und im Himmel sein. Das war die einzige Erklärung dafür, dass er sich so fühlte, als Josies Stirn gegen seine Brust sank. Er hob sie auf die Arme und trug sie zum Bett hinüber. Nachdem er sie abgesetzt hatte, zog er ihr die Schuhe aus, befreite sie von den restlichen Kleidungsstücken und legte sich neben sie. Es erschien ihm völlig unwirklich, dass dieses wunderschöne Wesen, von dem er so viele Jahre geträumt hatte, nackt in seinem Bett lag. Sie streckte eine Hand nach ihm aus, und er rutschte zu ihr hinüber und küsste sie innig. Diese Frau war so zerbrechlich und zart und trotzdem so stark. Als seine Eichel gegen ihre feuchte Scham stieß, wallte loderndes Verlangen durch seinen Körper und er musste sich ermahnen, vorsichtig zu sein. Er löste sich von ihrem unglaublichen Mund und fuhr mit seinen Lippen über ihre Wange. »Nimmst du die Pille?«

»Ja«, antwortete sie begierig. »Augenblick. Bist du gesund?«

»Mit einer Ausnahme habe ich immer ein Kondom benutzt.« Er drückte ihr einen Kuss auf die Lippen, während die Erinnerungen an ihre gemeinsame Nacht vor all diesen Jahren auf ihn einströmten. Als sie ihn geküsst hatte, bis er steinhart geworden war, und ihn berührt hatte, als wüsste sie genau, was sie tat. Dass sie noch Jungfrau war, hatte er nicht gewusst, als er sie mit dem Mund verwöhnt hatte. Sie hatte so süß geschmeckt, an seinem Haar gezogen und sich wild unter ihm aufgebäumt, als wäre es bei Weitem nicht ihr erstes Mal gewesen. Erst, als er in ihre enge, feuchte Hitze eingedrungen war, dämmerte es ihm, dass er die Hitze und Feuchtigkeit in ihr gänzlich unvermindert spürte. In dem Moment hatte sie ihm gestanden, dass es ihr erstes Mal war, und ihn gebeten, auf das Kondom zu verzichten und einfach rechtzeitig aufzuhören. Er hatte das noch nie zuvor getan. Aber sobald er wusste, dass sie noch Jungfrau war, hatte er ihr die leidenschaftlichste und unvergesslichste Erfahrung ihres Lebens verschaffen wollen. Schließlich hatte er sich auf ihren Bauch ergossen, und bis heute war es eines seiner intimsten Erlebnisse.

»Bist du sicher, dass es das einzige Mal war?«, fragte sie in neckischem Tonfall.

»Ich würde dich niemals belügen, Jojo. Nicht in dieser Beziehung und auch nicht in irgendeiner anderen.« Er küsste sie erneut.

»Gut, denn ich will alles von dir spüren.«

Er presste den Mund auf ihren, und als ihre Körper zusammentrafen, brachte die Intensität ihrer Verbindung ihn fast um den Verstand. Sobald er sich ganz in ihr versenkt hatte, schlang sie die Beine um seine Hüften und nahm ihn noch tiefer in sich auf, falls das überhaupt noch möglich war. Eine Welle der Emotionen überwältigte ihn und ließ alles andere in

Vergessenheit geraten. Für ihn gab es nur noch die Bewegungen ihres Beckens, den Geschmack ihres Mundes und den Druck ihrer Oberschenkel, als sie die Beine und die Mitte so fest zusammenpresste, dass er fast die Kontrolle verlor. Die wilde Leidenschaft bewirkte, dass sie ihren ganz eigenen Rhythmus fanden. Er hatte sich noch nie so lebendig gefühlt. Wenn er in sie hineinstieß, kam sie ihm bereits entgegen, gab ein verführerisches, sündiges Geräusch von sich oder vergrub die Fingernägel in seiner Haut.

»Oh, Moon …«, keuchte sie zwischen den feurigen Küssen.

Sie liebten sich mit rücksichtsloser Hingabe, wälzten sich durch das Bett und ließen sich von ihren Körpern – ihren Bedürfnissen – leiten. Genau wie beim ersten Mal wurden sie beide immer wilder, stießen und stöhnten, forderten und flehten. Sie waren animalisch. Er umfasste ihren Hintern mit beiden Händen, stieß hart und fest in sie und fühlte, wie sich ihr gesamter Körper anspannte. Sie legte den Kopf in den Nacken und erbebte am ganzen Leib. »Moon!«

Nur mit Mühe konnte er den Höhepunkt zurückhalten und nahm sie weiter, während sie sich stöhnend aufbäumte. Er war an der Schwelle zur Erlösung, hatte jedoch so lange von diesem Moment geträumt, davon, tief in ihr versunken zu sein und ihr Lust zu verschaffen, dass er gar nicht mehr aufhören wollte.

»Komm, Moon«, flehte sie. »Komm mit mir.«

Der Klang ihrer wundervollen sexy Stimme, den er in seinen Träumen jahrelang gehört hatte, gab ihm den Rest, und schon war jeglicher Gedanke an Kontrolle vergessen. Er rief ihren Namen aus, schwelgte in einer Welt, von der er geträumt und fantasiert und nach der er sich gesehnt hatte – Josie war hier, in seinen Armen, in seinem Leben.

Als er langsam wieder zu sich kam und sie in die Arme

nahm, fügten sich alle Teile seiner chaotischen, verrückten Jugend zusammen und hefteten sich an die Stabilität des Lebens, das er sich bis zu diesem Moment aufgebaut hatte, und er fühlte sich endlich vollständig.

Sie lagen zusammen auf dem Bett. Josies Kopf ruhte an seiner Brust, ihr Bein auf seinem, und sie hatte einen Arm über seinen Bauch gelegt. Wäre dies das Ende der Welt gewesen, hätte Jed als glücklicher Mann sterben können. Er drückte ihr einen Kuss auf den Kopf und zog sie enger an sich.

»Ich bin eigentlich nicht hergekommen, um mit dir zu schlafen«, sagte sie leise.

Er küsste sie erneut. »Ich weiß.«

»Mein letztes Mal ist über zwei Jahre her.«

»Wirklich? Für mich müssen es ungefähr sechs Jahre gewesen sein.«

Sie wandte ihm ihr wunderschönes, verwirrtes Gesicht zu. Ihre Wangen waren gerötet, ihr Haar von seinen Händen zerzaust, und ihre Lippen leuchteten immer noch rosa von ihren wilden Küssen.

»Ich meine, seit es so wie jetzt gewesen ist«, erklärte er. »So ist es sonst nie, Jojo. Irgendwas passiert, wenn wir zusammen sind. Ich war doch nicht zu grob, oder?«

Sie schüttelte den Kopf. »Ich dachte, ich hätte mir das zwischen uns nur eingebildet. Für mich ist es auch nie so gewesen. Und das ist nicht Brians Schuld. *Ich* bin nie so gewesen. Das liegt an dir, Moon. Du bringst etwas in mir zum Vorschein, das ich nie zuvor gefühlt habe, und das nicht nur beim Sex. In der Nacht, in der wir uns zum ersten Mal getroffen haben, war es genauso. Ich weiß nicht, wie ich es ausdrücken soll, aber es fühlte sich die ganze Zeit so an, als könnte ich bei dir einfach ich selbst sein, auch damals schon. Wahrscheinlich klingt das nicht besonders originell, aber für jemanden wie mich, der sich praktisch vor aller Augen versteckt hielt, bedeutete das die Welt. Und jetzt ist es wieder genauso, nur größer. Ich glaube, wir haben beide so viel durchgemacht, dass wir einander so verstehen, wie kein anderer das kann. Du lässt mich nicht in der Vergangenheit verharren und versuchst auch nicht, mich auszuhorchen. Du behandelst mich nicht wie ein Opfer oder als müsste ich gerettet werden. So sehr ich Brian auch geliebt habe, mit ihm war es etwas anderes, weil er mich tatsächlich gerettet hat. Und das hat immer zwischen uns gestanden. Das war deshalb nicht gleich schlecht, nur etwas, das uns beiden ständig bewusst war.« Sie drehte sich auf den Rücken und seufzte. »Jetzt fühle ich mich schuldig.«

Er rollte sich auf die Seite und sah ihr in die Augen, wobei er ihren Körper an sich zog. »Warum, Babe? Du hast ihn geliebt. Nichts wird je etwas daran ändern.«

»Das habe ich. Das tue ich. Das werde ich immer tun. Aber was sagt das über mich aus, dass ich bei ihm nie so loslassen konnte wie bei dir?«

»Dass du ihn von ganzem Herzen geliebt hast, aber dass deine Verbindung zu ihm anders war. Er war dein Sicherheitsnetz. Aber bei mir brauchst du so etwas nicht. Du bist stark, fleißig, und intelligent. Du brauchst mich nicht, sondern du willst mich. Dadurch ist alles anders, aber nicht besser oder schlechter. Und ich rette dich nicht, indem ich dich Penny vorstelle oder dir ein Handy kaufe. Ich tue das, was jeder gute Freund tun würde. Und das bedeutet auch, dass ich nicht einfach zusehen werde, wie du ins Straucheln gerätst. Wenn du stürzt, werde ich dich auffangen.«

»Und genau so definiert man ein Sicherheitsnetz«, erwiderte sie mit einem Anflug von Humor.

»Quatsch. Ein Sicherheitsnetz wird an Erwartungen geknüpft, weil du weißt, dass du wahrscheinlich stürzen wirst. Brian musste das tun. Du warst dreizehn Jahre alt. Jetzt bist du erwachsen. Ich gehe nicht davon aus, dass du den Halt verlierst. Ich bin der Mann, der dich deinen eigenen Weg gehen lässt und herbeieilt, wenn du stolperst. Denn mir liegt sehr viel an dir und Hail. Und ich werde Brian nicht in deinem oder Hails Leben ersetzen, weil dein Leben nicht länger so ist wie damals mit ihm.«

Sie schien einen Moment darüber nachzudenken und sah ihm nachdenklich ins Gesicht, um dann seine Wange zu streicheln. »Danke, dass du nicht versuchst, das zwischen ihm und mir abzuwerten.«

»Abwerten? Wer weiß, wo du ohne Brian gelandet wärst. Er hat dir ein Leben und einen Sohn geschenkt. Er hat dich geliebt. In meinen Augen ist das was Gutes.«

Er küsste sie sanft, und auf einmal knurrte ihr Magen. Sie lächelten, ohne den Kuss zu unterbrechen.

»Hm, ich scheine dich immer hungrig zu machen.«

»Pack mal dein Ego beiseite«, neckte sie ihn. »Ich war so nervös wegen meiner Verabredung mit Scotty, dass ich nicht gefrühstückt habe. Eigentlich kam ich her, um dich mit einem Mittagessen zu überraschen und dir von meinem Besuch bei meinem Bruder zu erzählen, aber dann hast du mich mit deiner Nacktheit abgelenkt.«

Er drückte lachend die Nase gegen ihren Hals. »Ich würde ja behaupten, dass es mir leidtut, aber das wäre gelogen. Wie wäre es, wenn ich dich noch mal ablenke und dann noch ein drittes Mal unter der Dusche? Wie viel Zeit haben wir? Weil es nämlich noch eine Menge anderer Orte gibt, an denen ich dich ablenken möchte.«

Nach mehreren überwältigenden Ablenkungen und einer langen, sinnlichen Dusche erzählte Josie ihm von ihrem Besuch bei Scotty, während sie sich anzogen. Als er sich die Boxershorts anzog und sie sich nur mit einem sexy blauen Höschen und einem dazu passenden BH bekleidet vorbeugte, um ihr T-Shirt aufzuheben, bekam er gleich wieder eine Erektion.

»Ich kann deine Blicke auf mir spüren, also pack die Reißzähne weg, du großer böser Wolf«, sagte sie mit dem Rücken zu ihm und zog sich das T-Shirt über den Kopf. »Da ich morgen meinen ersten Arbeitstag habe, ziehen wir am Samstag ein und Sarah, Bones und die Kinder kommen dann zum Abendessen. Möchtest du auch vorbeischauen, oder musst du arbeiten?«

Er stellte sich hinter sie, küsste ihr den Nacken und legte die Arme um ihre Taille. »Vormittags arbeite ich in der Werkstatt, aber danach kann ich rüberkommen. Dann laden wir alles in meinen Wagen, bringen deine Sachen zum Haus und ich bleibe den restlichen Abend bei dir.«

Sie lehnte sich gegen seine Brust. »Siehst du? Das fühlt sich völlig natürlich an. Sollte ich nicht nervös sein oder so?«

»Als wir damals draußen auf dem Feld zum ersten Mal zusammen waren, schienst du auch nicht besonders nervös zu sein. Und da wäre es noch viel eher angebracht gewesen als heute.« Er drehte sie in seinen Armen zu sich und küsste sie. »Wir sind füreinander bestimmt, Rotkäppchen. Auf welche Schule soll Hail dann gehen? Soll er in Parkvale bleiben, oder willst du ihn in Peaceful Harbor anmelden?«

»Vorläufig bleibt er in Parkvale, bis wir uns sicher sind, ob wir länger bei Scotty wohnen.«

»Machst du dir deswegen Sorgen?«

»Nein.« Sie fuhr ihm mit den Fingern über die Brust. »Aber ich kann nicht bis in alle Ewigkeit dortbleiben. Ich muss Scotty keine Miete zahlen, daher kann ich Geld sparen und mich umschauen, wo ich eine Wohnung finde, die ich mir leisten kann. Darüber hinaus muss ich auch mal etwas langfristiger planen. Bis dahin denke ich, dass ein bisschen Stabilität für ihn am besten ist und er in derselben Schule bleiben sollte.«

»Das hört sich sinnvoll an.« Er presste die Lippen auf ihre. »Du solltest dir lieber eine Hose anziehen, wenn du jemals aus diesem Schlafzimmer herauskommen willst.«

Sie stieg in ihre Jeans. »Oh Gott, ist das das, was ich denke?«

Er nahm eine Jeans aus dem Kleiderschrank. »Eine Jeans?«

»Nein.« Sie griff in den Schrank und zog seine alte braune Lederjacke heraus. »Schokoladenbraun. Ich liebe sie so sehr. Ich kann gar nicht glauben, dass du sie immer noch hast. Die passt dir doch bestimmt gar nicht mehr.«

In der Nacht, als sie einander kennengelernt hatten, war sie auf seine schokoladenbraune Jacke aufmerksam geworden. Als er das Wort jetzt erneut hörte, freute er sich umso mehr, dass er sie behalten hatte. »Deshalb hängt sie im Schrank. Sie ist über der Brust zu eng geworden.« Er hielt sie hoch. »Zieh sie an.«

Er half ihr dabei. Die Ärmel reichten ihr bis über die Hände. Sie stolzierte ein paar Schritte wie auf dem Laufsteg auf und ab und drehte sich um die eigene Achse, wobei sie mit den Wimpern klimperte.

»Du siehst verdammt sexy aus. Ich mag die Jacke an dir.«

»Das ist der neueste Boyfriend-Schnitt.« Sie schob die Hände in die Taschen. »Du meine Güte. Hast du etwa …?« Sie zog den herzförmigen Stein aus der Tasche, den sie damals auf dem Feld gefunden hatten, und fuhr mit den Fingerspitzen über ihre eingeritzten Namen. »Ich kann gar nicht glauben, dass du ihn die ganze Zeit aufgehoben hast.«

Er zuckte mit den Achseln und war leicht verlegen ob seiner Sentimentalität. »Du solltest die Jacke behalten und sie ändern lassen.«

»Was? Nein. Sie gehört dir.«

»So wie du«, erwiderte er, und sie verstummten. »Ich meine … zum Teufel, Jojo. In Gedanken nenne ich dich meine feste Freundin. Geht dir das zu schnell?«

»Nein«, gestand sie leise, aber es lag eine gewisse Unsicherheit in ihrer Mimik. »Ich bin bisher eigentlich noch nie die Freundin von jemandem gewesen. Mein Status hat sich praktisch über Nacht von Single zu Ehefrau geändert. Aber jetzt muss ich auf Hail Rücksicht nehmen, und sein Wohlergehen steht an erster Stelle. Sein Leben war in den letzten Jahren so turbulent. Ich weiß nicht, wie ich mit dir in seiner Gegenwart umgehen soll oder ob wir ihn verwirren oder aus der Fassung bringen, weil er seinen Dad verloren hat. Ich muss aufpassen, dass ich ihn nicht noch mehr durcheinanderbringe, verstehst du?«

»Bisher scheinen wir uns dabei ganz gut zu schlagen. Er wirkt glücklich, und er mag mich, oder?«

»Er vergöttert dich«, erwiderte sie. »Mein Bauchgefühl sagt mir, dass wir den Dingen einfach ihren natürlichen Lauf lassen sollten, aber bei uns heißt das: mit Volldampf voraus, und ich habe keine Ahnung, ob das für ihn in Ordnung ist. Vielleicht kann Sarah mir ein bisschen weiterhelfen.«

»Ich kann auch mit Bones reden, wenn du willst.«

»Nein, ich mache das schon.«

Er nahm sie in die Arme. »Ich richte mich ganz nach dir. Ich weiß nur, dass ich dich und Hail in meinem Leben haben möchte. Du entscheidest, in welchen Dosen. Wenn das bedeutet, dass ich dich in seiner Gegenwart für eine gewisse Zeit nicht küssen oder deine Hand halten darf, respektiere ich das.«

Sie legte die Arme um seinen Hals und küsste ihn auf die Brust. »Ich weiß, dass du das tun wirst. Ich frage mich nur, ob ich stark genug sein werde, dir zu widerstehen.«

»Keine Bange, Babe. Ich bin stark genug für uns beide.«

Er wollte sie schon ein weiteres Mal küssen, als sie plötzlich ausrief: »Das bezweifle ich …«

Er zog sich zurück und spürte, wie sein Gesichtsausdruck seine schlagartige Ernüchterung widerspiegelte. »Unsinn. Das musst du mir glauben. Ich werde nie etwas tun, das Hail wehtut, und das bedeutet auch, dir in seiner Gegenwart nicht zu schnell zu nahe zu kommen. Ich weiß, was es heißt, ein Elternteil zu verlieren und mit Unsicherheit aufzuwachsen. Was auch immer nötig ist, damit er sich wohl und sicher fühlt, ich werde dafür sorgen, nicht nur für ihn, sondern auch für dich. Verstanden?«

Sie nickte und bedachte ihn mit einem gefühlvollen Blick. »Du sagst und tust immer das Richtige. Es fühlt sich fast an, als wärst du immer schon Teil unseres Lebens gewesen.«

»Das war ich, Jojo. Ich bin immer bei dir gewesen, so wie du auch immer bei mir gewesen bist.« Er streckte den Arm aus und zeigte ihr die Tätowierung von einem Wolf im Schafspelz und darüber Rotkäppchen mit zarten Gesichtszügen, haselnussbraunen Augen, einem vollen, sinnlichen Mund und einem Schönheitsfleck direkt unter dem linken Mundwinkel.

Elf

Für eine Frau, die nie viele Freunde gehabt hatte, umringten Josie auf einmal mehr, als sie je für möglich gehalten hätte. Sie hatte am Donnerstag bei Penny in der Eisdiele angefangen, und es schien, als würde einfach jeder vorbeikommen. Penny hatte sie Isla vorgestellt, die den Blumenladen betrieb, und Cassie, der die Bäckerei um die Ecke gehörte. Biggs und Red tauchten am Freitag mit Bradley und Lila auf, für die sie Babysitter spielten, und Quincy kam Donnerstag- und Freitagmorgen vorbei, um mit Penny zu flirten. Aufgrund ihres neuen Jobs und der Vorbereitungen für den Umzug hatte sie kaum Zeit für eine Pause gehabt – und sie schmiedete bereits Zukunftspläne. Finlay und Crystal hatten ihr unabhängig voneinander eine Nachricht geschickt, damit sie auch wirklich übernächstes Wochenende zu Reds Haus kam, um die Babyparty für Sarah zu planen. Josie hatte nicht gewusst, dass man so eng miteinander verbunden sein konnte. Es fühlte sich großartig an, zu etwas dazuzugehören, das aus mehr als nur zwei oder drei Personen bestand.

Es war Samstag, und wie versprochen kam Jed nach der Arbeit vorbei, um ihnen beim Umzug zu helfen. Es fiel ihr schwer, sich von Tracey zu verabschieden, obwohl sie wusste, dass sie einander weiterhin sehen würden. Als sie bei Scotty ankamen, waren Sarah, Bones und die Kinder schon da, und jetzt, nur Stunden später, fing es schon an, sich wie ein Zuhause anzufühlen.

Während sie Hail beim Auspacken half, hörte sie, wie Jed mit Sarah und Scotty in der Küche darüber sprach, was es zum Abendessen geben sollte. Bradley und Bones schlugen Pizza und Spaghetti vor. Sie konnte nicht einmal ans Essen denken. Scotty hatte morgens als Allererstes aus Cassies Bäckerei Muffins, Donuts und andere Leckereien geholt, die bei ihrer Ankunft bereits auf sie warteten. Hail schien den ganzen Tag völlig überzuckert zu sein, während sie eine emotionale Achterbahn durchlitt. Die ersten knapp vierzehn Jahre ihres Lebens hatte sie in ein und demselben Haus verbracht und danach fast ein Jahrzehnt in Brians Heim. Aber in den vergangenen paar Monaten hatte Hail in einem Apartment über einer Bar, einem verkommenen Hotel und einem Frauenhaus gewohnt, und jetzt zog er ins Haus seines Onkels. Das bereitete ihr mächtig Gewissensbisse, aber gleichzeitig waren sie jetzt bei ihrer Verwandtschaft, und das fühlte sich gut genug an, um die negativen Gefühle fast auszulöschen. Allerdings nur fast, denn sie schwor sich, dass sie nur noch einmal umziehen würden, bis Hail achtzehn wurde und aufs College ging.

Hail zog die Handabdrücke, die sie mit Jed zusammen gemacht hatten, aus einem der Kartons. »Darf ich die über meinem Bett aufhängen?«

Als ihr Sohn ihr ein bezauberndes Lächeln schenkte, war sie froh, dass achtzehn gefühlt noch eine Ewigkeit entfernt war. »Natürlich.«

Sie nahm gerade eine Reißzwecke aus dem Behälter auf der Kommode, als Jed mit einer riesigen Tüte in der Tür erschien.

Er betrat den Raum und drückte im Vorbeigehen Josies Schulter. Wie konnte sich etwas so Einfaches nur so intim anfühlen? Es lag etwas Geheimnisvolles darin. Sie hatten verstohlene Küsse ausgetauscht, wenn sie nicht mit Hail oder den anderen Kindern zusammen waren, und sie wurde allmählich süchtig danach.

»Wie läuft es mit dem Auspacken?«, erkundigte er sich.

»Gut! Ich hänge unser Bild auf.« Hail hielt das Handabdruckbild über seinem Bett an die Wand. »Mach schon, Mama!«

»Das ist ein großartiger Platz dafür«, sagte Jed, während Josie es an die Wand heftete. »Ich habe das hier draußen gefunden und dachte, dass es dir gehören könnte.« Er stellte die Tüte neben Hail ab und zwinkerte Josie zu.

»Mama! Ist schon wieder Weihnachten?«, fragte Hail, der eine Bettdecke mit bunten Baufahrzeugen aus der Tüte zog. »War der Weihnachtsmann noch mal da?«

Ihr ging beim Anblick der Freude in Hails und Jeds Augen das Herz über. Sie war sich ziemlich sicher, wer hier den Weihnachtsmann gespielt hatte.

»Weihnachten ist vorbei«, erklärte Jed und half Hail dabei, die Decke auf seinem Bett auszubreiten. »Aber ein Umzug ist eine große Sache, und ich dachte, dir würde eine neue Bettdecke gefallen, um dein neues Zimmer gemütlicher zu machen.«

»Danke!« Er schlang die Arme um Jeds Beine. »Sie ist toll! Schau mal. Da ist ein grüner Wagen, so wie unserer.«

»Das stimmt, Kumpel, genauso wie unserer«, sagte Jed, während Josie an seine Seite trat.

»Danke, aber das wäre nicht nötig gewesen«, raunte sie ihm zu, während Hail jedes einzelne Fahrzeug auf der Bettdecke mit

Namen benannte.

Jed legte ihr eine Hand in den Rücken und bedachte Hail mit einem liebevollen Blick. »Vielleicht nicht, aber sieh dir sein Gesicht an. Ich bin wirklich froh, dass ich es getan habe.«

»Bradley!«, rief Hail und rannte aus dem Zimmer. »Ich habe eine neue Decke bekommen!«

Sofort lagen Jeds Lippen auf ihren. Er umfing ihre Pobacken und presste ihre Körper aneinander. Sie spürte, wie er hart wurde, und er gab ein lustvolles Geräusch von sich, das Feuer durch ihre Adern strömen ließ. Als sich lautstark kleine Füße näherten, rückte Jed schnell von ihr ab und sah sie mit loderndem Blick an.

»Ich will dich so sehr«, knurrte er, während die Kinder ins Zimmer gerannt kamen, und zupfte sein Hemd über der beeindruckenden Beule hinter seinem Reißverschluss zurecht.

Während Hail Bradley seine neue Decke zeigte, führte Jed Josie aus dem Zimmer. Er schaute den Flur entlang zur Küche, zog sie dann in ihr Schlafzimmer und schloss die Tür mit einem Fußtritt halb hinter ihnen. Es gefiel ihr, dass er die Hände nicht von ihr lassen konnte. Er drückte sie neben der Tür gegen die Wand und hielt sie mit seinem großen Körper gefangen.

»Ich bin verrückt nach dir, Jojo«, sagte er und machte sie mit einer Reihe von federleichten Küssen ganz wild. »Ich bin sehr froh, dass Hail und du jetzt hier in Peaceful Harbor seid, sicher und bei eurer Verwandtschaft.«

Er bewegte das Becken mit langsamen Stößen und verführerischen Kreisen, bis sie spürte, dass sie feucht wurde. Sie zog ihn an den Gürtelschlaufen näher zu sich heran. »Und ich bin verrückt nach dir.«

»Ich bin auf der Suche nach einem eigenen Haus«, stieß er zwischen unwiderstehlichen Küssen hervor. »Dann könnten wir auf diese Heimlichtuerei verzichten.« Er küsste sie erneut und sah ihr dann liebevoll mit einem intensiveren Ausdruck in die Augen, bei dem sich ihr Herzschlag beschleunigte. »Dir habe ich auch etwas mitgebracht.«

Er nahm eine kleine Geschenkschachtel von der Kommode, die zuvor noch nicht da gewesen war, als sie ihre Sachen ausgepackt hatte, und reichte sie ihr. Sie hob den Deckel ab, und beim Anblick eines fast herzförmigen Steins, auf den er *Der Beginn von etwas Wunderbarem* eingeritzt hatte, wurde ihre Zuneigung zu ihm noch übermächtiger. Zaghaft nahm sie den Stein heraus und drehte ihn um. Auf der Rückseite hatte er *Moon + Jojo* eingeritzt und das Datum, an dem sie sich auf Sarahs und Bones' Veranda wiedergesehen hatten.

»Das war die Nacht, in der du in mein Leben zurückgekehrt bist und ich dich auf der Veranda gesehen habe. Es ist nicht viel, aber ich wollte, dass du es bekommst.«

»Es bedeutet mir eine Menge, Moon.« Sie legte die Arme erneut um seinen Nacken. »Mehr, als du auch nur ahnen kannst.«

Während er die Lippen auf die ihren senkte, flüsterte er: »Genauso empfinde ich für dich.« Ihr blieb fast die Luft weg. Er eroberte abermals ihren Mund, besiegelte seine Worte mit einem weiteren glühenden Kuss und hauchte ihr neues Leben ein.

»Josie?«, rief Sarah auf dem Flur. Jed rückte von ihr ab, aber seine Augen verrieten ihr, dass sie noch nicht miteinander fertig waren. Noch lange nicht.

»Glaubst du, dass Scott etwas dagegen hätte, wenn ich kurz kalt dusche?«, fragte er und rückte seine Hose wieder zurecht. Sie konnte ein Kichern nicht unterdrücken, und er küsste sie noch einmal schnell und fest. Mit einem Zwinkern, das alle

Arten von unausgesprochenen Versprechen enthielt, öffnete er die Tür. »Sie ist hier, Sarah, und am Auspacken.«

Er ließ sie allein, und Josie legte den Stein auf ihre Kommode und versuchte, sich daran zu erinnern, wie man einen klaren Gedanken fasste.

»Wie läuft es mit dem *Auspacken*?«

Sarahs wissender Blick verriet Josie, dass ihrer Schwester klar war, was sie gerade getan hatten. Josie spähte in den Flur und sah, wie Hail und Bradley auf das Wohnzimmer zuliefen. Sie nahm Sarahs Hand und zog sie zum Bett.

»Ich brauch deinen Rat«, flüsterte sie hastig.

»Wenn ich mir deine roten Wangen so ansehe, würde ich sagen, dass du genau weißt, was du tust.«

Josie bedeckte stöhnend ihr Gesicht.

Sarah zog ihr lachend die Hände weg. »Josie! Ich habe das nicht negativ gemeint. Das ist gut so. Jed ist verrückt nach dir – das wissen wir alle –, und das scheint auf Gegenseitigkeit zu beruhen.«

»Ich weiß, aber wie soll ich in Hails Gegenwart damit umgehen? Wie haben du und Bones das mit den Kindern gemacht? Habt ihr in ihrer Gegenwart Händchen gehalten?« Sie senkte die Stimme und flüsterte: »Oder euch geküsst?«

»Anfangs nicht, aber das kam ziemlich schnell. Es war einfach nur natürlich, so wie bei Jed und dir. Hail mag ihn offensichtlich sehr.«

»Das tut er. Aber wie soll ich wissen, ob es ihn nicht verwirrt, wenn er sieht, wie Jed und ich uns küssen? Ich will nicht, dass er Brian vergisst, und gleichzeitig geht es Hail gerade richtig gut. Er fragt nicht länger, ob Brian zurückkommen wird, oder weint, wenn er ihn vermisst. Er hat sich damit abgefunden. Ich will das nicht zerstören, aber wie soll ich mich verhalten?«

Sarah legte ihre Hand auf Josies, und ihr Gesichtsausdruck wurde sanfter. »Für solche Sachen gibt es keinen Leitfaden. Ich denke, jedes Kind ist da anders. Hast du mit Jed darüber gesprochen?«

»Ja. Er ist bereit dazu, es langsam angehen zu lassen. Aber langsam liegt uns einfach nicht, was recht offensichtlich ist. Mein Inneres vibriert noch immer von unseren Küssen.«

Sarah seufzte verträumt. »Ist das nicht wunderschön?«

»Ja, aber mit Brian war es nicht so.« Sie erhob sich und lief auf und ab. »Ich fühle mich deswegen auch ein bisschen schlecht, und Moon ist so großartig, was das angeht. Er versucht überhaupt nicht, so zu tun, als hätte es Brian nie gegeben oder dass er für uns nicht wichtig gewesen wäre. Das macht es leichter, aber … glaubst du wirklich, dass es in Ordnung ist, wenn wir zulassen, dass sich das zwischen uns einfach ganz natürlich entwickelt? Ich vertraue dir, also sag mir bitte, ob du glaubst, dass ich Hail verwirren werde.«

»Ich glaube, wenn du auf dein Herz hörst, kannst du gar nichts falsch machen. Viele alleinerziehende Mütter haben Dates.«

»Ich nicht. Ich kann mir gar nicht vorstellen, wie ein Date aussehen würde. Aber diese Sache zwischen Jed und mir? Ich glaube, das hat vor Jahren angefangen und nie aufgehört.«

»Hörst du dir selbst eigentlich zu? Das ist doch gut, Josie. Du hast so ein Glück mit Jed. Und du wirst bald auch wissen, was es heißt, sich zu verabreden«, sagte Sarah. »Scott, Bones und ich sind ausgezeichnete Babysitter, und du verdienst ein Leben, bei dem du auch mal mit jemandem ausgehst, der dich vergöttert.«

»Danke. Vor zwei Jahren hätte ich noch geglaubt, dass ich nie wieder wirklich glücklich sein würde. Aber jetzt sitze ich hier und bin wieder mit Scotty und dir vereint.« Sie machte eine raumumfassende Geste. »Scotty hat uns ein Zuhause gegeben, ich habe einen Job gefunden, der mir richtig gut gefällt – mit Penny zusammenzuarbeiten ist so toll –, und ich habe Moon erneut an meiner Seite. Dabei hätte ich gedacht, dass ich ihn nie wiedersehen würde. Ich habe ihn vermisst, Sarah. Solange ich mit Brian zusammen war, habe ich mir das vielleicht nicht wirklich eingestehen wollen, aber jetzt, wo ich ihn wieder getroffen habe, kommt alles zurück, nur noch intensiver.«

Josie griff in eine Schachtel, holte ein Foto von sich, Brian und Hail heraus und setzte sich wieder neben Sarah. Sie fuhr mit den Fingern über Brians hübsches Gesicht, und Sehnsucht überkam sie. Aber es war anders als noch vor einem Jahr, als sie sich sein Bild nicht anschauen konnte, ohne in Tränen auszubrechen.

»Ist er das?« Sarah rückte näher.

»Ja. Das ist mein Brian.«

»Er ist attraktiv. Er sieht glücklich und nett aus.«

»Das war er, und er hat Hail und mich so sehr geliebt. Sieht seine Haut nicht genauso weich aus wie Lilas?«

»Das tut sie. Allzu viele unrasierte Männer bekommen wir hier nicht gerade zu sehen, was?«

»Er hat sich täglich rasiert und nie Stoppeln stehen lassen. Auch sein Haarschnitt war stets militärisch kurz. Ich habe ihm für gewöhnlich den Kopf rasiert.« Sie lachte leise auf. »Manchmal habe ich ihn geneckt und gesagt, dass ich meinen Namen hineinrasieren würde, und er hat dann immer gesagt: ›Los, mach doch‹, aber ich habe mich nie getraut. Er hatte keine Tätowierungen, er spielte gern Football und Basketball, und er hat nie geflucht, wirklich nie.«

»Klingt nach einem wundervollen Menschen.«

»Das war er.« Sie drehte sich zu Sarah um. »Aber was mache ich jetzt mit diesem Foto? Lasse ich es hier draußen stehen? Wird Moon sich damit unwohl fühlen? Sollte ich es in Hails Zimmer stellen, oder macht es das für ihn nur noch schwerer, wenn er seinen Dad jeden Tag sieht? Ich will nicht, dass es irgendwo in einer Schublade liegt.«

Die Tür ging auf, und Jed kam ins Schlafzimmer. »Die Kinder haben Hunger, deshalb haben wir beschlossen, dass wir Pizza bestellen. Habt ihr irgendwelche Wünsche?« Er sah die beiden an. Dann bemerkte er das Foto in Josies Hand und zog die Mundwinkel nach oben. »Das ist Brian, nicht wahr?«

Josie nickte und reichte ihm das Foto.

»Ja. Das ist der Typ, der mir vor all den Jahren gesagt hat, dass du siebzehn bist und ich mich vom Acker machen soll. Er sieht nett aus. Ich wette, wir hätten Freunde werden können.«

Er stellte den Bilderrahmen auf die Kommode neben ein Babyfoto von Hail und ein Bild von Brians Großmutter. »Was ist jetzt, irgendwelche besonderen Wünsche für die Pizza?«

Sarah und Josie tauschten einen Blick, der sagte: *Ich schätze, damit wäre die Fotofrage beantwortet,* und Josie antwortete: »Ich esse alles. Vorhin hatte ich keinen Hunger, aber jetzt sieht die Sache anders aus.«

<h1 style="text-align:center">Zwölf</h1>

Jed hatte die Tagesschicht im Whiskey Bro's übernommen. Die Mittagszeit war fast vorbei. Er hielt sich das Handy ans Ohr und hörte Warren »Buck« Myer zu, einem Dark Knight und Banker, der ihm erklärte, was er brauchte, um sich für ein Darlehen zu qualifizieren. Während Buck über Steuerunterlagen, Lohnbescheinigungen und Bonitätsbeurteilungen sprach, behielt Jed Tracey im Auge. Sie bediente einen Teenager an einem Tisch am anderen Ende des Raums, stellte einen Teller mit Pommes frites und einem Burger vor ihn auf den Tisch und plauderte ein wenig mit ihm, so wie Dixie es ihr für den Umgang mit den Mittagsgästen beigebracht hatte. Tracey leistete gute Arbeit, aber der Teenager, den sie bediente, roch nach Ärger. Seine dunklen Haare fielen ihm über die Augen, aber Jed konnte trotzdem sehen, wie er sich aufmerksam umschaute. Er wippte unter dem Tisch mit dem Bein, und als Tracey wegging, starrte er das Essen an, aß aber nichts.

Als Tracey sich der Theke näherte, bat Jed: »Buck, kannst du mir die Einzelheiten bitte per E-Mail schicken? Ich bringe dir diese Woche alles vorbei, was du brauchst. Danke, Mann.« Er beendete das Gespräch und steckte das Handy ein. »Was ist mit dem Burschen?«

»Nichts. Ein schüchterner Kerl. Kannst du ihm eine Cola bringen?«

»Sicher.« Während Jed das Glas füllte, musterte er den Jungen noch einmal. »Er isst nichts.«

»Möglicherweise wartet er auf sein Getränk«, frotzelte sie. »Überwachst du immer alle so genau?«

»Nein, aber er kann nicht älter als sechzehn oder siebzehn sein. Warum ist er nicht in der Schule?«

»Soll ich ihn fragen?« Sie nahm das Glas entgegen. »Ich schreibe gerne mein Trinkgeld ab, um deine Neugier zu befriedigen.«

»Klugscheißerin.« Jed hatte schon Burschen wie ihn erlebt, bei denen der Ärger vorprogrammiert zu sein schien. Verdammt noch mal, er war selbst genau so ein Bursche gewesen.

Isabel bediente einen Mann am Ende des Tresens und trat dann neben Jed. »Könntest du lange genug damit aufhören, diesen jungen Kerl anzustarren, um mir eine Frage zu beantworten?«

»Klar. Was gibt's?« Er nahm sich ein Geschirrtuch und wischte den Tresen ab.

»Bist du immer noch damit einverstanden, nächsten Samstagnachmittag für mich einzuspringen?«

»Für den Babyparty-Mädelsabend?«, erwiderte er, woraufhin sie die Augen verdrehte. »Ja, kein Problem. Jojo hat Sarah gebeten, auf Hail aufzupassen, damit sie nicht zufällig bei Red und Biggs in euer Treffen reinplatzt.«

»Das war clever. Ich kann es gar nicht erwarten, die Frau kennenzulernen, die den einsamen Wolf in eine Beziehung verwickelt hat.«

»Belästige sie nicht zu sehr, Iz«, warnte er sie.

»Keine Bange.« Sie blickte zu Tracey hinüber. »Sie hat

schon genug hinter sich. Genau wie Tracey. Ich kann mir gar nicht vorstellen, dass jemand eine Frau schlägt.«

»Männer, die Frauen schlagen, sind der letzte Dreck.«

Isabel ging wieder, und Jed beobachtete abermals den verdächtig wirkenden Teenager und sah, dass er den halben Burger in eine Serviette wickelte und in die Hemdtasche steckte. Dann stopfte er sich noch ein paar Pommes in den Mund und trank seine Cola aus.

Jed schrieb eine schnelle Nachricht an Josie. *Wie ist die Arbeit?* Er spürte das Vibrieren seines Handys, während er einen weiteren Kunden bediente, und las dann ihre Antwort. *Fantastisch. Ich habe gelernt, wie man Eiswaffeln macht. Meine fehlgeschlagenen Versuche haben wir aufgegessen. Ich werde diesen Monat garantiert ein paar Kilo zunehmen.* Er tippte: *Noch mehr von dir, das ich lieben kann.* Auf einmal hielt er abrupt inne und starrte den Text an. Sein Puls beschleunigte sich, als ihm bewusst wurde, dass seine Gefühle für sie so ungemein intensiv waren. Er konnte es scheinbar einfach nicht langsam angehen lassen. *Verdammt.* Er löschte *lieben* und tippte stattdessen *erkunden.*

Tracey räumte den Tisch des Teenagers ab und legte ihm die Rechnung hin. Die Tür ging auf, und eine laute Gruppe aus Bikern kam herein. Jed winkte ihnen zu und wandte sich an Isabel, um sie etwas zu fragen, wobei er aus dem Augenwinkel eine Bewegung wahrnahm. Ein Teller zerschlug auf dem Fußboden, und ihm wurde klar, dass der Junge wegrannte.

»Verdammt noch mal! Übernimm du, Iz!« Jed drängelte sich durch die Gruppe von Bikern, die ihn mit einigen Flüchen bedachten, und rannte hinter dem Jungen her zur Tür. Schon war er im Freien, lief über den Parkplatz und stürzte sich auf den Teenager, den er hinten am Flanellhemd erwischte.

»Was soll der Scheiß?«, schrie der Junge, der rücklings gegen Jed prallte.

»Das wollte ich dich gerade fragen.« Jed packte ihn mit beiden Händen am Kragen, während der Junge fluchte und sich zu befreien versuchte. Er war ungefähr fünfzehn Zentimeter kleiner als Jed und zu jung, um schon mit der Schule fertig zu sein. »Du gehst nirgendwohin, also kannst du dich verdammt noch mal auch beruhigen.«

Der Teenager reckte das Kinn in die Luft, das mit dem spärlichen Flaum eines Jungen an der Schwelle zum Mann bedeckt war, und fauchte: »Fick dich!«

»Nein danke.« Jed schleifte ihn zur Bar zurück. »Wärst du so freundlich, mir zu erklären, warum du die Zeche prellst?«

Der Junge presste die Kiefer zusammen und starrte Jed finster an.

»Wenn ich das richtig sehe, haben wir zwei Möglichkeiten. Ich kann die Bullen rufen und du kannst dich für ein Zehn-Dollar-Mittagessen verhaften lassen, oder wir können das unter uns ausmachen.« Die Polizei zu rufen war das Letzte, was Jed tun wollte, aber er konnte den Burschen auch nicht einfach laufen lassen. Der Kleine musste lernen, dass so ein Verhalten Konsequenzen nach sich zog.

»Nein, Mann, rufen Sie nicht die Polizei«, stieß der Junge hervor. »Bitte rufen Sie sie nicht. Ich werde auch nie wieder hierherkommen, ich verspreche es.«

Scheiße. »Ich schätze, du bist schon mal mit dem Gesetz in Konflikt geraten.«

»Rufen Sie nur einfach nicht die Polizei. Ich gebe Ihnen auch die Hälfte zurück, die ich nicht aufgegessen habe.« Er griff in die Tasche.

»Lass das«, befahl Jed. »Warum stiehlst du?«

Sein pechschwarzes Haar verbarg seine Augen gut, aber nicht gut genug. Er wich Jeds Blick aus. »Ich hatte Hunger, Mann.«

»Warum bist du nicht in der Schule?«

»Ich habe geschwänzt.«

»Verdammt. Okay, komm mit.« Er zog ihn die Stufen hoch.

»Nein, Mann, bitte nicht«, flehte der Junge mit bebender Stimme. »Bitte rufen Sie nicht die Polizei.«

Bullets Motorrad kam röhrend auf den Parkplatz gefahren und zog die Aufmerksamkeit des Jungen auf sich. Bullet parkte und nahm den Helm ab. Seine kalten dunklen Augen blieben an ihnen hängen. Das Blut wich aus dem Gesicht des Jungen, während Bullet die Stufen hochstieg und auf ihn hinabstarrte. »Was geht hier vor sich?«

»Er hat die Zeche geprellt«, erklärte Jed. »Ich habe alles im Griff.«

Bullet kniff die Augen zusammen und gab ein bedrohliches Geräusch von sich, das den Jungen rückwärts taumeln ließ. Jed wollte nicht, dass der Bursche noch mehr verängstigt wurde, als er es ohnehin schon war.

»Ich musste die Mädchen alleine lassen«, sagte Jed. »Kannst du mal nachsehen, ob alles okay ist?«

Bullet nickte ernst. Der Junge wich einen weiteren Schritt zurück, und dann war Bullet in der Bar verschwunden. Der Junge stieß die Luft aus.

»Gehen wir.« Jed zerrte ihn zur Tür. »Ich rufe die Polizei nicht, aber du wirst abwaschen, um den Burger und die Pommes abzuzahlen.«

»Keine Polizei?«, fragte er flehend.

»Diesmal keine Polizei. Wie heißt du?«

»Ricardo.«

»Wo ist deine Jacke, Ricardo? Es ist eiskalt hier draußen.«

Er zuckte mit den Achseln. »Ich habe keine, die mir passt.«

Verdammt. »Hast du Eltern?«

Er nickte.

»Wo sind sie?«

»Mein alter Herr ist im Gefängnis. Und meine Mutter hat zwei Jobs. Ich brauche keine Jacke, Mann. Mir geht's gut. Rufen Sie nur nicht die Polizei. Meine Mom braucht nicht noch mehr Ärger.«

»Wie alt bist du?«

»Siebzehn.«

Himmel. Auch der Junge brauchte nicht noch mehr Ärger, und Jed wusste nur zu gut, dass er gleich neue Schwierigkeiten bekommen würde, sobald er ihn gehen ließ. »Wie wäre es mit einem Deal? Du wäschst eine Stunde lang Geschirr ab und versprichst mir, dass du nicht mehr die Schule schwänzt, und ich verzichte darauf, die Polizei zu rufen.«

»Wirklich? Sie … Sie vertrauen mir? Sie lassen mich gehen? Keine Polizei?«

»Ich will dich zum Teufel noch mal nicht an die Leine legen, also muss ich dir wohl vertrauen. Mir ging es mal genauso wie dir, Junge. Du musst dich zusammenreißen oder es endet damit, dass du im Knast ein- und ausgehst.«

»Das werde ich, Mann. Ich werde mich zusammenreißen.«

Jed glaubte ihm nicht eine Sekunde, aber zumindest konnte er versuchen, ihm jetzt eine Lektion zu erteilen. »Ist deine Mutter gut zu dir? Schlägt sie dich, nimmt sie Drogen?«

»Nein, Mann. Sie ist eine gute Mutter, nur beschäftigt. Sie verdient nicht viel.«

Der Ausdruck in Ricardos Gesicht verriet Jed, dass er die Wahrheit sagte. »Gib mir ihre Nummer. Ich will ihr ausrichten, dass es dir gut geht.«

»Nein, Mann. Sie weiß, dass es mir gut geht.«

»Was heißt, dass es ihr scheißegal ist, wenn du die Schule schwänzt?«

Er senkte erneut den Kopf und zitterte vor Kälte. »Es ist ihr nicht scheißegal!«

Ärger stieg in Jed auf. Seine Mutter war total am Ende, Josies Eltern hatten ihre Kinder geschlagen, und er hatte noch Schlimmeres gesehen. Er würde nicht zulassen, dass dieses Kind seine hart arbeitende Mutter in den Wahnsinn trieb. Er verstärkte den Griff um Ricardos Hemd, zog sein Gesicht ganz nah an sich heran und zischte: »Warum machst du das dann, wenn du weißt, dass sie nicht noch mehr Ärger gebrauchen kann? Hast du eine Ahnung, wie schwer es ist, Kinder alleine großzuziehen?«

»Es tut mir leid! Ich hasse die Schule. Ich ertrage es dort einfach nicht.«

»Keiner mag die Schule. Mobbt dich dort jemand?«

Er schüttelte den Kopf.

»Hast du schlechte Noten?«

Er zuckte mit den Achseln.

»Wenn du weiter solche Scheiße baust, endest du hinter Schloss und Riegel. Hast du einen Schülerausweis?«

Er nickte.

»Gib ihn mir.« Jed streckte die Hand aus. Der Junge zog den Ausweis aus der Tasche. Jed starrte den Jungen an. »Wenn du davonläufst, werde ich die Polizei rufen.« Er ließ ihn los, um den Ausweis abzufotografieren, und gab ihn ihm dann zurück. »Ich biete dir einen Deal an. Du kommst jeden Tag nach der Schule hierher. Ich gebe dir was zu essen und bezahle dich dafür, dass du das Geschirr spülst. Meinst du, du schaffst das?«

Er wusste, dass er gar nicht die Befugnis hatte, ein solches Angebot zu machen, aber falls nötig, würde er den Burschen aus eigener Tasche bezahlen. Er wollte ihn einfach nur von der Straße haben.

»Oh, Mann, komm schon. Ich muss jeden Tag Geschirr spülen?«

»Müssen tust du gar nichts. Du kannst weiter Scheiße bauen. Ich gebe dir nur eine Chance, es besser zu machen. Fang heute an, arbeite den Burger und die Pommes ab, und wenn ich dich dann nie wiedersehe, dann ist das eben so. Aber du hast die Chance, dir etwas Geld zu verdienen, damit du nicht zu stehlen brauchst. Der Rest liegt ganz bei dir.«

Jed hielt ihn fest, während er ihn durch die Bar und in die Küche führte, wo Finlay gerade ein Sandwich zubereitete.

»Hey, Jed«, grüßte Finlay fröhlich. Sie trug eine hellrosa Schürze und hatte die blonden Haare zu einem Pferdeschwanz gebunden. »Wer ist denn dein Freund?«

»Finlay, das ist Ricardo. Er wird die nächste Stunde lang Geschirr spülen.«

»Klingt gut«, erwiderte Finlay. »Schön, dich kennenzulernen, Ricardo.«

Jed warf Ricardo einen drohenden Blick zu. »Du erinnerst dich an das große, bärtige Monster, das du gerade draußen gesehen hast? Das war Bullet, und das hier ist seine Frau Finlay. Du wirst ihr Respekt erweisen, oder du bekommst es mit Bullet zu tun.«

»Ja, Sir. Hallo, Miss Finlay. Schön, Sie kennenzulernen«, murmelte Ricardo nervös.

Jed brachte Ricardo zur Spüle, lehnte sich dann an den Tresen, an dem Finlay arbeitete, und verschränkte die Arme. »Er hat versucht, ohne zu bezahlen abzuhauen«, erklärte er leise.

»Dachte mir, ich könnte ihm eine Lektion erteilen.«

»Er ist noch so jung«, flüsterte sie.

»Ja, genau.«

Ricardo arbeitete klaglos, und eine Stunde später sagte Jed: »Gute Arbeit. Du hast dein Mittagessen abgearbeitet. Wenn du mit zehn Mäusen in der Tasche hier rausgehen willst, kannst du bleiben und noch eine Stunde weiter abwaschen.«

Finlay trat leise hinter Jed und stellte einen Teller mit einem Cupcake mit rosa Zuckerguss auf den Tresen neben Ricardo. »Hier. Der ist für dich.«

Ricardo sah ihn an und suchte seine Zustimmung.

Jed nickte. »Bedanke dich.«

»Danke.« Mit einem einzigen Biss vertilgte er die Hälfte und legte die andere Hälfte auf den Teller. »Ich wasche weiter ab. Aber ich muss um vier zu Hause sein.«

»Gut. Ich fahre dich, wenn du fertig bist.«

Am Mittwochabend waren Josie und Hail völlig darin vertieft, alles Mögliche aus Lebkuchen zu backen, als sie die Scheinwerfer von Jeds Truck auf der Auffahrt sah. Ihr Herz tanzte vor Freude.

Seit sie bei Scotty eingezogen waren, verbrachte Jed den Großteil seiner Freizeit mit ihnen. Nachdem alles ausgepackt war und Hail im Bett lag, hatten Jed und sie Samstagabend über Sarahs Rat diskutiert und beschlossen, ihre Beziehung ganz natürlich vor Hail voranschreiten zu lassen – und dann hatten sie ihr neues Schlafzimmer eingeweiht. Josie hatte vermutet, dass sie sich komisch fühlen würde, wenn sie mit Jed in Scottys

Haus intim wurde, aber dem war nicht so. Obwohl es ihr irgendwie auch seltsam vorkam, fühlte sich selbst das mit Jed natürlich an.

Am Sonntag waren Jed, Hail und sie mit Sarah und Bones, Truman und Gemma und allen Kindern zusammen ins Kino gegangen. Hail verbrachte liebend gern Zeit mit seinen Cousins, Cousinen und neuen Freunden – auch wenn er Kennedy und Lincoln ebenfalls als Cousins bezeichnete.

Sie sah, wie Jed an den vorderen Fenstern vorbeiging, und Scotty öffnete die Tür. Auch mit ihm hatte sich alles gut entwickelt. Nach dem Abendessen verbrachte er normalerweise Zeit mit Hail und zog dann mit ein paar Freunden los oder entspannte sich in seinem Teil des Hauses.

»Sie hat offenbar einen Anfall von Backwahn«, erklärte Scotty, nachdem er Jed begrüßt hatte.

»Moon!« Hail rannte aus der Küche.

»Achtung, Klebefinger! Lass ihn bloß nichts anfassen …«, rief Josie über die halbhohe Wand, als Hail gerade die Arme um Jeds Beine schlang. Seine Kleidung und sein Gesicht waren überall mit Schokolade und klebrigem Teig bedeckt. »Entschuldige!«

Jed hob den kichernden Hail hoch in die Luft und hielt ihn von seinem Körper weg, während er ihn zur Küche trug. »Was hast du gemacht, bist du in ein Mehlfass gehüpft?«

Er konnte so gut mit Hail umgehen, war geduldig, witzig und liebevoll. Wenn sie daran dachte, was Sarah, Tracey und andere Frauen im Frauenhaus bewältigen mussten, konnte Josie sich glücklich schätzen. Sie wusste genau, was für ein Glück sie gehabt hatte, in ihrem Leben zwei so unglaublichen Männern begegnet zu sein.

»Wir machen alles aus Lebkuchen!«, rief Hail. »Willst du

uns helfen? Onkel Scotty hilft uns, indem er die Sachen aufisst, von denen Mama sagt, dass sie misslungen sind.«

Scotty schnappte sich seinen Mantel von einem Haken neben der Tür. »Ich leiste nur meinen Beitrag.«

»Natürlich will ich helfen«, erklärte Jed und setzte Hail ab.

»Ich bin dann jetzt weg. Wartet nicht auf mich.« Scotty winkte und war auch schon verschwunden.

»Tschüss, Onkel Scotty!«, rief Hail und kletterte auf einen Stuhl, der neben Josie an der Arbeitsplatte stand.

Jed legte Josie einen Arm um die Taille. »Hallo, schöne Bäckerin.« Er küsste sie auf die Wange und flüsterte: »Ich hab dich vermisst.«

»Ich dich auch.« Sie hatten angefangen, vor Hail Händchen zu halten und sich zärtlich zu küssen, und Hail gab Jed immer öfter einen Gutenachtkuss oder umarmte ihn. Sonntagabend war er sogar auf Jeds Schoß geklettert und hatte ihn gebeten, ihm eine Gutenachtgeschichte vorzulesen. Es war fantastisch, wie sich alles zusammenfügte, seit Josie endlich Schuld und Sorgen losgelassen hatte.

»Ich hatte einen richtig tollen Tag.« Sie zeigte auf den Tisch, auf dem Lebkuchenschälchen und -tassen in verschiedenen Größen und Waffeln für Eiscreme aus Ingwerkeksteig abkühlten. Auf der Arbeitsplatte stand eine weitere Schüssel mit Ingwerkekswaffeln, die sie in Schokolade getaucht hatten. Einige der Waffeln waren zudem noch mit Streuseln bedeckt. Scotty hatte einen Tisch in Kindergröße organisiert. Den würden sie für die Abende brauchen, an denen Sarahs Kinder zum Abendessen hier waren, hatte er erklärt und ihn neben der Glastür aufgestellt. Er war mit Lebkuchenmännern und Zuckerwerk zum Dekorieren übersät.

»Du liebe Güte, Jojo. Wofür ist das alles? Sind das alles

Lebkuchen?«, fragte Jed.

»Das Meiste, aber die Waffeln bestehen aus Ingwerkeksteig. Ich muss dir so viel erzählen«, meinte sie, während sie einen Teig dünn ausrollte. »Penny hat mir heute gezeigt, wie man Waffeln macht, und während wir sie in Schokolade getaucht und Streusel darauf verteilt haben, hat sie mir erzählt, wie viel mehr Kunden im Sommer kommen, und ich musste an Lebkuchen denken.«

»Kann ich die Kreise machen?«, bettelte Hail.

»Sicher.« Sie reichte Hail einen runden Teigausstecher aus Plastik. »Sei vorsichtig mit dem dünnen Teig.«

»Das weiß ich.« Er schnaufte empört, als hätte er schon sein ganzes Leben lang Kekse ausgestochen.

Das hat er praktisch auch, ging ihr durch den Kopf.

Hail war nun erst mal eine Weile beschäftigt. »Alles, was ich übers Kochen und Backen weiß, habe ich von Brians Großmutter gelernt«, fuhr Josie fort. »Sie hat Lebkuchen geliebt und mir gezeigt, wie man Lebkuchenhäuser macht, so wie die, die wir zu Weihnachten gebastelt haben, und jede Menge andere Sachen aus Lebkuchenteig – Plätzchen, Platten, Muffins, Trifles, Konfekt. Sag mir, was du willst, und ich backe es dir. Nach der Arbeit habe ich deshalb angefangen, über diese Waffeln für Pennys Eiskreationen nachzudenken …«

»Wir haben versucht, welche zu machen«, warf Hail ein, der sich mit seinem ganzen Gewicht auf den Teigausstecher stützte. »Aber es hat nicht funktioniert.« Er zeigte auf den Haufen mit Lebkuchenbruch.

Jed zog die Augenbrauen hoch. »Sind die zum Essen freigegeben?«

»Ja. Nimm dir, was du willst, ich habe schon viel zu viel davon gegessen.« Sie nahm Hail den Keksausstecher ab und legte ihn beiseite, während Jed sich bediente. »Okay, Spatz. Gut gemacht. Jetzt kannst du die Kekse dekorieren, wenn du möchtest.«

»Jippie!« Er ging zum Kindertisch, um sich ans Werk zu machen.

»Jojo, die sind köstlich.« Jed nahm sich eine Handvoll Bruchstücke. »Du schmeißt sie doch nicht weg, oder?«

»Schön, dass sie dir schmecken. Ich dachte, ich mache eine Lebkuchenbaustelle für Hail und verwende die Bruchstücke als Erdhügel. Wir backen schon, seit wir nach Hause gekommen sind. Ich werde die morgen alle mit zur Arbeit nehmen und Penny zeigen. Wer weiß, vielleicht könnten diese neuen Ideen ihr Geschäft im Winter ein wenig ankurbeln. Denk mal darüber nach. Lebkuchenschalen als Eisbecher, Waffeln aus Ingwerkeksteig, die wir in weiße Schokolade tauchen und zur Weihnachtszeit mit grünen, weißen und roten Streuseln dekorieren. Oder wir setzen sie falsch herum auf eine Eiskugel und malen Gesichter wie zum Beispiel von Clowns darauf, sodass die Waffel der Hut ist, und verzieren sie dann mit Blüten aus Zuckerguss. Es gibt so viele Möglichkeiten.«

Sie öffnete das Tiefkühlfach, das voller Lebkuchentassen war. »Diese müssen über Nacht tiefgekühlt werden, damit sie ihre Form behalten. Ich werde früh aufstehen und sie backen, bevor ich Hail morgen zur Schule bringe, und die Griffe dann mit Karamell ankleben, damit sie wie kleine Kaffeetassen aussehen. Ich dachte mir, Penny könnte sie dann mit Eis, Pudding oder was auch immer befüllen, Schlagsahne obendrauf, und sie als winterliche Köstlichkeiten verkaufen.«

Jeds erstaunter Blick, als er die Hand nach ihr ausstreckte, ließ sie vermuten, dass es doch keine so gute Idee war.

Er legte die starken Arme um ihre Taille. »Babe, das ist

mehr als unglaublich. So was hab ich noch nie gesehen. Weder in der Bäckerei noch bei Finlay …«

»Danke. Ich hoffe, Penny gefällt der Vorschlag und sie hat nicht das Gefühl, dass ich meine Grenzen überschreite.«

»Penny wird begeistert sein.«

Josie stellte sich auf die Zehenspitzen und küsste ihn. »Das hoffe ich. Als Teenager habe ich davon geträumt, einen kleinen Laden zu führen und alle möglichen Sachen aus Lebkuchen anzubieten. In den Ferien wollte ich Lebkuchen-Backpartys organisieren und im Frühling Lebkuchen in Blumenform machen. Ich hatte mir sogar schon einen Namen für mein Geschäft ausgedacht. *Ginger All The Days.* Ich war so in die Idee verliebt, dass ich mir sogar schon überlegt hatte, wie das Geschäft aussehen sollte. Ein kleines Lebkuchenhaus mit einer rosa, weiß und braun gestreiften Markise über der Tür, das innen ebenfalls in diesen Farben gehalten ist.« Sie lachte leise. »Wunschträume.«

»Babe, allein das, was ich in den letzten zehn Minuten gesehen habe, sagt mir, dass es kein Wunschtraum bleiben muss. Ich wette, Penny wird davon total angetan sein.«

»Vielleicht. Ich hoffe es, aber das sind nur ein paar neue Kreationen für Penny, es ist kein Laden.« Sie nahm eine Waffel, die sie in Schokolade getaucht hatten, und reichte sie ihm. »Probier mal, ob es dir schmeckt. Das ist ein Ingwer-Tuile, eine Art knuspriger Keks. Lebkuchen wird nicht knusprig genug, um ihn als Waffel zu verwenden.«

Er biss hinein und schloss die Augen. »Mmm.« Als er die Augen wieder öffnete, lehnte er sich zu ihr hinüber und flüsterte: »Mir fällt nur eine Sache ein, die noch köstlicher ist, und die ist nichts für kleine Ohren.«

Ihr wurde ganz heiß, als er die Lippen für einen zuckrigen

Kuss auf ihre Lippen drückte. Sie hatten sich seit Samstag nicht mehr geliebt, und sie fühlte sich bereits wie eine Süchtige, die nichts sehnsüchtiger erwartete.

Jed zog die Lederjacke aus und warf sie über einen Stuhl. »Womit kann ich dir helfen?«

Am liebsten würde ich deine Finger überall spüren. Oder deinen Mund.

Ihre Wangen wurden rot, während ihr noch mehr lustvolle Bilder durch den Kopf schossen.

»Hilf mir beim Dekorieren!«, verlangte Hail und bewahrte sie davor, noch etwas Falsches zu sagen.

Gott sei Dank.

Sie dekorierten Plätzchen, während Josie die letzten Teigreste backte. Jedes Mal, wenn Jed aufstand, berührte er sie diskret, streifte mit der Hand über ihren Hintern oder mit dem Brustkorb über ihre Brüste, drückte Küsse auf ihre Wangen. Jede sinnliche Berührung steigerte ihr Verlangen noch mehr, aber es waren die Frechheiten, die er ihr ins Ohr flüsterte, die sie die Minuten bis zu Hails Schlafenszeit herunterzählen ließ. *Heb dir etwas Zuckerguss für später auf. Heute Nacht wirst du auf meiner Zunge kommen.*

Jed half ihr dabei, Hail zu baden und bettfertig zu machen. Als Hail Jed bat, ihm eine Gutenachtgeschichte vorzulesen, nutzte Josie die freie Zeit und hüpfte schnell unter die Dusche. Während das warme Wasser über ihre Brüste rann, dachte sie daran, wie sie mit Jed zusammen in seinem Apartment geduscht hatte. Sie hatte auch mit Brian unter der Dusche gestanden, aber Brian war nicht so sinnlich wie Jed gewesen. Sie hatten es einmal mit Sex unter der Dusche versucht, es aber aufgrund des Größenunterschiedes und ihrer Unbeholfenheit aufgegeben und keinen weiteren Versuch gewagt. Doch mit Jed hatte es keine

Unbeholfenheit gegeben. Er hatte sie mit dem Rücken gegen die Kachelwand gedrückt, sie gierig geküsst und dann ihre Brust in den Mund genommen, um sie mit einer Hand zu liebkosen. Das Wasser prasselte auf sie herunter, während er sie mit Leichtigkeit hochhob und auf seinen steinharten Schaft herabsenkte. Mit der Wand als Stütze hatte er sie genommen, als könnte er sie bis in alle Ewigkeit so festhalten, und als sie gekommen waren, ging es laut und wild zu und …

Sie erschauderte bei der Erinnerung. Ihre Lust nahm auch nicht wieder ab, als sie sich abtrocknete und in ein Handtuch wickelte. Sie öffnete leise die Tür und spähte in Hails Zimmer. Jed saß mit einem Buch in einer Hand auf der Bettkante und hatte die andere Hand auf dem Rücken ihres schlafenden Sohnes liegen. Hails Plüschhase war zwischen seinem Bauch und der Matratze eingequetscht. Jed legte das Buch auf den Nachttisch und stand vorsichtig vom Bett auf. Sein durchdringender Blick schien sie zu verschlingen, während er sich ihr näherte wie ein hungriger Wolf, der seiner Beute auflauerte. Jeder Schritt ließ ihr Herz schneller schlagen. Bis er schließlich ihre Hand nahm und sie aus dem Zimmer hinausführte, brannten ihre Brustwarzen bereits vor Vorfreude.

Sie zogen Hails Tür halb hinter sich zu und überquerten den Flur, um ihr Schlafzimmer zu betreten. Jed hatte sich bereits das Hemd ausgezogen, bevor die Schlafzimmertür auch nur zugefallen war. Aber er griff nicht nach ihrem Handtuch. Seine Finger fuhren langsam über ihre Schultern und Arme, und sein lodernder Blick hielt sie gefangen.

»Was hast du nur aus mir gemacht, Jojo?«, flüsterte er, um danach ihre Schulter mit Küssen zu bedecken. Die erste Berührung seiner Lippen ließ Hitzewogen durch sie hindurchschießen. Er küsste sie federleicht auf die Schulter und auf ihren Arm, sodass sie den Atem anhielt, um nicht einen einzigen Kuss zu verpassen.

»Ich kann es kaum erwarten zu spüren, wie du an meinem Mund kommst«, sagte er mit tiefer Stimme.

Ihr Inneres vibrierte vor Verlangen. Ihre Mitte war ebenso begierig wie sie. Sie griff nach dem Knopf seiner Jeans. »Du zuerst.«

Während sie seinen Reißverschluss herunterzog, griff er nach ihrem Handgelenk. »Du spielst mit dem Feuer, Jojo. Sobald ich deine Lippen spüre, ist es um mich geschehen.«

»Das hoffe ich doch.« Sie befreite ihr Handgelenk, zog seine Jeans mit einem Ruck hinunter und legte die Finger um seine Härte. »Steig aus deiner Jeans, und lass mich tun, wovon ich geträumt habe.«

»*Verdaaaammt …*«, murmelte er, während er ihren Mund eroberte und gleichzeitig versuchte, seine Jeans und die Stiefel auszuziehen. Er musste sich dabei an der Wand abstützen, und sie fingen an zu lachen.

Als er schließlich nackt war, drehte sie sich um und drückte seinen Rücken gegen die Wand. Dann ließ sie ihr Handtuch fallen und tat etwas, das sie noch nie zuvor bei einem Mann gemacht hatte. Sie hatte im Lauf der Jahre alles Mögliche darüber gelesen, wie man seinen Mann erregte, auch wenn sie sich bei den meisten Tipps nicht dazu verpflichtet gefühlt hatte, sie bei Brian anzuwenden. Aber bei Jed wollte sie sich auf keinen Fall zurückhalten, und sie wusste, dass er auch diese Seite von ihr akzeptieren würde. Sie umfing mit leisem Stöhnen ihre Brüste und genoss es, wie er sie förmlich mit dem Blick verschlang. Dann ließ sie eine Hand zwischen ihre Beine gleiten und streichelte sich, wobei sie weitere sinnliche Geräusche von sich gab. Er nahm ihre Arme und presste den Mund auf ihren, bis sie sich an ihn drückte. Diesmal wollte sie allerdings die Kontrolle behalten. Die letzten Tage hatte sie darüber nachgedacht, wie viel Lust er ihr bereitete, und nun wollte sie ihm etwas zurückgeben.

Sie löste den Mund von seinem, sodass sie sich keuchend gegenüberstanden, und ließ einen feuchten Finger in seinen Mund gleiten. Er saugte fest daran, so wie sie es gehofft hatte. »So fest werde ich an dir saugen«, sagte sie zu ihrer eigenen Überraschung, »und ich will nicht, dass du dich zurückhältst.«

Ihr Blickkontakt riss nicht ab, als sie auf die Knie sank und begann, ihn mit der Zunge zu verwöhnen. Seine Härte bebte, und er stieß ein leises Stöhnen aus. Das war das erregendste, absolut männlichste Geräusch, das sie je gehört hatte, und sie wollte mehr davon hören – und es aus ihm hervorlocken. Sie nahm ihn in die Hände und drückte den Mund fest auf die Innenseite seiner Schenkel, um daran zu saugen und zu lecken, bis er den ganzen Körper anspannte und das Becken nach vorn drückte. Er hatte die Augen geschlossen und den Kiefer angespannt. Er war so sexy und erregt. Dass sie diese Gefühle in ihm hervorrief, ließ sie nur noch kühner werden.

»Sieh mir zu«, verlangte sie und ließ die Zunge über seine Länge gleiten.

»Verdammt, Jojo. Wenn du so redest …«

»Ich gehöre dir, Moon. Mach mich auf jede Art zu der deinen.«

Dann widmete sie sich seiner Männlichkeit, strich fest mit ihrer Hand über seine Länge und saugte gleichzeitig an ihr. Er stöhnte laut und immer schneller, als sie das Tempo steigerte. Endlich legte er die Hände an ihren Kopf und hielt sie fest. *Ja! Oh ja!* Aber als sie gewahr wurde, dass er ihr weiterhin die Führung überließ, bedeckte sie seine Hände mit ihren und zwang ihn dazu, ihren Kopf schneller zu bewegen.

Jed stieß die Hüften vor und nahm ihren Mund, als gehörte sie ihm, und sie genoss es nicht nur, sie sehnte sich sogar danach. Er hatte einen Teil von ihr entfesselt, von dessen Existenz sie gar nichts gewusst hatte – aber vielleicht hatte sie schon seit ihrem ersten Mal geahnt, dass sie eine dunkle und erotische Seite besaß, die sie jedoch verleugnet hatte. Wahrscheinlich vor allem, damit ihr nicht bewusst wurde, was sie verpasste.

»Herr im Himmel«, stieß er voller Lust und Leidenschaft aus. »Jojo …« Die Warnung in seiner Stimme steigerte ihr Verlangen nach ihm nur noch mehr.

Sie packte seinen Hintern mit beiden Händen, um ihm zu verstehen zu geben, dass er loslassen konnte. Er bewegte sich härter, schneller, wilder, und als er kam, blieb sie bei ihm und nahm alles auf, was er zu geben hatte. Sein Kopf sackte nach hinten gegen die Wand und er wurde von kleineren Nachbeben erschüttert, bei denen er jedes Mal das Becken leicht bewegte. Es dauerte eine Weile, bevor er ihren Kopf losließ und ihr beim Aufstehen half. Er legte ihr die Hände an die Wangen, als wollte er etwas sagen, aber dann zog er nur die Mundwinkel nach oben und küsste sie innig und leidenschaftlich.

Erst nach einiger Zeit lösten sie sich voneinander. »Ich habe es noch nie zuvor so beendet«, gab sie zu, brachte es aber nicht über sich, die Tatsache auszusprechen, dass sie es das erste Mal heruntergeschluckt hatte. Es klang schmutzig, und was sie taten, war alles andere als das. Es war intim und richtig und … War das zwischen ihnen *Liebe*?

Er zog die Augenbrauen zusammen, als versuchte er, ihren Worten einen Sinn zu entnehmen, und sie erkannte den Moment, in dem es ihm dämmerte. Er riss vor Überraschung die Augen auf. »Oh, Babe. Danke …?«

Sie musste lachen, und er nahm sie mit einem verspielten Knurren in die Arme und warf sie aufs Bett. »Fürs Protokoll«, sagte er und zog sie an den Rand der Matratze, »ich habe eben auch zum ersten Mal eine Frau nach einem Blowjob geküsst. Aber ich kann deinem Mund einfach nicht widerstehen.« Er kniete vor ihr, und seine Augen loderten vor Wonne, als er hinzufügte: »Oder irgendeinem anderen Teil von dir.«

Er legte sich ihre Beine über die Schultern und drückte ihren Bauch nach unten, bis ihr Rücken wieder die Matratze berührte, und sie schloss die Augen. Dann spreizte er ihr mit seinen starken Händen die Beine, und in dem Moment, in dem seine Zunge sie berührte, schoss das Verlangen durch sie hindurch. Er umkreiste ihre empfindlichste Stelle mit der Zunge, bis sie laut stöhnte, sich wand und das Becken bewegte, um seinen Mund dorthin zu lenken, wo sie ihn am meisten brauchte. Als er schließlich nachgab, leckte er das Nervenbündel, saugte und liebkoste es, bis ihr Verstand nur noch an einem dünnen Faden hing. Dann drang er mit den Fingern in sie ein, und sie war so bereit, so unglaublich empfindlich, dass sie aufschrie und sich die Hand auf den Mund pressen musste, um Hail nicht aufzuwecken. Aber Jed ließ nicht locker. Er leckte diesen geschwollenen magischen Punkt, bis hinter ihren geschlossenen Augenlidern Blitze explodierten und sie sich unter der Wucht ihres Höhepunktes aufbäumte und erbebte. Gerade, als sich der Nebel in ihrem Kopf langsam wieder lichtete, verlagerte er seine Anstrengungen, presste den Mund auf ihre Mitte und die Hände darüber, um sie gleich noch einmal in die höchsten Sphären der Lust zu versetzen. Sie hatte sich in einem Meer von Empfindungen verloren und wollte niemals daraus gerettet werden. Das schien kein Problem zu sein, da er sie erneut endlos reizte, und als sie schließlich kam, fühlte sie sich, als stürzte sie im freien Fall in eine Welt der ungekannten Wonnen.

Sie schloss die Augen, genoss die letzten Wogen ihres Höhepunkts und spürte, wie sich Jed neben sie aufs Bett legte. Er nahm sie in die Arme und zog sie weiter nach oben, sodass sie den Kopf aufs Kissen legen konnte.

»Brauchst du eine Pause, Süße?« Er strich ihr die Haare aus dem Gesicht und küsste sie sanft.

»Nein. Das war … wow«, murmelte sie benommen.

Er führte ihre Hand zu seiner Erektion und küsste sie erneut, diesmal noch inniger. Ihre Küsse wurden schnell leidenschaftlich, und er legte sich auf sie. Sie verschränkten ihre Hände rechts und links neben ihrem Kopf miteinander, und er verharrte mit seiner Länge direkt vor ihrer Öffnung.

»Wenn ich je zu grob werde oder eine Grenze überschreite, musst du es mir sagen.«

»Ja.« Sie hob die Hüften an. »Aber das wird nicht passieren. Ich vertraue dir vollkommen.«

Als ihre Körper zusammentrafen, füllte er sie perfekt aus, hielt sie besitzergreifend fest und liebte sie dann so intensiv, dass sie ihn nie wieder gehen lassen wollte.

Sie lagen noch lange danach ineinander verschlungen da und ließen die Zeit verstreichen. Dies war der beste und schlimmste Teil der Nacht. Jed wusste, dass sie früh aufstehen musste, und sie wollte nicht, dass Hail ihn in ihrem Bett vorfand, aber er verabscheute es, sie zu verlassen, und wollte jede nur mögliche

Minute herausschinden.

Sie fuhr mit den Fingern über seinen Bauch. »Was hältst du davon, wenn wir uns in die Küche schleichen und noch etwas vom Lebkuchenbruch naschen?«

»Jedes Mal, wenn du den Mund aufmachst, verliebe ich mich noch mehr in dich.« Er drückte die Lippen auf ihre.

Sie stand mit einem schelmischen Funkeln in den Augen auf. »Du meinst, wenn ich ihn nicht zum Sprechen aufmache.«

»Das war verdammt heiß.« Er zog sie in die Arme. »Aber ich wäre dir auch ohne das verfallen. Himmel, ich habe mich vor all diesen Jahren in dich verliebt, und in jener Nacht hast du das nicht gemacht.« Er hob sein Hemd auf und zog es ihr über den Kopf. Es reichte ihr bis weit über die Oberschenkel, aber, Himmel, sah sie sexy aus. Er zog sich die Jeans an und sie ihr Höschen. »Ich bin wahnsinnig gern bei dir, Jojo. Es geht mir dabei nicht nur um Sex.«

»Das weiß ich, sonst wäre ich nicht mit dir zusammen.« Sie stellte sich auf die Zehenspitzen und küsste ihn.

Dann legte sie einen Finger auf die Lippen, damit er leise war, und er folgte ihr den Flur hinunter. Sie lugten kurz in Hails Schlafzimmer. Er schlief immer noch tief und fest und hielt dabei seinen Plüschhasen umklammert. Jeds Herz war randvoll, da er nun wusste, dass sie beide in Sicherheit waren. Er konnte sich darauf verlassen, dass Scott auf sie aufpasste, aber mit jeder Nacht fiel es ihm schwerer, sich von ihnen zu trennen. Er wollte derjenige sein, der sie beschützte, den sie morgens als Erstes sahen, dem ihr verschlafenes Lächeln galt und der ihre Tränen wegwischte. Aber er wusste, dass Zeit mit der Familie wichtig für sie war, und er wollte sich nicht zu schnell in ihr Leben hineindrängen.

Besser gesagt, er wollte die Dinge beschleunigen, aber

gleichzeitig wusste er, dass er Josie nicht hetzen durfte.

In der Küche hob er Josie auf die Arbeitsplatte neben den Behälter mit den übrigen Lebkuchenstücken und stellte sich zwischen ihre Beine, während sie sich gegenseitig mit den Leckereien fütterten.

»Meine Frau wäre also gern Bäckerin?« Er steckte ihr ein Stück Lebkuchen in den Mund.

»Ich habe diesen Traum schon vor langer Zeit beiseitegeschoben. Was ist mit dir, Moon? Träumst du davon, etwas anderes zu tun, oder arbeitest du gern in der Werkstatt und in der Bar?«

»Ich mag beides aus unterschiedlichen Gründen. Bei der Arbeit an den Autos sehe ich Ergebnisse. Ich bin gerne mit den anderen Männern in der Werkstatt, und ich arbeite auch gern mit den Händen.«

»Mm. Deine Hände sind sehr begabt.« Sie wackelte mit den Augenbrauen und schob ihm ein Stück Lebkuchen in den Mund. »Und die Bar?«

Er beugte sich vor und küsste sie. »Die Bar ist eine völlig andere Welt. Dort hängt die Bruderschaft ab, und ich bin liebend gerne mit Bullet und den anderen und auch mit Izzy und Finlay zusammen. Red kellnert jetzt nicht mehr so oft, aber Biggs und sie kommen häufig vorbei.«

»Es geht also um den Familiensinn?«

»So habe ich es noch nie gesehen, aber ja, es stimmt. Sie sind so gut zu Crystal und mir gewesen. Sie sind zu jedem gut. Ich erinnere mich an die Zeit, als meine Familie mir nahestand, bevor mein Vater seinen Job verloren hat und wir aus Peaceful Harbor weggezogen sind. Aber das ist so lange her, dass diese Erinnerungen immer mehr verblassen. Ganz ehrlich, was die wahre Bedeutung von Familie ist, hatte ich so ziemlich vergessen, bis sie in mein Leben getreten sind.«

Sie fuhr liebevoll mit den Fingern durch seine Haare. »Ich bin froh, dass du wieder daran erinnert wurdest.«

»Ich auch. Vor allem bin ich froh, dass es dir nach all dem, was deine Eltern dir angetan haben, nicht ebenso ging.«

»Seine Eltern kann man sich nicht aussuchen, aber man kann sich aussuchen, was für eine Art von Elternteil man selbst sein will.«

»Wahre Worte. Heute Mittag ist ein Teenager zum Essen in die Bar gekommen und hat versucht, sich ohne zu zahlen davonzumachen. Ich habe ihn auf dem Parkplatz erwischt.«

»Was hast du gemacht? Die Polizei gerufen?«

»Nein. Er ist noch so jung und war hungrig und verängstigt. Ich schätze, er ist schon mal mit dem Gesetz in Konflikt geraten. Sein Vater sitzt im Gefängnis, und seine Mutter hat zwei Jobs. Ich kann gut nachempfinden, wie es ihm geht. Ohne Vater und mit einer Mutter, die es nicht geschafft hat, uns über die Runden zu bringen. Wenn es stimmt, was er gesagt hat, sorgt sich zumindest seine Mutter um ihn und tut für ihn, was sie kann, im Gegensatz zu meiner. Aber ich wollte ihm wirklich helfen, weißt du? Die Polizei zu rufen hätte ihm nicht klargemacht, warum Schuleschwänzen falsch ist.«

Sie zog ihn näher an sich heran und küsste ihn. »Mein Moon mit dem großen Herzen.«

»Ich muss unaufhörlich an ihn denken. Was, wenn das Hail gewesen wäre? Wenn er eines Tages auf Abwege geraten sollte? Wenn wir nicht da wären, um ihn zu leiten, dann würden wir doch wollen, dass jemand anderes das Richtige tut.«

Sie wurde ernst. »Ich hoffe, dass ich immer für ihn da sein werde.«

»Ich weiß, Babe, und jetzt hat er mich und deine Familie

und die ganzen Whiskeys. Er wird sich nie Sorgen machen müssen, dass niemand da ist, der ihn liebt und auf ihn aufpasst. Ich wollte dich damit nicht erschrecken. Ich meine nur … Die Probleme, die dieser Ricardo hat, hätte die Polizei nicht lösen können. Zum Teufel, ich kann das auch nicht. Aber ich wollte ihm etwas zeigen, ihm etwas Hoffnung geben, ihm begreiflich machen, dass er eine Wahl hat, wie sein Leben weitergehen wird. Ich habe ihn in die Küche der Bar mitgenommen und ihn Geschirr spülen lassen, um seine Rechnung zu begleichen. Dann wurde mir klar, dass es morgen wieder ganz genauso aussehen würde, wenn er mit nichts in der Tasche nach Hause geht. Also habe ich ihm angeboten: Spül noch eine Stunde lang Geschirr, um dir zehn Mäuse zu verdienen, oder verschwinde. Er ist geblieben, und ich habe ihn hinterher nach Hause gefahren.«

»Das gefällt mir. Du hast deine Vergangenheit genutzt, um etwas zu bewirken. Das ist wirklich schön. Wusste er es zu schätzen?«

»Ich glaube schon. Er ist siebzehn. Er lebt in einem Apartment am Stadtrand, nicht weit von der Bar entfernt. Finlay hat ihm einen Cupcake gegeben, und er hat den halben Cupcake und seinen halben Burger mit nach Hause genommen, vermutlich für seine Mutter. Ich habe ihm gesagt, dass ich ihn fürs Geschirrspülen bezahlen würde, wenn er zur Schule geht und hinterher zur Bar kommt. Auf dem Weg nach Hause hat er nicht viel geredet und nicht gesagt, ob er wiederkommen wird. Aber ich fühle mich besser, weil ich es wenigstens versucht habe.«

Sie gähnte, und er legte die Arme um sie. »Ich gehe nur äußerst ungern, aber du musst früh aufstehen. Du solltest versuchen, ein bisschen zu schlafen.« Sie stöhnte leise, und er drückte die Lippen auf ihre. »Morgen arbeite ich in der

Werkstatt. Hinterher komme ich vorbei. Ich habe Hail versprochen, dass wir in die Bücherei gehen und ein paar neue Bücher ausleihen. Gibt es irgendetwas, was er noch nicht über Baufahrzeuge weiß?«

»Er hat noch nie an einem Motor gearbeitet«, antwortete sie, während er sie von der Arbeitsplatte herunterhob und auf dem Boden absetzte.

»Du hast mich gerade auf eine tolle Idee gebracht.« Auf dem Weg zur Tür zog er seine Jacke an und gab ihr einen innigen Kuss. »Sich zu verabschieden nervt.«

»Deine Nerven habe ich heute Nacht doch ziemlich in Wallung gebracht.«

Er umfing ihren Hintern. »Wie soll ich bloß nach Hause fahren, wenn ich jetzt die ganze Zeit daran denken muss?«

»Genauso wie ich jetzt schlafen soll, obwohl ich an all die heißen Sachen denke, die du heute Nacht mit mir gemacht hast, nur dass mein Bett immer noch nach dir riecht. Mich trifft es also härter.«

»Für dich bin ich doch immer hart, Babe.« Nach zahlreichen weiteren heißen Küssen ging er zur Tür hinaus. »Schließ lieber hinter mir zu, oder ich komme direkt wieder zurück.«

»Nichts als leere Drohungen …«

Dreizehn

Nachdem Jed letzte Nacht gegangen war, hatte es eine Ewigkeit gedauert, bis Josie einschlafen konnte, und um halb sechs war sie wieder aufgestanden, um die Lebkuchentassen vor der Arbeit fertig zu backen. Sie hätte völlig erschöpft sein müssen, aber als sie Luscious Licks betrat, war sie regelrecht aufgekratzt. Vor allem war sie jedoch gespannt, wie Penny auf ihr Gebäck reagieren würde, aber als sie in ihr Auto gestiegen war, hatte sie einen Stein auf dem Fahrersitz gefunden, in den Jed *Ich glaube an dich* hineingeritzt hatte. Woher wusste er nur, dass sie heute Morgen eine zusätzliche Portion Selbstvertrauen gebrauchen konnte?

Penny stand auf einer Leiter hinter dem Tresen und schrieb die Tagesangebote auf die Kreidetafel – *Pfefferminzhagelsturm-Eisbecher*. Ihre Haare hatte sie zu einem Knoten hochgesteckt, und sie trug ein mintgrünes Sweatshirt. Josie wusste, dass auf der Vorderseite in Dunkelgrün EINMAL LECKEN? neben einer großen Eiswaffel und LUSCIOUS LICKS darunter stand.

»Hallo«, begrüßte Penny sie und stieg die Leiter hinunter. »Schau mal. Die Eissorte deines Sohnes ist heute unser Spezialangebot.«

»Das wird ihm gefallen. Ich muss das fotografieren, um es

ihm zu zeigen.« Sie zückte ihr Handy, und Penny warf die Arme in die Luft und lächelte, während Josie sie fotografierte.

»Schick mir das auch. Das muss ich in den sozialen Netzwerken teilen.«

Penny war in Bezug auf die sozialen Medien sehr geschickt. Die Eisdiele hatte mehr als zwanzigtausend Follower. Josie hingegen hatte noch nicht einmal irgendwo ein Profil. Sie hatte keine Vorstellung davon, was die Leute teilten oder warum sie das taten, aber bei Penny wirkte jedes Bild wie ein Ereignis. Ihre Posts ernteten Hunderte von Kommentaren, und es kamen immer wieder Leute herein, die sagten, dass sie etwas auf Instagram oder Facebook gesehen hatten.

Sie schickte das Bild an Penny und steckte das Handy weg. »Ich hoffe, du hasst mich jetzt nicht dafür, aber ich hatte gestern Abend eine Idee, was du im Winter noch anbieten könntest.«

»Warum sollte ich dich hassen?« Penny kam um die Theke herum. »Ich liebe neue Ideen.«

»Ich will nur nicht, dass du denkst, ich wollte mich mit irgendwelchen verrückten Vorstellungen in deine Geschäftsführung einmischen.«

Penny lachte auf. »Also bitte, wenn du irgendwelche Vorschläge hast, dann immer her damit.«

»Okay, nun ja …« Sie hatte nichts mit hereingebracht, für den Fall, dass Penny beschäftigt oder nicht interessiert gewesen wäre. »Sie sind hinten in meinem Wagen.« Sie zeigte durch die Glastür auf ihr Auto am Straßenrand.

»Jetzt bin ich aber gespannt.« Penny nahm ihren Mantel und folgte ihr nach draußen.

Josie öffnete die Heckklappe. Sie hatte sich gar keine Gedanken darüber gemacht, wie viel sie gebacken hatte, bis sie jetzt alles vor sich ausgebreitet sah. Es gab Dutzende von

Leckereien, und auf dem Beifahrersitz und der Rückbank lagen noch mehr.

»Das ist alles aus Lebkuchenteig, außer den Waffeln, die sind aus Ingwerkeksteig, weil Lebkuchen nicht fest genug wird. Mit mir sind ein bisschen die Pferde durchgegangen, aber …«

»Heiliger Strohsack, Josie! Du hast sie alle selbst gemacht?« Penny beugte sich vor, um die Tassen zu mustern, die sie heute fertig gebacken hatte. »Sind das Tassen? Können wir sie mit Eis füllen?«

»Ja, und ich habe die Griffe mit Karamell angeklebt. Ich dachte mir, wir könnten sogar Lebkucheneis machen, wenn du willst, oder Lebkuchenpfirsicheis. Das wäre so lecker. Helen – Brians Großmutter – und ich haben das immer komplett selbst hergestellt. Die Schälchen sind besser geworden, als ich gehofft hatte, und ich habe noch andere Ideen«, sagte sie, während Penny ihr Handy zückte und lauter Fotos schoss.

Josie erzählte ihr von den Clown-Eiswaffeln. »Und über die Feiertage können wir daraus stattdessen Elfen mit Lebkuchenohren machen. Für Partys können wir auch Eistorten mit Lebkuchen dekorieren. Vielleicht sogar ein Winterwunderland mit einem Lebkuchenzug und Eiskugeln in den Waggons bauen?«

»Heiliger Bimbam. Finlay wird ausrasten, wenn sie erfährt, was du kannst. Ich schicke ihr die Bilder.«

Josies Magen zog sich zusammen. »Warum? Backt sie auch Lebkuchen? Sag schon! Ich wollte nicht …«

»Nein! Sie macht rein gar nichts aus Lebkuchen, und das hat sie auch noch nie! Sie wird begeistert sein.« Penny nahm sich eine Waffel und biss hinein. »Oh mein Gott!« Sie schloss beim Kauen die Augen. »Mmmm.« Sie riss die Augen auf. »Du bist brillant! Wir müssen sie reinholen, damit wir ein paar fertig machen und fotografieren können. Die sollten wir heute noch in den sozialen Netzwerken einstellen, dann sehen wir, wie sie sich verkaufen. Wahrscheinlich ist das unklug, aber sie sind einfach zu gut, um sie nicht mit anderen zu teilen. Probieren wir es einfach aus.«

»Du willst sie online zeigen? Im Ernst?«

»Ja. Das könnte ein großes Ding werden, Josie. Wenn sie sich gut verkaufen, können wir sie auf die Speisekarte setzen, oder – oh! Ich weiß was! Wir können eine jährliche Lebkuchenwoche einführen. Kannst du auch sommerliche Sachen machen? Vielleicht Lebkuchenballons am Stiel für den Frühling?«

»Ich kann so ziemlich alles daraus machen.« Josie erzählte ihr noch mal von Brians Großmutter und wie sie schon seit Jahren mit Rezepten herumspielte.

Pennys Handy klingelte. »Das ist Finlay.« Sie ging ran. »Hast du die Bilder gesehen? Die hat Josie gemacht. Das ist alles aus Lebkuchen. Ich stelle dich auf Lautsprecher.«

»Wow, Josie!«, rief Finlay aus. »Heb mir eins der Schälchen auf. Ich komme vorbei, sobald die Mittagsschicht zu Ende ist. Hast du auch nur eine Ahnung, wie fantastisch das ist? Das ist eine Marktlücke, die hier noch niemand entdeckt hat!«

Josie konnte ihr Erstaunen nicht verbergen, während Finlay und Penny meinten, dass sie das Winterfest in Peaceful Harbor verpasst hatten, aber auch am Frühlingsfestival teilnehmen konnten.

»Kann ich dich für Cateringaufträge engagieren?«, erkundigte sich Finlay.

»Wirklich?« Josie konnte sich vor Aufregung kaum bremsen. »Ja! Ich meine, wenn Penny nichts dagegen hat. Ich könnte das zusätzliche Geld wirklich gebrauchen.«

»Absolut. Das wird eine große Sache für dich werden«,

erklärte Penny. Da erspähten sie Sarah auf der Straße, die um die Ecke bog und auf den Friseursalon zuging. »Sarah!«, rief Penny. »Du hast mir gar nicht erzählt, dass Josie die Lebkuchenflüsterin ist!«

Während Sarah die Straße überquerte, sagte Finlay: »Ich muss jetzt auflegen, aber ich werde Cassie, Gemma und Crystal die Fotos schicken. Und ich zeige sie Izzy. Tschüss, ihr Lieben.«

Penny beendete das Gespräch und war wieder mit ihrem Handy beschäftigt, als Sarah zu ihnen stieß. »Deine Schwester wird hier noch zur neuen Sensation werden.«

Josie umarmte Sarah. »Hör nicht auf sie. Sie hat einen Zuckerflash, das ist alles.«

»Oh, bitte. Schau dir bloß an, was deine Schwester gebacken hat«, rief Penny aus. »Tassen, Schälchen, Plätzchen, alles aus Lebkuchen. Und Waffeln aus Ingwerteksteig. Sie hat sie sogar in Schokolade getaucht und mit Streuseln dekoriert. Ich würde sie glatt heiraten, wenn ich auf Frauen stehen würde.«

»Die hast alle du gemacht, Josie?« Sarah riss vor Erstaunen die Augen auf, als sie die Lebkuchenberge sah.

»Ja. Ich bin ziemlich gut bei allem, was mit Lebkuchen zu tun hat. Das habe ich von Brians Großmutter gelernt.«

Penny reichte Sarah einen Lebkuchen. »Wir werden ein paar coole Fotos machen und sie in den sozialen Netzwerken einstellen, damit wir sehen, wie sie sich verkaufen. Ich hebe ein Schälchen für Finlay auf.« Ihr Handy vibrierte, und sie las schnell die Nachricht. »Crystal und Gemma kommen in der Mittagspause rüber. Finlay hat ihnen Bilder geschickt.«

»Ich muss zur Arbeit«, sagte Sarah. »Aber kann ich dir ein paar Lebkuchen für die Kinder abkaufen?«

»Meine Schwester kauft keine Lebkuchen von mir. Warte, ich hole eine Tüte.« Josie rannte in den Laden und steckte nach der Rückkehr mehrere Lebkuchen in die Tüte, um sie Sarah zu reichen. »Wollen wir uns dieses Wochenende zusammen mit den Kindern treffen?«

»Ja, das fände ich wirklich schön.« Sarah umarmte sie. »Kommt zum Abendessen vorbei. Die Kinder können spielen und wir Zeit miteinander verbringen.«

Während Sarah über die Straße zum Friseursalon ging, bat Penny: »Hilf mir, das alles reinzutragen. Ich kann es gar nicht erwarten zu hören, was du noch für Ideen hast.« Ihr Handy vibrierte erneut. Sie stellte die Schachtel auf einen Tisch in der Eisdiele und las die Nachricht. »Cassie sagt, dass sie später mit Finlay vorbeikommen und mit dir reden möchte.«

»Meine Güte. Sie ist die Bäckerin, nicht wahr? Ich bin ihr doch nicht auf den Schlips getreten, oder?«

Penny verdrehte die Augen. »Erstens, nein. Und zweitens, bei solchen Sachen kann das gar nicht passieren. Wir alle wollen das Gleiche: die Leute mit köstlichen Leckereien verwöhnen. Wir sind keine Konkurrentinnen. So sind wir alle nicht gestrickt.« Im Hinausgehen fügte sie hinzu: »Fin und Cassie backen ziemlich viele ähnliche Sachen, aber selbst die beiden arbeiten bei großen Cateringaufträgen zusammen. Wenn sich diese Lebkuchen so gut verkaufen, wie ich glaube, wird es bei dir ähnlich laufen.«

Josie nahm eine Schachtel. »Ich habe so lange in einer Dreierwelt gelebt, die nur aus Brian, Hail und mir bestand, dass es sich wie ein Traum anfühlt, so viele Freunde zu haben, die mich bei allem unterstützen.«

»Gewöhn dich daran, Josie. In Peaceful Harbor zu leben bedeutet, dass alle ständig vor deiner Tür auftauchen. Wenn du stürzt, gibt es jede Menge Hände, die dir aufhelfen, und wenn du etwas zu feiern hast, spornen dich alle an. Es ist ziemlich beeindruckend.«

Quincy kam vorbeigefahren und hupte, als sie in die Eisdiele gingen. »Wo wir gerade von Auftauchen sprechen …« Josie bemerkte, wie sich Pennys Wangen röteten. »Quincy kommt ständig vorbei. Er steht total auf dich, also …Wann wirst du ihm mehr als nur eine Kostprobe deiner Eiscreme geben?«

Penny lachte. »Fängst du jetzt auch noch damit an? Vielleicht sollte ich es mir noch einmal überlegen, ob ich dich nicht doch hasse.«

»Vergiss, dass ich irgendwas gesagt habe. Ich bin nur gerade auf so einem Höhenflug, dass ich dachte, es wäre schön, wenn du mit ihm ausgehen würdest. Wir könnten uns zu einem Doppeldate verabreden.«

»Mit anderen Worten, weil du verrückt nach Jed bist, soll ich was mit Quincy anfangen?«, witzelte Penny. »Du willst also, dass unsere Auserwählten beste Freunde sind?«

»Meine Güte, Penny!« Josie rannte mit einem neuen Einfall im Kopf um den Tresen herum. Sie nahm sich ein Stück Papier und einen Stift. »Beste Freunde. Das ist fantastisch! Wir können Pärchen aus Lebkuchen gestalten und sie mit Zuckerguss-Haaren in unterschiedlichen Farben, Lederjacken, Fußballtrikots und was auch immer verzieren.«

»Und Lebkuchenwelpen für Hundefreunde. Das wird so eine große Sache werden, Josie. Du brauchst Visitenkarten. Ich glaube, du hast deine Nische gefunden.«

Meine Nische. Mann, hörte sich das gut an.

Jed packte Donnerstagnachmittag sein Werkzeug in der Werkstatt weg und ging ins Büro, um mit Dixie zu sprechen. Er klopfte einmal an und öffnete dann die Tür. »Hey, bist du beschäftigt?«

Sie blickte vom Computerbildschirm auf. »Nein, ich sehe mir gerade Pornos an, trinke Bier und hänge hier zum Spaß ab.«

»Sehr witzig. Wie geht es dir, Dix?« Er ließ sich auf den Stuhl vor dem Schreibtisch sinken.

»Ganz ok. Der Tag lief ziemlich gut. Tex und Court haben sich bereit erklärt, an der Junggesellenauktion teilzunehmen, obwohl ich denke, dass ich das Datum noch um ein paar Wochen verschieben sollte. Sarahs Geburtstermin ist am neunzehnten Februar, und sie hat gesagt, dass sie noch nie auf einer Junggesellenauktion gewesen ist und gern hingehen würde. Ich denke an den späten Frühling oder den Frühsommer. Vielleicht im Mai.«

»Du verlegst den Termin für eine Person, die nicht einmal mitbieten wird?«

»Sie verdrehte die Augen. »Denk darüber nach, Jed. Ein Dark Knight ist Vater geworden, Red hat ein neues Enkelkind. Glaubst du nicht, dass alle ein paar Wochen lang ein bisschen zu sehr damit beschäftigt sein werden, auszuhelfen und das Baby zu knuddeln? Wir brauchen Leute, die auf die Junggesellen bieten, aber wir wollen auch auf andere Art Geld für das Obdachlosenheim sammeln. Alles, was wir im Laufe dieses Tages und Abends einnehmen, ist für diesen Zweck gedacht. Je mehr Menschen in der Bar sind, desto mehr Getränke und Gerichte werden wir verkaufen.«

»Deshalb bist du die Frau, die mit den Zahlen jongliert, und ich bin der Mechaniker. Klug überlegt. Hör zu, ich habe mit Buck darüber gesprochen, wie ich mich für ein Darlehen qualifizieren kann, um mir ein Haus zu kaufen, und er sagte, dass ich Kopien meiner Gehaltsabrechnungen brauche. Kann ich von dir Kopien von der Werkstatt und der Bar bekommen?«

»Selbstverständlich. Ich kann sie dir direkt ausdrucken.« Schon klickte sie wild mit der Maus herum. »Hast du schon ein Haus gefunden?«

»Nein. Ich dachte mir, dass ich erst mal alles vorbereiten sollte. Ich habe herumgefragt, aber die meisten Häuser sind zu teuer oder der Stadtteil ist nicht sicher genug.«

Der Drucker legte lautstark los. »Ich schätze mal, mit Josie und dir ist es ziemlich ernst, was?«

»Ja, das ist es, und ich will sie in meinem Leben haben, was bedeutet, dass ich ein Haus mit genug Platz brauche, damit Hail herumrennen und Ball spielen kann.« Josie war nach der Arbeit bei ihm vorbeigekommen, um ihm zu erzählen, wie begeistert Penny von ihren Ideen war. Sie konnte kaum stillstehen vor Aufregung, und er sah sie wahnsinnig gern derart begeistert.

Sein Handy klingelte, und er zog es aus der Tasche und sah Bullets Namen auf dem Display. »Was ist, Bullet?«

»Der Bursche von gestern ist wieder da und hat seinen Bruder mitgebracht. Was soll ich mit ihnen machen?«

»Tatsächlich? Vielleicht habe ich ja doch etwas bewirkt. Ich komme gleich rüber.«

Als er aufstand, reichte Dixie ihm die Unterlagen. »Was grinst du so?«

»Das war Bullet. Wir hatten gestern einen Zechpreller und …«

»Finlay hat mir von dem Jungen erzählt. Du hast Glück, dass er so harmlos ist. Er hätte das Lokal auskundschaften und versuchen können, uns später auszurauben oder so.«

»Dix, er war siebzehn und hungrig, aber keiner, der

Lebensmittelläden überfällt. Jedenfalls ist er wieder da und hat seinen Bruder mitgebracht. Ich würde gern versuchen, ihnen zu helfen. Ist es nicht genau das, worum es bei den Dark Knights geht?«

»Ja, das stimmt. Wenn du gleich drüben bist, solltest du Bullet darum bitten, den anderen beim nächsten Treffen mitzuteilen, dass du ein Haus suchst.«

»Danke, das werde ich tun.«

Als er im Wagen saß, schickte er rasch eine Nachricht an Josie. *Ich muss mich um etwas in der Bar kümmern. Komme direkt im Anschluss vorbei. Will Hail heute Abend immer noch in die Bücherei gehen?* Er ließ den Motor an, und schon vibrierte sein Handy, als ihre Antwort eintraf. *Seit er von der Schule nach Hause gekommen ist, redet er über nichts anderes, aber wenn du müde bist, kann ich ihm sagen, dass wir ein andermal hingehen.*

Er war müde, aber nur, weil er nicht hatte schlafen können, nachdem er in den frühen Morgenstunden nach Hause gekommen war. Sein Bett hatte sich so leer angefühlt, seitdem Josie nicht länger darin lag. Sie hätte bei ihm sein sollen und keine zehnminütige Autofahrt entfernt.

Er schrieb ihr schnell eine Nachricht: *Bin nie zu müde, um meine Versprechen zu halten. Wir sehen uns bald.* Dann fuhr er zum Whiskey Bro's.

Vierzehn

Als Jed ankam, stand Bullet direkt vor der Tür vom Whiskey Bro's und wachte bedrohlich über Ricardo und seinen Bruder, die beide aussahen, als wollten sie am liebsten die Flucht ergreifen.

»Mann, Bullet, entspann dich«, sagte Jed im Näherkommen. »Danke für den Anruf. Ich kümmere mich jetzt um sie.« Als Bullet beiseitetrat, sagte er: »Hi, Ricardo. Alles in Ordnung?«

Ricardo schaute nervös zu seinem Bruder, der ebenso wie er olivfarbene Haut und dunkle Augen hatte, nur dass sein Haar dicker und welliger war und seine Augen nicht ganz so misstrauisch wie Ricardos wirkten. In ihnen blitzte noch etwas anderes auf. Hoffnung vielleicht. »Das ist mein Bruder Marco. Wenn ich Geschirr spüle, geben Sie ihm was zu essen?«

Grundgütiger. Jed hatte fast den Eindruck, mit einer jüngeren Version seiner selbst zu sprechen. Zumindest versuchte Ricardo, seinem Bruder mit ehrlicher Arbeit zu helfen.

»Klar, Mann. Kein Problem.« Jed reichte Marco die Hand, der im Gegensatz zu seinem Bruder einen Wintermantel trug. Ricardo hatte dasselbe Flanellhemd und dieselben zerrissenen Jeans an wie am Vortag.

»Marco, ich bin Jed. Wie alt bist du?«

Marco sah Ricardo an, und sein Bruder nickte zustimmend. Erst dann schüttelte er Jed die Hand. »Ich bin sechzehn. Und ich war heute in der Schule«, fügte er rasch hinzu. Sein Blick wanderte wieder zu seinem Bruder. »Ricky auch. Das schwöre ich.«

»Na, das ist doch großartig.« Jed wandte sich wieder an Ricardo. »Hast du heute schon was gegessen?«

Ricardo steckte die Hände in die Taschen. »Ich habe keinen Hunger.«

Jed spürte, wie Bullet, der hinter dem Tresen stand, sie anstarrte. Isabel bediente Gäste am anderen Ende der Bar und Tracey kellnerte. Er zeigte auf einen Tisch. »Warum setzt ihr euch nicht? Ich komme gleich wieder.«

Die Jungen gingen an den Tisch, und Jed beschloss, mit Bullet zu sprechen.

Bullet stellte ein Glas vor einen Gast und drehte sich dann zu Jed um. »Wird das hier jetzt eine Kindertagesstätte?«

Jed schüttelte den Kopf und drehte sich zu Isabel. »Izzy, könntest du den Jungs eine Cola bringen und sie im Auge behalten? Ich muss kurz mit Bullet reden.« An Bullet fügte er hinzu: »Gehen wir in die Küche?«

Finlay hielt beim Bestreichen des Gebäcks inne, als sie in die Küche kamen, und ihr Lächeln verblasste. »Was ist?«

»Der Junge ist wieder da«, antwortete Bullet.

»Ricardo?« Finlays Lächeln kehrte zurück. »Er ist ein Schatz. Soll ich ihm ein Sandwich machen?«

»Ja, bitte. Zwei, wenn du nichts dagegen hast, mit Chips.«

Bullet starrte Jed mit zusammengekniffenen Augen an.

»Das geht auf meine Rechnung, Bullet. Hör zu, er ist nicht zum Stehlen da, und er bettelt auch nicht um Almosen. Er hat gefragt, ob er Geschirrspülen darf, wenn er etwas zu essen für seinen Bruder bekommt.«

»Oh, das ist das Bezauberndste, was ich je gehört habe«, sagte Finlay und machte sich daran, die Sandwiches zuzubereiten. »Ich lege noch ein paar Kekse dazu.«

Jed gluckste. »Danke.«

»Was hast du vor, Jed?«, wollte Bullet wissen.

»Ich will dem Burschen einen Teilzeitjob anbieten und ihn von der Straße holen. Sein Vater sitzt im Gefängnis, seine Mutter hat zwei Jobs, und er versucht offensichtlich, sich um seinen Bruder zu kümmern.«

»Du kannst nicht jeden Teenager retten, der eine schwierige Phase durchlebt«, erwiderte Bullet. »Wir kennen diesen Burschen nicht.«

»Mich habt ihr auch nicht gekannt«, rief Jed ihm in Erinnerung. »Ihr wusstet nur, dass ich Crystals Bruder bin und gerade versuche, mein Leben wieder in Ordnung zu bringen. Ist das nicht genau das, worum es bei den Dark Knights geht? Einander zu helfen? Die Gemeinschaft zu schützen?«

Bullet verschränkte die Arme, senkte das Kinn und musterte ihn wortlos.

»So, wie ich es sehe«, fuhr Jed fort, »wird es ihm finanziell helfen und ihn hoffentlich von der Straße fernhalten, wenn ich ihm einen Job gebe.«

»Ich könnte Hilfe gebrauchen«, säuselte Finlay.

»Himmel, Lollipop«, brummte Bullet. »Du mit dem Burschen allein hier drin? Was, wenn er nichts Gutes im Schilde führt?«

»Wenn du dich damit besser fühlst, kannst du ihn überwachen und finster anstarren.« Finlay war im Vergleich zu Bullet winzig. Sie legte ihm eine Hand flach auf die Brust. »Ich vertraue Jed. Wenn er glaubt, dass man Ricardo trauen kann, reicht das dann nicht?«

Bullets Miene wurde sanfter, und er legte die Arme um die Taille seiner Frau und gab ihr einen zärtlichen Kuss. »Ich werde ihn auf jeden Fall finster anstarren.«

»Ich weiß«, erwiderte sie. »Aber übertreib es bitte nicht, okay? Wir wollen ihn nicht so verängstigen, dass er hier rückwärts wieder rausrennt.«

»Was ist mit dem Bruder?«, wollte Bullet wissen.

»Das werde ich herausfinden.«

Jed wartete, bis Finlay die Sandwiches fertig hatte. Als er die Teller nach draußen trug, stand Tracey am Tisch der Jungen und redete mit ihnen. Sie sagte etwas und fing Jed dann auf dem Weg zum Tisch ab. »Alles in Ordnung?«, erkundigte er sich.

»Ja. Ricardo hat sich dafür entschuldigt, dass er gestern versucht hat, die Zeche zu prellen.«

»Hat er das? Gut.« Er brachte das Essen an den Tisch und setzte sich.

»Danke«, sagten sie wie aus einem Mund. Marco nahm sein Sandwich in die Hand und biss hinein.

Ricardo blickte auf seinen Teller.

»Was ist los?«, fragte Jed. »Magst du keinen Truthahn?«

»Wie viele Stunden muss ich arbeiten, um das abzuzahlen?«, wollte Ricardo wissen.

»Nur eine Stunde für Marcos Sandwich; das hier geht auf meine Rechnung.«

Ricardos Blick wanderte vom Teller zu Jed und wieder zurück. »Nein, Mann. Ich werde dafür zwei Stunden arbeiten, und wenn es geht noch eine Stunde mehr, damit ich Geld für den Bus habe.«

»Abgemacht.« Jed wollte ihn nicht nur für eine Stunde bezahlen, aber er respektierte Ricardos Stolz. »Hau rein.«

Ricardo verspeiste sein Sandwich im Handumdrehen. »Kann ich jetzt anfangen?«

»Natürlich. Hör zu, Bullet wird dich in der Nähe seiner Frau genau beobachten.«

Ricardo hob die Hände und riss die Augen vor Angst weit auf. »Ich werde keine Dummheiten machen. Ich schwöre es. Finlay war sehr freundlich zu mir, und selbst wenn sie das nicht gewesen wäre, würde ich mich in ihrer Gegenwart trotzdem benehmen.«

»Sie ist eine nette Frau. Vergiss das einfach nicht.« Er wandte seine Aufmerksamkeit Marco zu, der immer noch aß. »Du gehst nirgendwohin, okay?«

Marco nickte und lächelte zaghaft.

Jed brachte Ricardo in die Küche, wo er von Finlay begrüßt wurde. »Hallo, Ricardo. Schön, dass du wieder da bist.«

»Hallo, und danke«, erwiderte Ricardo.

Bullet trat durch die Tür, und Beklemmung zeichnete sich auf Ricardos Gesicht ab. Er wandte sich der Spüle zu und widmete sich dem Abwasch.

»Versuch, ihm nicht zu viel Angst einzujagen, okay?« Dann kehrte Jed zurück an den Tisch, um mit Marco zu sprechen.

Als Jed sich hinsetzte, hatte Marco sein Sandwich fast aufgegessen. »Das ist wirklich lecker. Danke.«

»Freut mich, dass es dir schmeckt. Erzähl mir von euren Eltern, Marco.«

»Meine Mutter ist die Beste. Sie ist witzig, aber sie arbeitet immer.«

»Und dein Vater?«

Er starrte die Tischplatte an und zuckte mit den Achseln.

»Er ist nicht da.«

Jed zog eine Augenbraue hoch.

»Er ist im Gefängnis.«

Zumindest passten ihre Geschichten zusammen. »Kauft eure Mutter euch was zu essen? Kocht sie für euch?«

»Nein, Mann. Normalerweise arbeitet sie. Ricky und ich übernehmen das Einkaufen. Und wir kochen.« Er aß einen Kartoffelchip.

»Ihr habt Glück. Als ich in eurem Alter war, hat meine Mutter nicht für mein Essen bezahlt. Ich musste es klauen.«

Marco schaute auf seinen Teller hinab.

»Wenn sie euch Geld gibt, warum hat Ricky dann hier nicht bezahlt?«

Marco zuckte abermals mit den Achseln und fummelte an der Serviette herum.

»Sie gibt euch kein Geld, nicht wahr?«, hakte Jed vorsichtig nach.

»Doch, das macht sie«, erwiderte Marco schnell. »Das schwöre ich.«

»Habt ihr es für Drogen ausgegeben?«

Er schüttelte den Kopf.

»Alkohol?«

Er schüttelte erneut den Kopf, diesmal vehementer und mit aufgerissenen Augen.

Jed konnte nur hoffen, dass er die Wahrheit sagte, aber er war auch besorgt, dass der Rest seiner Geschichte noch schlimmer ausfallen würde. »Was dann? Wo geht euer Essensgeld hin?«

Marco starrte den Tisch mit seinen dunklen Augen an und zog halbherzig eine Schulter hoch.

»Pass mal auf, Marco. Egal, was es auch ist, schlimmer als

das, was ich angestellt oder gesehen habe, kann es nicht sein. Das schwöre ich dir.« Er schwieg einen Moment, um das sacken zu lassen, bevor er fortfuhr. »Ich möchte euch Jungs helfen, aber das kann ich nur, wenn ich weiß, was los ist.«

Marco starrte weiter auf den Tisch. »Ricky hat mir Schuhe gekauft.«

Jed fielen Marcos Nikes unter dem Tisch auf. Sie waren sichtlich getragen und eindeutig nicht neu, aber auch nicht alt und ausgetreten. »Die hier?«

Marco nickte. »Aus dem Secondhandladen. Ich hatte Probleme mit den Jungs in der Schule, und Ricky gefiel das nicht.«

»Probleme wegen …?«

Erneutes Achselzucken. »Wegen meiner Kleidung und so.«

Jed griff über den Tisch und klappte Marcos Mantel auf einer Seite auf. Darunter trug er ein trendiges T-Shirt, und jetzt, wo Jed ihn genauer unter die Lupe nahm, wurde ihm bewusst, dass Marcos Jeans nicht dreckig und zerrissen war wie Ricardos. Sie war dunkel und neu. Jeds Brustkorb zog sich zusammen. Das waren keine schlechten Jungs. Ricardo tat, was er konnte, um seinem Bruder zu helfen. »Was wirst du tun, während er hier arbeitet?«

Marco zuckte wieder die Schultern. »Ich bleibe nicht hier sitzen. Wahrscheinlich laufe ich draußen rum.«

Drei Stunden lang draußen herumzulaufen würde nur noch mehr Ärger heraufbeschwören. »Glaubst du, dass eure Mutter euch beiden erlauben würde, hier zu arbeiten? Würde sie euch eine Arbeitserlaubnis unterschreiben?«

Marco nickte. »Aber Geschirrspülen kann ich nicht. Ricky wäscht meins immer noch mal ab.«

Jed lachte auf. »Und was kannst du?«

Marco sah sich in der Bar um. »Ich kann Tische abräumen. Ich habe geschickte Hände, nur saubermachen kann ich nicht. In der Schule nehme ich am Werkunterricht teil. Sie bringen uns Bauen und Schweißen bei. Das ist ziemlich cool.«

»Möchtest du dir heute Abend dreißig Mäuse verdienen?«

Sein Gesicht hellte sich auf. »Na klar.«

Eine halbe Stunde später räumte Marco die Tische ab. Jed rief Josie an, um ihr zu erklären, dass er heute später als eigentlich gedacht vorbeikommen würde.

»Ich freue mich so, dass du ihnen hilfst«, sagte sie. »Lass dir Zeit. Hail wird es verstehen.«

»Danke, Babe. Bitte sag ihm, dass ich auf jeden Fall vorbeischaue. Ich werde ihn nicht enttäuschen. Ich will nur noch mit Bullet reden und sicherstellen, dass mit den Jungs alles seinen Gang geht. Dann hole ich euch ab und wir gehen in die Bücherei. Hinterher fahre ich noch mal in der Bar vorbei und bringe die Jungs vielleicht nach Hause. Wir sehen uns nachher, und vielen Dank für dein Verständnis.«

Als Bullet irgendwann Pause machte, erkundigte sich Marco, was er noch tun konnte. Tracey bot an, ihm zu zeigen, wie man die Fußböden fegte, die Speisekarten abwischte, die Servietten nachlegte und die Gewürze auffüllte. Damit wäre er für eine Weile beschäftigt.

»Schmeißt du hier jetzt den Laden, Prospect?«, fragte Bullet, als sie ins Büro gingen.

Der Spott in Bullets Augen war ein seltener Anblick, und Jed war froh, ihn jetzt zu entdecken. »Nein, und ich werde ihren Lohn für heute übernehmen. Weißt du, warum ich zu den Dark Knights gehören möchte?«

»Weil sich niemand mit uns anlegt?« Bullet lachte leise.

»Zum Teil natürlich schon, aber es ist noch viel mehr als

das. Ich bin in der gleichen Situation gewesen wie diese Jungs und musste mich entscheiden, ob ich lieber was zu essen oder etwas zum Anziehen haben wollte. Man kann ganz schnell auf die schiefe Bahn geraten. Sieh mich und Quincy an. Er wurde drogensüchtig und ich habe geklaut. Wir sind gute Menschen, die aufgrund ihrer schweren Situation schlimme Dinge getan haben. Weißt du, wie anders unser Leben verlaufen wäre, wenn wir zu einer Gruppe wie den Dark Knights gehört hätten? Einer Gruppe, in der dir deine Freunde den Rücken freihalten und du Gutes tust für Menschen, die das selbst nicht können? Wenn wir einen Ort gehabt hätten, wo wir hingehören, wo wir uns vor unseren Freunden, Brüdern hätten rechtfertigen müssen?«

Bullet nickte und beäugte ihn ernst.

»Diese Jungs haben mich zum Nachdenken gebracht. Wir beide wissen, dass sie nicht die einzigen Teenager in Peaceful Harbor sind, die Hilfe gebrauchen können. Was wäre, wenn wir ihnen eine Gruppe zeigen, zu der sie aufschauen können und der sie angehören wollen? Einen Ort mit Menschen, die sich um sie sorgen und für die ihr Leben eine Bedeutung hat, eine Gruppe, die verlangt, dass sie jeden Tag zur Schule gehen und an wöchentlichen Treffen teilnehmen, um Rechenschaft abzulegen? Mehr als das, wöchentliche Treffen, um Vertrauen und Engagement aufzubauen, wie man sie als Teil einer größeren Gruppe braucht? Wir könnten ihre Mentoren sein, so eine Art Großer-Bruder-Programm auf die Beine stellen, nur eben mit den Dark Knights. Vielleicht könnte man das *Young Knights* oder so nennen. Die Jungs könnten zum Prospect werden, während sie das Programm durchlaufen, und wenn wir das Gefühl haben, dass sie bereit sind, oder wenn sie achtzehn werden – oder wir nehmen vielleicht die Schulnoten oder Gemeinschaftsaktivitäten als Grundlage –, dann werden sie zu

Mentoren für andere Kinder, die Unterstützung brauchen.«

Bullet verschränkte die Arme und drückte das Kinn gegen die Brust. »Ein Programm mit Jugendlichen?«

»Ja. Es müsste sich nicht jeder der Dark Knights daran beteiligen, aber manche möchten das vielleicht. Wenn ich daran denke, dass Hail in so einer Situation wäre ...«

»Das wird nie passieren«, erklärte Bullet nachdrücklich.

»Ich weiß, aber genau davon spreche ich. Jojo hat diese Sicherheit, aber diese Burschen da draußen? Es klingt ganz danach, als würde ihre Mutter ihr Möglichstes tun, um sie alle über Wasser zu halten. Du weißt verdammt gut, dass sie sie nicht im Auge behalten kann, wenn sie arbeitet. Aber Ricardo ist zurückgekehrt, Bullet. Er hätte genauso gut weiterhin stehlen und woanders die Zeche prellen können. Aber er hat stattdessen seinen Stolz runtergeschluckt und ist an den Ort zurückgekehrt, an dem er Mist gebaut hat, um das Richtige für seinen Bruder zu tun. Das sagt mir alles, was ich über diese beiden zu wissen brauche.«

»Ich weiß nicht, Mann. Mir gefällt die Idee, aber wir können nicht jeden fehlgeleiteten Teenager einstellen, der hier vorbeikommt.«

»Ich weiß«, erwiderte Jed. »Aber wie viele Dark Knights führen ein Geschäft? Mehr als die Hälfte, wenn nicht noch mehr. Und es geht nicht nur um Jobs. Es geht um Bruderschaft, Bullet. Darum, sie so zu unterstützen, dass sie verstehen, wie sie klügere Entscheidungen treffen können, und ihnen Gründe dafür zu geben. Vielleicht bekommen nicht alle einen Job, aber manche erhalten Nachhilfe oder lernen ein Handwerk. Oder vielleicht brauchen sie einfach nur jemanden, der ihnen zuhört und Probleme mit ihnen bespricht. Jemanden, der ihren Blick auf die Welt erweitert und ihnen hilft, ihren Platz darin zu finden.« Er ging auf und ab, während sich die Idee in seinem Kopf festsetzte und immer mehr Gestalt annahm. »Jugendliche wie Ricardo und Marco versuchen, den heutigen Tag zu überleben. Sie denken nicht darüber nach, was aus ihnen werden soll, wenn sie die Highschool beenden oder wenn sie dreiundzwanzig sind, die Liebe ihres Lebens treffen und ihnen plötzlich klar wird, dass sie einen besseren Plan brauchen, aber nicht wissen, wie sie das anstellen sollen. Also fallen sie wieder in ihre alten Verhaltensmuster zurück.«

Heilige Scheiße. Er hatte nicht erwartet, dass das aus ihm herausplatzen würde. Aber Bullet nickte, und Jed nahm das als gutes Zeichen.

»Bruderschaft?«, fragte Bullet. »Bist du bereit, ein solches Programm mit auf die Beine zu stellen und zu leiten? Ist dir bewusst, was dafür notwendig ist? Denn genauso wie bei den Dark Knights ist damit noch eine Menge mehr verbunden. Finanzen, die Planung von Veranstaltungen, Gemeindearbeit, herausfinden, wer es wert ist, unsere Abzeichen zu tragen, und wer es nicht schaffen wird. Ein Juniorprogramm müsste auf die gleiche Art geführt werden. Aber das ist noch lange nicht alles. Besprechungen mit Schulen, Lehrern, Betreuern. Du musst sicherstellen, dass es Pläne für alles gibt. Du kannst nicht einfach loslegen und planlos ein Programm ins Leben rufen. Und selbst dann brauchst du die Zustimmung der Eltern, und manche werden dich wahrscheinlich zum Teufel jagen.«

Jed hielt inne. »Das alles macht mir keine Angst. Und du hast recht, manche Eltern werden nicht damit einverstanden sein. Aber vielleicht finden wir Mittel und Wege, um sie zu überzeugen. Ich will diese Idee verdammt noch mal nicht aufgeben, nur weil ein paar Eltern mich vielleicht in die Wüste schicken. Mir fallen sofort ein paar Dutzend Gründe ein, warum ein Kind an so etwas teilnehmen sollte. Verdammt, Bullet. Ich bin das beste Beispiel dafür, warum diese Gemeinde das braucht.«

Bullet hob das Kinn. »Schaffst du es, deine Ideen Montag in einer Woche beim Treffen vorzustellen?«

»Ernsthaft?«

Bullet zog eine Augenbraue hoch. »Würde ich über so was Witze machen?«

»Großartig, Mann. Ja, ich werde da sein, und ich werde vorher meine Ideen zusammenstellen. Danke, Bullet.«

»Und was ist mit den beiden Typen da draußen? Was hast du mit denen vor?«

»Diesel müsste in einer Stunde hier sein, richtig?«

Bullet nickte.

»Sie wollen drei Stunden arbeiten. Ich habe Hail versprochen, mit ihm in die Bücherei zu gehen, deshalb hatte ich gehofft, dass Diesel auf sie aufpassen kann, bis ich zurückkomme. Ich werde sie aus eigener Tasche bezahlen. Marco hat geschickte Hände, daher dachte ich mir, dass ich ihn nach der Schule mit in die Werkstatt nehmen könnte, wenn ich dort arbeite. Nur, um ihn zu beschäftigen. Ich habe ihnen keine Jobs versprochen, falls du dir deswegen Sorgen machen solltest. Aber wenn es geht, würde ich sie gern jede Woche ein paar Stunden arbeiten lassen, vorausgesetzt, dass sie eine Arbeitserlaubnis von ihrer Mutter bekommen.«

»Du hast Köpfchen und dein Herz sitzt am rechten Fleck. Aber das Ganze könnte dir auch auf die Füße fallen, wenn einer der Burschen Mist baut.«

»Das würde ich schon überleben«, versicherte Jed ihm grinsend.

Bullet stieß ein leises Lachen aus. »Mach dir nichts vor. Du würdest es dir doch total zu Herzen nehmen, wenn einer dieser Jungs Mist bauen würde.«

»Dann werde ich mich wohl umso mehr anstrengen müssen.«

»Ja, vermutlich wirst du das.« Sie verließen wieder das Büro. »Du gehst also mit Hail in die Bücherei? Klingt ganz danach, als hätte dich deine Süße bereits gut im Griff.«

Das hat sie schon seit langer Zeit.

Jed holte Josie und Hail ab und erzählte ihr auf dem Weg zur Bücherei vom Young-Knights-Programm, das er den Mitgliedern der Dark Knights präsentieren wollte. Während er davon sprach, Teenagern als Mentor dabei zu helfen, keine Schwierigkeiten zu bekommen und Fähigkeiten zu entwickeln, mit denen sie gleich nach der Highschool Arbeit finden konnten, verliebte sie sich sogar noch mehr in ihn.

»Du bist echt unglaublich«, sagte sie. »Ich bin wirklich stolz auf dich, dass du dich so für diese Jungs einsetzt. Es hört sich an, als wäre Bullet von dem Programm begeistert gewesen.«

Er drückte ihre Hand. »Danke. Ich glaube auch, dass er das ist. Ich muss noch eine Menge recherchieren, um das den Clubmitgliedern präsentieren zu können. Aber es fühlt sich richtig an, verstehst du? Als du letzte Nacht von deinem Wunschtraum gesprochen hast, dachte ich, ich hätte keinen. Aber jetzt habe ich einen. Ich möchte das machen, Jojo. Ich denke, ich werde weiterhin Zeit mit Ricky und Marco verbringen, selbst wenn der Club die Sache nicht unterstützt. Ich will ihnen dabei helfen, nicht vom richtigen Weg abzukommen.«

»Bin ich auf dem richtigen Weg, Moon?«, fragte Hail von der Rückbank. »Ich will nämlich, dass du auch Zeit mit mir verbringst.«

Als sich Jed zu ihrem geliebten Sohn umdrehte, betrachtete er ihn längst nicht nur wie irgendein Kind. Josie konnte spüren, wie viel ihm an ihm lag.

»Du bist auf dem richtigen Weg, Kumpel, und wenn du je davon abkommst, werden deine Mama und ich schon dafür sorgen, dass du ihn wiederfindest.«

Das schien Hail zufriedenzustellen, und er spielte mit seinen Autos weiter. Aber die Worte *deine Mama und ich* ließen in Josie Gedanken an die Zukunft aufkommen. Sie fuhren an der Eisdiele vorbei, und die Menschen standen bis zur Tür hinaus Schlange, was Josie aus ihrem Tagtraum holte.

»Du lieber Himmel, Moon!« Sie wies auf die Eisdiele. »Bei uns herrscht doch nie so viel Betrieb. Sie braucht bestimmt Hilfe.«

»Warum gehst du nicht hin, um ihr unter die Arme zu greifen, und ich fahre mit Hail zur Bücherei?« Er hielt am Straßenrand.

»Ich will dir das nicht aufbürden.«

»Das ist in Ordnung, Mama«, meinte Hail. »Er mag die Bücherei.«

Jed zwinkerte Hail zu. »Das stimmt. Siehst du, wie gut er mich schon kennt?«

Sie wollte eigentlich gern Zeit mit den beiden verbringen, aber sie konnte nicht einfach weiterfahren, wenn Penny vielleicht Unterstützung gebrauchen konnte. »Ich laufe rasch zu ihr und sehe nach, ob sie Hilfe benötigt. Sie hat gesagt, dass eine Studentin vom College ihr gelegentlich aushilft. Ich habe keine

Ahnung, ob sie da ist. Ich bin gleich wieder zurück.«

Sie stieg aus dem Wagen und eilte in die Eisdiele. »Entschuldigung«, sagte sie, während sie sich durch die Menschenmenge schlängelte.

»Josie!«, rief Penny hinter dem Tresen, wo sie Eis in eine Ingwerkekswaffel füllte. »Daran bist nur du schuld.«

»Ich? Was meinst du damit?«

»Sie haben meine Posts in den sozialen Netzwerken gesehen. Schon den ganzen Nachmittag lang kommen deswegen Leute vorbei. Ich glaube, wir haben nur noch zwei Dutzend Kekse und eine Handvoll Schälchen und Tassen.«

»Du meine Güte! Ich werde dir helfen. Lass mich nur schnell Moon Bescheid sagen, damit er mit Hail zur Bücherei fahren kann. Ich bin gleich wieder da.« Sie rannte zurück auf die Straße und riss die Wagentür auf. »Ich muss hierbleiben. Die Leute verlangen die Lebkuchen und Waffeln, die ich gemacht habe!« Sie quietschte vor Freude und kletterte über den Sitz, um Jed einen Kuss aufzudrücken. »Ich bin ja so aufgeregt!« Sie beugte sich über den Sitz und küsste Hail auf die Wange. »Benimmst du dich, Spatz? Ich muss noch eine Weile arbeiten gehen.«

Hail nickte.

»Okay. Danke!« Rasch stieg sie wieder aus. »Holt ihr mich ab, wenn ihr fertig seid? Ich bin so aufgeregt, dass ich kaum geradeaus gucken kann. Das ist völlig verrückt.«

»Das ist eher wohlverdient«, erwiderte er. »Geh schon. Wir sind stolz auf dich!«

Während sie zur Eisdiele zurückrannte, wurde ihr bewusst, dass er ›wir‹ gesagt hatte. Dieses Wir machte den Moment für sie zu etwas ganz Besonderem.

Mehrere Stunden später, nachdem Jed Ricardo und Marco nach Hause gefahren hatte und Hail tief und fest schlief, erzählten Josie und Jed Scotty von den Aufregungen dieses Abends. Als Scotty sich schließlich nach unten zurückzog, lagen Josie und Jed Arm in Arm auf dem Sofa im Wohnzimmer, vollständig bekleidet selbstverständlich. Jed hatte die Hand auf ihren Rücken gelegt und spielte mit ihren Haaren. Josie hatte geglaubt, sie hätte mit Brian ein erfülltes Leben geführt, und sich rein gar nichts gewünscht, als er noch am Leben gewesen war. Dieses neue Leben, diese neue Welt, die sie gerade entdeckte, war nicht unbedingt besser, aber sie war anders, und das brachte eine Fülle von neuen Gefühlen und Träumen mit sich. Sie hätte sich nie ein Leben vorstellen können, das so voller Chancen, Freundschaften und Liebe war. Penny war so begeistert davon, wie gut sich Josies Leckereien verkauft hatten, dass sie einen Lebkuchentag in der Eisdiele plante. Josie hatte noch nie jemanden wie sie getroffen. Wenn es um ihr Geschäft ging, war Penny furchtlos. Sie stürzte sich kopfüber in alles hinein und stellte Unglaubliches auf die Beine.

Als sie darüber nachdachte, wurde ihr bewusst, dass sie falschlag. Sie kannte mehrere so mutige Menschen wie Penny. Hatten sie und ihre Geschwister nicht auch Entschlossenheit bewiesen, als sie sich dazu entschieden hatten, vor der Wut ihrer Eltern davonzulaufen? War Jed nicht ohne zu zögern die Verpflichtung für sein Mentoring und die Beziehung zu ihr – und Hail – eingegangen? Sie schmiegte sich enger an ihn und spürte eine Wärme, die ihren ganzen Körper mit einbezog. Sie hatte ihre Familie wieder, einen Job, der sie erfüllte, einen wunderbaren Sohn und einen Mann, den sie mit Sicherheit sehr lange lieben würde. *Ich habe Brian mit allem geliebt, was ich damals hatte.* Sie wusste, dass das stimmte, und deshalb wollte sie sich jetzt nicht mehr gestatten, sich schuldig zu fühlen, nur weil sie jetzt glücklicher war als je zuvor.

»Ich möchte einfach bis morgen Früh so liegen bleiben«, murmelte sie schläfrig.

Jed küsste sie auf die Stirn. »Würde es Hail verstören, wenn er uns hier so vorfindet?«

»Nein. Ich bin mir ziemlich sicher, dass du für ihn hierhergehörst, aber wenn ich so auf dir liege, wirst du nicht schlafen können.«

»Babe, ich kann nicht schlafen, wenn du nicht da bist. Es fühlt sich dann an, als würde ein Teil von mir fehlen.«

»Dann bleib doch«, bat sie ihn leise. »Halt mich heute Nacht einfach im Arm, und wenn Hail wach wird, können wir sagen, dass du frühmorgens hergekommen bist und wir auf dem Sofa eingeschlafen sind, während wir darauf gewartet haben, dass er aufwacht.«

»Bist du dir sicher?«

»Ich bin mir noch nie im Leben so sicher gewesen.«

<h1 style="text-align:center">Fünfzehn</h1>

Josie parkte vor Reds und Biggs' zweistöckigem Backsteinhaus. Sie traf sich mit den anderen Frauen, um bei der Planung für Sarahs Babyparty zu helfen, aber sie dachte an Jed. Es war jetzt über eine Woche her, dass Hail sie morgens schlafend auf der Couch vorgefunden hatte. Er war auf sie geklettert und hatte gerufen: *Moon ist hier! Können wir Pfannkuchen machen?* Als wäre es völlig normal, dass Jed morgens in ihrem Wohnzimmer lag und schlief. Seitdem war Jed ständig bei ihnen im Haus, blieb über Nacht, frühstückte und verbrachte Zeit mit ihnen, wenn er nicht bei der Arbeit oder im Club war oder seine Präsentation über sein geplantes Mentorenprogramm für die Dark Knights vorbereitete. Er war so begeistert davon, dass er stundenlang nach anderen Mentorenprogrammen recherchiert und mit Lehrern, Eltern und Geschäftsleuten gesprochen hatte, um sich mit ihnen auszutauschen. Für jemanden, der keine wirkliche Erfahrung mit Kindern und Regeln einhalten zu haben schien, hatte er sich als sehr intuitiv herausgestellt, insbesondere, wenn es sich um Josies Sohn handelte. Zuneigung zu zeigen, fiel Jed leicht. Ständig zerzauste er Hail die Haare oder nahm ihn in den Arm und er ergriff jede Gelegenheit, um ihm etwas beizubringen. Sie unterhielten sich lange über die

Hintergründe von allem, von Baufahrzeugen und Autos bis hin zu Sternen, Planeten und Pflanzen. An einem Nachmittag hatten sie sich in Jeds Apartment mit Quincy und Penny getroffen, und Jed hatte Hail eine Stunde lang durch die Werkstatt geführt, ihm die Motoren gezeigt und ihn sogar auf seinem Motorrad sitzen lassen. Ihr Sohn hatte das alles in sich aufgesogen, als wäre er völlig ausgehungert nach Wissen. Hail war ihrem großen, heißen Freund genauso zugetan wie sie selbst. Sie waren nicht nur zu einem Paar geworden, sondern zu einer Familie, und diese Tatsache entlockte ihr immer wieder ein Lächeln. Eigentlich war sie sich sogar ziemlich sicher, dass sie schon seit fast einem Monat unaufhörlich lächelte, was großartig war – zumindest bis Jed ihr heute Morgen beim Gehen gesagt hatte, dass er ihr Nach-dem-Sex-Lächeln liebte, und jetzt war sie davon überzeugt, dass jeder, dem sie begegnete, das Gleiche dachte!

Sie musste einfach aufhören, an ihn zu denken, damit sie nicht die ganze Zeit wie die rundum glückliche Frau grinste, die sie nun mal war – zumindest für die nächsten paar Stunden. Sie wollte auf gar keinen Fall damit aufgezogen werden, dass sie neuerdings ständig Sex hatte, und sie ging davon aus, dass die Frauen das tun würden. Sie waren mit Hail zum Mittagessen im Whiskey Bro's gewesen, und sie hatte endlich Isabel kennengelernt, eine atemberaubende Brünette mit Augen wie Elizabeth Taylor und einer umwerfenden Persönlichkeit. Josie mochte sie sofort, aber Isabel hatte es großen Spaß gemacht, Jed und Josie zu necken, weil sie beide dermaßen strahlten. Josie wollte einfach nicht, dass der Umgang mit Crystal peinlich wurde. Sie war ihr ebenso wie all die anderen Frauen, die sie über Jed und Penny kennengelernt hatte, ans Herz gewachsen. All das Lob und die Unterstützung der anderen an dem Abend, an dem Penny und sie sämtliche Lebkuchenleckereien restlos verkauft hatten, war schlichtweg überwältigend gewesen. Crystal und Gemma hatten ein Lebkuchenschloss für eine ihrer Partys in ihrer Boutique »Princess for a Day« bestellt, und Finlay hatte sie gebeten, ein paar Kleinigkeiten für zwei anstehende Veranstaltungen zu backen. Möglicherweise hatte Penny doch recht und sie brauchte bald Visitenkarten.

Josie versuchte, ihr albernes Lächeln unter Kontrolle zu bekommen, als sie eine Schachtel mit Lebkuchen zum Thema Babyparty zu Reds Vordertür trug. Sie war noch nie auf einem Planungstreffen für eine Babyparty gewesen und hoffte, dass Jeans und Pullover angemessen waren. Als sie an der Tür klingelte, klang es so, als würden alle angelaufen kommen.

Red begrüßte sie herzlich. »Hallo, meine Liebe. Komm rein. Ich bin so froh, dass du es geschafft hast.« Hinter ihr drängelten sich Dixie, Gemma, Crystal und Penny, die ausnahmslos Jeans trugen.

Erleichterung durchströmte sie, als sie ins Haus trat. »Hi. Entschuldigt, dass ich ein bisschen spät dran bin. Ich hatte vergessen, dass ich noch tanken musste.«

»Du bist nicht zu spät«, rief Finlay, die mit Isabel den Flur hinunterkam.

Red legte Josie eine Hand ins Kreuz. »Du kommst genau richtig, Liebes. Lasst uns ins Esszimmer gehen.«

»Was ist in der Schachtel?«, fragte Dixie.

»Ich habe nicht viel Geld, um etwas zu Sarahs Party beizutragen. Deshalb habe ich ein paar Sachen gebacken«, erklärte Josie.

»Apropos: Vielen Dank, dass du Jed die Lebkuchen zur Arbeit mitgegeben hast«, warf Isabel ein. »Und Tracey hat einen Mädelsabend vorgeschlagen, weil du ihr fehlst, seit ihr euch nicht mehr jeden Tag seht.«

Josie hatte mit neuen Lebkuchenrezepten herumexperimentiert, und Jed hatte die meisten davon mit zur Arbeit genommen. »Freut mich, dass sie dir schmecken. Ich habe im letzten Monat zwei Kilo zugenommen.«

Sie folgte ihnen ins Esszimmer, in dem Familienfotos an den Wänden hingen. An den Rückenlehnen aller Stühle waren rosa und weiße Ballons festgebunden, als wäre heute schon die richtige Babyparty. In der Mitte des Tisches standen eine Schüssel mit Punsch und zwei Flaschen Wein sowie Sandwiches und Fingerfood. Josie stellte die Schachtel auf den Esstisch und zog sich den Mantel aus. »Ich werde Tracey nachher wegen eines Treffens anrufen.«

»Sie ist übrigens richtig cool«, sagte Isabel.

»Diesel sieht das auf jeden Fall so«, warf Dixie ein und löste damit eine Reihe von Kommentaren über den mysteriösen und, laut Tracey, erschreckend schroffen Diesel aus.

»Wir haben übrigens große Neuigkeiten«, verkündete Penny. »Ich habe Josie bis heute zur Geheimhaltung verpflichtet.«

»Das hat mich richtig fertiggemacht!«, gab Josie zu. »Es ist so hart gewesen, dieses Geheimnis nicht schon vorher auszuplaudern.«

»Apropos *hart* … Willst du uns nicht etwas erzählen?«, zog Dixie sie auf.

»Müssen wir unbedingt darüber reden? Er ist mein Bruder«, rief Crystal ihnen in Erinnerung und brachte damit alle zum Lachen.

Dixie stemmte die Hand in die Hüfte und warf ihre langen Haare über die Schulter, wobei sie Crystal einen ernsten Blick zuwarf. »Jetzt weißt du, wie es sich für mich anfühlt, wenn ihr so über meine Brüder redet.«

»Okay, das reicht«, bestimmte Red und ging um den Tisch herum. »Ihr könnt euch überhaupt nicht beschweren. All eure Männer sind für mich wie Söhne, also sollten wir das Gerede über ihre Potenz auf ein Minimum beschränken und uns auf den neuen kleinen Erdbewohner konzentrieren, der bald Teil unserer großen, wundervollen Familie sein wird.«

»Darf ich nur gerade noch eine Sache über Moon – Jed – sagen? Ich verspreche, dass es nichts Schmutziges ist.« Josie war sich nicht sicher, wer über die gemeinsame Vergangenheit von Jed und ihr Bescheid wusste, aber sie wollte alle wissen lassen, dass ihre Gefühle für ihn echt waren. »Ich weiß nicht, ob alle das wissen, aber Jed und ich haben uns kennengelernt, als er dreiundzwanzig war, und abgesehen von Brian war er der offenste, ehrlichste und beste Mensch, den ich je kannte.«

»Das hat er mir erzählt«, sagte Crystal.

Isabel nickte. »Mir auch.«

Josie war ein bisschen erleichtert. »Er hat ein paar schlimme Sachen gemacht, zum Beispiel gestohlen, aber er hat das getan, um Crystal und ihre Mutter zu schützen. Ich habe ihn damals bewundert, und ich muss euch gestehen, dass ich das immer noch tue. Er arbeitet gerade richtig hart, um herauszufinden, wie man ein Mentorenprogramm für die Dark Knights gestalten könnte, und ich habe eine Menge von ihm darüber gelernt, wie man sich öffnet und Menschen vertraut. Bei allem, was er tut, ist er mit Herz und Seele dabei, und ich habe großes Glück, dass ich ihn wiedergetroffen habe und er jetzt in meinem und Hails Leben ist. Ich glaube, ich wollte euch einfach nur wissen lassen, dass das zwischen uns viel mehr ist als nur eine flüchtige Affäre.« Sie fühlte sich so viel besser, wo sie es laut ausgesprochen hatte, aber gleichzeitig war sie etwas verlegen, weil sie jetzt im

Mittelpunkt stand. »Entschuldigung, aber das musste raus.«

Red legte einen Arm um Josie. »Entschuldige dich niemals dafür, dass du dein Herz öffnest. Jed ist ein guter Mensch, und wir freuen uns alle, dass ihr einander gefunden habt.«

»Danke«, erwiderte Josie, der jetzt doch ein bisschen peinlich war, wie sehr sie von Jed geschwärmt hatte. »Ich wollte ihn nicht in den höchsten Tönen loben, aber … bei ihm kann ich einfach nicht anders.« Die anderen lachten, und sofort entspannte sie sich etwas. »Da das jetzt ausgesprochen ist, können wir ja über Sarahs Babyparty reden. Ich kann es kaum glauben, dass meine Schwester zwei Wochen nach Hails Geburtstag schon ihr drittes Baby bekommen wird, wo ich doch gerade erst angefangen habe, ihre anderen beiden Kinder besser kennenzulernen.«

»Wann hat Hail denn Geburtstag?«, erkundete sich Gemma.

»Am vierten Februar. Die Babyparty findet am zehnten statt, richtig?«

»Ja. Was machst du an Hails Geburtstag?«, hakte Gemma nach. »Können wir dir bei der Planung helfen? Wie viele Kinder willst du einladen?«

»Normalerweise veranstalten wir keine großen Geburtstagspartys«, gestand Josie, während sich alle um den Tisch herum setzten. »Traditionell bleiben wir den ganzen Tag im Schlafanzug, spielen Brettspiele, sehen uns Filme an und schlagen uns mit all dem leckeren Zeug die Bäuche voll, das es normalerweise nicht gibt.«

»Das klingt fantastisch. Ich bin dabei«, erklärte Crystal.

Gemma setzte sich Josie gegenüber. »Ich auch. Kennedy und Linc wären begeistert.«

»Wenn du willst, backe ich ihm einen besonderen Kuchen«, bot Finlay an. »Ich kann einen machen, der aussieht wie ein

Bagger.«

»Oh.« Josie war von ihrem Eifer überrascht. Sie hatte nie Freunde gehabt, mit denen sie Geburtstage feiern konnte. »Okay …«

»Immer schön langsam«, zügelte Red sie. »Wir sind manchmal ein bisschen sehr einnehmend, meine Liebe. Das ist Hails erster Geburtstag nach der Versöhnung mit deiner Familie. Es ist völlig in Ordnung, wenn du lieber nur mit ihnen feiern möchtest.«

»Nun, ich gehöre quasi zur Familie«, erklärte Crystal leise. »Sie ist mit meinem Bruder zusammen.«

Josie dachte daran, wie Gemma, Truman und die Kinder mit ihnen ins Kino gegangen waren, an das vergangene Wochenende, als Quincy und Penny sich ihnen und Sarahs Familie zum Pizzaessen angeschlossen hatten, und die vielen Nachrichten, die sie in den letzten paar Wochen von Dixie und den anderen erhalten hatte. Das waren ihre neuen Freunde, und sie waren Jeds Familie.

»Wisst ihr was? Ich glaube, Hail würde es gefallen, wenn ihr zu dieser Pyjamaparty kommt, und Finlay, du wirst mit jeder Art von Bagger-Kuchen Begeisterung hervorrufen.«

Zwanzig Minuten später hatten sie einen Plan für einen Baustellenkuchen und eine Pyjamaparty geschmiedet, bei der alle Whiskeys und ihre große erweiterte Familie mit einbezogen wurden. Josie hätte nicht glücklicher sein können. Penny klopfte mit einem Löffel an ihr Glas und erregte die Aufmerksamkeit aller. »Ich habe Quincy heute meinen Laden überlassen, und der Mann isst mehr Eis, als er verkauft, darum müssen wir jetzt langsam damit anfangen, Sarahs Babyparty zu planen, bevor er mir ein zu großes Loch in die Kasse reißt.«

»Quincy würde dir liebend gerne ein Loch stopfen«, neckte

Dixie sie lachend.

Red starrte sie an. »Ernsthaft, Dixie Lee Whiskey? Habe ich nicht eben erst gesagt, dass diese Männer für mich wie meine Söhne sind? Dazu gehört auch Quincy!«

»Was denn? Ist doch so!« Dixie schenkte sich mit spitzbübischer Miene ein Glas Wein ein.

»Okay, okay.« Red versuchte, sich wieder einzukriegen. »Wir sind hier, um Sarahs Babyparty zu planen, also lasst uns anfangen. Ich habe mit Isla darüber gesprochen, dass sich ›Petal Me Hard‹ um die Blumen kümmern soll …«

»Blumen? Es ist eine Babyparty und keine Hochzeit«, bemerkte Dixie.

Red bedachte sie mit einem durchdringenden Blick. »Dies ist die erste Babyparty in unserer Familie, und die machen wir richtig. Wir brauchen die Adressen von den Freundinnen, die Sarah im Frauenhaus kennengelernt hat, und Chicki wird ihre Kolleginnen aus dem Friseursalon einladen.«

»Ich kümmere mich um das Essen«, warf Finlay ein.

Penny fuchtelte mit den Händen in der Luft herum. »Wartet mal. Josies Schachtel mit den Leckereien haben wir ja völlig vergessen.«

»Das ist nicht weiter schlimm«, meinte Josie.

»Doch, das ist es.« Dixie schob Josie die Schachtel zu. »Aber so was kommt ständig vor. Wir schweifen immer ab.«

Josie stand auf. »Ich weiß nicht so recht, was wirklich auf Babypartys passiert …«

»Für diejenigen von uns, die nicht schwanger sind«, Gemma warf Crystal einen vielsagenden Blick zu, »gibt es jede Menge Wein und Essen, Spiele wie ›Windel raten‹, was echt eklig ist, aber auch lustig. Dafür zerlässt man Schokoriegel und packt sie in Windeln, und dann muss jede raten, was für ein Schokoriegel in ihrer Windel steckt. Die Gewinnerin bekommt einen Preis.«

»Ich hoffe, dass das erst gespielt wird, nachdem wir den Kuchen gegessen haben«, kommentierte Josie.

»Vertrau mir, wenn du genug Wein getrunken hast, isst du diesen Schokoriegel direkt aus der Windel«, erklärte Isabel.

»Ich werde dich daran erinnern«, erwiderte Josie, während sie in die Schachtel griff. »Wenn euch gefällt, was ich mitgebracht habe, kann ich das alles für die Party backen. Aber ich will Finlay nicht auf die Füße treten.«

Finlay lugte in die Schachtel. »Wenn du Lebkuchen darin hast, dann tu dir keinen Zwang an. Hatte ich euch schon erzählt, dass Josie nächsten Monat bei zwei Cateringaufträgen mit mir zusammenarbeiten wird?«

»Bullet hat es erwähnt«, sagte Red. »Ich freue mich so, dass ihr Möglichkeiten findet, um euch gegenseitig zu helfen. In meiner Jugend waren die Frauen solche Zicken und standen immer im Wettstreit miteinander, statt sich gegenseitig zu unterstützen.«

Dixie lachte leise. »Das sind sie immer noch, Mom.«

»Ich bin stolz, dass ihr nicht so seid«, erklärte Red.

»Fin arbeitet andauernd bei ›Princess for a Day‹-Partys mit uns zusammen«, sagte Gemma. »Und Josie macht ein Lebkuchenschloss für eine der nächsten Partys.«

»Ihr seid alle so gut zu Hail und mir gewesen.« Josie sah ihren neuen Freundinnen ins Gesicht. »Ich hätte mir nie vorstellen können, einmal so viele Freunde oder so viel Unterstützung zu haben. Gut, ich hätte auch nie gedacht, dass ich das mal brauchen würde, aber jetzt kann ich mir gar nicht vorstellen, wie es ohne euch wäre.«

»Oh, wir lieben dich.« Penny trat neben Josie und umarmte sie.

»Das tun wir wirklich.« Red legte ihre Arme um sie beide.

Die anderen Frauen schlossen sich der Gruppenumarmung an, und Josie wurde so fest gedrückt, dass sie nicht mehr genau wusste, wo ihr eigener Körper endete und der nächste anfing. Es fühlte sich wunderbar an.

Als sie sie losließen, sagte sie: »Danke. Die meisten von euch wissen, dass Brians Großmutter mir beigebracht hat, alle möglichen Leckereien aus Lebkuchen zu backen, und im Laufe der Zeit habe ich ein bisschen damit herumexperimentiert.« Sie griff in die Schachtel, holte einen Lebkuchenkinderwagen heraus und stellte ihn vorsichtig auf den Tisch. Die Frauen drängten sich enger zusammen, um ihn besser sehen zu können.

»So etwas Bezauberndes habe ich noch nie gesehen. Seht nur, der Kinderwagen hat sogar Räder, und das Verdeck sieht so aus, als könnte man es wirklich zusammenklappen. Und die kleine rosa Decke ist so niedlich«, rief Isabel aus.

»Ich will auch einen Kinderwagen auf meiner Party«, bat Crystal. »Oh, da ist ja ein Baby drin. Ja, genau so einen machst du für meine Party.« Sie kniff die Augen zusammen. »Ihr veranstaltet doch auch eine Babyparty für mich, oder?«

Alle lachten los.

Red berührte Crystals Hand. »Kennst du mich denn immer noch nicht? Ich werde keine Gelegenheit auslassen, die Familie zu feiern.«

Während sie Josie mit Fragen und Einfällen bestürmten, holte sie die anderen Sachen heraus, die sie gebacken hatte – Lebkuchen in Form von Schaukelpferden, Babyfläschchen und Lätzchen, die sie rosa und weiß glasiert hatte. Sie stellte die Lebkuchenschälchen, die sie an den Rändern mit rosa Blüten dekoriert hatte, neben die Lebkuchenplätzchen auf den Tisch und baute die grünen und gelben schnullerförmigen Kekse am

Stiel daneben auf.

Alle stießen erstaunte Laute aus.

»Nächsten Samstag übernehme ich das Catering für eine Babyparty. Ich weiß, dass das jetzt sehr kurzfristig kommt, aber der Auftrag kam erst vor vier Tagen rein. Möchtest du mitkommen?«, fragte Finlay.

»Ich muss schauen, ob ich einen Babysitter finde, aber wenn ja, dann auf jeden Fall«, antwortete Josie.

Sofort boten sich alle als Babysitter an, und Red erklärte: »Ich habe als Großmutter Vorrang, aber ihr könnt alle zum Helfen kommen, wenn ihr wollt.«

»Wir haben unsere große Ankündigung ganz vergessen«, rief Penny Josie in Erinnerung.

»Du meine Güte. Sag du es ihnen!«

Penny nahm jede einzeln ins Visier und steigerte die Spannung durch ihr Schweigen, bis die Luft vor Energie pulsierte. »Wir werden in der Eisdiele eine jährliche Lebkuchenwoche einführen!«

Vor Begeisterung redeten alle durcheinander.

»Ich wollte dich gerade fragen, ob du darüber nachgedacht hast, in größerem Rahmen Lebkuchen zu verkaufen«, sagte Finlay. »Du könntest vielleicht lokale Geschäfte für besondere Veranstaltungen beliefern. Izzy und ich könnten dir helfen, eine Website einzurichten, Faltblätter zu entwerfen und solche Sachen. Ich denke, du könntest gut damit verdienen und immer noch Teilzeit bei Penny arbeiten.«

»Glaubst du, dass sie dafür gut genug sind? Das ist immer mein Traum gewesen.« Josie war einfach begeistert von der Aussicht, mit dem, was sie liebte, Geld zu verdienen.

»Machst du Witze?« Crystal hatte ein Lebkuchenplätzchen im Mund und eins in der Hand. »Nehmt mir das hier lieber weg, bevor die Leute noch fragen, ob ich Zwillinge erwarte.«

Isabel nickte zustimmend, während sie sich zwei weitere Lebkuchen schnappte.

»Kannst du für die Auktion Lebkuchenmänner mit Tangas machen?«, wollte Dixie wissen.

»Au ja!«, rief Penny aus. »Und Dollarscheine! Wie toll wäre das denn?«

»Das sind keine Stripper«, ermahnte Gemma sie.

»Hey, du weißt nie, wozu du einen Singlemann alles bringen kannst«, gab Isabel zu bedenken. »Versteigerungen sind gut und schön, aber ich glaube nicht, dass ich die einzige Frau in Peaceful Harbor bin, die mehr will.«

»Meine Rede«, scherzte Dixie.

Red schnalzte mit der Zunge. »Meine Güte, Dixie, was ist nur mit dir los?«

»Red, ich glaube, deine Tochter müsste mal flachgelegt werden.« Crystal biss in ihr Plätzchen.

»Crystal!«, tadelte Finlay sie.

»Ich weiß, es ist schrecklich, das so auszusprechen«, gab Crystal zu. »Aber irgendwer musste es mal tun. Die arme Dixie. Jedes Mal, wenn ein Kerl sie ansieht, ist ein Dark Knight in der Nähe, der ihn völlig verschreckt.«

Red legte einen Arm um Dixie. »Sind deine Brüder wirklich so schlimm?«

»Du kennst sie doch«, meinte Dixie trocken.

Isabel beugte sich zu Dixie und Red hinüber. »Ich würde vorschlagen, die Männer zu überraschen und Dixie ebenfalls zu versteigern.«

»Streng genommen sollte auch ein Mitglied der gastgebenden Familie versteigert werden«, erinnerte sich Red. »Und da alle Whiskey-Jungs vergeben sind …«

Isabel hob das Glas. »Auf Dixies Versteigerung! Das wird die Männer von den Jungen in dieser Stadt unterscheiden, nicht wahr?«

Alle murmelten aufgeregt ihre Zustimmung.

»Aber wir dürfen kein Sterbenswörtchen verraten«, sagte Finlay verschwörerisch. »Wenn Bullet davon Wind bekommt, sperrt er Dixie für den Rest ihres Lebens mit einem Keuschheitsgürtel im Keller ein.«

Josie lachte mit den anderen zusammen, aber sie hätte alles dafür gegeben, wenn Scotty in ihrer Jugend ihre Verehrer verjagt hätte. Sie dachte an den Morgen zurück, an dem Jed zum ersten Mal bei ihr übernachtet hatte. Den Morgen, an dem Hail sie auf der Couch gefunden hatte. Scotty war in die Küche gekommen, als sie gerade Pfannkuchen machten, hatte Jed angesehen und die Augenbraue hochgezogen. Er wusste, dass Jed ein guter Mensch war, aber Josie hatte die unausgesprochenen Worte verstanden, die diese beiden Männer untereinander austauschten: *Wenn du meine Schwester verletzt, bekommst du es mit mir zu tun.*

Für Frauen wie Dixie wurde das mit den überfürsorglichen Brüdern vielleicht lästig, aber Josie wollte es vorerst genießen.

Sechzehn

Jed schreckte aus dem Schlaf hoch, als Hail mitten in der Nacht in Josies Schlafzimmer kam. Er warf einen Blick auf die Uhr. Zwei Uhr am Montagmorgen. »Ist alles in Ordnung, Kumpel?«

Hail tappte zu Jeds Bettseite. Ihm stand das Haar auf einer Seite ab und war auf der anderen plattgedrückt. Er rieb sich die Augen und flüsterte: »Ja.«

»Hast du schlecht geträumt?«

Hail nickte. »Wirst du auch sterben wie mein Daddy?«

Er fragte das so nüchtern, dass Jed glaubte, es müsste ihm das Herz zerreißen. Wie war es möglich, dass er diese Frage nicht hatte kommen sehen? Machte Hail sich deswegen Gedanken? Er hatte so glücklich gewirkt. »Nein, Kumpel. Das glaube ich nicht.«

»Kannst du zum Arzt gehen und dich untersuchen lassen?«, bat er verschlafen.

Jed nahm ihn in die Arme und zog ihn an sich. »Selbstverständlich werde ich das tun. Aber ich möchte nicht, dass du dir Sorgen machst. Ich bleibe bei dir, okay?« Er drückte Hail einen Kuss auf den Scheitel und nahm sich vor, mit jemandem zu reden, der sich mit Kindern und Trauer auskannte.

Hail nickte erneut. »Moon?«

»Ja?«

»Kann ich hier schlafen, nur heute Nacht?«

»Natürlich, aber nur heute.« Er wusste nicht, wie Josie das handhabte, und sie schlief zu fest, um sie zu fragen, aber er wusste von Tru und Bones, dass sie ihre Kinder davon abzuhalten versuchten, bei ihnen im Bett zu schlafen. Während er Hail ins Bett half und die Arme um ihn legte, hatte er das Gefühl, dass dies etwas anderes war. Und selbst wenn nicht, hätte er den verängstigten kleinen Jungen, den er längst ins Herz geschlossen hatte, unmöglich abweisen können.

Nach einem weiteren Gähnen murmelte Hail: »Gute Nacht, Moon. Ich hab dich lieb.«

Und der Riss in seinem Herzen heilte sofort. »Gute Nacht, ich hab dich auch lieb.«

Jed hatte den Großteil der Nacht aus Sorge um Hail wach gelegen. Während er zwischen Josie und Hail im Bett lag, fragte er sich, ob sie sich auch Sorgen machte, dass ihm etwas zustoßen könnte. Er liebte sie so sehr und wollte alles verstehen, was mit Trauer zu tun hatte, um ihnen beiden helfen zu können.

Josie gab ein schläfriges Geräusch von sich und drehte sich zu ihm um. »Morgen.«

Er küsste sie auf die Stirn. »Guten Morgen, meine Schöne.«

»Du bist ja hellwach. Bist du nervös, weil du dem Club heute Abend dein Programm vorstellen willst?«

Er war so bereit dafür, wie es nur irgendwie ging. »Hail liegt auf der anderen Seite«, flüsterte er.

Sie hob den Kopf und runzelte die Stirn. »Hat er schlecht geträumt?«

»So in etwa. Wir sollten ihn nicht wecken. Ich erzähle dir alles, wenn er aufgestanden ist.«

Jed machte sich Sorgen, dass Hail traurig aufwachen könnte, aber als der Wecker klingelte, sprang er voller Energie auf die Knie. »Können wir Waffeln mit Schokoladenstückchen machen?«

»Aber klar«, antwortete Josie.

»Klasse! Ich gehe spielen.« Er stieg aus dem Bett und rannte aus dem Zimmer.

»Ich könnte etwas von seiner Energie am Morgen gebrauchen«, bemerkte Josie, die sich aufsetzte und ans Kopfteil lehnte.

Er legte einen Arm um sie und zog sie auf seinen Schoß. »Irgendwie gefällt es mir, dass du dir die für die Nacht aufhebst.« Sie küssten sich. »Können wir kurz über Hail reden?«

»Natürlich. Stimmt etwas nicht?«

»Ich weiß es nicht. Ich hoffe, du hast nichts dagegen, dass ich ihn hier bei uns habe schlafen lassen. Er hat mich gefragt, ob ich so wie sein Daddy sterben würde.«

Ihr Lächeln verblasste. »Er hat sich auch immer Sorgen gemacht, dass ich sterben oder verschwinden könnte. Deswegen ist es gut, dass er bei uns im Bett schlafen durfte, aber was hast du ihm geantwortet?«

»Ich habe ihm gesagt, dass ich das nicht glaube, und er hat mich gebeten, zum Arzt zu gehen. Das werde ich auch tun, um ihn beruhigen zu können.«

Sie legte ihm eine Hand auf die Brust. »Das musst du nicht. Als er fragte, ob ich sterben würde, hat sein Arzt gesagt, dass diese Angst ganz natürlich ist und er sich nur absichern will. Er hat schon lange nicht mehr danach gefragt, seit über einem Jahr nicht mehr. Ich glaube, das bedeutet, dass er dich wirklich mag.«

»Er hat mir gesagt, dass er mich lieb hat.« Er strich mit dem Daumen über ihre Wange. »Und ich habe ihm gesagt, dass ich ihn auch lieb habe. Das tue ich wirklich, Jojo. Ich liebe euch beide von ganzem Herzen.«

Sie riss den Mund und die Augen auf, aber ihre Überraschung verwandelte sich schnell in Zuneigung und Freude und sie schlang die Arme um seinen Hals. »Ich liebe dich auch, Moon, sehr sogar.«

Und obwohl er gewusst hatte, dass sie ihn mochte, liebte er sie jetzt nur noch mehr, wo er sie diese Worte sagen hörte. So glücklich er auch war, seine Sorge um Hail verging nicht. »Ich werde mit dem Therapeuten über Hail sprechen, bei dem Chrissy gewesen ist. Vielleicht weiß er, was wir tun können, damit er sich sicher fühlt. Am besten gehe ich auf dem Heimweg nach dem Clubmeeting noch in der Buchhandlung vorbei, um mir ein paar Bücher über Kinder und Trauer zu besorgen. Mach dir keine Sorgen, Babe, ich werde nichts übersehen, wenn es um Hail geht.«

Sie lachte leise. »Du fragst ihn jeden Abend, ob er Hausaufgaben hat, dabei ist er erst in der Vorschule. Ich glaube nicht, dass du jemals irgendetwas übersehen würdest.«

Er küsste sie erneut, und Hail hüpfte in den Raum und auf das Bett. »Komm schon, Mama! Ich hab Hunger!«

»Tut mir leid«, flüsterte sie Jed zu und kletterte von seinem Schoß.

Er gab ihr einen Klaps auf den Hintern. »Das ist nicht nötig. Ich liebe unsere Morgenrituale.«

Als sie das Schlafzimmer verließ, drehte sie sich noch einmal um, formte mit den Lippen ein *Danke* und hauchte ihm einen Kuss zu. War ihr nicht klar, dass eigentlich er sich bei ihr bedanken sollte? Ihretwegen war sein Leben so viel wunderbarer geworden, als er es sich je hätte vorstellen können.

Auf dem Weg zur Arbeit rief Jed Crystal an. »Hey, Shrimp. Kannst du mir die Nummer von deinem Therapeuten geben?«

»Von Dr. Lantrell? Natürlich, aber warum?«

Er erzählte ihr von Hail. »Ich will nur sichergehen, dass wir alles bei ihm berücksichtigt haben.«

»Ach, das arme Kind. Ich schicke dir seine Nummer. Du magst sie wirklich sehr, nicht wahr?«

»Ich liebe sie, Chrissy. Ich werde alles tun, damit es ihnen gut geht.«

»Oh, Jed. Ich freue mich so für dich. Ich glaube, Josie empfindet das Gleiche. Sie hat gestern bei Red von dir geschwärmt, und ich muss zugeben, es war schön, das zu hören.«

»Danke.«

»Ich schicke dir jetzt die Nummer. Und mit der Jacke, die ich für dich ändern sollte, bin ich fast fertig. Bis nächste Woche sollte ich es geschafft haben.«

»Perfekt. Danke, Chrissy.« Er beendete das Gespräch und rief Quincy an. »Ich brauche deine Hilfe.«

»Klar, wobei?«

»Arbeitest du heute?«

»Ja.«

»Bestens. Ich brauche Bücher darüber, wie Kinder mit Trauer umgehen, und weißt du was? Auch über trauernde Erwachsene. Und ein paar Bücher über Elternschaft, so allgemeine Sachen, verstehst du?«

»Hast du Josie geschwängert?«

Er lachte. »Nein. Hail redet von seinem Dad, und ich will einfach auf alles vorbereitet sein. Würde es dir etwas ausmachen, sie für mich rauszusuchen? Du kennst dich doch am besten aus. Es ist mir egal, was sie kosten.«

»Gern. Läuft alles gut so weit? Ich habe dich schon eine Weile nicht mehr gesehen.«

»Ja, es läuft perfekt. Tut mir leid, dass ich nicht mehr so häufig auftauche.«

»Das braucht dir nicht leidzutun. Dann muss ich nicht darauf achten, dass die Ladys leise sind, wenn ich sie wild mache.«

»Ja, klar. Danke, Mann. Ich komme nach dem Treffen vorbei.« Ungefähr eine Million Frauen waren hinter Quincy her, aber er war nicht der Typ, der jede zweite Nacht mit einer anderen Frau zusammen war.

Jed traf sich nach der Arbeit mit Crystals Therapeuten und war erleichtert, dass der Josies Einschätzung teilte und dies wahrscheinlich Hails Reaktion auf seine Gefühle für Jed war. Seinen Worten zufolge war es für ein Kind, das ein Elternteil verloren hatte, ganz natürlich, wenn es befürchtete, dass einem anderen geliebten Menschen das Gleiche zustoßen könnte. Er hatte angeboten, mit Hail zu reden. Jed würde das Thema bei

Josie ansprechen, aber der Therapeut hatte auch gesagt, dass es in Anbetracht dessen, wie gut es Hail ansonsten ging, vielleicht am besten wäre, nicht daran zu rühren, solange Hail es nicht länger erwähnte. Er war in der Lage gewesen, die schlimmsten von Jeds Sorgen zu zerstreuen, sodass er sich darauf konzentrieren konnte, seine Präsentation für die Dark Knights vorzubereiten.

Jed marschierte auf dem Parkplatz vor dem Clubhaus auf und ab und ging im Kopf noch einmal seinen Vortrag durch. Die Bedeutung dieses Abends lastete schwer auf seinen Schultern. Der Burger, den er herunterzuwürgen versucht hatte, lag ihm schwer im Magen. Er würde nicht nur für seine Präsentation genau unter die Lupe genommen werden, aber er glaubte von ganzem Herzen an das Mentorenprogramm und hoffte, dass der Club ihm zustimmte. An sieben der letzten zehn Nachmittage war Ricardo in der Bar zum Geschirrspülen erschienen, während Marco an einem der Tische seine Hausaufgaben gemacht oder beim Abräumen der Tische geholfen hatte. Marco hatte Jed auch ein paar Mal in die Werkstatt begleitet, und Jed und er hatten es beide genossen. Als Jed in Ricardos Alter gewesen war, hätte er nie gedacht, dass er einmal die Art von Mann sein würde, an den sich andere ratsuchend wandten. Und jetzt war er nicht nur für diese Jungen dieser Mensch, sondern auch für Josie und Hail.

Wie vielen anderen Jugendlichen konnten sie wohl noch mit einem Mentorenprogramm helfen?

Die Tür zum Clubhaus ging auf, und Bear kam heraus. »Rein mit dir, Mann. Du bist dran.«

Jed sog tief die kalte Nachtluft ein. Auch wenn er in der vergangenen Woche seine Präsentation mehrfach mit Bear zusammen durchgegangen war und glaubte, alle wichtigen

Aspekte abgedeckt zu haben, schickte er trotzdem noch ein paar Gebete an den Biker oben im Himmel, in der Hoffnung, dass er sein Vorhaben gut verkaufen konnte.

»Nervös?«, erkundigte sich Bear, bevor sie hineingingen.

»Was glaubst du denn? Ich bin nur ein Prospect. Werden die anderen meinen Vorschlag ernst nehmen? Oder werden sie mich als einen Typen betrachten, der von Sachen redet, von denen sie nichts hören wollen?«

Bear klopfte ihm auf die Schulter. »Entspann dich. Du schaffst das. Wenn Bullet nicht der Ansicht wäre, dass diese Idee ernsthaft in Betracht gezogen werden sollte, wärst du gar nicht hier. Biggs hat dich bereits angekündigt, also geh rein und überzeuge sie.«

Das Gefühl von Bruderschaft hing in der Luft, ebenso tröstlich wie vertraut. Der Raum war gefüllt mit knallharten Männern wie Bullet und Diesel, gepflegten Geschäftsleuten und Ärzten wie Court und Bones und so ziemlich jeder Art von Person aus jeder Gesellschaftsschicht dazwischen. Während Jed zur Stirnseite des Raums schritt und die Begrüßungen der Männer im Vorbeigehen erwiderte, erfüllte ihn Stolz. Es war eine Ehre, dass er seine Idee den Mitgliedern vorstellen durfte.

Biggs stand von seinem Stuhl an einem Tisch vorne im Raum auf und stützte sich auf seinen Stock, als Jed näherkam. »Viel Glück«, sagte er mit einem Nicken und setzte sich dann wieder.

Jed stand den Männern gegenüber, die zu einem sehr wichtigen Bestandteil seines Lebens geworden waren. Biggs, Bullet, Bear und Bones gehörten zur Familie, und die restlichen Mitglieder waren die Erweiterung davon. Er wusste, dass er immer unter dem Schutzschirm der Dark Knights stehen würde, egal, ob er irgendwann als Dark Knight, als Teil der

Whiskey-Familie angenommen wurde. Und noch wichtiger war, dass diese Männer Sarah und Bones zuliebe immer auf Hail und Josie aufpassen würden.

»Vielen Dank, dass ihr mir die Gelegenheit gebt, mein Konzept für ein Mentorenprogramm dem Club vorzustellen«, sagte er, was ihm ein anerkennendes Nicken von Bullet einbrachte. »Viele von euch sind mit den Dark Knights als Teil eures Lebens aufgewachsen, und sie haben euch durch schwierige Zeiten geleitet oder wie Biggs als Vorbild gedient – Männer, die andere geschätzt und respektiert haben, die hart gearbeitet haben und bei denen der Schutz der Gemeinde hoch oben auf ihrer Prioritätenliste stand. Nachdem mein Vater gestorben war, hatte ich nichts von alldem. Meine Mutter ist dem Alkohol verfallen und hängt immer noch an der Flasche, und ich musste mich um meine kleine Schwester kümmern. Wie ihr wisst, bin ich kriminell geworden, um unsere Familie zu versorgen. Wenn ich einen Mentor wie einen von euch gehabt hätte, wäre mein Leben anders verlaufen, darauf würde ich mein Motorrad verwetten.« Er sah Bear in die Augen. »Dann wäre auch das Leben meiner Schwester anders verlaufen. Dann hätte sie einen älteren Bruder gehabt, der das Richtige tut, der gelernt hat, was Vertrauen ist, Sozialkompetenz, Respekt für sich selbst und andere. Und ich glaube, dass ich das zum Guten genutzt hätte und nicht, um andere zu manipulieren. Statt sich für das zu schämen, was ich geworden war, hätte sie auf mich stolz sein können, und dann – wäre sie wahrscheinlich weniger wütend gewesen. Sie wäre vielleicht nach ihrer Vergewaltigung zur Polizei gegangen, statt diese Gefühle hinunterzuschlucken – und viele andere Dinge in ihrem Leben wären vielleicht auch anders gelaufen.«

Der Wahrheitsgehalt seiner Aussage überwältigte ihn, und

während er sich im Raum umsah, bemerkte er, dass einige Männer zustimmend nickten. Er fuhr fort und berichtete, wie die richtigen Vorbilder Jugendlichen helfen konnten, die von Armut betroffen waren, deren Eltern im Gefängnis saßen oder die einfach von Alleinerziehenden großgezogen wurden und Aufmerksamkeit und Führung brauchten. Je länger er sprach, desto leidenschaftlicher wurde er, angefeuert von den unterstützenden Kommentaren der Gruppe. Er erwähnte verschiedene Arten der Unterstützung – Nachhilfe und Tipps für die Berufswelt geben, gemeinsame sportliche Betätigungen – und die Möglichkeit, eine gemeinnützige Gesellschaft zu gründen, Benefizveranstaltungen abzuhalten und Jugendliche in einem Programm aufwachsen zu lassen, das ihnen helfen würde, sich zu besseren Erwachsenen zu entwickeln – und eines Tages möglicherweise zu Dark Knights.

»Ich weiß, dass wir nicht das Leben von jedem einzelnen Kind verändern können, aber es gibt gutherzige Jugendliche da draußen, die einfach nur deshalb Mist bauen, weil sie nicht wissen, dass sie andere Optionen haben. Es ist erwiesen, dass die richtige Einzelbeziehung nicht nur Leben ändern, sondern sie sogar retten kann. Ich glaube, dass ein Mentorenprogramm wie die Young Knights das erreichen könnte. Danke.«

Applaus brandete auf, und Biggs, Bullet, Bones und Bear erhoben sich. Die anderen Männer folgten. Alle kamen auf ihn zu, klopften ihm auf den Rücken, lobten ihn und sagten, dass er ihre Stimme hätte. Er hätte nicht gedacht, dass irgendetwas dem nahekommen könnte, was er in dem Moment gefühlt hatte, als Josie und Hail ihm ihre Liebe gestanden hatten.

Doch das hier war nicht weit davon entfernt.

Nachdem sich alles beruhigt hatte, stand Jed zwischen Bear und Bullet und sah Bones und Court beim Billardspielen zu. Er war immer noch zu durcheinander und erfreut über die positiven Antworten, um sich auf irgendetwas konzentrieren zu können, was die Männer sagten. Als sein Kopf langsam wieder klar wurde, zog er sein Handy heraus, um Josie die guten Nachrichten mitzuteilen.

»Willst du deiner Liebsten erzählen, wie du es allen gezeigt hast?«, fragte Bullet.

Jed lachte. »So was in der Art.«

»Sie kann stolz auf dich sein. Du hast nicht nur eine Idee vorgestellt, sondern uns einen soliden Plan vorgelegt. Das sagt schon einiges.«

»Ja«, fiel Bear ein. »Dass du letztendlich doch was im Hirn hast.«

Jed täuschte einen Fausthieb vor, und Bear wehrte ihn lachend ab.

»Ich ziehe dich doch nur auf.« Bear legte einen Arm um seine Schulter. »Sie werden nächste Woche darüber abstimmen. Willst du eine Wette eingehen?«

Jed schüttelte den Kopf. »Nein. Wir haben gerade ziemlich viel, wofür wir dankbar sein sollten, und ich will einfach nichts verschreien.«

»Eine weise Entscheidung«, sagte Bullet. »Fin hat mir erzählt, dass deine Süße bei Cateringaufträgen aushilft und auch mit Gemmas Boutique zusammenarbeitet. Die Frau hat ganz schön was drauf.«

»Ja, sie haut mich um. Ich möchte ihre Anstrengungen

gerne noch mehr unterstützen und habe da ein paar Ideen.«

Biggs humpelte zu ihnen hinüber. »Habt ihr was dagegen, wenn ich alleine mit unserem Prospect rede?«

Jed steckte sein Handy in die Tasche. Die Nachricht musste warten.

Bear hob die Hände. »Normalerweise hat er das nur zu uns gesagt, wenn wir irgendetwas angestellt hatten.«

»Wann hast du mal nichts angestellt?« Biggs gluckste und zeigte zum Nebenraum. »Rein da, Junge.«

Jed folgte ihm nach nebenan. »Ich weiß es wirklich zu schätzen, dass ihr mir heute Abend diese Chance gegeben habt, Biggs.«

»Das weiß ich.« Er zeigte auf die Couch, und sie setzten sich. »Heute Abend hast du gezeigt, warum du es wert bist, ein Prospect zu sein. Du hast eine Gelegenheit erkannt, wie der Club noch mehr für die Gemeinde tun kann, und genau das sehen wir gerne.«

»Danke. Ich wünsche mir wirklich, dass es funktioniert. Für Ricardo und Marco hat es bereits etwas bewirkt. Aber ich glaube, das ist nur die Spitze des Eisbergs.«

Biggs nickte, doch seine Augen wirkten ernst. »Das hoffen wir doch. Ich wollte mit dir aber über etwas anderes sprechen. Bear hat mir gesagt, dass du dich nach dem Haus meines Bruders erkundigt hast.«

»Das habe ich, aber da war mir nicht klar, wie wichtig es für dich ist.«

»Mit Axels Haus verbinde ich eine Menge guter Erinnerungen«, sagte er langsam. »Er hat das Haus zusammen mit meinem alten Herrn gebaut. Dort hat Axel sein Geschäft gegründet und an den Motorrädern der Dark Knights gearbeitet. Er hat sich unter Bikern einen Namen gemacht. Sie kamen von anderen Chaptern her, damit er an ihren Motorrädern herumschrauben konnte. Nachdem er aus dieser Werkstatt herausgewachsen war, hat er die größere Werkstatt gekauft und das Haus gebaut, in dem Bear jetzt lebt. Im alten Haus ließ er dann unsere Mitglieder übernachten, wenn sie zu betrunken waren, um nach Hause zu fahren, oder Brüder aus anderen Chaptern, die zu Besuch kamen. In der Werkstatt konnten alle an ihren Motorrädern herumschrauben.«

»Ich verstehe, wie wichtig dir das ist, Biggs. Ich bitte nicht darum, es kaufen zu dürfen.«

»Ich weiß, dass du das nicht tust, aber wenn der Präsident mit dir spricht, hörst du zu.«

Verdammt. »Ja, Sir.«

Biggs beugte sich vor und stützte sich mit den Unterarmen auf den Oberschenkeln ab. Er hielt Jeds festem Blick stand, aber in seinen dunklen Augen stand Schmerz. »Als wir meinen Bruder verloren haben, ist ein Teil von mir mit ihm gestorben. Ich konnte die Vorstellung nicht ertragen, dass irgendjemand in das Haus einzieht. Ich gehe oft dorthin, sitze stundenlang da und rede mit Axel. Dort fühle ich mich ihm am nächsten. Du erinnerst mich an ihn, weißt du das?«

Das überraschte Jed. »Tatsächlich?«

Biggs nickte. »Er hat Scheiße gebaut, als er jünger war, schlimme Sachen aus guten Gründen gemacht. Und dann hat er sich zu einem der besten Menschen entwickelt, die ich kannte. Teufel noch mal, er war immer einer der Besten. Ich habe das Haus instand gehalten. Nicht so sehr die Fassade, aber innen ist es in gutem Zustand. Es braucht nur ein bisschen liebevolle Zuwendung, vielleicht die Hand einer Frau. Das Haus gehört in die Familie, Jed, und du gehörst zur Familie.«

»Sir …?« Hatte er wirklich gerade das gesagt, was Jed gehört zu haben glaubte?

»Du nennst mich gefälligst Biggs, Kleiner.«

»Entschuldige. Ich bin mir nur gerade nicht sicher, ob ich dir folgen kann.« Jed schluckte schwer und wurde beinahe von seinen Emotionen überwältigt.

»Und ob du das kannst.« Ein schiefes Grinsen hob die rechte Seite von Biggs' Bart ein wenig an. »In deinem Leben ändert sich gerade so einiges. Du hast eine gute Frau, und nach allem, was ich so gehört habe, auch einen Jungen, der zu dir aufsieht, und du hast eine Zukunft bei den Dark Knights. Wenn du daran interessiert bist, gehört das Haus dir.«

»Biggs, ich weiß nicht, was ich sagen soll. Ich habe gerade erst angefangen, mich bei Buck wegen einem Darlehen schlau zu machen.«

Biggs schnaufte und stellte den Gehstock aufrecht hin. »Den Mist brauchen wir nicht. Ich lasse Court einen Vertrag aufsetzen. Du kannst mich direkt bezahlen.«

»Ich weiß nicht, ob ich mir das leisten kann. Was verlangst du dafür?«

»Was ich dafür verlange?« Er stand auf. »Mach daraus ein Zuhause, auf das mein Bruder stolz wäre. Fülle es mit deiner Familie aus.«

War er ein Weichei, wenn er sich jetzt fühlte, als müsste er gleich in Tränen ausbrechen? Jed hatte bisher für alles in seinem Leben mit dem größten Kraftaufwand gekämpft. Er wusste nicht, wie er hiermit umgehen sollte, aber er wollte es auf jeden Fall versuchen. »Nenn mir den Preis, Biggs. In Dollar und Cent.«

»Ich weiß, was du an Miete bezahlst. Wir machen daraus ein Darlehen, und schon hast du dein eigenes Haus.« Biggs streckte die Hand aus.

Jed stand mit wackligen Beinen auf. »Ich weiß nicht, was ich sagen soll.« Er nahm Biggs' Hand, und Biggs zog ihn in eine männliche Umarmung.

»›Danke‹ wirkt normalerweise Wunder. Gott segne dich, Junge. Wie wär's, schnappen wir uns jetzt die Jungs und fahren rüber, um uns dein neues Zuhause anzusehen?«

Siebzehn

Jed schwebte auf Wolke sieben, als er in seinen Wagen stieg. Der Club würde dem Programm möglicherweise grünes Licht geben, er hatte die Schlüssel für ein Haus, das er bald sein Eigen nennen durfte, und eine Frau mit einem Sohn, mit denen er sein Glück teilen wollte. Das Leben konnte kaum besser sein.

Er rief Josie an, als er vom Clubhaus losfuhr. »Hey, Babe. Ist Hail noch wach?«

»Ich habe ihn gerade ins Bett gebracht. Warum? Wie ist es gelaufen?«

»Es ist super gelaufen. Möglicherweise stimmen die Dark Knights dem Programm tatsächlich zu.«

»Das ist ja fantastisch! Ich wusste, dass es ihnen gefallen würde. Du musst außer dir sein vor Freude.«

»Ja, das bin ich, und danke für deine Unterstützung in den letzten Wochen. Es bedeutet mir eine Menge, dass du an meiner Seite bist.«

»Das ist der Ort, an dem ich am liebsten bin. Abgesehen davon erduldest du meinen Backwahn.«

Er hörte die Freude in ihrer Stimme, und das gefiel ihm. »Ich stehe auf deinen Backwahn. Ist Scott heute Abend da?«

»Ja, warum?«

»Glaubst du, er hätte was dagegen, ein oder zwei Stunden auf Hail aufzupassen? Ich möchte dir etwas zeigen.«

»Er hat bestimmt nichts dagegen. Er fläzt nur auf dem Sofa rum. Wo gehen wir hin?«

»Das wirst du schon sehen. Ich bin gleich da. Ich liebe dich, Babe.« Verdammt, es fühlte sich so gut an, das auszusprechen, was er fühlte. Als Nächstes rief er Quincy an.

»Hey, Jed. Ich habe die Bücher, um die du mich gebeten hast. Ich lege sie dir in dein Zimmer.«

»Cool, danke. Wir müssen mal reden, wenn du Zeit hast. Ich habe ein Haus gefunden.«

»Fantastisch. Kann es gar nicht erwarten, mehr zu erfahren. Hör zu, ich muss mich beeilen und zu meiner Lerngruppe.«

»Kein Problem. Wir reden morgen weiter.«

Eine halbe Stunde später fuhr Jed mit Josie an seiner Seite zum Haus.

»Und du willst mir wirklich nicht verraten, wohin wir fahren?«

»Nein.«

Sie schob eine Hand zwischen seine Oberschenkel und drückte Küsse auf seinen Hals. »Und jetzt?«

»Ich denke darüber nach.« Er legte einen Arm um sie und zog sie näher an sich heran, während sie mit ihrer Zunge über seine Ohrmuschel fuhr und flüsterte: »Und jetzt?«

»Verdammt, Baby. Jetzt bin ich steinhart. Aber nein. Es ist eine Überraschung.«

»Eine Überraschung …« Sie schob die Finger einer Hand in sein Haar und streichelte mit der anderen seine Erektion durch die Jeans, während sie an seinem Hals saugte.

»Grundgütiger, Jojo«, stieß er zwischen zusammengebissenen Zähnen hervor. »Warum sollte ich dir sagen, wo wir hinfahren, wenn deine Hände und dein Mund auf mir sind, weil ich es dir nicht verrate?«

»Mist.« Sie ließ sich mit den Händen im Schoß auf den Sitz zurückfallen und schob die Unterlippe zu einem sexy Schmollmund vor.

Sie war so verdammt bezaubernd, dass er ihr dieses heiße Schmollen von den Lippen küssen wollte. Er legte ihre Hand in seinen Schritt und drückte sie nach unten. »Wenn ich es mir recht überlege, kannst du mich vielleicht doch auf diese Art überzeugen.«

»Wieso habe ich das Gefühl, dass das ein Trick ist?« Sie drückte stärker zu, und seine Hüften zuckten.

»Mach nur weiter so, und ich fahre an den Straßenrand und nehme dich gleich hier.«

Sie sah ihn voller Verlangen an und zog den Reißverschluss seiner Jeans herunter.

»Jojo«, warnte er sie.

»Was? Ich habe noch nie Sex in einem Pick-up-Truck gehabt.« Sie führte die Handfläche zum Mund, leckte darüber, schob dann die Hand in seine Boxershorts und umfasste seinen Schaft.

Ihr warmer, feuchter Griff ließ eine Woge der Lust durch seinen Körper schießen. Sie drückte abermals die Lippen auf seinen Hals und vergrub die Zähne in seiner Haut. Er stieß einen Fluch aus und nahm die nächste Abfahrt von der Hauptstraße – die Straße, die sich über den Berghang zu einem Aussichtspunkt am Wasser schlängelte. Dann parkte er am Aussichtspunkt und eroberte ihren Mund mit einem wilden, leidenschaftlichen Kuss, um sie unter sich auf den Sitz zu pressen. Sie war so süß, so weiblich und sinnlich, wie sie sich auf dem Polster wand und ihren weichen Körper gegen ihn drückte, dass er fast den Verstand verlor. Er zog ihr T-Shirt hoch, wobei er den BH gleich mitnahm, und drückte die Lippen auf die steife Erhebung einer perfekten Brust. Sie krümmte sich und stöhnte, klammerte sich an seinen Kopf und hielt ihn so fest.

»Fester, Moon …«

Verdammt. Sie erschütterte ihn jedes verfluchte Mal, wenn sie einander nahe waren, verlangte, ja, bettelte nach mehr, wollte es härter und tiefer. Er packte ihre Handgelenke, löste ihre Hände aus seinen Haaren und hielt sie über ihrem Kopf gefangen. Ihr heißer Atem streifte seine Lippen.

»Ich liebe dich so sehr, Jojo. Und ich will dir die Welt zu Füßen legen.«

»Gib sie mir und noch mehr. Hier und jetzt.«

Sie bewegte sich rhythmisch unter ihm, und er küsste sie umso leidenschaftlicher. Seine Gedanken verschwanden in einem Wirbel der Lust. In einem Durcheinander aus Gliedmaßen und eiligen Küssen entledigten sie sich ihrer T-Shirts, und er zog ihr die Jeans herunter. Sie lachten, als er mit ihren Schuhen und seinen Stiefeln kämpfte.

»Beeil dich«, flehte sie, während er sich die Jeans bis zu den Knöcheln hinunterschob. Er streifte sie mit den Füßen ab und legte sich auf Josie.

Mit einem einzigen, harten Stoß war er in sie eingedrungen.

»Moon!«, schrie sie an seinen Lippen.

Er hielt inne. »Bin ich zu grob, Baby? Entschuldige.«

Ihre Augen waren voller Liebe und Verlangen. »Nein«, flüsterte sie. »Du bist perfekt, Moon. So absolut perfekt.«

Sie zog seinen Kopf zu sich herunter, um ihn zu küssen, und ihre Körper übernahmen die Kontrolle. Jeder Schlag ihrer Zunge, jedes Zusammenziehen ihrer Mitte brachte ihn dem Höhepunkt näher. Er kannte jeden Winkel ihres Mundes, jedes sinnliche Geräusch ihrer Lust. Als sie die Zähne in seine Unterlippe versenkte, schien sich das Verlangen in ihren Augen wie ein Buschfeuer in seinem Körper auszubreiten. Er eroberte ihren Mund, und sie schlang die Beine um seine Hüften und nahm ihn noch tiefer in sich auf. Sie stöhnten, gaben Geräusche von sich, die er nicht benennen konnte, während sie sich gegenseitig verschlangen. Er hatte sich in ihrem sich windenden, sinnlichen Körper verloren, in dem Gefühl, wie ihr Mund den seinen liebkoste, dem Pulsieren ihres Geschlechts, als sich ihr Orgasmus ankündigte.

»Komm für mich, Baby«, stieß er hervor und wurde noch schneller, weil er begierig darauf war zu spüren, wie sie die Kontrolle verlor.

Sie bohrte ihre Fingernägel in seinen Rücken und rieb das Becken an seinem. Dann spannte sie die Arme an, umklammerte ihn mit den Schenkeln, und beim nächsten Stoß legte sie den Kopf in den Nacken und stieß seinen Namen fast schon flehentlich aus. Er folgte ihr sogleich in die Höhen der Lust. Auf jeden Stoß folgte ein verzweifeltes Flehen nach mehr, ein Schrei des Vergnügens und heftige, erotische Kontraktionen um seinen Schaft, während er sich seiner betäubenden Erlösung ergab.

Er vergrub das Gesicht an ihrem Hals, nahm ihren Duft in sich auf und spürte, wie ihre Herzen in einem rasenden Rhythmus schlugen.

»Mir gefallen deine Überraschungen«, flüsterte sie.

Er sah ihr schmunzelnd in die wunderschönen Augen. »Sex im Truck, abgehakt. Was kommt als Nächstes?«

Sie presste die Lippen auf seine und antwortete: »Alles, Moon. Alles.«

Josie musste einfach lachen, als Jed versuchte, im Führerhaus des Wagens irgendwie wieder in seine Jeans zu kommen. Die Fenster waren beschlagen. Alles zwischen ihnen, um sie herum, an ihnen hatte sich verändert. Josie hatte das an dem Morgen begriffen, an dem sie mit Hail in ihrem Bett aufgewacht war und Jed ihr mitgeteilt hatte, was ihr niedlicher Sohn zu ihm gesagt hatte. Als ihr klar wurde, wie sehr Hail ihn liebte, hatte sie zuerst einen Anflug von Furcht verspürt. Aber das war doch normal, oder nicht? Sie hatten schon einmal jemanden verloren, den sie liebten. Aber es war keine bedrohliche Angst wie damals bei ihren Eltern. Jene Angst war so groß, so real und so bedrohlich gewesen, dass sie jeden Aspekt ihres Lebens wie ein Krebsgeschwür befallen hatte. Nein, diese Angst war überhaupt nicht so. Es war eher eine Beklemmung, die auf der Erkenntnis beruhte, dass sie etwas verlieren konnte, das so wunderschön war, dass es niemals enden sollte. Sie wusste einfach, wie kurz das Leben sein konnte, wie begrenzt die Tage sein konnten, auch ohne ein Indiz dafür, dass sie enden würden. Und an jenem Morgen, als die Sonne durch die Vorhänge ihres Schlafzimmers lugte und die schnellen Schritte ihres Sohns über den Hartholzboden hallten, hatte sie beschlossen, keine Angst mehr davor zu haben, sich zu schnell in diese Beziehung zu stürzen oder zu sehr zu lieben.

Jed fuhr zur Hauptstraße, und sie saß in seinem Arm und an ihn gekuschelt da und aalte sich in der Wärme ihrer Liebe.

Er fuhr eine eingewachsene Auffahrt entlang und auf die alte Werkstatt zu, die sie am Silvesterabend gesehen hatte. Sie blinzelte in die Dunkelheit, als er neben dem bezaubernden kleinen weißen Bungalow mit dem A-förmigen Dach parkte. »Was machen wir hier?«

Der Hof war von Pflanzen überwuchert, aber das Haus sah hinreißend aus. Die schmale Veranda war auf altmodische Art von einer kniehohen Mauer umgeben und hatte Pfeiler in den Ecken. Sie erspähte drei Fenster im ersten Stock, die mit ihrer dreieckigen Form den Verlauf des Giebels nachbildeten. Die Fassade war mit Schindeln versehen, die von den oberen Fenstern bis hinauf zum First kastanienbraun gestrichen waren. Der untere Teil der Holzverkleidung war dagegen weiß. Vom Parkplatz an der Bar aus hatte sie den überdachten Durchgang zwischen dem Haus und der Garage und die Gaube über der Werkstatt nicht gesehen oder bemerkt, wie lang und schmal die Garage war. In der Werkstatt, in der Jed arbeitete, lagen die Buchten nebeneinander, aber hier passten ohne Weiteres zwei Wagen Stoßstange an Stoßstange hinein.

Jed legte seine Hand auf ihre und wirkte sehr aufgeregt. »Ich möchte dir meine Überraschung zeigen.«

»Ich hatte schon wieder ganz vergessen, dass du eine Überraschung für mich hast«, flüsterte sie, woraufhin er leise lachte. »Ich kann nichts dafür. Wenn wir zusammen sind, vernebelt sich mein Gehirn.«

»Wenn wir zusammen sind, vergesse ich die ganze Welt.« Er stieg aus dem Wagen und zog sie an den Rand des Sitzes. »Dies ist meine Überraschung, Rotkäppchen.« Er küsste sie zaghaft. »Dieses Haus wird bald mir gehören.«

»Du mietest es?«

»Nein, Babe. Ich kaufe es. Drei Schlafzimmer, zwei Badezimmer und über der Werkstatt sind noch ein Schlafzimmer und ein Bad.«

»Du kaufst es? Herzlichen Glückwunsch! Ich wusste nicht

einmal, dass du ein Haus kaufen wolltest.«

»Ich war mir nicht sicher, ob ich es mir leisten kann, aber Biggs und ich haben was ausgehandelt. Es wird ein paar Wochen dauern, bis der Papierkram erledigt und alles unterschrieben ist, aber wir machen das direkt miteinander aus, sodass ich keinen Kredit beantragen muss. Komm, ich will dir das Haus von innen zeigen.«

Als sie die Verandastufen erklommen, sah sie die Immobilie mit anderen Augen. Das würde bald Jeds Zuhause sein. Sie wusste, wie viel ihm das bedeutete, und diesen Augenblick mit ihm zu teilen, fühlte sich ungemein wichtig an.

»Es ist nicht sehr groß«, meinte er beim Eintreten.

Sie betrachtete die Hartholzböden und die Haken an der Wand zu ihrer Rechten und konnte sich gut vorstellen, wie Jeds Jacke dort über seinen Stiefeln hing. »Auf die Größe kommt es nur bei einer Sache an.«

»Tatsächlich?« Er nahm sie mit einem lüsternen Blick in die Arme.

»Du sollst nicht immer nur an schmutzige Sachen denken. Ich rede von deinem Herzen.«

»Ja, klar doch«, meinte er lachend.

Er erzählte ihr von Biggs' Bruder Axel, der dieses Haus gebaut und bewohnt hatte, und wie er die Dark Knights hier übernachten ließ, nachdem er in das Haus gezogen war, in dem heute Bear lebte. In einer Ecke des Wohnzimmers stand ein Holzofen, und gleich dahinter schmiegte sich eine Treppe an die Wand. Sie stellte sich vor, wie raue Bikerhände das Holzgeländer abnutzten. Die Setzstufen waren weiß gestrichen, ebenso die Wände. Die ausgetretenen Stufen passten zu den Holzleisten im Erdgeschoss. Auf der anderen Seite des Flurs befand sich eine Toilette, und durch eine bogenförmige

Türöffnung gelangte man in eine geräumige Küche und ein Esszimmer, das auf einen von Bäumen umgebenen Hinterhof hinausging. Die Arbeitsflächen und Schränke waren nicht extravagant und recht knapp bemessen, aber die schlichten Zimmer hatten etwas Anmutiges und Ganzheitliches an sich. Oben gab es drei kleine Schlafzimmer und ein Badezimmer. Während sie vom größten Schlafzimmer aus durch das Fenster auf den Hof hinausschauten, erklärte Jed: »Die Jungs werden mir dabei helfen, alles auf Vordermann zu bringen. Ich muss die Fenster im Esszimmer austauschen, es sind ein paar Installationsarbeiten fällig, und der Abzug muss überholt werden.«

»Das klingt teuer.«

Er nahm ihre Hand und führte sie wieder nach unten. »Einer der Dark Knights ist Installateur, ein anderer Steinmetz, und Bear wird mir mit den Fenstern helfen. Ich hatte überlegt, Ricardo und Marco zu bitten, mir beim Streichen zur Hand zu gehen. Ich habe auch darüber nachgedacht, ob Hail nicht vielleicht mithelfen möchte, wenn du nichts dagegen hast. Mit etwas Glück werdet ihr hier ziemlich viel Zeit verbringen, und ich wünsche mir, dass er sich willkommen fühlt. Das geht am besten, wenn wir ihn dabei mithelfen lassen, dies in ein Zuhause zu verwandeln, nicht wahr?«

»Moon«, sagte sie, als er sie in die Arme schloss. »Ich glaube, das würde er genauso lieben, wie er dich liebt.«

»Das ist Musik in meinen Ohren, Rotkäppchen.« Er schloss die Tür hinter sich ab. »Hast du etwas dagegen, wenn wir schnell bei meinem Apartment vorbeifahren? Ich habe mich nach der Arbeit mit dem Therapeuten getroffen, und Quincy hat ein paar Bücher für mich besorgt. Ich will sie nur kurz abholen.«

»Das ist in Ordnung. Scotty hat nichts weiter vor, wir

müssen uns also nicht beeilen.«

Auf dem kurzen Weg zu seinem Apartment erzählte er ihr, was der Therapeut gesagt hatte, und sie stimmte zu, dass es Hail zu gut ging, um ihn wegen eines Kommentars zur Therapie zu schicken. »Er hat nichts mehr darüber gesagt, aber es ist gut zu wissen, dass es jemanden in Reichweite gibt, der bei Problemen helfen könnte.«

Als sie bei seinem Apartment ankamen, stiegen sie die Metalltreppe an der Seite des Gebäudes hoch. Josie hielt auf dem oberen Treppenabsatz an und drehte sich um. Jed stand eine Stufe unter ihr und rückte näher an sie heran. Sie legte ihm die Arme um den Hals. »Ich wollte dir einfach nur sagen, wie viel es mir bedeutet, dass du Hail zuliebe mit dem Therapeuten gesprochen und Quincy gebeten hast, die Bücher zu besorgen. Mir ist bewusst, dass wir einiges an Ballast mitbringen; ich weiß nur nicht, wie sich dieser Ballast auswirken wird, wenn Hail älter ist. Er war bei Brians Tod noch so jung. Ich habe Angst, dass er vergisst, was für ein guter Vater er gewesen ist, und gleichzeitig wünsche ich mir irgendwie, dass er den Tod seines Vaters vergessen kann. Aber ich möchte nicht, dass du das Gefühl hast, irgendwas davon wäre dein Problem.«

»Verstehst du es denn immer noch nicht, Rotkäppchen?«, erwiderte er ernsthaft. »Alles, was dich und Hail betrifft, wirkt sich auch auf mich aus.«

Er presste die Lippen auf ihre, und als er den Kuss vertiefte, zog sie ihn näher an sich. Sie liebte diesen Mann so sehr und wollte unbedingt wieder nackt in seinen Armen liegen. Er trat auf das Treppenpodest, und ihr Rücken stieß mit lautem Knall gegen die Tür.

Sofort wich er schwer atmend zurück. »Alles in Ordnung?«

Josie nickte, zog seinen Mund wieder zu sich hinab und

schob die Hände unter sein T-Shirt. Sie hatte keine Ahnung, warum sie bei Jed so unersättlich war, aber sie wusste, dass sie nie genug von ihm bekommen würde. Er zog ihr das T-Shirt über den Kopf und ballte es in der Faust, während er mit den Schlüsseln im Schloss herumfummelte. Ohne den Kuss zu unterbrechen, drückte er die Tür auf und sie taumelten mit verschmolzenen Mündern in die Wohnung. Er schloss die Tür mit einem Tritt, ohne sich von ihr zu lösen, und hob sie in die Arme. Sie schlang die Beine um seine Taille, und er drückte sie mit dem Rücken an die Wand.

»Leute …«

Sie erstarrten, als sie Quincys Stimme hörten.

»Verdammt«, knurrte Jed. Er schirmte ihren nackten Oberkörper mit dem Brustkorb ab und sagte über die Schulter: »Ich dachte, du hättest heute deine Lerngruppe?«

Sie spähte über seine Schulter zu Quincy hinüber, der zwischen zwei hübschen Frauen auf der Couch saß. Auf dem Fußboden neben dem Tisch hockte eine weitere Frau mit einem Buch auf dem Schoß.

Quincy zog amüsiert eine Augenbraue hoch. »Wir lernen heute bei mir.«

Josie musste unwillkürlich lachen. »Ups.«

»Wie wär's, wenn du *deine* Lerngruppe ins Schlafzimmer bringst?«, schlug Quincy vor.

Jed gab ein Knurren von sich, presste Josies Oberkörper eng an sich und trug sie ins Schlafzimmer.

»Ihr solltet die Bücher vom Bett nehmen«, rief Quincy ihnen hinterher.

Jed schloss die Tür mit einem Tritt. »Entschuldige, Babe. Wir können auch die Bücher nehmen und gehen.«

»Das kannst du getrost vergessen.« Sobald er sie auf dem

Fußboden abgesetzt hatte, zerrte sie am Knopf seiner Jeans. »Mach die Musik an – laut –, und dann runter mit den Klamotten.«

Binnen Sekunden waren sie nackt, und Josie drückte ihn rücklings auf sein Bett. Sie setzte sich auf seine Hüften und ließ sich auf seinen prallen Schaft herunter. »Es wird Zeit, dass mein großer böser Wolf den Mond anheult.«

Achtzehn

Josie strich am Samstagmorgen ihr rosa T-Shirt mit dem Schriftzug FINLAY'S auf der Brust über den Hüften glatt und überprüfte ihr Spiegelbild. Sarah hatte ihr einen zauberhaften Bob geschnitten, der knapp über den Schultern endete, und ihr gezeigt, wie sie ihre von Natur aus leicht gewellten Haare mit einem Diffusor in Form bringen konnte, weil das Sarahs Worten zufolge unglaublich feminin aussah. Josie gefiel ihr neuer Look, und Jed war völlig verrückt danach. Heute unterstützte sie Finlay bei einer Babyparty. Finlay wollte sie den Frauen dort vorstellen, weil es für Josie eine gute Möglichkeit zum Netzwerken war und sie damit mehr Bestellungen für ihre Lebkuchenleckereien erzielen könnte. Josie war nervös, aber sie freute sich auch darauf.

Sie drehte sich seitlich zum Spiegel, um ihre Rückseite in der langen schwarzen Hose zu mustern, die Finlay ihr für die Veranstaltung geliehen hatte. In den vergangenen Wochen hatte sie ein bisschen zugenommen, und ihre Kleidung hing nicht mehr länger an ihr herunter. In ihrem Kopf hörte sie Brians Großmutter flüstern: *Du kannst dich glücklich schätzen, du hast so hübsche Kurven.* Sie vermisste Helen, die damals treffend vorausgesagt hatte, dass Josie in den Monaten, nachdem sie mit

Brian und ihr zusammengezogen war, zunehmen würde, und daran musste Josie nun auch wieder denken.

Jed betrat das Schlafzimmer und legte von hinten die Arme um sie. »Du wirst die schönste Frau im Raum sein.«

Er küsste ihren Hals, und seine Bartstoppeln kitzelten sie an der Wange. Sie drehte sich in seinen Armen um, und er drückte die Lippen auf ihre. Dass sie sich mit den Frauen getroffen hatte, um Sarahs Babyparty zu planen, war eine Woche her, und kurz darauf hatte Jed den Dark Knights seine Pläne präsentiert und Josie sein neues Haus gezeigt. Der Club hatte abgestimmt und das Young-Knights-Programm bewilligt, und Jed war seither damit beschäftigt gewesen, sich mit dem Anwalt der Dark Knights zu treffen, um alles in die Wege zu leiten, und sein neues Haus zu renovieren. Josie hatte kein Problem damit, da sie genauso beschäftigt gewesen war. Finlay und Crystal hatten ihr gezeigt, wie sie eine Firma gründen konnte, und waren mit ihr die Lizenzierung und die rechtlichen Angelegenheiten durchgegangen. Crystal hatte bereits damit begonnen, eine Website für Ginger All The Days zu entwerfen. Sie planten Broschüren, die Josie in den lokalen Geschäften verteilen konnte, und Gemma sagte, dass sie einen Artikel fürs Gemeindeblatt schreiben würde, sobald Josies Website online war. Josie hätte nicht glücklicher sein können, und Hail war begeistert, da sie jetzt noch häufiger backen musste, um Fotos für die Werbung zu machen. Er half ihr beim Backen, und Jed und er verspeisten liebend gern ihre Leckereien. Jed und sie waren so mit der Arbeit und Hail und all den aufregenden Veränderungen in ihrem Leben beschäftigt gewesen, dass sie kaum Zeit gehabt hatten, Hails Geburtstagsgeschenk zu besorgen. Dank Scotty, der wirklich ein hervorragender Babysitter war, konnten sie jetzt Geschenke und Deko für seine

Party organisieren. Sie waren ausgelastet, aber am Ende jedes Tages landete Josie in Jeds starken Armen und wusste, dass Hail gleich auf der anderen Seite des Flurs glücklich und in Sicherheit und der Rest ihrer Familie in der Nähe war.

»Bist du nervös?«, erkundigte sich Jed.

»Ja. Ich sage mir die ganze Zeit, dass es keinen Unterschied macht, ob ich jetzt auf der Veranstaltung arbeite oder in der Eisdiele, aber es ist doch nicht das Gleiche. Finlay freut sich darauf, mich allen vorzustellen, und ich bin ihr sehr dankbar, aber ich will sie nicht in Verlegenheit bringen. Was ist, wenn ich etwas Falsches sage, oder … ich weiß nicht … mich übergebe, weil ich so nervös bin?«

Ein heißes Lächeln umspielte seine Lippen. »Nichts davon wird passieren. Ich vertraue dir, und Finlay tut das auch. Sonst hätte sie dir diese Chance nicht gegeben. Du wirst bei allen gut ankommen, und heute Abend werden wir beide feiern.«

Jed arbeitete bis fünfzehn Uhr in der Werkstatt und wollte danach Hail bei Red abholen, die babysittete, während Josie auf der Veranstaltung war. Hail freute sich darauf, mit Jed zusammen letzte Hand an das Haus anzulegen. Er genoss ihre gemeinsame Zeit ebenso wie Jed. Aber an diesem Abend würde Scotty auf Hail aufpassen, damit Jed Josie zum Essen ausführen konnte. Er wollte ihr nicht verraten, wohin sie gingen, und hatte nur erwähnt, dass es ein besonderer Ort sei. Da sie keine schicken Kleider besaß, hatte sie sich ein kleines schwarzes Sweaterkleid von Crystal geliehen, das so eng und tief ausgeschnitten war, dass sie nicht wusste, ob sie sich tatsächlich trauen würde, es zu tragen. Aber sie wollte es gern, weil sie wusste, dass Jed die Augen aus dem Kopf fallen würden.

»Jetzt, Moon?«, rief Hail von nebenan.

Jed schmunzelte. »Ja, komm rein.«

»Was ist?«, fragte Josie, als ihr Sohn mit einer kleinen Schachtel mit einer goldenen Schleife darum ins Schlafzimmer gerannt kam.

Hail blickte zu Jed auf, wandte die glänzenden Augen dann Josie zu und drückte ihr die Schachtel in die Hand. »Mach sie auf, Mama! Die haben Moon und ich für dich besorgt.« Während sie die Schleife löste, fuhr Hail fort: »Tante Crystal hat mit dem Lego geholfen.«

»Logo«, korrigierte Jed ihn und legte ihm eine Hand auf die Schulter.

Sie öffnete die Schachtel, und beim Anblick der Visitenkarten für Ginger All The Days machte ihr Herz einen Satz. Auf den Karten war das Logo zu sehen, das sie mit Crystal entworfen hatte: ein Lebkuchenmann und eine Lebkuchenfrau, die sich an den handschuhähnlichen Händen hielten und unter einer rosa, braun und weiß gestreiften Markise standen. Auf der Markise stand der Firmenname in Braun, und unten auf der Karte prangte der Text LEBKUCHENLECKEREIEN FÜR ALLE JAHRESZEITEN. Dazu eine ihr unbekannte Telefonnummer, die Webadresse und ihr Name mit dem Wort *Inhaberin* daneben. Ihr kamen die Tränen.

»Gefallen sie dir, Mama? Hast du deinen Namen gesehen?«

Sie legte einen Arm um Hail und den anderen um Jed und blinzelte lächelnd die Tränen weg. »Sie sind wunderschön, und ich liebe euch beide so sehr.«

»Ich liebe dich auch, Mama!«, rief Hail und rannte wieder aus dem Zimmer. Offensichtlich war die Überraschung für ihn damit abgehakt.

»Danke, Moon. Das war wirklich nicht nötig.«

»Bei der nächsten Überraschung wirst du garantiert auch sagen, dass es nicht nötig war, aber inzwischen solltest du wissen, dass ich Sachen mache, weil ich das will, und nicht, weil ich es muss.« Er griff in die Gesäßtasche und überreichte ihr ein champagnerfarbenes iPhone. »Es läuft über meine Karte, du musst dir also keine Sorgen wegen der Rechnung machen.«

»Moon! Das kann ich gar nicht annehmen.«

»Natürlich kannst du das. Du kannst doch wohl kaum ein Prepaidhandy für dein Unternehmen benutzen.« Er gab ihr einen Kuss. »Drück den Knopf an der Seite.«

Das tat sie, und auf dem Bildschirm erschien ein Foto, auf dem sie beide Seite an Seite mit Hail auf Jeds Schoß saßen. Hail grinste, und Jed und Josie sahen einander sehnsuchtsvoll in die Augen. Dieses Bild sagte alles über sie aus, was es zu sagen gab. Sarah hatte es vor Kurzem aufgenommen, als sie und Scotty zum Abendessen eingeladen gewesen waren.

»Du hättest mir keine größere Freude machen können«, sagte sie aufrichtig. »Vielen Dank.«

»Nicht so voreilig. Als PIN habe ich Hails Geburtstag eingerichtet. Los, gib sie ein.«

Sie gab die PIN ein, und als der Sperrbildschirm verschwand, erschien ein anderes Foto im Hintergrund. Jed hatte das Bild von Sarah, Scotty und ihr am vergangenen Wochenende in Jeds neuem Haus geschossen. Scotty und sie waren beim Streichen gewesen und Sarah hatte mittags etwas zu essen vorbeigebracht. Scotty hatte Josies Nase gerade einen Farbklecks verpasst, und Jed hatte sie alle festgehalten, wie sie lauthals lachten.

»Du hattest recht. Das liebe ich sogar noch mehr.« Sie stellte sich auf die Zehenspitzen und küsste ihn. »Fast genauso sehr, wie ich dich liebe.«

»Sag das noch mal«, erwiderte er mit leuchtenden Augen.

»Ich liebe es sogar noch mehr. Fast genauso sehr, wie ich

dich liebe.«

»Nicht das, Babe. Der andere Teil.«

»Du hattest re…« Sie knuffte ihn, und er nahm sie in die Arme und erstickte ihr Gelächter mit Küssen.

Sie hatten Glück, dass es abermals recht warm war. Hail hatte abwechselnd Jed dabei geholfen, mit Ricardo und Marco zusammen das Geländer auf der hinteren Veranda zu streichen, und mit seinem Spielzeug gespielt, das im Hinterhof verstreut war. Alle großen Reparaturen waren erledigt, dank einiger Clubmitglieder wie Gutter, einem versierten Heimwerker, und den Bando-Brüdern, die mit Steinen und Beton arbeiteten und den Kamin neu verfugt und einen Riss im Fundament repariert hatten. Biggs hatte vor zwei Tagen die Papiere in der Werkstatt vorbeigebracht, und jetzt gehörte das Haus Jed. Er musste sich immer noch daran gewöhnen, dass er jetzt Hausbesitzer war. Er musterte Ricardo und Marco, die das Geländer auf der anderen Seite der Veranda strichen. Sie waren anständige Burschen und arbeiteten hart. Bullet hatte Ricardo als Geschirrspüler in Teilzeit eingestellt, und Marco begleitete Jed weiterhin nachmittags in die Werkstatt. Jed machte es Spaß, ihm die Grundlagen beizubringen. Wann immer er sah, was ein bisschen Aufmerksamkeit und Anleitung in ihrem Leben bewirken konnten, keimte bei Jed die Hoffnung auf, dass viele Jugendliche vom Young-Knights-Programm profitieren konnten. Der Direktor der Highschool war ein Dark Knight, und er stellte bereits eine Liste mit Schülern zusammen, die seiner Ansicht nach von dem Mentorenprogramm profitieren konnten. Sie hatten noch eine Menge Arbeit vor sich, mussten sich um die rechtliche Seite kümmern und formelle Unterlagen vorbereiten, aber die Sache nahm langsam Gestalt an – genau wie Jeds Zukunft.

»Können wir heute Nacht hier schlafen, Moon?«, fragte Hail, der einen der Geländerpfosten anstrich. Glücklicherweise hatte Josie abgetragene Kleider und eine alte Jacke für Hail eingepackt, die er beim Streichen anziehen sollte. Er hatte mindestens ebenso viel Farbe abbekommen wie der Pfosten.

»Ich gehe heute Abend mit deiner Mama aus, und ich habe noch keine Möbel. Aber ein anderes Mal.«

»Du könntest ein anderes Mal mit ihr ausgehen.« Hail zeigte mit dem Pinsel auf Jed. »Und wir brauchen keine Möbel. Wir können campen.«

Jed lenkte Hails Pinsel wieder zum Geländerpfosten zurück. »In einem Zelt? Jetzt ist es warm, weil die Sonne scheint. Aber bald wird die Sonne untergehen und dann ist es zum Campen zu kalt.«

»Nicht in einem Zelt. Auf dem Fußboden, und wir können Pizza essen und ein Feuer im Kamin machen und mit meinen Autos spielen und …«

Während Hail fortfuhr, vom Campen im Wohnzimmer zu träumen, fragte sich Jed, wie Eltern ihre Kinder nur im Stich lassen konnten. Er holte Hail nur ungern aus seinem Wunschtraum, aber er hatte in einem der besten Restaurants im Umkreis von sechzig Meilen einen Tisch reserviert und wollte Josie genauso wenig im Stich lassen. Sie hatte so hart gearbeitet, um etwas zu erreichen, und es verdient, einen Abend auszugehen und ihren Erfolg zu feiern.

Hails Geburtstagsparty sollte am nächsten Sonntag stattfinden. »Wie wäre es, wenn wir am Wochenende nach deinem Geburtstag campen?« Er tauchte den Pinsel in die Farbe. »Du wirst sechs Jahre alt, und vielleicht darfst du dann auch schon länger aufbleiben.«

Jed drehte sich um, als er Räder auf dem Kies hörte, und entdeckte Bears Truck auf der Auffahrt. Crystal winkte ihnen vom Beifahrersitz aus zu.

»Onkel Bear und Tante Crystal!« Hail ließ den Pinsel in die Dose fallen und rannte auf die Verandatreppe.

»Nicht in die Dose!« Jed griff mit den Fingern in die Farbe, um den Pinsel herauszufischen.

»Ups, tut mir leid, Moon. Ich habe vergessen, ihn in die Wanne zu legen.«

»Schon in Ordnung, ich habe ihn rausgeholt.« Er hielt den Pinsel über die Dose, damit die Farbe abtropfen konnte.

»Nächstes Mal denke ich daran.« Hail drehte sich um und flitzte die Stufen hinunter. »Onkel Bear! Ich streiche!«

»Hat die Veranda denn auch Farbe abbekommen?«, erkundigte sich Bear amüsiert.

Hail lief die Treppe wieder nach oben und zeigte auf die Geländerpfosten, die er gestrichen hatte. »Ja! Siehst du?«

»Sieht doch gut aus, finde ich«, meinte Bear und kam mit Crystal näher. »Hallo, Ricky, Marco. Wie geht es euch?«

»Gut«, antworteten sie einstimmig.

»Jed hat mir gezeigt, wie man einen Ölwechsel macht«, sagte Marco. »Das ist viel besser als Geschirrspülen.«

Ricardo starrte ihn erbost an. »Finlay bringt mir das Kochen bei, damit du traurige Gestalt nicht verhungern musst. Rate mal, wer danach zu Hause das Geschirr spülen wird?«

»Oh Mann …« Marco ließ die Schultern hängen und strich weiter.

»Wir werden drinnen campen«, verkündete Hail und

machte sich daran, mit seinen Autos zu spielen.

»Hier sieht es völlig anders aus, seit nicht mehr alles zugewachsen ist«, bemerkte Crystal.

Jed stellte Hails Pinsel in die Wanne und wischte sich die Hände an einem Lappen ab. »Ja, so langsam wird's. Was macht ihr hier?«

»Ich habe dir Gardinen als Einweihungsgeschenk gekauft. Männer denken doch nie an Vorhänge.« Crystal hielt eine Tüte hoch. »Die Stangen liegen noch in Bears Wagen.«

»Das ist lieb von dir. Danke.«

»Gern geschehen. Ich habe ein schlechtes Gewissen, weil es so lange dauert, die Jacke zu ändern. Beim Kragen ist es nicht ganz leicht, aber bis Samstag werde ich damit fertig sein. Versprochen. Arbeitest du am Samstag?«

»Ja, in der Bar.«

»Komm doch nach der Arbeit vorbei, um sie abzuholen.«

»Okay, danke, mach ich«, erwiderte er und stand auf. »Ich werde dir beim Aufhängen helfen.«

»Nein, Mann«, erwiderte Bear. »Das übernehme ich. Mach erst mal das fertig, was du angefangen hast, sonst hast du hier am Ende noch lauter kleine weiße Handabdrücke auf den Wänden.«

»Du solltest dir deine Energie besser für heute Nacht aufheben«, meinte Crystal in einem Anflug von Übermut. »Ich habe deiner Freundin ein Kleid geliehen, das dich aus den Socken hauen wird. Gern geschehen.«

»Danke, aber mein Mädchen sieht in allem, was sie trägt, heiß aus.« Seine Schwester hatte eine Vorliebe für knappe Kleidungsstücke. Er wusste, dass er den restlichen Nachmittag an nichts anderes denken würde als an Jojo in einem heißen Kleid. Glücklicherweise war er fast fertig.

Crystal öffnete ihre Jacke und hob ihren Pullover an, um ihm ihren Bauch zu zeigen, der so herausstach, als hätte sie ein üppiges Mittagessen gehabt. Sie fuhr mit der Hand darüber. »Daran ist deine Freundin schuld. All die Lebkuchen …«

Er warf Bear grinsend einen Blick zu. »Ich glaube, du musst mal mit meiner Schwester über die Bienchen und Blumen reden.«

»Hörst du das, Babe?« Bear legte einen Arm über Crystals Schulter. »Dein Bruder hat uns gerade seinen Segen gegeben, schmutzige Sachen in seinem Schlafzimmer zu machen.«

»Hey!« Jed schüttelte den Kopf, als Bear und Crystal ins Haus gingen.

Nachdem sie die Gardinen aufgehängt hatten, fuhren Bear und Crystal wieder weg. Jed und die Jungs strichen die Veranda zu Ende, und dann fuhr Jed Ricardo und Marco nach Hause. Er stieg aus dem Wagen aus, um sie für ihre Arbeitszeit zu bezahlen, und als er ihnen die Geldscheine hinhielt, tauschten die Jungs einen etwas unbehaglichen Blick.

»Was ist?«

Ricardo sah ihn unter seinen langen Ponyfransen an. »Wir wollen dein Geld nicht. Du hast genug für uns getan. Betrachte den heutigen Tag als unsere Art, Danke zu sagen.«

Verdammt, das fühlte sich richtig gut an. Aber sie hatten mehrere Stunden hart gearbeitet … »Danke. Das ist wirklich nett von euch, und ich weiß es zu schätzen. Aber ihr habt viel geleistet. Nehmt das Geld ruhig.«

»Nein, Mann«, sagte Ricardo. »Ein ›Danke‹ ist viel mehr wert, wenn wir es nicht nehmen. Du hast gerade ein Haus gekauft und schwimmst auch nicht gerade in Geld.«

»Aber ihr braucht es dringender als ich. Kommt her.« Jed umarmte erst Ricardo, dann Marco. »Das bedeutet mir sehr viel.« Er drückte ihnen das Geld in die Hand. »Ihr habt das Herz am rechten Fleck. Nehmt das Geld und kauft eurer Mutter was Schönes, um ihr dafür zu danken, dass sie zwei großartige Jungen aufzieht.«

Neunzehn

Jed lockerte die Schultern, als er zu Scotts Tür ging, um Josie abzuholen. Er war es nicht gewohnt, sich schick anzuziehen, und hoffte, dass sein graues Hemd und seine schwarze Hose zur Lederjacke passten. Quincy hatte ihm gesagt, er würde wie ein James-Bond-Bösewicht aussehen.

Master Moon, sinnierte er.

»Moon ist da!«

Er sah für den Bruchteil einer Sekunde, wie Hail das lächelnde Gesicht gegen die Fensterscheibe presste, bevor es verschwand und er ihn rennen hörte.

Die Tür ging auf, und Hail starrte ihn neugierig an. »Du bist lustig angezogen.«

»Ach ja? Manchmal muss sich ein Mann wie ein Erwachsener anziehen, um eine schöne Frau auszuführen. Zu deinem Glück kannst du mit Onkel Scotty und den Unglaublichen in bequemen Sachen herumhängen.« Jed gab ihm den Film, den er gekauft hatte, und trat zur Seite.

»*Die Unglaublichen 2!*« Hail rannte zu Scott, hüpfte neben ihn auf die Couch und schaute sich die Bilder auf der Hülle an. Er drehte sich wieder zu Jed um. »Können wir uns den anschauen, wenn wir in deinem Haus campen?«

»Darauf kannst du wetten.« Jed hatte gehofft, Hail hätte es vielleicht vergessen, denn es tat ihm leid, dass er seinen Wunsch an diesem Abend nicht erfüllen konnte.

Scott stand auf. »Danke, Jed.«

»Ich dachte mir, du könntest ein bisschen …« Der Anblick von Josie verschlug ihm die Sprache, als sie in einem engen schwarzen Minikleid, das ihre Kurven umschmeichelte, den Raum betrat. *Himmel!* Als ob das noch nicht Grund genug für eine Erektion gewesen wäre, ließen die langen Spitzenärmel, die mit einem schmalen Streifen aus schwarzem Stoff miteinander verbunden waren, der über ihre Schultern zu einem schwarzen Halsband führte, ziemlich schmutzige Gedanken in seinem Kopf aufkommen.

»Komm, lass uns Popcorn machen.« Scotty ging mit Hail auf den Fersen in die Küche.

»Du bist so schön, Mama!«, sagte Hail im Vorbeigehen. »Moon hat sich für eure Verabredung wie ein Erwachsener angezogen.«

»Verdammt, Babe.« Mehr brachte Jed nicht hervor.

Josie errötete und berührte ihre helle nackte Haut über den Rundungen ihrer Brüste. »Ich war mir nicht sicher, ob der herzförmige Ausschnitt nicht zu viel wäre.« Sie senkte die Stimme und flüsterte leicht verlegen: »Ich fühle mich ein bisschen nackt.«

Er trat zu ihr und legte einen Arm um ihre Taille. »Du siehst umwerfend aus.«

»Ich habe mir das Kleid von Crystal geliehen. Bist du sicher, dass das passt? Vorhin habe ich Tracey und Sarah ein Foto geschickt, auf dem ich es trage, und sie meinten beide, dass ich es anziehen soll, aber …«

»Sie haben recht.« Er drückte sie an sich, sodass sie spüren konnte, was allein ihr Anblick mit ihm machte. »Soll ich dich in dein Schlafzimmer tragen und dir zeigen, wie heiß du bist?«

Röte zog sich über ihren Brustkorb und ihren Hals, und sie riss die Augen auf. »Ja, aber nein!«, wisperte sie, »nicht, solange die beiden noch wach sind.«

»Das dachte ich mir schon.« Er küsste sie; dann spähte er in die Küche. »Hey, Kleiner. Gib deiner Mama einen Gutenachtkuss, danach lassen wir dich und Scotty allein.«

Hail sprintete aus der Küche und legte die Arme um Josies Beine. »Tschüss, Mama! Deine Beine sind rutschig.«

»Das sind Strümpfe«, erklärte sie und warf Jed einen Blick zu, der ihm verriet, dass sie nachher vielleicht noch ein bisschen Spaß damit haben würden. »Ich hab dich lieb, Spatz. Benimm dich und mach Onkel Scotty keinen Ärger.« Sie gab Hail einen Kuss auf die Wange und ließ sich von Jed in den Mantel helfen.

Auf dem Weg zum Restaurant, das sich in der Nachbarstadt Pleasant Hill befand, spielte Josie mit dem Saum ihres Kleides, während sie ihm von ihrem Tag berichtete.

»Kaum hatten wir die Tische aufgebaut, waren wir auch schon beschäftigt, und Finlay ist einfach fantastisch – geschäftlich, beim Catering und überhaupt. Sie hat mich allen vorgestellt, aber nicht auf eine aufdringliche oder verkaufsorientierte Art. Sie ist der Meinung, dass man sich mit den potentiellen Kunden anfreunden und nicht versuchen soll, ihnen irgendetwas zu verkaufen. Und sie hatte recht. Ich habe heute eine Menge gelernt und bestimmt dreißig Visitenkarten verteilt. Vielen Dank dafür. Alle haben angemerkt, wie bezaubernd die Karten sind.«

»Das ist fantastisch.«

Sie fuhr fort und erzählte ihm von Veranstaltungen, von denen sie heute erfahren hatte. Zwar wusste sie nicht, ob ihre potenziellen Kunden tatsächlich anrufen und etwas bei ihr bestellen würden, aber die Hoffnung in ihren Augen war ansteckend. Ein bisschen später, als sie vor dem Nova Lounge vorfuhren, verstummte sie, und ihr klappte die Kinnlade herunter.

Das Nova Lounge war das teuerste Restaurant der Gegend und gehörte dem weltberühmten Koch und Unternehmer Jared Stone und dem Geschäftsmogul Seth Braden. Das Gebäude sah aus, als hätte es jemand in den Straßen von Venedig aufgelesen und auf ein Steilufer über Pleasant Hill gesetzt. Goldene Kacheln schimmerten über zwei kunstvoll geschnitzten Rundbogentüren mit dunklen Holzrahmen und Glasscheiben.

»Das sieht schrecklich teuer aus«, bemerkte Josie und ließ sich von Jed beim Aussteigen helfen.

Er legte ihr einen Arm um die Schultern. »Das ist unser Abend, Babe. Wir feiern all die guten Dinge in unserem Leben.« Warum fühlte es sich so an, als würde eines dieser guten Dinge fehlen?

Sie zupfte erneut am Saum ihres Kleides herum. »Bist du dir sicher, dass ich für diesen Ort richtig angezogen bin?«

»Ja, du wirst die attraktivste Frau sein.«

Ihre Miene wirkte beim Hineingehen leicht beunruhigt. Das Restaurant war sogar noch glamouröser, als es online ausgesehen hatte, mit Marmorfußböden, einer Mischung aus Backsteinen, mit kunstvollen Schnitzereien verzierten Holzwänden und -pfeilern und hohen Decken mit gemusterten Metallplatten. Extravagante goldene Lichter hingen über jedem Tisch.

Sie wurden von einer hochgewachsenen schlanken Brünetten mit schwarzem Rock und weißer Bluse begrüßt. Der Dutt in ihrem Nacken verlieh ihr eine fast schon königliche

Ausstrahlung, die von einem geübten Lächeln begleitet wurde. »Willkommen im Nova Lounge.«

Jed spürte, wie Josie sich anspannte, und zog sie an sich. »Hallo. Wir haben eine Reservierung auf Moon.«

Die Empfangsdame überflog eine Liste. Dann rief sie eine andere elegant gekleidete Frau herbei, die sie an ihren Tisch brachte. Jed half Josie, den Mantel auszuziehen, und rückte ihr den Stuhl zurecht. Er setzte sich neben sie, und schon trat ein Herr mit schwarzem Anzug und Krawatte zu ihnen.

»Guten Abend.« Er reichte beiden eine Weinkarte und füllte ihre Gläser mit Wasser. »Darf ich Ihnen etwas zu trinken bringen?«

Josies Augen waren so groß wie Untertassen, als sie die Weinkarte studierte.

»Wir hätten gern eine Flasche Moët«, bestellte Jed.

Nachdem der Kellner gegangen war, flüsterte Josie: »Moon, hast du die Preise gesehen? Ich bin auch mit Wasser zufrieden.«

Er nahm ihre Hand und küsste den Handrücken. »Zum Feiern braucht es etwas Besonderes.«

»Du hast nicht in der Lotterie gewonnen«, ermahnte sie ihn. »Du hast ein Haus gekauft, und ich werde vielleicht ein paar Backaufträge bekommen. Wir brauchen all das nicht. Es ist atemberaubend, aber du musst mich nicht ausführen wie die Reichen und Berühmten. Ich weiß nicht einmal, wie man sich an einem Ort wie diesem verhält.«

»Du musst dich nicht anders verhalten als sonst. Sei einfach du selbst. Ich liebe dich so, wie du bist.«

Der Kellner brachte ihren Champagner, und sie bestellten Krabbencocktail und Minikrabbenpuffer als Vorspeise.

Jed hob sein Glas. »Auf uns und auf Hail. Ich bin der glücklichste Mann auf der Welt, weil ich dich wiedergefunden habe.«

»Mir geht es ganz genauso.«

Sie stießen an und tranken einen Schluck. Als der Kellner ihnen die Vorspeisen brachte, legte sich Josie die Serviette in den Schoß und musterte die teuer gekleideten Paare an den Nachbartischen nervös.

»Sieh mich an, Babe.« Jed lenkte ihre Aufmerksamkeit auf sich. »Denk nicht daran, wo wir sind, sondern nur an uns. Ich hatte heute großen Spaß mit Hail. Hat es ihm gefallen?«

»Ja«, antwortete sie, und sie widmeten sich ihren Vorspeisen. »Er hat unaufhörlich davon geschwärmt, wie er mit dir und den Jungs gearbeitet hat. Das Streichen fand er super, und er meinte, dass er sich die Handfläche bemalen und einen Handabdruck auf der Rückseite des Hauses hinterlassen durfte?«

Freude erfüllte ihn, als er daran zurückdachte, wie begeistert Hail von seinem Vorschlag gewesen war. »Bevor wir das Haus in Peaceful Harbor verloren hatten, haben mein Dad und ich die Veranda auf der Rückseite gestrichen und auf der Hausrückseite unsere Handabdrücke platziert. Das habe ich nie vergessen.« Und er hoffte, dass auch Hail niemals vergessen würde, dass er sein Zeichen auf seinem Haus hinterlassen hatte. »Du hättest Hail sehen sollen. Er musste seine Hand unbedingt in die perfekte Position bringen, was natürlich bedeutet, dass es auch eine Menge falscher Handabdrücke auf der Rückseite des Hauses gibt. Er ist wirklich etwas Besonderes, Rotkäppchen.«

Sie hielt sich beim Lachen die Hand vor den Mund. Sehnsucht stieg in ihren Augen auf und verschwand dann schnell wieder. Er fragte sich, ob sie Hail genauso sehr vermisste wie er.

»Du hast ihm den Tag versüßt«, sagte sie. »Und er freut sich unheimlich darauf, in deinem Wohnzimmer zu campen. Du verwöhnst ihn ganz schön.«

»Ich verwöhne ihn nicht. Ich rege nur seine Abenteuerlust an. Er wollte die Nacht im Haus verbringen, aber wir hatten andere Pläne.« Abermals durchzuckten ihn Schuldgefühle. »Er hat heute so brav mitgeholfen, dass es mir richtig leidtat, das Campen verschieben zu müssen. Versteh mich nicht falsch; ich möchte den Abend hier mit dir verbringen. Aber ich frage mich, wie du damit umgehst. Wie schaffst du es, trotz Kind die Balance zu halten?«

Sie zuckte mit einem süßen Lächeln mit den Achseln. »Bevor unser Leben auf den Kopf gestellt wurde, war ich immer mit ihm zu Hause. Es gab nicht viel, was man hätte ausbalancieren müssen. Er war mein Leben. Nachdem wir Brian verloren hatten, musste ich arbeiten gehen und Hail manchmal bei einem Babysitter lassen. Ich hatte immer Schuldgefühle, aber ich musste unseren Lebensunterhalt verdienen. Bis jetzt habe ich nie wirklich etwas für mich getan, alles auszubalancieren ist für mich also auch neu. Es fällt mir schwer. Ganz ehrlich, ich bin auch gern hier, aber ich denke schon die ganze Zeit an ihn, hoffe, dass er sich mit Scotty amüsiert, und frage mich, ob es gut läuft, wenn er ihn ins Bett bringt.«

»Ich auch. Er ist noch so klein, und er freut sich über alles. Ich könnte dir hundert Sachen auflisten, die er heute gemacht hat und die mich zum Lachen gebracht haben. Aufgrund der Arbeit und der Renovierung habe ich nicht viel Zeit für ihn, und das fühlt sich komisch an.«

»Es gefällt mir, dass du so empfindest«, erwiderte sie und rutschte auf ihrem Stuhl herum. Er schaute unter den Tisch und sah, dass sie sich die hochhackigen Schuhe abgestreift hatte. »Was kommt als Nächstes, Baby, dein Kleid?« Er beugte sich näher zu ihr. »Dein Höschen kannst du direkt rüberschieben.«

»Pst.« Sie sah sich nervös um. »Ich bin nicht daran gewöhnt, hohe Absätze zu tragen, und meine Füße bringen mich um, weil ich schon den ganzen Tag lang Finlay zuliebe solche Schuhe anhaben musste.« Ihre Augen umwölkten sich. »Und nur fürs Protokoll: Ich habe gar kein Höschen an.«

Herr. Im. Himmel.

»Dieses Kleid ist so eng, dass sich bei jedem meiner Höschen der Saum abzeichnet«, vertraute sie ihm leise an.

»Ernsthaft? Sollten wir uns vielleicht gleich die Rechnung geben lassen?« Sie mussten lachen.

Sie aßen die Vorspeisen auf. »Ich meinte zu Hail, dass wir vielleicht übernächstes Wochenende in meinem Wohnzimmer campen könnten, weil doch nächstes Wochenende sein Geburtstag ist. Ist das in Ordnung? Er war einfach so begeistert davon. Er hatte schon alles durchgeplant. Du hättest ihn hören sollen.«

»Oh, das habe ich! Schlafsäcke auf dem Fußboden, Pizza, die von einem Mann an die Tür gebracht wird, und Marshmallows rösten im Kamin.« Sie legte sich eine Hand auf den Bauch. »Das klingt verlockend, besonders das mit den Marshmallows. Aber ich bin schon so voll von den Vorspeisen, ich weiß gar nicht, ob ich noch den Hauptgang essen kann.« Sie sah sich seufzend im Raum um. »Das war so lieb von dir. Vielen Dank, dass du all das für uns tust und dass du Hail so einen tollen Nachmittag verschafft hast.«

»Warum hast du so geseufzt, Jojo? Stimmt was nicht?«

»Es ist alles gut.« Als sie ihn erneut ansah, war das Licht in ihren Augen deutlich schwächer geworden.

Er hatte das Gefühl, dass sie an Hail dachte, so wie er auch, was ihn hart traf, denn er sollte doch eigentlich an ihr nicht vorhandenes Höschen denken.

»Denkst du dasselbe wie ich?«

Sie zog eine Schulter hoch. »Das bezweifle ich. Du denkst wahrscheinlich nichts Jugendfreies.«

Er lachte und nahm ihre Hand. »Tatsächlich habe ich daran gedacht, dass der Sportladen bis neun Uhr geöffnet hat und man dort bestimmt auch Schlafsäcke kaufen kann.«

Ihr Gesicht erhellte sich. »Tatsächlich?«

»Aber ja. Er ist nur einmal jung.« Er gab dem Kellner ein Zeichen und beglich die Rechnung. Auf dem Weg zum Wagen meinte er: »Und sobald er eingeschlafen ist, genießen wir die Vorzüge dieses nicht vorhandenen Höschens.«

Nachdem sie Schlafsäcke und eine coole Plastiklaterne gekauft und einen ganz aufgeregten Hail abgeholt hatten, fuhren sie zu Jeds Haus.

»Wir müssen einen besonderen Stein finden«, sagte Jed, während sie die Campingsachen hineintrugen.

»Warum?«, fragte Hail.

»Das ist ein Zeichen dafür, dass etwas Gutes passieren wird«, erklärte Josie.

Jed legte die Schlafsäcke im Haus aus und steckte Batterien in Hails Laterne.

»Ich habe draußen hinterm Haus besondere Steine gesehen!«, rief Hail und rannte schon zur Hintertür.

Sie schalteten das Licht auf der Veranda ein und machten sich auf die Suche nach dem perfekten Stein. Jed hatte sich noch nie so sehr darauf gefreut, Pizza zu bestellen – die von einem Mann geliefert wurde – und Marshmallows im Kamin zu rösten.

»Moon! Geht dieser hier?« Hail hob einen großen Stein mit beiden Händen hoch.

»Der ist perfekt.« Jed nahm einen kleineren Stein und kratzte damit ihre Namen in den größeren Stein.

Hail hockte daneben, sah zu und buchstabierte ihre Namen.

Jed setzte das Datum unter ihre Namen. »Wo soll er hin?«

»Ich zeige es dir!« Hail nahm Josies und seine Hand und zog sie zur Vorderseite. Er stieg die Verandastufen hoch und zeigte auf den Fußboden neben der Haustür. »Leg ihn dahin. Dann sieht jeder, der herkommt, dass es unser Haus ist.«

»Ach, Spatz, das ist nicht unser Haus«, korrigierte Josie ihn.

»Heute Nacht ist es das!«, erwiderte Hail. »Können wir ihn dort hinlegen, Moon?«

»Das scheint mir die ideale Stelle dafür zu sein.« Er legte den Stein vor sein neues Zuhause, zerzauste Hails Haare und küsste Josie, bevor sie hineingingen.

Sie aßen Pizza, rösteten Marshmallows und lauschten Geschichten aus Jeds Jugend – aus der Zeit, bevor seine Welt auf den Kopf gestellt worden war. Hails Spielzeug lag im Wohnzimmer verteilt und seine Laterne tauchte den Kamin in gelbes Licht. Jed lag mit dem Arm um Josie und dem fest eingeschlafenen Hail zwischen ihnen auf den Schlafsäcken am Boden. Hail hatte sich seinen Plüschhasen in die kleine Armbeuge gelegt. Während die Schatten über sie hinwegtanzten, hatte Jed die Zukunft ganz deutlich vor Augen.

Das war es, was er wollte. Josie und Hail an seiner Seite, an jedem einzelnen Tag seines Lebens.

Zwanzig

»Chrissy?«, rief Jed, als er am nächsten Samstagabend Crystals und Bears Haus betrat. Hails Campingausflug war jetzt eine Woche her, und morgen hatte er Geburtstag. Hail plante bereits ihren nächsten Campingausflug. Der Junge hatte ein Gedächtnis wie ein Elefant und hatte Jed daran erinnert, dass er länger aufbleiben durfte, sobald er sechs war.

»Komme«, rief sie aus der Küche.

Seit Bears Junggesellenzeit hatte sich in seinem Haus nicht viel verändert. Anstelle eines Esstischs stand dort immer noch ein Billardtisch, und ein übergroßes Schlafsofa nahm den Großteil des offenen Wohnzimmers ein. Die Möbel aus Getriebeteilen – der Kronleuchter über dem Billardtisch aus Leder, Ketten und dem Rad eines Motorrads und der Beistelltisch aus alten Werkzeugen, Schrauben und Muttern – passten gut zu Bear und auch zu Jeds rebellischer Schwester. Er bemerkte mitten auf dem Sofa den Pappkarton, den ihre Mutter ihm mitgegeben hatte. Über der Rückenlehne der Couch hing die Lederjacke, die Crystal auf seine Bitte hin für Josie geändert hatte.

Er nahm die Jacke und bewunderte sie. Seine Schwester war eine talentierte Schneiderin. Die Lederjacke, die er damals bei seiner ersten Begegnung mit Josie getragen hatte, war jetzt eng genug, damit sie ihr passte. Crystal hatte den Pelzkragen hinzugefügt, um den er sie gebeten hatte, und alles sah sogar noch besser aus, als er gehofft hatte.

»Chrissy, die Jacke ist traumhaft schön geworden. Danke für deine tolle Arbeit. Jojo wird darin unglaublich heiß aussehen.«

Crystal kam mit einer Schachtel Salzcracker unter dem Arm aus der Küche. Sie trug schwarze Jeans und ein übergroßes schwarzes Sweatshirt. Ihre Augen waren verquollen, und sie war etwas grün im Gesicht. »Danke. Das schreibe ich auf meine Visitenkarten. Änderungen von Crystal – holen Sie sich einen unglaublich heißen Style in weniger als neunzig Tagen.«

Er legte die Jacke ab. »Mann, Schwesterherz. Geht es dir gut?«

»Klar, wenn du darauf stehst, gleichzeitig Hunger zu haben und dich übergeben zu müssen.« Sie hielt ihm die Schachtel mit Crackern hin. »Willst du einen?«

»Nein danke. Warum siehst du so aus, als hättest du gerade geweint?«

Sie schleuderte die Schachtel auf den Tisch und setzte sich auf die Couch. »Offenbar bringt mich der kleine Whiskey in meinem Uterus nicht nur zum Kotzen, sondern auch zum Heulen. Ich war gerade dabei, eine Prinzessinnendecke für Sarahs Baby zu nähen und musste aus irgendeinem Grund plötzlich an Dad denken, und schon öffneten sich die Schleusen. Ich schwöre dir, dieses Kind kommt total nach Bear.«

Jed kicherte. Alle wussten, dass Bear der sensibelste der Whiskey-Geschwister war. Er redete gern und viel. Crystal hatte ihre Gefühle hingegen immer unterdrückt – bis Bear und sie zusammengekommen waren. Bear hatte sie weicher werden lassen, und Jed war froh, dass sie nicht mehr alles in sich hineinfraß. Er wusste, wie sehr einen das fertigmachen konnte.

»Ich vermisse Dad auch«, sagte er. »Ich habe in letzter Zeit öfter an ihn gedacht.«

»Bestimmt hast du dabei aber nicht wie ein Baby geheult.« Ihr Blick wanderte zu dem Karton von ihrer Mutter. »Bear sagte, du hättest ihm die Sachen vor ein paar Wochen mitgegeben und er hätte *vergessen*, mir davon zu erzählen.« Sie malte Anführungszeichen in die Luft, um das Wort vergessen zu betonen. »Du besuchst Mom also immer noch, nach allem, was sie uns angetan hat?«

»Nur alle paar Wochen.« Er warf seine Jacke auf die Couch und setzte sich. »Irgendwer muss sich doch vergewissern, dass sie noch am Leben ist.«

Crystal verdrehte die Augen.

»Ich habe versucht, sie dazu zu überreden, ihr Leben wieder in Ordnung zu bringen.«

Sie schnaufte. »Ich wette, das lief richtig gut.« Sie griff in den Karton und holte Jeds alten grauen Kuschelhasen heraus. Das Fell war verfilzt und ein Auge durch einen Knopf ersetzt worden. »Hey, das ist Mr. Quibbles.«

»Ich hatte mich schon gefragt, wo er abgeblieben ist.« Jed schnappte sich seinen alten Hasen und dachte an den Plüschhasen, den er für Hail gekauft hatte. Er schlief immer noch jede Nacht mit ihm im Arm. »Hey, Chrissy, bist du nervös, weil du jetzt Mutter wirst?«

»Wie könnte ich das nicht sein? Ich meine, dann verlässt sich ein anderes menschliches Wesen darauf, dass ich mich darum kümmere.« Sie nahm ein Fotoalbum aus dem Karton. »Das ist echt beängstigend. Was ist, wenn ich so wie Mom werde?«

Er rutschte neben sie. »Das wirst du nicht. Du ähnelst ihr überhaupt nicht. Sieh dir an, was du in deinem Leben alles durchgemacht hast. Schwächere Menschen wären schon vor langer Zeit zusammengebrochen, aber du hast es nicht nur geschafft, weiterhin gute Noten nach Hause zu bringen, obwohl unser Leben im Trailerpark die Hölle war, du bist sogar drei Jahre aufs College gegangen und jetzt führst du mit Gemma erfolgreich ein Geschäft. Du hast viel mehr von Dad in dir als von Mom.« Er legte den Hasen beiseite. »Abgesehen davon, falls du anfangen solltest, dich wegen Wochenbettdepressionen oder etwas anderem seltsam zu benehmen, würden Bear und ich dir die Hilfe besorgen, die du brauchst. Das weißt du doch.«

»Ja.« Ihr kamen die Tränen, und sie fächelte sich Wind zu und richtete die glasigen Augen zur Decke. »Siehst du? Die blöden Hormone. Ihr Kerle habt so ein Glück. Ihr müsst nichts weiter tun, als Sex zu haben und könnt dann mit eurem Leben weitermachen, während wir runde Bäuche bekommen und unsere Hormone uns in weinerliche Jammerlappen verwandeln.«

Jed legte lachend den Arm um sie und zog sie an sich. »Das ist echt unfair. Aber ich habe gehört, dass manche Männer einen Eiertanz aufführen müssen, um ihre schwangeren Frauen nicht zu verärgern.«

Sie gab ihm einen Klaps. »Hat Bear das gesagt?«

»Nein!«, log er. In Wahrheit hatten Bear und Bones ihm das anvertraut. »Ernsthaft, müssten wir Männer die Babys bekommen, würde die Bevölkerung ziemlich schnell aussterben. Die meisten von uns wollen verhätschelt werden, wenn sie nur eine Erkältung haben.«

Er griff lachend nach dem Fotoalbum mit dem Wort

FAMILIE auf der Vorderseite, während Crystal ein Sorgenpüppchen aus der Schachtel holte. Ihr Vater hatte für sie mehrere Püppchen aus Zweigen, Garn und Stoff gebastelt und ihr gesagt, dass sie den Puppen ihre Sorgen anvertrauen sollte, damit diese dann wie durch Zauberhand verschwanden.

»Ich wusste gar nicht, dass ich eine zurückgelassen hatte«, murmelte sie. »Es grenzt an ein Wunder, dass Mom sie nicht verbrannt hat. So sehr, wie sie Dad anscheinend hasst.«

»Sie hasst sich selbst«, erwiderte Jed. »Erkennst du das nicht in allem, was sie tut? Trinken bis zur Bewusstlosigkeit, uns anfauchen? Ich weiß, dass sie jedes Mal, wenn sie mich sieht, eigentlich Dad vor sich hat, aber ich wette, auch wenn das noch so schmerzt, kann sie vor allem ihr eigenes Spiegelbild nicht ertragen.«

»Du hast wirklich Vertrauen in sie. Ich kapiere es nicht.«

»Vielleicht ist es unangebracht. Ich weiß nicht mehr, was ich denken soll. Ich habe so viel Zeit mit Hail und Jojo verbracht und kann mir gar nicht vorstellen, mich von dem Jungen abzuwenden, und dabei ist er noch nicht einmal mein Sohn.« Er sah Crystal in die Augen. »Ich habe Mom erzählt, dass du schwanger bist. Ich dachte, dass das vielleicht etwas bewirken könnte.«

Crystal bekam abermals feuchte Augen. »Damit hatte ich schon fast gerechnet.«

Er nahm ihre Hand. »Das mit ihr tut mir leid und dass Dad dein Baby nicht mehr kennenlernen wird.«

»Mir auch.«

»Wenn Bear deinem Kind keine Sorgenpüppchen bastelt, werde ich das tun«, bot er an.

»Verdammt, Jed.« Sie wischte sich die Tränen weg, die ihr über die Wangen liefen.

»Entschuldige. Hör zu, ich kann Dad nicht ersetzen, aber ich werde versuchen, ein toller Onkel zu sein und deinem Baby alles über ihn zu erzählen, okay?«

Sie nickte und konnte gar nicht mehr aufhören zu weinen, woraufhin er sie noch einmal umarmte. »Er wäre stolz auf dich, weißt du? Verdammt stolz.«

»Ich weiß. Und jetzt hör auf, mich zu drücken, oder ich werde immer weiterheulen.«

Er rückte von ihr ab. »Glaubst du, dass ich ein anständiger Vater sein werde?«

»Das fragst du jetzt, nach all dem, was du mir gerade gesagt hast? Du hast dich mein ganzes Leben lang um mich gekümmert. Natürlich wirst du ein toller Vater sein.«

Er schüttelte den Kopf. »Ich habe nicht genug getan, und als Teenager oder junger Erwachsener habe ich mich nicht gerade vorbildlich verhalten. Ich habe herumgevögelt, gestohlen, bin verhaftet worden und habe keinen Kontakt zu dir gehalten, als du auf dem College warst. Ich war nicht für dich da, nachdem du …« Er brauchte den Satz nicht zu beenden. Sie hatte die Anspielung auf ihre Vergewaltigung verstanden.

»Wenn Eltern, die Mist bauen, nur Kinder aufziehen würden, die ebenfalls Mist bauen, gäbe es keine Hoffnung auf der Welt. Sieh dir Tru und Quincy an. Sieh uns beide an, Jed. Du grübelst derzeit viel zu viel. Du weißt, dass ich in meiner Collegezeit niemals zugelassen hätte, dass du mich beschützt, und du hast gestohlen, damit wir etwas zu essen hatten, nicht wahr? Damit bleibt nur noch das Herumvögeln, und wir wissen beide, warum du das getan hast. Denn wie jeder andere Kerl bist du auch nur ein Tier.« Sie lachte leise und nahm sich einen Cracker aus der Schachtel.

»Das war ich nicht. Geil vielleicht. Aber ein Tier? Auf gar

keinen Fall.« Bei einer Sache war er sich sicher. Nachdem er Josie getroffen und Brian ihm mitgeteilt hatte, dass sie erst siebzehn war und er verschwinden sollte, hatte er sich mit einer Frau nach der anderen eingelassen und versucht, sich zu beweisen, dass das nicht real gewesen war, was er bei ihr gefühlt hatte. Aber es hatte nicht funktioniert, und schließlich hatte er den Versuch aufgegeben und akzeptiert, dass seine Liebe zu ihr für immer unerwidert bleiben würde.

Jetzt, wo er sie wiedergefunden hatte, wollte er sie nie wieder loslassen. Denn jetzt wusste er, dass das, was vor all diesen Jahren zwischen ihnen gewesen war, echt war – und heute war es noch hundertmal intensiver.

Crystal biss in den Cracker und seufzte. »Ich wette, Mike McCarthy würde dir widersprechen.«

Jed und Mike waren zusammen zur Highschool gegangen. Mike war ein Mistkerl aus einer reichen Familie gewesen, der jedem gegenüber den großen Macker herauskehren musste. Jed hatte mit jedem Mädchen geschlafen, mit dem Mike ausgegangen war, nur um zu beweisen, dass er das konnte.

»Irgendwer musste den Kerl doch von seinem hohen Ross runterholen. Aber ernsthaft, denkst du, dass ich das schaffe? Ein guter Vater zu sein?«

»Natürlich. Warum fragst du überhaupt?« Sie riss die Augen auf. »Ist Josie schwanger?«

»Nein! Himmel, du bist die Zweite, die mich das fragt.«

»Weil du davon sprichst, Vater zu sein, und dazu gehört eben ein Kind.«

»Vielleicht liegt es einfach daran, dass ich in eine Frau verliebt bin, die ein Kind hat, und Hail ist mir auch sehr ans Herz gewachsen«, erwiderte er scharf. »Und eines Tages hätte ich gern eigene Kinder. Deshalb frage ich.«

Sie sah ihn immer noch ungläubig an.

»Was ist?«, fragte er.

»So habe ich dich noch nie erlebt.«

»Tut mir leid. Du wirst weinerlich, wenn du schwanger bist, und ich werde anscheinend redselig, wenn ich verliebt bin. Ich muss wissen, dass ich keinen schlechten Einfluss auf Hail habe, wenn ich diese Beziehung fortsetze.«

Crystal berührte seine Hand. »Wenn ich mir bei einer Sache sicher bin, dann, dass du kein Kind verderben wirst. Jed, als Ricardo davongelaufen ist, hast du die Fassung bewahrt. Du hast ihm geholfen, und dann wolltest du auch noch seinem Bruder helfen. Und selbst das hat dir nicht gereicht. Du willst Jugendliche unterstützen, die du noch nicht einmal kennst. Das macht einen guten Menschen aus dir. Du hast so ein großes Herz. Weißt du denn so wenig über dich? Alle anderen kennen dich da offensichtlich besser.«

Erleichterung überkam ihn. »Danke. Wahrscheinlich hast du recht. Ich weiß das zu schätzen.«

Er schlug das Fotoalbum auf, und Sehnsucht überkam ihn, als er ein Bild von seinen Eltern sah, auf dem sie Arm in Arm vor ihrem Haus in Peaceful Harbor standen. Ihre Mutter sah jung und glücklich aus. Ihre Augen waren lebendig statt abgestumpft vom Alkohol und von der Wut auf die Welt. Ihr Vater war im Gegensatz zu Jed nie muskulös, aber mit seinen über eins achtzig ein starker, robuster Mann gewesen. *Und stolz,* dachte Jed. *Zu stolz, um an einer Ehe festzuhalten, nachdem seine Frau sich von ihrer Familie abgewandt hatte.*

»Ich vermisse sie, Chrissy«, gab er zu. »Alle beide. Ich vermisse es, wie wir als Familie waren, als wir in Peaceful Harbor lebten. Hast du dich jemals gefragt, was passiert wäre, wenn Dad seinen Job nicht verloren hätte? Wenn wir in der

Gegend geblieben wären?«

»Ganz ernsthaft? Ich versuche, überhaupt nicht an Mom zu denken …«

»Mann, ich hasse das«, gestand er. »Kein Kind sollte sich je so fühlen.« Er blätterte um und sah ein Foto von Crystal als Kleinkind im weißen Kleid und mit einem Reif in den blonden Haaren. Sie färbte sich die Haare schon so lange schwarz, dass es ihm schwerfiel, sie sich als Blondine vorzustellen. »Hat es dieses mädchenhafte Püppchen je wirklich gegeben?«

»Nicht sehr lange.« Sie legte eine Hand auf ihren Bauch. »Aber jetzt, wo ich mit Gemma in der Prinzessinnen-Boutique arbeite und mit Lila und Kennedy Zeit verbringe, hoffe ich irgendwie, dass wir ein Mädchen bekommen, das ich mädchenhaft anziehen und gleichzeitig zu einer knallharten Person erziehen kann. Aber wahrscheinlich sollte ich lieber auf einen Jungen hoffen, denn wenn wir ein Mädchen haben, wird sie am Ende noch genauso emotional wie Bear, und dann wüsste ich nicht, was ich mit ihr machen soll. Und du weißt, dass er sie niemals mit Jungs reden lassen würde.«

»Du kämst schon mit einem emotionalen Mädchen zurecht. Du bist tough, Chrissy, aber du hast auch eine weiche Seite, und du kümmerst dich um jeden. Du wirst eine liebevolle Mutter sein, stark, wenn du es sein musst, und sanft, wenn du es willst.«

»Danke. Wie kommt es, dass wir so großherzig sind und unsere Mutter so verkorkst ist?«

»Da bin ich überfragt.« Er blätterte um. Beim Anblick von sich als kleinem Jungen erstarrte er. Er musste da ungefähr in Hails Alter gewesen sein, stand vor ihrem Haus und hatte sich anscheinend für Halloween verkleidet, denn er trug ein Kostüm, das seine Mutter gemacht hatte. Sie hatte auf einen großen

Pappkarton breite, vertikale Streifen in Rot und Weiß gemalt und in die Mitte einen blauen Kreis. In Weiß hatte sie POPCORN in das Blau geschrieben. Sie hatte Löcher für die Arme und den Kopf hineingeschnitten, und er hatte ihr dabei geholfen, Popcorn oben auf den Karton zu kleben. Seine Haare waren so lang wie Hails und kräuselten sich an den Spitzen.

»Bist du das?« Crystal schnappte sich das Album von seinem Schoß und sah sich das Bild des Jungen mit den blonden Haaren genau an. »Meine Güte, Jed.« Sie blätterte durch die Seiten mit noch mehr Kinderbildern von ihnen. Jed fühlte sich, als wäre er in ein alternatives Universum versetzt worden und würde jetzt Bilder von Hail anstarren.

»Wann bist du damals mit Josie zusammen gewesen? Bist du sicher, dass Hail nicht dein Sohn ist?«

»Ja, natürlich. Ich habe nachgerechnet. Sie hat ihn zehn Monate nach unserer Begegnung bekommen, und Schwangerschaften dauern neun Monate …«

Crystal sah ihn fassungslos an. »Hast du den gesamten Aufklärungsunterricht geschwänzt? Eine Schwangerschaft dauert *vierzig* Wochen – also zehn Monate.«

»Quatsch. Jeder weiß doch, dass Frauen neun Monate schwanger sind. Abgesehen davon habe ich rechtzeitig aufgehört. Er kann unmöglich von mir sein.«

»Mann! Du bist echt ein Idiot!«

»Oh, komm schon, als hättest du nie … Egal. Ich will es gar nicht wissen.« Er stand auf und lief unruhig hin und her. »Bist du sicher mit diesen zehn Monaten?«

»Natürlich bin ich das!« Sie sah in das Fotoalbum. »Weißt du, wie man Menschen nennt, die per Coitus interruptus verhüten?«

»Ich weiß es verdammt noch mal nicht«, fauchte er.

»Eltern!«

Was. Zum. Teufel?!

Er griff sich das Album und zog ein Bild von sich in Hails Alter heraus.

»Was hast du vor?«, fragte Crystal. »Willst du mit Josie reden? Du könntest einen Vaterschaftstest machen.«

»Einen Vaterschaftstest?« Herr im Himmel, er konnte jetzt nicht einmal klar denken. »Ich weiß nicht, was ich tun werde, aber ich nehme dieses Bild mit.« Er steckte das Foto in seine Brieftasche, nahm sich die beiden Lederjacken und ging zur Tür. »Sag niemandem auch nur ein Wort davon, okay? Ich muss mir erst mal selbst über einiges klar werden.«

»Hey, Mann«, begrüßte ihn Scott, als er die Tür öffnete. »Komm rein. Sie badet Hail gerade.«

»Danke. Warum bist du so geschniegelt?«

Scott zog sich den Mantel an. »Ich gehe mit deinem Mitbewohner ins Whispers. Wartet nicht auf mich.«

Nachdem Scotty gegangen war, warf Jed die Jacken über die Lehne der Couch und ging den Flur hinunter. Er fand Josie, die neben der Badewanne kniete. Schaumblasen schwebten um Hails lächelndes Gesicht herum durch die Luft, aber Jed hatte nur Augen für den kleinen blauäugigen Jungen. Konnte er sein Sohn sein? Hatte Jed fast sechs Jahre im Leben seines Kindes verpasst?

»Sieh dir all die Seifenblasen an, Moon!« Hail hob eine Handvoll Schaum hoch und pustete hinein.

Jed schüttelte den Kopf, um diese Gedanken zu verdrängen.

»Toll.« Er beugte sich hinunter, um Josie auf die Wange zu küssen, und sie drehte sich um, sodass sich ihre Lippen trafen.

»Tracey hat angerufen«, sagte sie. »Izzy vermietet ihr ein Zimmer. Sie ist so begeistert, dass sie aus dem Frauenhaus rauskommt.«

»Das ist ja klasse«, erwiderte er zerstreut und beobachtete Hail, weil er sich fragte, ob er an ihm nicht irgendwelche Eigenheiten wiedererkannte. Das Kind war ein Wirbelwind, und Jed hatte keine Ahnung, ob es an ihm selbst irgendetwas Bemerkenswertes gab. Vielleicht klammerte er sich nur an einen Strohhalm, weil er den Jungen so sehr liebte, dass er ihn unbedingt als sein eigen Fleisch und Blut bezeichnen wollte.

Nach dem Baden hob Jed Hail aus der Badewanne. Hail berichtete ihm ausführlich von seinem Tag, und die Zeit, bis Hail ins Bett ging, rauschte an ihm vorbei, während die Gedanken in seinem Kopf rasten. Bis er ihm einen Gutenachtkuss gab, war er sich nicht einmal sicher, ob er die Frage ansprechen sollte. Hätte Josie nicht wissen müssen, ob das Kind von ihm war? Hätte sie ihm das verschwiegen? Oder Brian?

Sobald Hail im Bett lag, ging er mit Josie ins Wohnzimmer, um sich einen Film anzusehen. Er versuchte, sich auf *The Greatest Showman* zu konzentrieren, aber Hugh Jackman konnte nicht mit dem Gedanken konkurrieren, dass Hail möglicherweise sein Sohn war.

Eine Stunde später, in der er die meisten Kommentare von Josie nur einsilbig beantwortet hatte, drückte sie auf Pause. »Ist alles in Ordnung? Du wirkst so zerstreut.«

»Ich denke nur gerade über Hail nach.« Er rutschte auf dem Polster herum. »Er war heute sehr aufgedreht, nicht wahr?«

»Das ist er immer.«

Er setzte sich etwas aufrechter hin und runzelte konzentriert die Stirn. »Ich äh … Crystal und ich sind heute eine Schachtel mit alten Sachen durchgegangen, und wir haben das hier gefunden.« Er zückte seine Brieftasche und reichte ihr das Foto.

»Bist du das? Du warst richtig niedlich mit deinen Locken und dem Kostüm. Du siehst Hail sehr ähnlich.«

»Ja. *Genau.*«

Etwas in seinem Tonfall ernüchterte sie wie eine kalte Dusche. Sie sah zu ihm auf. »*Genau …?*«

Er presste die Hände flach auf die Oberschenkel. »Hast du dich je gefragt, ob Hail vielleicht unser Kind ist?«

Ihr Lächeln verblasste. »Was?«

»Ja, du weißt schon. Meins und deins.« Seine Stimme wurde lauter, und er konnte nicht länger sitzen bleiben. »Der Zeitpunkt passt. Ich hatte keine Ahnung, dass eine Schwangerschaft zehn Monate dauert, aber …«

»Halt, Moment mal. Wir haben einmal miteinander geschlafen. Niemand wird beim ersten Mal schwanger, und du hast aufgepasst, schon vergessen?«

»Das weiß ich, Babe.« Er rieb sich den Nacken. »Aber sieh dir das Foto an.«

Sie studierte das Bild. Es sah Hail wirklich sehr ähnlich, aber das konnte man über viele Kinder sagen. Ihr Magen zog sich zusammen. »Jed, er ist Brians Sohn. Ich bin mir sicher, dass er von Brian ist.«

»Okay. Wie sicher?«

»Jed …« Sie schluckte schwer. »Er ist immer Brians Sohn

gewesen. Als ich gemerkt habe, dass ich schwanger war, hatte ich schon Dutzende Male mit Brian geschlafen. Hail ist sein Kind.«

»Du hast also nie daran gedacht, dass er mein Kind sein könnte?«

»Ich war achtzehn, als ich schwanger wurde, Monate, nachdem wir beide was miteinander hatten. Aber Brian und ich sind praktisch zur gleichen Zeit wie du und ich zusammengekommen, schon vergessen? Das habe ich dir erzählt. Ich habe darüber nachgedacht, wie ich so einen winzigen Menschen aufziehen sollte, und nicht, ob diese winzige Person durch dich oder durch Brian entstanden war.« Sie stand auf und lief unruhig auf und ab, da sie ihren Gedanken nicht länger Einhalt gebieten konnte. »Ich hatte dich nach jener Nacht nicht wiedergesehen. Jetzt weiß ich, dass er dich weggejagt hat, aber damals ...« Sie blieb stehen und schlang die Arme um ihre Mitte. »Ich war in Brian verliebt. Wir waren endlich ein Paar und erwarteten ein Baby. Ich habe nie daran gezweifelt ...«

Er verschränkte die Arme. Sie konnte den verletzten Ausdruck in seinen Augen kaum ertragen. »Ich habe an dich gedacht«, gestand sie aufrichtig. »Aber nicht daran, dass das Baby von dir sein könnte. Es tut mir leid. Auf den Gedanken bin ich nie gekommen.« Sie starrte das Foto an, und ihr Herz schlug schneller. Ihre Beine zitterten, und als Jed neben sie trat, sank sie auf die Couch und ihr kamen die Tränen. »Er ist alles, was mir von Brian geblieben ist.«

»Aber was ist, wenn er nicht Brians Sohn ist?«

Nun ließ sie den Tränen freien Lauf, weil ihr die Bedeutung seiner Frage bewusst wurde. »Dann hätte er einen Sohn gehabt, der gar nicht seiner war, und das Leben meines Sohnes bestünde aus Lügen.« Sie betrachtete das Foto, Jeds hellblaue Augen und seine zerzausten Haare, die nur eine Spur heller waren als Hails. Ein brennender Schmerz schoss durch ihren Brustkorb. »Ich kann nicht …« Sie schüttelte den Kopf und wandte sich ab.

Er legte seine Hand auf ihre. »Wir könnten es herausfinden.«

Der Schmerz in ihrer Brust verstärkte sich. »Und möglicherweise alles auf den Kopf stellen, was er kennt, nach all dem, was er durchgemacht hat? Das kann ich nicht. Das ist ihm gegenüber unfair. Er ist noch so klein und hat seinen Vater und sein Zuhause verloren.«

Sie stand wieder auf, aber ihre Beine trugen sie nicht, und sie sank auf die Couch zurück. Und wenn Jed tatsächlich Hails biologischer Vater war? Dann hatte Brian die ganze Zeit an etwas geglaubt, das nicht stimmte. Er hatte Hail so sehr geliebt. Sie wusste, dass Jed ihn auch liebte, aber der Gedanke, dass sie Brian versehentlich in die Irre geführt hatte, war kaum zu ertragen und unfassbar schmerzhaft.

»Das kann ich auch Brian nicht antun«, gab sie zu. »Ich verstehe, dass du es wissen willst, aber …«

»Jojo, er könnte mein Sohn sein. Mein Fleisch und Blut.« Er sah ihr tief in die Augen, und die Gefühle, die er ihr so vermittelte, bewirkten, dass sie am liebsten um ihn, um Brian und um ihren kleinen Sohn geweint hätte.

»Können wir es nicht wenigstens in Betracht ziehen?«, flehte er.

Sie nickte und konnte nicht aufhören zu weinen. »Ich brauche nur Zeit, um das zu verarbeiten.« Abermals sah sie das Foto an. »Glaubst du wirklich …? Er sieht genauso aus wie Brian auf seinen Babyfotos. Nicht dass du und Brian euch irgendwie ähnlich gesehen habt – das habt ihr nicht –, aber ich schätze mal, als Kinder war es vielleicht so, denn …« Sie hielt das Foto hoch und schüttelte den Kopf.

Jed fühlte sich, als hätte man ihm ein Messer in den Bauch gerammt, das mit jeder Träne umgedreht wurde, die Josie vergoss. Er wollte ihr keinen Schmerz zufügen, aber er konnte das einfach nicht auf sich beruhen lassen. »Es tut mir leid, Babe. Ich wollte dich nicht aufregen. Ich wollte einfach … Er könnte mein Sohn sein, Rotkäppchen. Unser Sohn.«

Sie nickte und weinte noch immer. »Ich weiß. Ich muss einfach nachdenken. Es sind so viele Schuldgefühle damit verbunden, und ich weiß, dass das nicht dein Problem ist, aber … Ich muss nachdenken.«

»Du liegst falsch, Babe. Alles, was dich und Hail betrifft, geht auch mich etwas an, schon vergessen? Deine Schuld, meine Schuld, das ist alles ganz eng miteinander verbunden.«

Sein Handy klingelte. Fluchend zog er es aus der Tasche. Der Name seiner Mutter stand auf dem Display. Das Letzte, was er jetzt gebrauchen konnte, war seine Mutter, die ihn um Zigaretten oder Alkohol anbettelte. »Es ist meine Mutter.«

»Dann geh ran«, verlangte sie. »Ich bin jetzt sowieso zu verwirrt, um klar denken zu können.«

Er erwog, seine Mutter auf die Mailbox sprechen zu lassen, aber wie ein Idiot klammerte er sich an der Hoffnung fest, dass Crystals Schwangerschaft vielleicht etwas an der Einstellung ihrer Mutter geändert haben könnte. »Es tut mir leid, Babe. Ich beeile mich.« Er hielt sich das Telefon ans Ohr. »Ja?« Das Schluchzen seiner Mutter verschlimmerte seine Pein nur noch mehr. »Mom?«, fragte er lauter. »Beruhige dich.«

»Jeddy«, schluchzte sie. »Jeddy, komm mich bitte holen.«

»Mom ...« Er wollte Josie nicht allein lassen, nicht jetzt. Nicht heute Abend.

»Ich brauche dich«, nuschelte sie. »Ich bin ohnmächtig geworden. Jed, ich weiß nicht, wie ich nach Hause kommen soll.«

Ach, ist das etwa was Neues? Er beobachtete Josie, die mit Angst und Liebe in den Augen das Foto anstarrte, und wusste, dass er eine Entscheidung treffen musste. Wollte er immer weiter Zeit investieren, um die Scherben des Lebens seiner Mutter aufzusammeln, oder lieber für die Frau und das Kind da sein, die er liebte?

Bevor er ein weiteres Wort sagen konnte, fuhr seine Mutter fort. »Ich bin dazu bereit, in die ... Klinik zu gehen.«

Himmel. Er konnte sie nicht abweisen, auch wenn der Kampf in seinem Kopf – und seinem Herzen – noch so erbittert war.

»Okay«, gab er nach. »Wo bist du jetzt?« Er hörte ihrer kryptischen Beschreibung zu, und als er das Gespräch beendet hatte, kniete er sich vor Josie, nahm ihre Hand und blickte ihr in die traurigen Augen. »Es tut mir leid, Moon«, sagte sie zitternd. »Ich weiß nicht, was ich machen soll. Ich fühle mich so hin- und hergerissen.«

Er umarmte sie. »Schon in Ordnung, Babe. Meine Mutter ist offenbar bereit, in die Entzugsklinik zu gehen. Ich muss sie abholen ...«

»Das ist ja großartig.« Sie lächelte trotz der Tränen.

»Ja, vielleicht. Aber sie hat einen schlechten Zeitpunkt erwischt. Ich möchte jetzt lieber bei dir sein.«

»Schon okay. Ich brauche sowieso Zeit zum Nachdenken.«

Verdammt. Das hörte sich nicht gut an. »Ich schlafe heute

Nacht zu Hause. Ist es immer noch in Ordnung, wenn ich morgen zur Party komme?«

»Was?« Ihr kamen schon wieder die Tränen. »Du musst nicht bei dir übernachten.«

»Na, ein Glück.« Er legte ihr die Hände an die Wangen. »Ich liebe dich, Jojo. Es tut mir so leid. Aber ich habe keine Ahnung, wie spät es heute bei mir werden wird, und ich möchte nicht, dass du auf mich wartest. Wenn sie es wirklich zulässt, dass ich sie in die Entzugsklinik bringe, wird es Stunden dauern, bis wir da fertig sind. Da kann ich doch nicht mehr vorbeikommen.«

Sie nickte. »Okay. Solltest du vielleicht jemanden anrufen, der dir mit deiner Mom hilft?«

»Ich bin daran gewöhnt, das alles allein zu erledigen, aber ich werde Quincy anrufen. Wenn sie tatsächlich in die Klinik geht, wartet die Einrichtung auf sie, in der auch Quincy gewesen ist.« Er küsste sie erneut. »Ich melde mich, wenn sich die Lage beruhigt hat. Und, Babe? Ich will Hails Welt nicht auf den Kopf stellen, aber wenn er mein Fleisch und Blut ist, möchte ich das wirklich gerne wissen.«

Einundzwanzig

Josie saß auf der Couch und versuchte, die Tränen zurückzuhalten, aber vergeblich. Sie machte sich ganz klein und hatte nicht die geringste Ahnung, was sie tun oder an wen sie sich wenden sollte. In ihrer Kindheit war Sarah immer für sie da gewesen, und danach hatte Brian die Rolle als ihre Stimme des Trostes und der Vernunft übernommen. Jetzt besprach sie alles mit Jed, aber nun befand sie sich auf unbekanntem, beängstigendem Terrain. Sie wusste nicht, wie sie damit umgehen sollte, und sie war sich ziemlich sicher, dass es ihm genauso ging. Es stand schlicht zu viel auf dem Spiel, um etwas Unbedachtes zu unternehmen.

Sie brauchte eine Freundin, mit der sie reden konnte.

Ich brauche eine Mutter, dachte sie verzagt.

Sie zückte ihr Handy und wollte Sarah eine Nachricht schicken. Sarah war immer diejenige gewesen, die die Verrücktheit ihrer Eltern überwinden und einen Plan ausarbeiten konnte, und sie brauchte sie jetzt mehr als je zuvor. Aber als sie ihr Handy betrachtete, erstarrte sie vor Angst.

Sie schloss die Augen und sagte sich, dass sie damit umgehen konnte. Irgendwie würde sie schon herausfinden, was sie tun sollte. War es zu spät, um ihr eine Nachricht zu schicken? Sarah würde in knapp drei Wochen ein Kind auf die Welt bringen. Gestern war ihr vorerst letzter Arbeitstag im Friseursalon gewesen – falls sie sich dafür entschied, danach wieder arbeiten zu gehen. Josie hatte so das Gefühl, dass ihre Schwester mit dem neuen Baby erst einmal zu Hause bleiben würde, aber sie wusste auch, dass Sarah gerne auf eigenen Beinen stand und nicht von einem Mann abhängig sein wollte – selbst wenn dieser Mann der wunderbare, liebevolle und beschützerische Bones Whiskey war.

Es war schon seltsam, wie unterschiedlich Sarah und sie in dieser Hinsicht waren. Sie hatte sich liebend gerne auf Brian verlassen und genoss es, sich jetzt auf Jed verlassen zu können.

Josie seufzte, sehnte sich nach Unterstützung und schrieb Sarah: *Bist du noch wach?*

Sie ließ sich in die Polster zurücksinken und bemerkte, dass Jeds Jacke über der Sofalehne hing. Auf einmal machte sie sich Sorgen, dass er frieren könnte, aber jetzt war es zu spät, um ihn einzuholen. Sie stand auf, nahm seine Jacke, um sie aufzuhängen, und darunter kam eine andere Jacke zum Vorschein, die zu Boden fiel. Sie legte Jeds Jacke ab und hob die bekannte schokoladenbraune Lederjacke auf. Verwirrt hielt sie sie vor sich, denn sie war jetzt kleiner und hatte einen Pelzkragen, aber als sie sie an die Nase hielt und tief einatmete, wusste sie, dass dies die Jacke war, die Jed in jener Nacht getragen hatte. Sie roch nach ihm. Josie schlüpfte hinein, steckte die Hände in die Taschen und ertastete den kalten, herzförmigen Stein.

Sie erschrak zu Tode, als ihr Telefon vibrierte. Sofort holte sie es aus der Hosentasche und las Sarahs Nachricht. *Ja. Das Baby spielt in meinem Bauch Fußball. Geht es dir gut?*

Sie ließ sich auf die Couch sinken und antwortete: *Nein. Können wir reden?*

Ein paar Sekunden später klingelte ihr Handy.

»Was ist los?«, erkundigte sich Sarah mit gedämpfter Stimme.

Die Sorge in ihrer Stimme ließ Josie erneut in Tränen ausbrechen. »Oh, Sarah.« Ihre Worte klangen undeutlich und weinerlich.

»Josie, was ist passiert? Ist alles in Ordnung?« Sie hörte, wie Bones im Hintergrund etwas sagte. Dann fragte Sarah: »Sollen wir zu dir rüberkommen?«

Daraufhin musste sie nur noch mehr weinen. »Nein. Sag Bones, dass er sich wieder schlafen legen soll. Wir können morgen miteinander sprechen.«

»Das kannst du getrost vergessen. Rede mit mir. Was ist los?«

»Ich hatte dir doch erzählt, dass ich Jed schon vor langer Zeit kennengelernt habe, erinnerst du dich?«

»Ja.«

»Er glaubt, dass Hail vielleicht sein Kind sein könnte.«

»Oh.« Die Überraschung in ihrer Stimme war laut und deutlich zu hören. »Und … ist er das?«

»Ich weiß es nicht!« Sie erzählte ihr von der Nacht vor all diesen Jahren. »Er hat ein Foto von sich im gleichen Alter gefunden, und es könnte genauso gut eins von Hail sein.«

»Okay, Josie. Entspann dich. Das ist viel Stoff zum Nachdenken. Willst du das wirklich wissen?«

Josie zuckte mit den Achseln.

»Josie?«

»Entschuldige. Ich weiß es nicht. Ja und Nein. Aber Moon möchte es wissen, und das hat er auch verdient. Ich meine, ich muss doch herausfinden, ob er Hails Vater ist oder nicht. Aber wenn er das ist, wie könnte ich dann damit weiterleben, dass

Brian Hail die ganze Zeit für sein Kind gehalten hat?« Sie zog die Lederjacke eng um sich und rollte sich in Embryonalstellung auf dem Sofa zusammen. »Und was sage ich Hail, wenn Moon tatsächlich sein Vater ist? Wie verwirrend wird das für ihn sein? Und wenn er es nicht ist, was geht dann in Moon vor? Kannst du mir helfen, diese Entscheidung zu treffen? Das ist ein bisschen so wie bei Bones und dir, oder?«

»Nein, nicht wirklich«, antwortete Sarah. »Der Vater, den Hail gekannt und geliebt hat, war nicht so ein Idiot wie der Vater meiner Kinder. Brian und du, ihr habt euch geliebt, und Brian hat Hail vergöttert. Unsere Situation war anders. Aber ich kann Jed verstehen. Er liebt dich und Hail. Das wissen wir alle. Falls Hail sein Kind ist, wäre das für ihn das Tüpfelchen auf dem i.«

»Ich weiß.« Ihr liefen die Tränen über den Nasenrücken, und sie kniff die Augen zu, um sie zurückzuhalten. »Aber wenn er es ist, habe ich so viel Schuld auf mich geladen …«

»Ach, Süße. Wo ist Jed heute Abend?«

»Seine Mutter hat angerufen. Er wird sie wahrscheinlich in die Entzugsklinik bringen, in der Quincy gewesen ist.«

»Warte.« Sarah gab die Information über Jed und seine Mutter an Bones weiter. Dann wandte sie sich wieder an Josie. »Bones fährt zur Entzugsklinik. Er fragt Jed, wo er jetzt ist, und schickt ein paar der anderen zu ihm.«

»Wirklich?« Sie weinte noch erbitterter. »Das ist ja fantastisch. Jed hat gesagt, dass er Quincy anrufen wolle und daran gewöhnt sei, alles allein zu machen.«

»Jed hat Jahre damit verbracht, allein zurechtzukommen. Das ist nicht länger nötig, und dasselbe gilt auch für uns. Ich überlege gerade, wer uns noch dabei helfen könnte, eine Entscheidung zu treffen. Soll ich Red anrufen?«

»Nein.« Sie schloss die Augen. »Was würdest du an meiner Stelle tun? Es wäre nicht fair, es nicht herauszufinden. Aber falls er Hails Vater ist, werde ich mich so schuldig fühlen, dass ich das vor all den Jahren nicht gemerkt habe.«

»Vielleicht bist du aber auch erleichtert, weil du weißt, dass Hail mit zwei wundervollen Vätern gesegnet wurde und sich einer immer noch um ihn kümmern kann.«

Zweiundzwanzig

Als die Sonne am Sonntagmorgen aufging, warf Jed den letzten Müllsack aus dem Wohnwagen seiner Mutter in den Container. Die Nacht war lang und hart gewesen. Er hatte sie auf der anderen Seite der Brücke in einem Haus gleich außerhalb der Stadt aufgespürt, in dem er noch mehrere bewusstlose Menschen vorfand – ob sie auch getrunken oder Drogen genommen hatten, wusste er nicht, und es war auch egal. Er hatte seine Mutter nur mit einer Decke bekleidet auf einer schmutzigen Couch ausgestreckt vorgefunden, und sie konnte sich zwar halbwegs verständigen, wirkte aber geistesabwesend. Sie hatte schluchzend eine Geschichte gestammelt, bei der Jed übel wurde. Offenbar war sie ohnmächtig geworden und nackt wieder aufgewacht. Ihre Handtasche war verschwunden, und sie konnte sich nur noch daran erinnern, dass sie mit Freunden zusammen etwas getrunken hatte, die sie wahrscheinlich bei der Arbeit im Supermarkt getroffen hatte. Zu guter Letzt war sie also doch ganz unten angekommen. So schrecklich das auch war, er hatte schon auf diesen Moment gewartet. Sie in die Entzugsklinik zu bringen war so, als könnte er einen fünfhundert Pfund schweren Gorilla von den Schultern nehmen, auch wenn er wusste, dass sie noch einen langen, harten Weg vor sich hatten.

Und das setzte voraus, dass sie durchhielt und das Programm auch abschloss.

Jetzt, wo seine Mutter in Sicherheit war, hatte er die Gelegenheit genutzt und ihren Wohnwagen ausgeräumt.

»Was kommt als Nächstes?«, wollte Quincy wissen.

Auf der Suche nach seiner Mutter hatte Jed nur zwei Personen angerufen – Crystal und Quincy. Crystal hatte nicht viel gesagt. Sie glaubte höchstwahrscheinlich nicht daran, dass ihre Mutter tatsächlich mit ihm in die Entzugsklinik gehen würde. Bones hatte ihn kurz danach angerufen, und so hatte er auch erfahren, dass Josie mit Sarah telefoniert hatte. Nicht einmal der Albtraum mit seiner Mutter hatte gereicht, um die Beklemmung und Schuld zu unterdrücken, die er wegen dem fühlte, was zwischen ihnen heute Abend geschehen war. Aber dank ihres Anrufs und Quincys Freundschaft musste er sich den weiteren Niedergang seiner Mutter nicht allein ansehen. Quincy und einige andere Dark Knights waren hergekommen, um ihn zu unterstützen, allerdings war Bear bei Crystal geblieben. Sobald sie erst einmal wussten, worum es ging, hatten Bullet und die anderen Clubmitglieder sich aufgemacht, um die Mistkerle aufzuspüren, die seine Mutter in das Haus gebracht und ausgeraubt hatten. Bullet hatte ihm vor Kurzem mitgeteilt, dass er sie gefunden und die Sachen von Jeds Mutter wieder eingesammelt hatte.

Jed wollte gar nicht wissen, was sie mit den Leuten gemacht hatten.

»Das war alles«, sagte er zu Quincy. »Danke, Mann. Ich rufe nur schnell Crystal an und fahre dann zu Jojo.« Bones und Quincy waren während des gesamten Aufnahmeverfahrens bei ihm geblieben, aber Jed hatte Bones zu seiner Familie nach

Hause geschickt, und jetzt konnte er es kaum erwarten, zu seiner zurückzukehren. Er hatte Josie gesagt, dass er in seinem Apartment übernachten wollte, aber er musste sie sehen. Er musste mit ihr zusammen sein, sie in den Armen halten und das aufarbeiten, was er zwischen ihnen aufgewühlt hatte.

»Ist auch wirklich alles okay?«, fragte Quincy.

»Das wird es bald wieder sein.« Zum ersten Mal seit Jahren empfand Jed hinsichtlich seiner Mutter Hoffnung. Sie hatten stundenlang geschuftet, um den Wohnwagen halbwegs sauber zu bekommen, und es war genauso läuternd wie herzzerreißend gewesen.

»Süchtig zu sein ist das Letzte, aber zumindest hat sie den ersten Schritt gemacht. Ich weiß, wie schwer das ist.«

»Ja. Ich hoffe um Chrissys Willen, dass sie es durchzieht.«

Quincy zog eine Augenbraue hoch. »Auch um deinetwillen, Mann. Es wird ein langer, harter Weg für euch alle werden. Und der Entzug ist kein Zuckerschlecken. Es ist ein Kampf, der jeden verdammten Tag aufs Neue beginnt. Irgendwann werden diese Kämpfe leichter, aber das Problem wird sie nie ganz loslassen. Für sie da zu sein, wird ihr schon helfen. Ich möchte sie gern mit dir gemeinsam besuchen, wenn du nichts dagegen hast.«

»Das fände ich klasse von dir.«

»So gern ich auch sagen würde, dass ich das mache, um sie zu unterstützen, geht es mir in Wirklichkeit um dich. Seit dem Tag, an dem wir uns getroffen haben, bist du für mich da gewesen.«

»Und du auch für mich.« Sie klatschten sich ab. »Freunde fürs Leben.«

Nach einer schnellen Umarmung fragte Quincy: »Bleibt es dabei, dass wir morgen Abend deine Sachen aus unserem

Apartment rüberbringen?«

Jed nickte. »Ja, Mann. Danke.«

Seine neuen Möbel waren diese Woche geliefert worden, und er hatte sich darauf gefreut, in sein Haus einzuziehen. Aber durch den Trubel zwischen Josie und ihm war diese Freude verblasst. Das Haus war bereits zu ihrem geworden. Er hoffte sehr, dass er ihre Beziehung nicht ruiniert hatte, indem er das Thema Vaterschaftstest angesprochen und eine Diskussion angefangen hatte, die ihre gesamte Welt erschüttert hatte.

Als Quincy auf sein Motorrad stieg, warf Jed einen Blick zurück auf den Wohnwagen, in dem sein Leben zerbrochen war. Sie hatten die kaputte Markise heruntergeholt, den Allwetterteppich weggeworfen und alles ausgeräumt. In seinem Auto stand ein Karton voller Dinge, die er unter den Sachen seiner Mutter versteckt gefunden hatte. Ganz hinten in einem Schubfach mit Pullovern hatte er Fotos von seinen Eltern entdeckt, Liebesbriefe, die sein Vater seiner Mutter geschrieben hatte, Zeichnungen aus Jeds und Crystals Grundschulzeit und zwei kleine Holzschachteln mit ihren Milchzähnen. Aber die größte Überraschung hatte er zwischen den zerknitterten Seiten von *Gute Nacht, lieber Mond* aufgestöbert, dem Buch, aus dem seine Eltern ihnen während ihrer Kindheit so oft vorgelesen hatten, dass er ihre Stimmen immer noch hören konnte. Zwischen den Seiten lag ein ausgefülltes Anmeldeformular für eine Entzugsklinik in der Nähe. Es war auf den Tag datiert, an dem sein Vater den tödlichen Unfall gehabt hatte.

Er schloss den Wohnwagen ab, und als er in sein Auto stieg, dachte er darüber nach, wie sehr sich sein Leben in den vergangenen sechs Wochen verändert hatte. Er verspürte den Drang, den Wohnwagen zu verkaufen, solange seine Mutter in der Klinik war, damit sie richtig von vorne anfangen konnte.

Aber das würde niemals funktionieren. Sie konnte die Klinik jederzeit eigenständig verlassen. Nur die Zeit würde zeigen, ob sie stark genug war, das durchzuziehen.

Sein Handy vibrierte und er las die Nachricht von Crystal.

Er rief sie an, kaum dass er losgefahren war. »Hey, Chrissy. Es ist erledigt. Ich habe alles ausgeräumt.« Er erzählte ihr, was er gefunden und was er behalten hatte.

»Denkst du, sie war gerade dabei, sich in der Klinik anzumelden, als sie von Dads Unfall erfuhr?«

»Ich weiß es nicht, aber zum passenden Zeitpunkt werde ich sie danach fragen.«

»Glaubst du, dass sie in der Klinik bleiben wird?«

Die Hoffnung in der Stimme seiner Schwester zerriss ihm das Herz. »Ich hoffe es. Aber sie braucht Unterstützung.« Als er diese Worte aussprach, dachte er daran, wie viel Unterstützung Crystal und er bekommen hatten, wie die Whiskeys und die Dark Knights Josie, ihre Geschwister und alle ihre Kinder aufgenommen hatten und wie wenig Hilfe seine Mutter im Gegensatz dazu hatte. Schuldgefühle legten sich wie eine zweite Haut um ihn, als er alles infrage stellte, was er für seine Mutter getan hatte. Hätte er irgendetwas anders machen können? Ihr mehr helfen können? Sie mehr drängen müssen, damit sie es endlich begriff?

Er konzentrierte sich auf die Straße. »Sobald sie Besuch empfangen darf, werde ich zu ihr fahren.«

»Ich komme mit.«

Das überraschte ihn. »Bist du dir sicher?«

»Ja. Ich werde sie mit dir zusammen besuchen.«

Im Hintergrund rief Bear: »Nicht ohne mich.«

»Das ist wunderbar. Ich danke euch beiden. Und, Chrissy, wenn sie das durchzieht, wenn sie wirklich versuchen will, clean zu bleiben, will ich ihr dabei helfen, neu anzufangen, eine Wohnung in Peaceful Harbor zu finden und einen Job, und vielleicht können wir wieder eine richtige Familie werden. Falls sie es schafft, werde ich alles mir Mögliche tun, um es ihr zu erleichtern. Ich möchte ihr einen Grund geben, trocken zu bleiben.«

Das Anklopfsignal kündigte einen weiteren Anruf an.

»Crys, das ist Red. Ich muss rangehen.«

»Okay. Sie und Biggs waren vorhin kurz bei mir und Bear. Ich hab dich lieb, Jed.«

»Ich dich auch.« Er wechselte zu Reds Anruf. »Hey, Red.«

»Wie geht es meinem Jungen?«, erkundigte sie sich.

Es schnürte ihm die Kehle zu. »Gut, danke. Und danke, dass du bei Crystal vorbeigeschaut hast.«

»Schatz, wir sind für euch beide da. Was auch immer einer von euch beiden braucht und auch deine Mutter, damit sie dieses große, finstere Monster überwinden kann … Ihr könnt auf uns zählen.«

Ihm kamen die Tränen, während er auf die Brücke nach Peaceful Harbor zufuhr. »Vielen Dank, Red.«

Sie sprachen noch ein paar Minuten miteinander. Er kurbelte das Fenster herunter und versuchte, die Schuldgefühle und die Traurigkeit, die ihn auffraßen, von der kühlen Morgenluft wegwehen zu lassen.

Jed dachte immer noch über Reds Anruf nach, als er zu Josies Tür ging. Es war halb acht, und er war sich nicht sicher, ob Hail schon wach war, deshalb klopfte er leise an. Keine Reaktion. Er spähte durch das Fenster und sah Josie zusammengerollt auf der Couch in den Klamotten, die sie am vergangenen Abend getragen hatte, und in der Jacke, die er ihr hatte geben wollen. Aufgrund seines überstürzten Aufbruchs hatte er das ganz vergessen. Ihm ging das Herz auf und schmerzte zur selben Zeit.

Als ob sie seine Gedanken gehört hätte, hob sie den Kopf. Ihr schläfriger Blick traf den seinen, dann riss sie die Augen auf. Sie schlurfte zur Tür, und als sie sie öffnete, sprang Hail um sie herum.

»Moon!« Hail schlang die Arme um Jeds Beine. »Wollen wir Waffeln machen?«

»Sicher, gib mir nur einen Moment.«

Hail rannte in die Küche. »Ich hole das Waffeleisen aus dem Schrank.«

Scott tauchte in Jogginghose und T-Shirt auf der Kellertreppe auf und sah aus, als wäre er aus dem Bett gefallen. »Ich schätze mal, wir essen Waffeln zum Frühstück.«

Jed betrat das Haus und nahm Josie in die Arme, während Scott in die Küche schlenderte.

»Es tut mir leid …«, sagten Josie und er wie aus einem Mund.

»Nein, Babe. Mir tut es leid. Es ist mir egal, ob ich weiß, wer Hails Vater ist«, sagte er leise. »Ich liebe ihn so oder so. Ehrlich gesagt hatte er Glück, dass er Brian seinen Vater nennen durfte. Ich wäre damals überhaupt nicht in der Lage gewesen, Hail oder dir das zu geben, was ihr gebraucht habt. Brian war sein Vater, und das will ich euch beiden nicht nehmen. Ich würde Hail nicht mehr lieben, nur weil er mein Fleisch und Blut ist, oder dich, weil er unser Kind ist. In meinem Herzen ist er schon die ganze Zeit mein Sohn – unser Sohn, und das nicht, weil die Biologie das sagt, sondern weil ich es so will.«

Josie fing an zu weinen. »Oh, Moon.« Sie drückte ihn fest, stellte sich auf die Zehenspitzen und küsste ihn, wobei er ihre salzigen Tränen schmeckte. »Aber wir sollten den Test machen.

Du verdienst Gewissheit, und wenn du sein Vater bist, muss er das auch eines Tages erfahren. Ich bitte dich nur darum, es ihm in dem Fall erst zu sagen, wenn er etwas älter geworden ist. Ich will ihn nicht noch mehr verwirren, aber wir alle sollten die Wahrheit kennen.«

»Und deine Schuldgefühle?«

»Damit muss ich selbst fertig werden. Er hatte auf jeden Fall zwei wunderbare Männer in seinem Leben. Was könnte ich mir für meinen Sohn mehr wünschen?«

Sein Herz fühlte sich an, als müsste es explodieren. »Wir werden nach der Geburtstagsparty darüber sprechen. Wenn wir den Test machen und erfahren, dass er unser Sohn ist, kümmern wir uns zusammen darum, wenn du das Gefühl hast, dass der richtige Zeitpunkt gekommen ist.« Er sah ihr tief in die Augen. »Ich liebe dich, Rotkäppchen, und ich liebe Hail. Nichts wird etwas daran ändern. Aber wenn wir nicht bald diese Waffeln backen, damit ich danach schlafen gehen kann, werde ich es nie auf die Pyjamaparty schaffen. Und ich muss dir auch gestehen, dass ich nicht weiß, ob mich alle in meinen Boxershorts sehen wollen, denn darin schlafe ich nun mal …«

»Sarah, Crystal, Finlay und ich haben für euch und die Whiskey-Jungs Flanellschlafanzughosen besorgt. Red hat sogar eine für Biggs gekauft.«

»Tatsächlich? Flanell?« Er lachte leise. »Wann hast du denn dafür die Zeit gefunden?«

»Wir haben uns in den Mittagspausen verabredet und sind alle zusammen losgezogen. Ich wollte nicht, dass jeder sieht, was mein Mann in der Hose hat.«

»Ich liebe dich so sehr.«

Ihr Kuss wurde von Hail unterbrochen. »Waffelteig ist fertig!«

Josie lachte leise, und Jed stahl sich einen Kuss. Dann vertiefte er ihn, musste ihr näher sein, und er genoss es, wie sie den Körper gegen seinen presste, als sehnte sie sich ebenso sehr nach der Nähe wie er. Als sie die Lippen voneinander lösten, hielt er sie eng an sich gedrückt. »Du bist mein Ein und Alles, Jojo.«

Nach einem weiteren heißen Kuss gingen sie Hand in Hand in die Küche.

»Was ist mit deiner Mutter?«, fragte sie.

»Sie ist jetzt in der Entzugsklinik. Ich werde dir alles darüber erzählen, wenn ich Waffeln gegessen und geschlafen habe.« Als sie in die Küche kamen, gaben Hails aufgeregtes Geschnatter und Josies lächelndes Gesicht ihm wieder neuen Auftrieb. Das Schlafen konnte warten. Er wollte nicht eine Sekunde hiervon verpassen.

Dreiundzwanzig

Josie hätte sich niemals vorstellen können, dass sie mal das Haus voller Biker in Flanellschlafanzughosen und schwarzen Lederstiefeln haben würde, um den Geburtstag ihres Sohns zu feiern. Aber der gesamte Whiskey-Clan und inklusive aller besseren Hälften hatte sich in Scottys Wohnzimmer versammelt, zusammen mit Jed, Truman, Gemma und den Kindern, Quincy, Penny, Isabel und Tracey – und alle, einschließlich Red und der kleinen Lila, trugen Schlafanzüge. Bullet hatte auch jetzt nicht seine schwarze Lederweste mit den Patches der Dark Knights auf dem Rücken abgelegt. Finlay gestand, dass sie zu Anfang ihrer Beziehung schon damit gerechnet hatte, er würde darin schlafen.

Josie sah von den Plätzchen auf, die sie gerade auf einen Teller legte, als Sarah mit rosa Plüschpantoffeln, einem übergroßen Sweatshirt und einer Schlafanzughose aus Flanell in die Küche gewatschelt kam. Sie ließ sich auf einen Stuhl sinken, zog sich einen zweiten heran und legte die Füße darauf.

»Glaubst du, ich kann mich hier mal für ein paar Minuten verstecken?«, fragte Sarah. »Mein Rücken und meine Füße bringen mich um.«

»Ich kann dir ein Kissen holen.«

Sarah hielt sie auf, als sie an ihr vorbeigehen wollte. »Bitte nicht. Wenn Bones das sieht, wird er darauf bestehen, dass ich mich auf die Couch setze und er mir die nächste Stunde lang die Füße massieren darf. Setz dich zu mir. Ich hätte nie gedacht, dass ich mich einmal über so etwas beschweren würde.«

Josie zog sich einen Stuhl heran. »Eine Fußmassage hört sich gut an, finde ich.«

»Man könnte süchtig danach werden. Und Bones ist wirklich gut darin.« Sarah runzelte die Stirn. »Manchmal habe ich beinahe ein schlechtes Gewissen, weil er so gut zu mir ist.«

»Aber nur, weil Mom und Dad uns eingetrichtert haben, dass wir es gar nicht verdienen, geliebt zu werden. Aber sie hatten unrecht. Sie waren diejenigen, die keine Liebe verdient hatten. Bones liebt dich, Sarah. Ich weiß, dass du Furchtbares mit Männern erlebt hast. Aber ich erkenne Liebe, wenn ich sie sehe, und der Mann da draußen …« Sie warf einen Blick ins Wohnzimmer, wo Bones sich mit Biggs unterhielt und Lila im Arm hatte. »Er liebt dich und deine Kinder so sehr und scheint außer euch gar nichts mehr wahrzunehmen.«

»Das weiß ich.« Sarah senkte die Stimme. »Erinnerst du dich daran, wie wir als Kinder davon geträumt haben, wie es wohl sein muss, glücklich zu sein? Jetzt sind wir drei wieder zusammen, und wir sind alle glücklich.« Sarah kamen trotz ihres Lächelns die Tränen. »Ich werde diese Hormone nicht ein Stück vermissen, wenn das Baby auf der Welt ist.«

Sie mussten lachen.

Sarah rieb sich den Bauch und zuckte zusammen. »Dieses Baby muss endlich auf die Welt kommen.« Sie stellte die Füße wieder auf den Fußboden. »Zwischen Jed und dir scheint heute alles in Ordnung zu sein. Ich vermute mal, ihr habt euch ausgesprochen?«

»Ja, das haben wir. Es ist schon verrückt, wie etwas, das unsere Beziehung komplett hätte zerstören können, uns sogar noch näher zusammengebracht hat.« Ihr Blick wanderte zu Jed. Sie hatte gar nicht gewusst, dass er in einer Flanellschlafanzughose so heiß aussehen würde, aber wow. Es fiel ihr wirklich schwer, ihre Hände von ihm zu lassen. Er stand neben Hail, der gerade auf seinem neuen fahrbaren Bagger saß, einem Geschenk von Jed. Es war zu kalt, um draußen damit zu spielen, aber Josie wusste, dass sie das Ding am ersten warmen Tag nach draußen befördern mussten und ihr kleiner Sohn stundenlang auf Scottys Hof Kreise drehen würde.

Crystal kam in einer rosa und grau karierten Schlafanzughose und einem grauen Tanktop mit rosa Herzen in der Mitte in die Küche. »Bin nur gerade auf der Suche nach Zucker. Beachtet mich gar nicht.«

Red rannte in einem schwarzen Seidenpyjama hinter ihr her. »Versteckt die Kekse vor ihr!«

»Geh weg! Ich beiße!« Crystal schnappte sich den Teller mit Keksen und starrte Red finster an.

»Ach, lass sie ihr doch«, meinte Dixie, die gerade hereinspaziert kam. Zum großen Verdruss ihrer Brüder trug sie kniehohe schwarze Lederstiefel und ein kurzes schwarzes Nachthemd mit dem Aufdruck ICH BIN EIN KLEINER ENGEL auf der Vorderseite und BRING DOCH MEINE DUNKLE SEITE ZUM VORSCHEIN auf der Rückseite.

»Ja, überlasst sie mir.« Crystal setzte sich mit einem Keks in jeder Hand an den Tisch. »Ich liebe dich, Red. Aber wenn du mir weiter den Zucker vorenthältst, werden wir noch ernsthafte Probleme miteinander bekommen.«

»Gerade erst gestern hast du mir gesagt, dass du nicht so viele Süßigkeiten essen willst und ich dir dabei helfen soll. Und du hast bereits ein Viertel des Kuchens gegessen!« Red warf lachend die Arme in die Luft und setzte sich neben Crystal. »Gib mir einen davon.« Sie schnappte sich einen von Crystals Keksen. »Ich sollte es besser wissen, als eine schwangere Frau davon abhalten zu wollen, sich ihren Gelüsten hinzugeben.«

»Sie hat dich um Hilfe gebeten.« Sarah massierte sich das Kreuz.

»Ja, aber jetzt will ich Zucker.« Crystal schob sich einen Keks in den Mund, als Finlay mit Lila auf dem Arm in die Küche kam.

»Ich gebe Finlay die Schuld daran, weil sie die besten Kekse im ganzen Universum backt.«

»Beschwert sie sich wieder darüber, dass sie zu viel isst?« Finlay schüttelte den Kopf. Sie trug einen gepunkteten Pyjama in Rosa und Weiß und Lila einen mit Fußabdrücken darauf.

»Ist das hier eine geschlossene Gesellschaft?«, fragte Tracey, als sie die Küche betrat.

»Komm herein, meine Liebe.« Red rückte ihr einen Stuhl zurecht. »Du siehst in deinem Schlafanzug bezaubernd aus.«

Tracey rümpfte die Nase über ihre Herrenboxershorts und das große T-Shirt.

»Ach, bitte«, sagte Dixie. »Nur gut, dass Diesel nicht hier ist.«

»Du meinst wohl Adlerauge.« Tracey ließ sich auf den Stuhl sinken. »Ich weiß, dass er ungefährlich ist, aber er starrt jeden Mann, der mit mir spricht, so lange an, bis er verstummt. Seinetwegen geht mir eine Menge Trinkgeld durch die Lappen. Zum Glück bin ich nicht auf der Suche nach einem Date.«

Red klopfte Tracey auf den Rücken. »Diesel ist ein Nomad, Schätzchen. Er wird nicht bis in alle Ewigkeit hierbleiben, also genieß einfach den Schutz, solange es geht. Er ist genauso harmlos wie meine Jungs – solange du niemandem wehtust, an dem ihnen etwas liegt.«

Sarah erhob sich und ging auf und ab. »Vielleicht sollte ich mir doch noch die Fußmassage holen.« Sie machte sich auf den Weg ins Wohnzimmer und hielt abrupt inne. Auf einmal keuchte sie laut auf und stand in einer Pfütze. »Bones!«

Bones war schon an Sarahs Seite, noch bevor Josie begriffen hatte, dass gerade Sarahs Fruchtblase geplatzt war. Alle eilten zu Sarah und redeten gleichzeitig auf sie ein, aber Bones blieb ruhig, gelassen und konzentriert, während er in den Arztmodus wechselte und die Kontrolle übernahm.

»Ich kümmere mich um dich, Schatz«, beruhigte Bones sie. »Könnte uns bitte jemand Sarahs Mantel bringen? Ich rufe ihren Arzt an.« Er legte einen Arm um Sarah und drückte sich mit der anderen Hand das Handy ans Ohr. »Wir sind unterwegs. Ihre Fruchtblase ist geplatzt. Sind in weniger als zehn Minuten da.«

Sarah schnappte erneut nach Luft und hielt sich an Bones fest. »Oh Gott!« Sie krümmte sich.

»Atme, Liebling. Atme mit mir zusammen«, ermunterte Bones sie. Im Raum war es totenstill geworden.

»Geht es Mommy gut?«, fragte Bradley, den Bullet fest in den Armen hielt.

»Mommy geht es gut. Sie fährt jetzt ins Krankenhaus, um deine kleine Schwester zur Welt zu bringen.«

»Sie bekommt ein Baby?« Hail zupfte an Josies Pyjamaoberteil. »Kannst du das auch, Mama? Kannst du ein Baby kriegen? Kennedy hat Lincoln, und Bradley hat jetzt zwei Babys!«

Damit setzte eine Kakofonie von Kommentaren und Gelächter ein, und alle zogen sich die Jacken an. Sobald Sarahs

Wehe aufhörte, gingen alle zu ihren Fahrzeugen.

Jed half Hail in die Jacke, während Josie die Lederjacke anzog, die er ihr geschenkt hatte. Nachdem er Hail in den Truck gesetzt hatte, musterte Jed Josie amüsiert. »Ja, Mama. Wie wäre es mit einem weiteren Baby?«

Ihr Magen zog sich zusammen. Sie hatte sich immer mehr Kinder gewünscht, und der Gedanke, eins von Jed zu bekommen – diesmal mit Absicht – verschlug ihr den Atem.

Sie ließ sich auf den Beifahrersitz sinken. »Wie wäre es, wenn wir uns auf ein Baby nach dem anderen konzentrieren?«

Jed hielt Hails Hand, als sie mit den restlichen Partygästen, die noch immer ihre Schlafanzüge trugen, auf dem Weg zum Wartezimmer der Entbindungsstation durch die Krankenhausgänge eilten. Sie drängten sich hektisch in den Raum, versorgten die Kinder mit Spielzeug und stellten sicher, dass alle da waren.

»Ich habe Kekse mitgebracht!«, verkündete Crystal und stellte das Tablett auf einen Tisch. Dixie lachte auf. Crystal reichte Bradley, der auf Bullets Schoß saß, einen Keks. »Für die Kinder.«

»Schon klar, Schatz.« Bear legte die Arme um sie und grinste wie ein liebeskranker Idiot. »Alle wissen, dass unser Baby Zucker braucht, damit es nicht so ein knallharter Typ wird.«

Crystal fütterte ihn mit einem Keksstück. »Darum liebe ich dich. Du störst dich nicht an meinen Essgewohnheiten.«

»Und ich liebe es, meine Pommes in deinen köstlichen Milchshake zu tunken«, erwiderte Bear augenzwinkernd.

»Wenn ich mal einen Freund habe, lasse ich ihn auch seine Pommes in meinen Milchshake tauchen«, verkündete Kennedy.

»Darüber müssen wir noch reden.« Truman bedachte Bear mit einem erbosten Blick.

»Warum denn, Daddy?« Kennedy sah Truman mit großen Unschuldsaugen an. »Ich teile gern.«

Gemma nahm Lincoln auf den Schoß und kicherte. »Daddy macht nur dumme Witze.«

Jed drehte sich um, um Josie zu beobachten, die ein paar Schritte entfernt mit Scott sprach. Auf dem Weg zum Krankenhaus war sie ziemlich still gewesen, und er fragte sich, ob sie über seine Bemerkung, dass sie noch ein Kind bekommen sollten, nachdachte. Jed spürte, wie Hail in seine Jackentasche griff und die Lastwagen herausholte, die Jed auf dem Weg zur Tür eingesteckt hatte.

Hail rannte zu Bradley und Kennedy. »Los, lasst uns spielen!«

Biggs hinkte zu Jed hinüber und legte ihm eine Hand auf die Schulter. »Hast du die letzte Nacht halbwegs verkraftet?«

»Sicher«, antwortete Jed, obwohl er keine Ahnung hatte, ob das stimmte.

»Das ist gut.« Biggs räusperte sich, während er den Blick durch das Wartezimmer schweifen ließ. Dann sagte er laut, aber langsam: »Es wird Zeit, dass wir Jed seinen Biker-Namen verpassen.«

Alle wandten sich ihnen zu, nur Jed sah seine Frau an, deren Lippen ein strahlendes Lächeln umspielte.

»Der Name eines Bikers wird danach ausgewählt, wer er ist und wie er sich verhält«, erklärte Biggs. »Das sollte man nicht auf die leichte Schulter nehmen. Manchmal fällt es einem ganz leicht, eine Entscheidung zu treffen, so wie bei meinen Jungs.

Und du gehörst zu meinen Jungs, es ist also keine Überraschung, dass mir dein Straßenname in der vergangenen Nacht klar und deutlich vor Augen stand. Wir werden dich Moon nennen, und das nicht etwa, weil es dein Nachname ist oder weil deine Liebste dich so nennt. Du hast dir diesen Namen verdient, weil du Menschen aus der Dunkelheit hinausführst und ihnen dabei hilfst, ihren Weg zu finden. Das hast du bei Ricardo und Marco getan, und du bereitest den Weg für viele weitere junge Burschen, die noch folgen werden. In der vergangenen Nacht hast du deiner Mutter in ihrer dunkelsten Stunde dabei geholfen, zum Licht zurückzufinden. Ich bin stolz darauf, dich Moon nennen zu dürfen, mein Junge. Und ich freue mich auf den Tag, an dem ich dich auch einen Dark Knight nennen kann.«

Als Biggs ihn umarmte, war Jed zum gefühlt millionsten Mal in letzter Zeit überwältigt. »Vielen Dank, Biggs.«

Schon wurde er von Umarmungen und Glückwünschen bestürmt, bis er schließlich in Josies Armen landete.

»Du wusstest schon die ganze Zeit, dass das mein Straßenname wird, nicht wahr?«, scherzte er.

»Du hast dich mir als Moon vorgestellt und du hast mir auf jeden Fall dabei geholfen, meinen Weg zu finden«, erwiderte sie. »Ich bin so stolz auf dich.«

Dr. Jon Butterscotch betrat das Wartezimmer mit einem heiteren Ausdruck im Gesicht. »Ich habe gehört, dass hier eine Bande von Bikern in Schlafanzügen durch das Krankenhaus latscht, und ich wusste, dass das nur eins bedeuten kann: Es ist Babyzeit für Bones und Sarah. Habe ich recht?« Er sah sich schnell um. »Was hat es mit den Schlafanzügen auf sich?« Er zog sein Handy heraus und schoss schnell ein paar Fotos.

»Lass den Scheiß!«, moserte Bullet.

»Wir haben gerade eine Pyjamaparty zu meinem Geburtstag gefeiert!«, erklärte Hail. »Und dann bekam Tante Sarah plötzlich ihr Baby.«

»Herzlichen Glückwunsch zum Geburtstag.« Jon hielt sein Handy hoch. »Lächle in die Kamera, damit ich das Bild auch an deine Tante Sarah schicken kann.« Hail grinste, und Jon fotografierte ihn. »Ich werde das … Heilige Sch…« Sein Blick wanderte an Dixies Körper hinunter, und er pfiff leise, während er das Handy hob, um noch ein Foto zu machen.

Bullet verdeckte Jons Handy mit seiner riesigen Hand. »Das würde ich an deiner Stelle lieber lassen.«

Jon hielt die andere Hand als Zeichen der Kapitulation hoch.

»Vergiss es, Butterscotch.« Dixie stemmte die Hand in die Hüften. »Deine feuchten Träume werden nie in Erfüllung gehen.« Sie wandte Jon den Rücken zu, und alle lachten.

Jon bemerkte die Worte auf ihrem Rücken. »Ich nehme die Herausforderung an«, sagte er, was ihm einen weiteren bösen Blick von Bullet und einen genauso unfreundlichen von Bear einbrachte.

Jon steckte das Handy weg, hob die Hände und ging hinaus – wobei er beinahe gegen einen anderen Arzt prallte. Doch dieser Mann hätte besser zum Film als auf eine Entbindungsstation gepasst. Er war bestimmt um die eins neunzig groß, wirkte gepflegt und hatte dichtes schwarzes Haar, kantige Züge und gerade weiße Zähne.

»Was haben Sie jetzt wieder gemacht, Butterscotch?«, fragte der andere Arzt.

Jon warf Dixie einen verführerischen Blick zu. »Noch nichts.« Aber Dixies Aufmerksamkeit galt dem stattlichen Arzt neben ihm, und das Verlangen in Jons Augen verwandelte sich in Verdruss.

Bullet und Bear kamen auf Jon zu wie angriffsbereite Löwen – die Schultern angespannt, finstere Mienen.

Red trat vor sie und hob die Hände. »Das reicht, Jungs.« Sie drehte sich zu Jon um. »Oh, Jonny. Du musst lebensmüde sein.« Dann wandte sie sich an den anderen Arzt. »Entschuldigen Sie, Damon – *Dr. Rhys.* Wie geht es Sarah?«

Josie trat vor und drückte Jeds Hand noch fester.

»Es geht allen dreien gut. Bones sollte euch in ein paar Minuten holen kommen, dann könnt ihr euch ihre Tochter anschauen.«

Alle gratulierten lauthals. Sie hatten gewusst, dass Sarah ein Mädchen erwartete, aber gleich würden sie es endlich sehen. Während Biggs, Red, Truman und Gemma den anderen Kindern die freudige Nachricht überbrachten, nahm Jed Hail auf den Arm. »Du hast jetzt eine kleine Cousine!«

Josie und Scott umarmten sich, danach nahm Josie Jed und Hail in die Arme und sah sie mit tränenverhangenen Augen an. »Ein Mädchen!«

Umgeben von den Menschen, die er am meisten liebte, und mit Josie und Hail in den Armen waren Jeds Gefühle derart intensiv, dass er nicht einmal mehr versuchte, sie zurückzuhalten. »Ich will das hier, Jojo. Ich will alles davon mit dir und Hail. Ich will mit dir in meinem Bett aufwachen und Waffeln machen und mit Lastwagen spielen und in unserem Wohnzimmer campen. Und eines Tages möchte ich, dass du unsere Babys bekommst. Ich habe keinen Ring und, verdammt, ich habe vergessen, auf ein Knie zu gehen. Aber heirate mich, Josie, und ich verspreche dir, dass ich alles tun werde, was in meiner Macht liegt, um der Mann zu sein, den du und Hail verdient.«

»Das bist du bereits«, sagte sie unter Tränen, stellte sich auf die Zehenspitzen und besiegelte ihre Zukunft mit einem Kuss.

»War das ein Ja?«, rief Scott, während alle um sie herum ihnen Glück wünschten.

Hail krähte: »Sag Ja, Mama!«

»Ja«, sagte Josie lachend und nahm Jed und Hail in die Arme. »Es ist definitiv ein Ja!«

Erneut umringten sie alle, um sie zu umarmen und zu beglückwünschen.

»Heißt das, dass ich meine Küche zurückkriege?«, erkundigte sich Scott.

»Ja«, antwortete Jed, der glücklicher war als je zuvor. »Ich finde, dass unsere Werkstatt der perfekte Ort für Ginger All The Days ist. Wir müssten noch eine Küche einbauen, aber die Rohre und Leitungen wurden bereits verlegt.«

Josie rang nach Luft. »Moon, das ist zu viel.«

Als alle einfielen, und sich darauf freuten, ihnen bei der Fertigstellung der Werkstatt zu helfen, nahm Jed sie wieder in die Arme. »Wenn es darum geht, deine Träume Wirklichkeit werden zu lassen, wird nichts jemals zu viel sein.«

Epilog

Josie zog ein Blech mit den Lebkuchenmännern aus dem Ofen und stellte es auf die Arbeitsplatte neben die anderen, die sie mit Sarah und Crystal zusammen verzierte. Sie führten gerade einen Probelauf für die Junggesellenauktion nächste Woche durch. Sie hatten ein paar Keksausstecher in Form von muskulösen Männern in verschiedenen athletischen Posen gefunden und malten ihnen jetzt mit Zuckerguss schwarze Krawatten, offene Frackhemden und Jeans auf. Sie hatten ihnen sogar mit fleischfarbener Glasur Sixpacks auf den Bauch aufgemalt.

Es war jetzt drei Monate her, dass Sarah ihr Kind bekommen und Jed Josie den Heiratsantrag gemacht hatte. Zwei Tage später waren die drei in sein – ihr – neues Haus eingezogen, und vor zwei Monaten hatte seine Mutter die Entzugsklinik verlassen und wohnte seitdem in dem Zimmer über der Werkstatt. Pamela ging es gut. Sie mochte Babs Redmond, ihre Patin, die seit zweiundzwanzig Jahren trocken und Reds beste Freundin war. Pamela hatte nicht ein einziges Treffen der Anonymen Alkoholiker verpasst und einen Job in einem Bekleidungsgeschäft in der Stadt gefunden. Sie arbeitete auch an ihrer Beziehung zu Jed und Crystal, was Josie ihr hoch anrechnete.

Wie versprochen hatte Jed die Werkstatt in einen wunderschönen Laden mit rosa Wänden, weiß gestrichenen Einbauregalen und braunen Tischen mit hübschen rosa-weißen Läufern mit Spitze an den Säumen verwandelt. Er hatte eine Glasvitrine aufgebaut und zusammen mit Gutter hinten eine Küche errichtet, die durch eine Glaswand vom Laden getrennt war. Die Vorhänge waren rosa, weiß und braun gestreift, passend zu der Markise, die Jed, Scott und Bear gerade für die große Eröffnung von Ginger All The Days anbrachten. Jed hatte Hail zum Bauleiter ernannt, und Hail kostete es richtig aus, mit den Männern zusammenzuarbeiten. Jed ließ wirklich all ihre Träume wahr werden.

Die Tür flog auf, und Hail kam hereingerannt. »Mama, Moon sagt, dass die Männer Plätzchen brauchen!«

Hail hatte jetzt kürzere Haare, weil es wärmer geworden war, wodurch seine Ähnlichkeit zu Jed noch stärker auffiel. Sie würde nie den Moment vergessen, in dem sie das Ergebnis des Vaterschaftstests bekommen hatte. Sie war gerade mit Hail nach Hause gekommen, als der Arzt anrief. Glücklicherweise war sie so geistesgegenwärtig gewesen, ihn um einen Moment Geduld zu bitten, damit sie Hail mit einem Spielzeug beschäftigen konnte. Dann war sie ins Schlafzimmer gegangen und hatte die Tür hinter sich geschlossen. Als sie hörte, dass Jed Hails Vater war, hatten ihre Beine unter ihr nachgegeben und sie war weinend auf die Knie gesunken. Der Tumult an Emotionen in ihrem Inneren war einfach zu viel gewesen. Sie hatte Tracey angerufen, damit sie auf Hail aufpasste, und dann Jed gebeten, sofort nach Hause zu kommen. Als sie ihm die Nachricht überbrachte, war er neben ihr zu Boden gesunken und hatte ebenso vor Freude geweint. Die ersten beiden Wochen danach war sie völlig durcheinander gewesen. Die Schuldgefühle Brian gegenüber hatten sie in den verrücktesten Momenten heimgesucht – als sie gerade mit Hail spielte, als sie allein mit dem Wagen unterwegs war und Musik hörte, und einmal sogar, als sie gerade mit Jed schlief. Jed war verständnisvoll und geduldig, und im Laufe der Zeit wurde alles leichter. Sarah hatte ihr vorgeschlagen, Tagebuch zu führen, und Josie war bewusst geworden, dass sie seit Silvester nicht mehr in Brians Tagebuch geschrieben hatte. Ihre Emotionen und Schuldgefühle aus dem Kopf zu kriegen, hatte Wunder gewirkt. Sie hatte Brian einen letzten Brief geschrieben, und dann waren Jed und sie zusammen zum Friedhof gegangen und hatten das Tagebuch unter einen Stein auf seinen Grabstein gelegt. In den Stein hatten sie *Du wirst immer in unseren Herzen sein* hineingeritzt. Der Stein war Jeds Idee gewesen, und es passte perfekt, denn auch Jed hatte Brian ins Herz geschlossen. Schließlich hatte er ja vor Monaten schon festgestellt, dass Brian für sie und Hail das getan hatte, wozu Jed damals nicht in der Lage gewesen war, und dafür würde er ihm immer dankbar sein.

Danach wurde alles leichter. Auch wenn sie beschlossen hatten, Hail erst, wenn er älter war, zu erzählen, dass Jed sein leiblicher Vater war, fragte Josie sich allmählich, ob sie sich nicht zu viele Gedanken darüber machte, wie er darauf reagieren würde. Hail liebte Moon genauso, wie er Brian geliebt hatte. Sie hatte das Gefühl, dass Brian nicht nur immer einen Platz in ihrem Herzen haben würde, sondern dass sie auch immer Züge von ihm in Hail wiedererkennen würde, obwohl sie keine Blutsverwandten waren.

Nachdem sie lange und intensiv darüber nachgedacht hatte, wie Brian Jed am Morgen nach der wunderschönen Nacht, in der Hail gezeugt worden war, verjagt hatte, fragte sie sich, ob Brian die Wahrheit über Hails Vaterschaft gewusst und sich dafür entschieden hatte, Hail als sein Kind zu lieben, genauso wie Jed es vor dem Test getan hatte.

Josie legte einige Plätzchen auf einen Teller und lächelte ihren kleinen Sohn an. Sie wusste aus eigener Erfahrung, was ein schlechter Vater ausmachen konnte. Hail war wirklich gesegnet, dass er zwei großartige Männer in seinem Leben gehabt hatte.

Sie strich ihm über das Haar und reichte ihm den Teller mit Plätzchen. »Moon hat nach Plätzchen gefragt, ja? Bist du sicher, dass sie nicht für dich sind, Spatz?«

In den letzten Wochen hatte Josie eine stete Flut an Lebkuchenbestellungen für Veranstaltungen erreicht, und während sie damit beschäftigt gewesen war, sie abzuarbeiten, hatte sie sich dafür entschieden, ihr Geschäft nur einen Tag pro Woche zu öffnen, damit sie weiterhin in Teilzeit bei Penny arbeiten konnte. Josie und Hail hatten nie viel zum Glücklichsein gebraucht, und jetzt, wo sie Jed hatten und noch mehr Freunde und Verwandte, als sie sich je hätte träumen lassen, wollte sie auf jeden Fall genug Zeit für sie haben. Jed und sie sprachen auch davon, noch mehr Kinder zu bekommen, und mit solchen Aussichten wollte sie sich nicht Vollzeit an ein Geschäft binden. In jeder Sekunde, die sie mit Sarah und Scott verbrachte, spürte sie die Sehnsucht nach einem Geschwisterchen für Hail, und jedes Mal, wenn sie Maggie Rose in den Armen hielt, führten ihre Eierstöcke einen kleinen Tanz auf.

»Vermutlich ist es ein bisschen von beidem«, bemerkte Pamela mit einem Zwinkern, was ihr ein Kichern von Hail einbrachte. Chicki hatte sie neu gestylt. Ihre blonden Haare reichten ihr jetzt nur noch bis knapp über die Schultern, und sie trug den kecken Pony mit einem Seitenscheitel. Jed hatte gesagt, dass sie fast wieder wie in seiner Jugend aussah und zudem gesünder als seit Jahren.

»Spielst du nachher Karten mit mir, Grandma?«, fragte Hail.

»Das weißt du doch«, erwiderte Pamela, doch Hail war schon wieder gegangen.

Auch wenn Josie Pamela erst nach ihrer Entlassung aus der Entzugsklinik kennengelernt hatte, mochte sie ihre zukünftige Schwiegermutter. Sie hoffte, dass ihre Dämonen nach und nach verschwinden würden und Jed und Crystal ihr vergeben konnten.

»Ich weiß nicht, was besser riecht, die Plätzchen oder dieses kostbare kleine Mädchen.« Pamela drückte Maggie Rose an sich, die in ihren Armen lag. Das Baby war eine wunderschöne Mischung aus Bradley und Lila und besaß Sarahs reizende Wesensart. Pamela konnte nicht genug von Sarahs Baby bekommen oder von Hail, ihrem Enkel.

Sarah, die gerade den Teig für die letzten Plätzchen ausrollte, hielt inne. »Ich wette, dass du dir diese Frage nicht mehr stellst, wenn sie das nächste Mal eine frische Windel braucht. Als Bones die Kinder heute Morgen gerade ins Auto gesetzt hatte, hat Lila in die Windel gemacht.«

Pamela lachte leise. »Ich kann mich noch gut daran erinnern. Es macht mir nichts aus, Windeln zu wechseln. Abgesehen davon brauche ich die Übung. Schon sehr bald werden wir einen weiteren kleinen Liebling haben.« Sie warf einen Blick auf Crystal.

Crystal rieb sich den schwellenden Bauch. »Jetzt könnte das Baby langsam kommen. Wenn ich noch runder werde, müssen sie mich ins Krankenhaus rollen.« Jed und Crystal waren ihrer Mutter gegenüber milder geworden, nachdem sie erfahren hatten, dass sie am Morgen des Tages, an dem ihr Vater umgekommen war, einen Schlussstrich unter ihre Affäre gezogen und sich eine Entzugsklinik ausgesucht hatte. Es würde eine Weile dauern, bis sie alle verletzten Gefühle hinter sich gelassen hatten, aber langsam entwickelten sie sich wieder zu einer Familie.

»Genieß es«, meinte Sarah und drückte die Keksausstecher in den Teig. »Wann kannst du sonst zunehmen, ohne dich deswegen verrückt zu machen?«

»Ich weiß nur, dass Bear diese Möpse vermissen wird, wenn sie nicht mehr da sind.« Crystal legte die Hände auf ihre Brüste.

»Er hat deinen Körper vorher geliebt, und er wird ihn auch nach der Geburt lieben«, rief Josie ihr in Erinnerung.

Crystal schnappte sich ein Plätzchen. »Bei diesen Lebkuchenjunggesellen werden alle Augen machen. Aber wartet nur, bis sie herausfinden, dass wir Dixie versteigern! Das wird so witzig. Wir werden Bullet, Bones und Bear garantiert anketten müssen. Sie werden durchdrehen.«

Sie hatten Sarah und Pamela in Dixies Geheimnis eingeweiht. Aber jetzt, wo Josie die Whiskey-Männer besser kannte, hatte sie das Gefühl, dass selbst Ketten nicht ausreichen würden, um sie davon abzuhalten, Dixie von der Bühne zu schleppen.

Josie nahm die Plätzchen vom heißen Blech und legte sie zum Abkühlen aufs Kuchengitter. »Ich bin noch nie auf einer Junggesellenauktion gewesen. Das stelle ich mir sehr lustig vor. Ich kann es kaum glauben, dass Dixie Dr. Rhys gefragt hat, ob er sich nicht auch versteigern lassen will, und er tatsächlich zugesagt hat.«

Die Tür flog auf, und die Männer marschierten mit schelmischem Grinsen ins Haus. Jed warf einen heißen Blick auf Josie, und die Schmetterlinge in ihrem Bauch drehten ein paar Runden. Würde sie sich je an diese Glücksgefühle gewöhnen, die sich jedes Mal in ihr vervielfachten, wenn sie nur an ihn dachte? Oder an das Knistern zwischen ihnen, wenn er seine blaugrauen Augen auf sie richtete?

»Oh-oh«, meinte Pamela amüsiert. »Was haben die Jungs nur vor?«

Jed legte die Arme um Josie. »Wahrscheinlich führen wir nichts Gutes im Schilde.«

Hail war früher am Vormittag zum Zimmer seiner Groß-mutter hochgegangen, und Jed und Josie hatten jede Sekunde davon ausgenutzt. Sie bekam schon eine Gänsehaut, wenn sie nur daran dachte, wie sich sein Mund auf ihr angefühlt hatte. »Ich liebe dich, wenn du ungezogen bist«, raunte sie ihm zu und hatte das Gefühl, die glücklichste Frau auf der Welt zu sein.

Ihr Leben als Familie hatte sich eingespielt, und es war leichter gewesen, als sie erwartet hatte. Wenn es Hail nicht gut ging, war Jed geduldig und gab sein Bestes, damit sich die Stimmung des Kleinen wieder aufhellte. Und wenn er sich nicht trösten ließ – Hail war schließlich erst sechs Jahre alt –, fuhr Jed nie aus der Haut oder verlor die Ruhe. Und falls sie gedacht hatte, dass ihr Liebesleben zu Anfang schon atemberaubend gewesen wäre, war es nur noch besser geworden. Ihre Liebe zueinander und das gegenseitige Vertrauen brachten ihre Intimität auf ein ganz neues Level.

»Beeilung, Mama!«, brüllte Hail von der Tür aus. »Komm und sieh es dir an!«

»Ich komme ja. Ich mache nur schnell die letzten Plätzchen bereit.« Josie schob das Blech mit dem von Sarah vorbereiteten Gebäck in den Backofen.

Bear schnappte sich ein Plätzchen vom Kuchengitter. »Die

Markise ließ sich problemlos anbringen. Du solltest damit zufrieden sein.« Er beugte sich hinunter und küsste Crystal. Dann drückte er einen Kuss auf ihren Bauch. »Gehen wir jetzt eine Wiege kaufen?«

»Pam, du kannst das Baby auch einfach mir geben.« Scotty streckte die Arme nach Maggie Rose aus.

Pamela gab ihr einen letzten Kuss. »Okay, meine Süße, Zeit für mich, dich herzugeben.«

»Ich will sie halten!«, rief Hail und rannte auf sie zu.

Hail hielt das Baby liebend gern in den Armen, und Josie wusste, dass er dank Jeds Einflusses ein wundervoller älterer Bruder sein würde. »Wer hätte gedacht, dass mein Sohn so verrückt nach Babys ist?«, bemerkte Josie, während Hail sich auf den Fußboden setzte und Scott sich neben ihn hockte, um ihm das Baby in die Arme zu legen.

»Wenn das so weitergeht, werde ich nie auch nur eines davon in den Armen halten dürfen«, beschwerte sich Scott.

»Du solltest dir eine Frau suchen und eigene Kinder bekommen«, schlug Bear vor.

»Ja, ich bin nur absolut noch nicht bereit dafür. Abgesehen davon werde ich nächste Woche versteigert.« Scott wackelte mit den Augenbrauen. »Möglicherweise muss ich danach sehr viele Frauen trösten, die mich nicht ersteigern konnten.«

»Okay, Hail. Gib das Baby Onkel Scotty, dann legen wir los«, sagte Jed, während sie zur Tür gingen. Er legte die Hände auf Josies Schultern. »Schließ die Augen, Liebling.«

Josie kam der Aufforderung nach. »Die Markise ist doch keine Überraschung. Ich habe sie schließlich selbst ausgesucht, falls du das vergessen haben solltest.«

»Ich denke, das hier hat etwas mehr Aufhebens verdient.« Jed führte sie nach draußen.

Es war so schön, wie er ihre Träume unterstützte. Als sie nach draußen trat, wärmte die Sonne ihr Gesicht und sie hörte das aufgeregte Flüstern ihrer Freunde. »Ich kann es gar nicht erwarten, sie zu sehen! Sie ist wirklich das absolute Sahnehäubchen für den Laden. Darf ich jetzt die Augen aufmachen?«

Jed nahm die Hände von ihren Schultern. »Okay, Babe. Augen auf.«

Sie beschattete ihre Augen und blinzelte zur Markise hoch. Über die gestreifte Markise war ein weißes Banner mit großen roten Buchstaben gespannt: HEIRATE MICH, ROTKÄPPCHEN! Sie drehte sich lachend zu ihm um. »Ich habe deinen Antrag doch schon angenom...«

Ihre Worte verebbten, als Jed mit einem Rosenstrauß vor ihr niederkniete und sie anschaute, als wäre sie die Welt für ihn. Hail, den er dabei an sich drückte, grinste von einem Ohr zum anderen, so wie auch alle anderen.

Jed überreichte ihr den Rosenstrauß. »Beim ersten Mal bin ich nicht dazu gekommen, es anständig zu machen, und du verdienst einen denkwürdigen Heiratsantrag.«

Ihr kamen die Tränen. »Dein erster Heiratsantrag war äußerst denkwürdig.«

»Dieser wird sogar noch besser. Ich habe jahrelang ein Mädchen geliebt, das mich angesehen hat, als wäre ich das Beste, seit es Lebkuchen gibt. Ein unvergleichliches, starkes, warmherziges Mädchen, das über alle meine Fehler hinweggesehen hat und mir das Gefühl gab, ich wäre etwas Besonderes. Jemand, der es verdient hat, geliebt und bewundert zu werden. Ich wusste nicht, ob ich dich je wiedersehen würde, aber jetzt stehen wir hier. Hail und du, ihr seid mein Schicksal, Rotkäppchen, meine gesamte Welt.«

Er stand auf und wischte ihr die Tränen von den Wangen. »Ich möchte erleben, wie du unsere Babys unter dem Herzen trägst, und ich möchte da sein, wenn Hail Autofahren lernt, wenn er seine erste Verabredung hat und wenn er uns verlässt, um aufs College zu gehen. Ich will miterleben, wie dein Geschäft wächst, für welche Richtung du dich auch immer entscheidest, und ich möchte, dass dein wunderschönes Gesicht das ist, was ich jeden Abend sehe, wenn ich die Augen schließe, und jeden Morgen, wenn ich aufwache.« Er steckte ihr einen wunderschönen Diamantring an den Finger. »Heirate mich, Rotkäppchen, und ich verspreche dir, dass du es nie bereuen wirst.«

Hail hüpfte auf und ab und rief: »Sag Ja, Mama! Lass uns Moon heiraten und Kinder kriegen!«

Sie wusste, dass sie strahlte wie ein Honigkuchenpferd, als sie antwortete: »Ja, Moon, eine Million Mal ja.«

»Juhu!«, kreischte Hail, und alle stimmten in die Glückwünsche ein, während Jed ihr Versprechen mit einem warmen und wunderbaren Kuss besiegelte.

Wieder wanderten sie von einer Umarmung zur nächsten.

»Er musste dir unbedingt einen Ring an den Finger stecken, bevor du die Gelegenheit hattest, bei der Auktion mitzubieten«, neckte Scott sie, legte einen Arm um sie und hielt Maggie Rose auf dem anderen.

»Das stimmt doch gar nicht«, erwiderte Sarah und umarmte Josie. »Beim ersten Heiratsantrag war ich ja leider nicht dabei, und ich bin so froh, dass ich jetzt diesen miterleben darf. Herzlichen Glückwunsch.«

»Ich freue mich so für euch beide.« Pamela liefen die Tränen über die Wangen, als sie Josie umarmte. Dann umarmte sie ihren Sohn. »Danke, dass du mich nicht aufgegeben hast,

Jeddy.«

»Wir sind eine Familie«, erwiderte er und legte die starken Arme abermals um Josie. »Und Familie ist das Wichtigste.«

Hail hüpfte immer noch auf und ab. »Können wir jetzt ein Baby kriegen?«, rief er aufgedreht, was noch mehr Gelächter und Freudentränen von allen zur Folge hatte.

Josie flüsterte Jed zu: »Vielleicht sollten wir mal mit ihm darüber reden, wo die Babys herkommen.«

Er zog sie an sich und grinste sie wie der unartige Wolf an, als den sie ihn kannte. »Natürlich, gleich nachdem ich es meinem Rotkäppchen oben noch mal gezeigt habe …«

Eins

Jace Stone stieg am frühen Mittwochabend von seinem Motorrad, nahm den Helm ab und fuhr sich mit den Fingern durch das dichte dunkle Haar. Er sah hinauf zu dem Schild über der Tür von Jillian Bradens Boutique und ein Lächeln umspielte seine Lippen. Nachdem sie jahrelang an den Motorradentwürfen getüftelt hatten, bereiteten sich Jace und sein Geschäftspartner Maddox Silver nun auf die Marktein-führung ihrer neuen Legacy-Modellreihe vor. Die Motorräder von Silver-Stone waren bereits heute weltweit begehrt und mit der Legacy-Reihe würden sie als Weltneuheit unterschiedliche

Motorräder für Männer und für Frauen anbieten. Damit war ihnen ihr Platz in der ersten Riege der Branche endgültig sicher. Jace hatte sich mit der Luxusmode-Designerin Jillian Braden zusammengetan, um eine *Leder und Spitze*-Kollektion zu entwerfen, die zeitgleich mit den neuen Motorrädern auf den Markt kommen sollte. Heute wollte er einige Stücke daraus abholen, die er für das Shooting für den Legacy-Kalender in der kommenden Woche in New York brauchte.

Das Glöckchen über der Eingangstür klingelte, als er die Boutique betrat.

»Willkommen im Jillian's«, flötete eine hübsche Blondine hinter der Kasse.

»Da ist ja der heißeste Biker von ganz Pleasant Hill«, rief ihm Jillian zu, die in der Mitte des Raums gerade ein Kleid auf einer Schaufensterpuppe drapierte.

Die zierliche, atemberaubend schöne Rothaarige schwebte ihm auf Pfennigabsätzen und in einer ihrer etwas verrückten, aber eleganten Eigenkreationen entgegen. Das schiefergraue ärmellose Minikleid war extra kurz, der Saum verziert mit einer schwarzen Bordüre, der Rock mit einem Kreuzmuster und die Seiten mit eckigen Cut-Outs versehen. Das Outfit überließ nur wenig der Fantasie und lavierte haarscharf entlang einer Grenze, die Jace keine seiner drei jüngeren Schwestern jemals überschreiten ließe.

»Ich dachte mir schon, dass du zu spät kommst, nachdem du gestern so tief ins Glas geschaut hast«, neckte sie ihn. Sie waren ausgegangen, um ihren Erfolg mit Nick und Jax zu feiern, zwei von Jillians Brüdern, die außerdem enge Freunde von Jace waren. Nick arbeitete als Freestyle-Pferdetrainer und Jax war Jillians Zwillingsbruder und berühmt für die von ihm designten Hochzeitskleider.

Jace schnaubte verächtlich. »Ich habe schon Whiskey getrunken, da warst du noch nicht einmal auf der Welt.« Mit seinen eins fünfundneunzig und dem athletischen Körper eines Kämpfers brauchte es schon mehr als nur ein paar Drinks, um ihn aus der Bahn zu werfen.

»Mit der richtigen Frau an deiner Seite müsstest du vielleicht gar nicht so viel trinken.« Sie deutete mit dem Kopf in den vorderen Bereich des Ladens. »Annabelle ist Single.«

»Und außerdem ungefähr zweiundzwanzig. Tut mir leid, Süße, aber ich steh nicht auf kleine Mädchen – oder auf Verpflichtungen.« Jace war Ende dreißig und hatte den größten Teil seines Lebens mit dem Aufbau seines Imperiums verbracht. Er war daran gewöhnt, von Frauen beäugt zu werden, so wie es die Kleine hinter der Kasse gerade tat, als wäre er ein saftiges Steak. Alle flogen auf den großen, tätowierten Typen, und wenn sie herausfanden, dass er wohlhabend war, wollten sie auch sein Geld. Doch wenn seine Verehrerinnen von seinen wahren Vorlieben wüssten und von seiner Tendenz, sich emotional zu verschließen, würden sie wahrscheinlich die Flucht ergreifen. Die meisten Frauen waren ihm ohnehin zu verhuscht. Für eine belanglose Nacht mochten sie perfekt sein, aber sie blieben blass im Vergleich zu den weichen, sexy Kurven und langen, schlanken Beinen einer starken, selbstbewussten Frau, die ihm Paroli bieten konnte und es mochte, wenn es auch im Schlafzimmer mal ein bisschen rauer zur Sache ging. Dieser Typ Frau war so selten wie die Blaue Mauritius, aber damit hatte Jace sich arrangiert. Er war es gewöhnt, nach seinen eigenen Regeln zu leben, und verspürte keinerlei Lust, sich an irgendein bedürftiges Mädchen zu ketten.

»Damit bin ich dann wohl auch aus dem Rennen.« Jillian klimperte aufreizend mit den Wimpern.

Als Jillian noch jünger gewesen war, hatte sie ihn unermüdlich angebaggert. Sie war schön, klug und hatte definitiv einen starken Willen, aber Jace fühlte sich sexuell nicht zu ihr hingezogen. Es lag nicht nur am Altersunterschied. Er kannte sie schon so lange, dass sie für ihn praktisch zur Familie gehörte. Und trotz ihrer scharfen Zunge und ihrer sexy Tanzeinlagen war sie für seinen Geschmack immer ein bisschen zu kultiviert und brav gewesen.

»Du bist eine kluge, heiße Frau, Jilly. Du wirst schon noch den Richtigen finden. Möglicherweise musst du dafür allerdings diese Stadt verlassen.« Er schmunzelte, als er an ihre fünf bulligen Brüder dachte, die jeden Mann in die Flucht schlugen, der sich in Jillians Nähe wagte.

»Da magst du recht haben.« Sie ging durch die Tür in den hinteren Teil des Ladens und er folgte ihr in den ersten Stock. »Du hast ja gesehen, wie Nick sich gestern Abend aufgeführt hat. Er hätte die Typen, mit denen ich getanzt habe, am liebsten in Stücke gerissen.«

»Wenn diese Kerle übergriffig geworden wären, hätte ich noch was ganz anderes mit ihnen gemacht«, erklärte Jace mit ernstem Blick.

»Kein Wunder, dass du immer noch Single bist. Ich werde Jayla warnen, dass sie einen aussichtslosen Kampf führt«, sagte Jillian.

Seine jüngste Schwester Jayla war seit der Geburt ihres Sohnes Thane vor vier Monaten von der Idee besessen, Jace zu verkuppeln. Sie und ihr Mann Rush waren völlig vernarrt in ihren kleinen Jungen, und Jace musste zugeben, dass der Anblick seines bezaubernden Neffen auch sein Herz erwärmte und in ihm bisweilen die Sehnsucht nach einem eigenen Kind weckte. Sobald er wieder auf seinem Motorrad saß, wurden diese sentimentalen Anwandlungen aber vom Röhren der Maschine und der verlockenden Freiheit der vor ihm liegenden Straße verdrängt.

»Mach das, und sag ihr bitte auch, dass ihre Bemühungen nicht nur aussichtslos, sondern auch unerwünscht sind«, bat er, während er Jillian in ihr Studio folgte. Durch die Fenster an der gegenüberliegenden Wand fiel warmes Abendlicht herein.

Jillian schaltete das Licht an und erweckte den Raum zum Leben. Unter dem Fenster stand ein Zeichentisch voller halb fertiger Skizzen und auf den diversen anderen Tischen im Raum stapelten sich Stoffe und Nähutensilien. An den leuchtend weißen Wänden prangten Fotos von Models, die Jillians Kreationen trugen. Das Zimmer wurde zudem bevölkert von Dutzenden von Schneiderpuppen, die mehr oder weniger vollständige Outfits trugen.

»Es würde dir wirklich nicht schaden, ab und an mal einen Anzug zu tragen«, stellte Jillian fest. »Nicht, dass du in Jeans nicht auch fantastisch aussiehst, aber hey, du bist Milliardär! Du solltest ein bisschen damit angeben. Frauen stehen auf Männer mit Klasse.«

Das klang aus dem Mund einer Frau, die selbst siebenstellige Umsätze machte und sich trotzdem weiterhin benahm, als wäre sie gerade erst in die Branche eingestiegen, irgendwie komisch. »Könnten wir den Teil mit der Dating-Beratung vielleicht überspringen und gleich zu den Klamotten kommen?«

Sie zeigte auf mehrere Kleiderstangen auf der rechten Seite des Raums. »Voilà!«

Er legte seinen Helm auf dem Tisch ab und ging hinüber, um die Stücke in Augenschein zu nehmen.

»Ich hatte vor zwei Wochen eine Anprobe mit Sahara«,

berichtete Jillian. »Sie sieht in jedem einzelnen der Modelle einfach umwerfend aus.«

Sahara Xar war das Model, das Jace für das Kalender-Fotoshooting ausgesucht hatte und das als das neue Gesicht von Silver Stone eingeführt werden sollte. Er wollte eine authentische Bikerin, jemanden, der diesen Lifestyle kannte und lebte, und keine Poserin. Und er wollte ein frisches Gesicht, keines, das man schon von anderen Plakaten oder Produkten hinlänglich kannte und mit völlig anderen Produkten assoziierte. Die Suche hatte ihn fast ein ganzes Jahr gekostet, bis er letztes Endes entschied, dass Sahara die Beste war, die er kriegen konnte. Sie war Anwältin, kein Model, und sie war ihm von einem der Models empfohlen worden, die er nicht ausgewählt hatte. Sahara war in einer Biker-Familie aufge-wachsen, pflegte mittlerweile aber einen anderen Lebensstil.

Jillian nahm einen der Bügel von der Stange und hängte ihn an einen Haken an der Wand, um ihm ein Korsett-Minikleid im Skater-Stil zu präsentieren. Ein Reißverschluss teilte das Mieder bis zur Taille, an der ein kurzes Faltenröckchen ansetzte. An den Seiten des Korsetts befanden sich dreieckige Cut-Outs, deren Spitzen knapp oberhalb der Rippen begannen und bis zum Rockbund reichten. Bänder aus schwarzer Spitze, die durch Ösen auf beiden Seiten der Cut-Outs geführt wurden, sorgten für den nötigen Halt. Es brauchte nur einen Zug an diesem Reißverschluss, und dieses Kleid würde an seiner Trägerin herabgleiten und sie entblößen. Er hatte die Entwürfe während des Entwicklungsprozesses gesehen, doch der Anblick des fertigen Outfits haute ihn trotzdem um.

»Das ist wirklich verdammt heiß«, sagte Jace.

»Exakt die Reaktion, auf die wir gehofft hatten. Ich bin völlig begeistert von dieser Kollektion. Ich hätte niemals gedacht, dass Biker-Mode so edel sein kann, aber wir haben es hingekriegt, Jace. In keinem der Outfits, die wir entworfen haben, steckt auch nur ein Fünkchen Vulgarität. Ich würde jedes einzelne dieser Stücke mit Stolz selbst tragen. Und ohne dich wäre ich niemals auf diese Ideen gekommen. Dein Wissen um die Biker-Welt und meine Kreativität machen uns zum perfekten Team.«

»Da hast du verdammt recht.« Er hatte sich glücklich geschätzt, als sie der Zusammenarbeit zustimmte, und seine Entscheidung niemals bereut.

Jillian strich an der Kante eines Cut-Outs entlang. »Wir haben das Material rund um die Ösen elastisch unterfüttert, um etwas mehr Spielraum für Kundinnen mit Zwischengrößen zu schaffen. Und die etwas breitere vordere Blende eignet sich auch fabelhaft für fülligere Frauen. Ich bin fest davon überzeugt, dass sich alle Frauen in diesem Outfit selbstbewusst und gut fühlen werden.«

»Das ist super. Richtige Frauen haben nämlich Kurven, und zufällig stehe ich auf Kurven. Je mehr Frauen wir also in deinen sexy Klamotten verpacken können, desto besser.«

Jillian zog eine Augenbraue hoch. »Weiß Jayla, dass du kurvige Frauen bevorzugst?«

»Hör auf mit dem Scheiß, Jilly«, warnte er sie.

»Was denn? Ich sage ja nur, dass du auf einen bestimmten Typ stehst. Daran ist nichts verkehrt, aber es erklärt eine Menge.« Sie kniff die Augen zusammen, als würde sie angestrengt über die Lösung einer komplizierten Gleichung nachdenken.

»Was soll das denn heißen?«

»Das soll heißen, dass dir die Frauen in Scharen hinterherrennen, wenn wir ausgehen, du aber niemals anbeißt.

Jetzt verstehe ich auch warum. Du bist wählerisch.«

»Grundgütiger.« Er stöhnte auf. »Warum sind wir noch mal Partner?«

»Weil ich großartig bin.« Sie grinste schelmisch. »Dann werde ich dir jetzt mal die restlichen Outfits für das Fotoshooting zeigen, du ›Freund der üppigen Kurven‹.«

Sie begutachteten Hüfthosen mit Lederdetails, Riemchenoberteile mit Spitze, Lingerie, Bustiers, schulterfreie Tops, lange geschlitzte Kleider und vieles mehr, und jedes Teil war eleganter als das vorherige. Selbst die atmungsaktiven Jacken und Monturen für warme Tage waren genauso sexy wie die Dessous.

Während sie die Kleidungsstücke für den Versand in sein Loft nach New York vorbereiteten, klingelte Jaces Handy. Er zog es aus der Tasche und sah Shea Steeles Namen auf dem Display. Shea leitete die PR-Abteilung von Silver-Stone.

»Es ist Shea. Entschuldige mich kurz.«

»Grüß sie von mir«, bat Jillian, als er das Handy ans Ohr hob.

»Hi, Shea. Ich bin gerade bei Jilly. Für das Shooting ist alles bereit.«

»Das ist toll, aber wir haben ein Problem«, sagte Shea. »Sahara fällt aus. Sie ist im Gericht die Treppen runtergefallen. Sie hat sich das Bein gebrochen und ihr Gesicht ist völlig zerschrammt.«

»Ach herrje. Geht es ihr ansonsten gut?«

»Sie wird wieder, aber sie steht für das Shooting nicht zur Verfügung. Ich suche schon nach einem Ersatz, aber die wenigen anderen Models, die für dich noch in Frage kämen, sind alle ausgebucht. Keine Sorge, Jace, ich suche eifrig weiter, aber du hast fast ein Jahr gebraucht, um Sahara zu finden. Mir ist klar, dass du wählerisch bist, doch ich fürchte, du musst deine Erwartungen runterschrauben.«

»Wenn mir heute noch einmal jemand sagt, ich sei wählerisch, dann raste ich aus.« Er ging nervös auf und ab, und seine Stimme klang gereizt, während er im Kopf durchspielte, was das für die Kampagne bedeutete. »Diese Frau soll das Gesicht von Silver Stone sein, da können wir wohl kaum wählerisch genug sein.«

»Schon klar. Ich verstehe dich, aber wir haben nur noch sechs Tage, Jace. Wie wäre es mit Agatha Price? Ich habe mit ihrem Agenten telefoniert, und sie ist gerade auf Hawaii, könnte es aber zum Shooting schaffen.« Agatha Price war eines der begehrtesten tätowierten Models weltweit.

»Auf keinen Fall. Ich werde nicht mit demselben Model arbeiten wie tausend andere Firmen. Wir sind nicht umsonst die Besten. Gerade du solltest doch wissen, wie wichtig es ist, sich von der Masse abzuheben. Die Legacy-Motorräder mit ihrer Power, dem düsteren Stil und dem modernen Design verfügen über gerade genug Old-School-Elemente, um zu begehrten Sammlerstücken zu werden, zu einem Klassiker, den man an seine Kinder vererben will. Und die *Leder und Spitze*-Kollektion ist anders als alles, was es an Biker-Bekleidung auf dem Markt gibt. Das Gesicht, das Silver-Stone repräsentiert, muss also so unverwechselbar sein wie unsere Produkte.«

»Natürlich. Wie wäre es, wenn wir das Shooting verschieben? Du könntest dann immer noch …«

»Auf gar keinen Fall«, fauchte Jace. »Ich habe mehrere hunderttausend Dollar in diese Kampagne investiert. Das Shooting muss pünktlich stattfinden. Du warst doch diejenige, die mich davon überzeugt hat, dass die Markteinführung der Legacy-Modellreihe und die Präsentation des neuen Gesichts unseres Unternehmens zur selben Zeit stattfinden müssen.« Er starrte an die Decke und versuchte, die Frustration niederzukämpfen, die sich in ihm aufbaute.

»Und davon bin ich immer noch überzeugt – vorausgesetzt, wir schaffen das auch. Je mehr Aufmerksamkeit, desto besser«, erklärte Shea. »Ich werde sehen, was ich tun kann, aber wir brauchen einen Plan B.«

»Ich will keinen Plan B. Klappere einfach jede einzelne Model-Agentur da draußen ab und sag denen, dass wir eine umwerfend schöne, selbstbewusste Bikerin suchen, die noch nie einen größeren Modeljob gemacht hat.«

»Nur echte Bikerinnen. Ich weiß, was dir vorschwebt, aber uns ist doch schon während der Suche nach Sahara klar geworden, dass du eigentlich gar kein Model suchst, Jace. Du willst eine Bikerin, die so schön ist, dass sie auch Model sein könnte.«

»Genau.«

»Ich bleibe dran«, versprach Shea.

Nachdem Jace aufgelegt hatte, hörte er, wie Jillian sich ihm auf ihren hohen Absätzen näherte. Wenn sie keinen Ersatz für Sahara fanden, wäre auch Jillian am Boden zerstört. Sie hatte sich für dieses Projekt wahnsinnig reingehängt. Er knirschte mit den Zähnen, als er das Telefon wegsteckte. *Verdammter Mist!*

»Jace?«

Er drehte sich um und sah die Sorge in ihrem hübschen Gesicht. »Ja?«

»Ist Sahara etwas passiert?«

»Sie ist gestürzt und hat sich das Bein gebrochen. Sie wird wieder gesund, kann das Shooting aber nicht machen.«

»Das habe ich dem, was du zu Shea gesagt hast, bereits entnommen. Ich wüsste da ein Model, das du dir vielleicht mal ansehen solltest. Sie ist genau das, was du suchst: eine selbstbewusste, wunderschöne Bikerin. Sie ist etwa eins fünfundsiebzig und eher schlank, hat jedoch Rundungen an den richtigen Stellen. Ich habe ihr gerade ein Kleid genäht, das sie dieses Wochenende auf einer Veranstaltung tragen will. Es wäre kein Problem, die Outfits für sie zu ändern, falls sie den Job übernehmen will. Sie hat erst ein einziges Mal gemodelt, und zwar für mich. Ich habe sie bei der Präsentation meiner Facettenreich-Kollektion eingesetzt.«

»Wer ist sie?«

Jillian drückte ihm ein Foto in die Hand. Ihm blieb fast das Herz stehen, als er die große, tätowierte Rothaarige sah, die er als schlagfertig und gewitzt kannte – die einzige Frau, bei der er je Schwierigkeiten gehabt hatte, die Finger bei sich zu behalten. Es handelte sich um Dixie Whiskey und sie war einfach umwerfend. Er hatte sich immer von ihr ferngehalten, weil er sie für schlichtweg unwiderstehlich hielt. Sie war keine Frau für einen One-Night-Stand, sondern eine, die man auf seinen Sozius setzte und nie wieder gehen ließ. Er hatte sie nie so professionell gestylt gesehen wie auf dem Foto, auf dem sie Smokey Eyes und eine perfekte Frisur zur Schau trug. Diese Frau in Jillians atemberaubenden Kreationen? *Grundgütiger!* Sie war einfach perfekt – und sie war die jüngste Schwester der härtesten Biker von Peaceful Harbor, Maryland, sowie die Tochter des Präsidenten der Dark Knights.

»Wow«, murmelte er ehrfürchtig.

»Dixie Whiskey«, sagte Jillian. »Sie ist unglaublich, aber ich bin mir nicht sicher, ob sie sich dazu bereit erklärt. Wenn ich mich recht erinnere, bekam sie nach meiner Show Dutzende Anrufe und man hat ihr horrende Summen geboten, um sie als Model zu gewinnen. Sie hatte nicht das geringste Interesse. Du kennst ja die Whiskeys. Dixie ist kein Model, sondern eine wahre Bikerin, Jace.«

»Aber sie hat für dich gemodelt«, wandte er ein. Dixie entsprach exakt dem Bild, das er bei der Suche nach einem neuen Gesicht für Silver-Stone im Kopf gehabt hatte. Hätte er schon vorher gewusst, dass sie modelte, wären ihm viel Zeit und Mühe erspart geblieben.

»Weil sie mir was schuldig war«, gab Jillian zu.

»Was muss ich mir darunter vorstellen?«

Jillian runzelte die Stirn.

»Jetzt komm schon, Jillian«, drängte er sie. »Wir brauchen sie. Das weißt du ganz genau. Welchen Gefallen hast du ihr getan?«

»Mann, du bist eine echte Nervensäge. Wenn du es ihren Brüdern steckst, dann ermorde ich dich im Schlaf.«

Er starrte sie an und verschränkte die Arme.

»Okay!« Sie stieß die Luft aus. »Ich habe sie mit einem Typen hier aus Pleasant Hill verkuppelt. Aber das spielt keine Rolle, weil du wohl kaum etwas in der Art für sie tun würdest.«

Da hatte sie verdammt recht; so etwas würde er niemals tun.

»Ich hätte es wahrscheinlich nicht vorschlagen sollen«, meinte sie. »Tut mir leid. Das war eine blöde Idee. Wenn ich genauer darüber nachdenke, wird mir klar, dass sie niemals Ja sagen wird.«

Er schob das Foto in seine Hemdtasche und schnappte sich seinen Helm. »Wart's ab.«

Ende des Auszugs

Wenn Ihnen die Vorschau gefallen hat, können Sie *Taming My Whiskey – Im Herzen wild* direkt bei Ihrem Online-Buchhändler bestellen!

Kommen Sie mit nach Seaside!

Die Serie *Seaside Summers* erzählt die humorvollen, prickelnden Geschichten einer Gruppe von Freunden, die jedes Jahr den Sommer gemeinsam in ihren Ferienhäusern am Cape Cod verbringen. Sie sind witzig, sexy und so sympathisch unvollkommen, dass man am liebsten gleich dazugehören würde.

Verlieben Sie sich mit Bella und Caden in *Träume in Seaside* dem ersten Band der Serie *Seaside Summers*

Bella Abbascia ist wie jeden Sommer in die Ferienhaussiedlung Seaside in Wellfleet, Cape Cod zurückgekehrt. Doch in diesem Jahr hat Bella mehr vor, als mit ihren Freundinnen in der Sonne zu liegen und sich beim Nacktbaden zu vergnügen. Sie hat ihren Job gekündigt, ihr Haus in Connecticut verkauft und jeglichen Männergeschichten abgeschworen, um sich an ihrem Lieblingsort auf Erden ein neues Leben aufzubauen. Der Plan steht –

zumindest bis ein Streich der stets zu Scherzen aufgelegten Bella eine böse Wendung nimmt und ein sündhaft attraktiver Police Officer vor ihr steht.

Der alleinerziehende Vater und Polizist Caden Grant hat Boston den Rücken gekehrt, nachdem sein Partner im Dienst getötet wurde. In dem kleinen Ferienort Wellfleet hofft er auf ein sichereres Leben mit seinem vierzehnjährigen Sohn Evan. Als er während einer nächtlichen Streife Bella kennenlernt, wird ihm bewusst, dass er plötzlich gefunden hat, was er sich nie zu erträumen erlaubte – und von dem er nie wusste, dass es ihm fehlt.

Nachdem er sich vierzehn Jahre lang nur auf seinen Sohn konzentriert hat, kann Caden der starken Anziehungskraft der schönen Bella nicht widerstehen, und Bella ist der Intensität ihrer aufkeimenden Liebe ebenso machtlos ausgeliefert. Aber der Neuanfang gestaltet sich schwieriger, als sie beide es sich ausgemalt haben, und dann gerät Evan an die falschen Freunde. Cadens Loyalität wird auf eine harte Probe gestellt. Wird er alles aufgeben, um seinen Sohn zu beschützen – sogar Bella?

Bestellen Sie *Träume in Seaside* bei Ihrem Online-Buchhändler.

Treat Braden ist eigentlich gar nicht auf der Suche nach Liebe, als Max Armstrong in seine Hotelanlage in Nassau spaziert, aber er erkennt hinter dem Schutzschild ihrer effizienten Fassade schnell die liebenswerte, sinnliche Frau. Ein geradezu magischer gemeinsamer Abend lässt ein enges Band zwischen ihnen entstehen, und zum ersten Mal in seinem Leben verspürt Treat den Wunsch nach viel mehr als einem kurzen Abenteuer. Doch dann macht er einen Fehler und sie zieht sich zurück. Nachdem er sich wochenlang nach der einen Frau, die er nicht haben kann, verzehrt hat, fliegt er nach Hause auf die Ranch seiner Familie, um sie endlich zu vergessen.

Eine zufällige Begegnung bringt die beiden wieder zusammen und führt zu einer Nacht voller Leidenschaft und Aufrichtigkeit. Als Max ihre schmerzhafte Vergangenheit offenbart, ist Treat bereit, alles zu geben, um ihr Herz für immer zu erobern – und ihr zu helfen, sich von ihren Dämonen zu befreien.

Bestellen Sie *Im Herzen eins – neu erzählt* bei Ihrem Online-Buchhändler.

Lernen Sie die Remingtons kennen!

Verlieben Sie sich mit Dex und Ellie in

Spiel der Herzen

Ellie Parker ist ein Profi, wenn es darum geht, Mauern um ihr Herz zu errichten. In ihrem ganzen Leben war Dex Remington der einzige Mensch, der immer an sie geglaubt hat und für sie da war. Doch vor vier Jahren suchte sie einmal Trost bei Dex, nur um dann wie eine Verbrecherin des Nachts zu verschwinden und ihn als gebrochenen Mann zurückzulassen.

Dex Remington ist einer der führenden Game-Designer in den USA. Er sieht unverschämt gut aus, ist klug und immun gegen Gefühle. So absolut immun, dass er zweifelt, ob er jemals wieder einen Grund finden wird, etwas zu fühlen.

Ein zufälliges Wiedersehen entfacht tiefe Sehnsüchte in Ellie und Dex. Sehnsüchte, die in ihr den Fluchtreflex wecken – und in ihm den Wunsch zu fühlen. Eine Mischung aus Begehren und Angst führt diese jungen Liebenden auf einen gefährlichen Weg. Können sie eingerissene Brücken erneut überqueren? Oder ist es ihr Schicksal, für immer getrennt zu sein?

Bestellen Sie *Spiel der Herzen* bei Ihrem Online-Buchhändler.

Neu bei »Love in Bloom – Herzen im Aufbruch«?

Ich hoffe, Ihnen hat es genauso viel Vergnügen bereitet, die Whiskeys kennenzulernen, wie mir, über sie zu schreiben. Falls dieser Band Ihr erstes Buch aus der Reihe »Love in Bloom – Herzen im Aufbruch« ist, warten noch jede Menge Geschichten über unsere sexy, selbstbewussten und loyalen Heldinnen und Helden auf Sie.

Die Whiskeys: Dark Knights aus Peaceful Harbor ist nur eine der Serien aus meiner großen Sammlung von Liebesromanen mit Tiefgang, Humor und Happy-End-Garantie. In allen Büchern finden Sie eine abgeschlossene Geschichte, die auch für sich allein gelesen werden kann. Figuren aus den einzelnen Serien und Büchern der weitverzweigten »Love in Bloom – Herzen im Aufbruch«-Familien tauchen immer wieder auch in den anderen Bänden auf. So verpassen Sie nie eine Verlobung, eine Hochzeit oder eine Geburt. Wenn Sie mögen, lernen Sie doch auch die anderen Serien der Reihe kennen! Eine vollständige Liste aller auf Deutsch erschienenen und geplanten Bücher gibt es am Ende des Buches und unter dem folgenden Link finden Sie weitere Informationen:

www.MelissaFoster.com/Herzen-im-Aufbruch

Danksagung

Ich hoffe, Sie hatten Freude an Jeds und Josies Geschichte. Mir hat das Schreiben viel Spaß gemacht, vor allem, weil ich Ihnen mehr aus dem letzten Jahrzehnt der Familie Beckley zeigen konnte. Hoffentlich sind sie Ihnen auch so ans Herz gewachsen wie mir. Ich freue mich schon darauf, mit Ihnen die nächsten Happy Ends der Whiskey-Familie zu erleben.

In meinem Fanclub plaudern wir oft über unsere Buch-Boyfriends. Wenn Sie noch nicht dabei sind, sind Sie herzlich eingeladen!
www.Facebook.com/groups/MelissaFosterFans

Wenn Sie meine Facebook-Autorenseite abonnieren, bleiben Sie in Bezug auf Ihre Lieblingshelden immer auf dem Laufenden. Zudem erfahren Sie alles über Neuerscheinungen, besondere Angebote und Events.
www.Facebook.com/MelissaFosterAuthor

Wenn Sie sich für den Familienstammbaum, Erscheinungs-termine, Serienübersichten und Ähnliches interessieren, sollten Sie unbedingt meine »Reader Goodies«-Seite (teils auf Deutsch, aber meist in englischer Sprache) besuchen!
www.MelissaFoster.com/Reader-Goodies

Wie immer gilt mein Dank auch meinem wunderbaren Team aus Lektorinnen und Korrektorinnen: Kristen Weber, Penina

Lopez, Elaini Caruso, Juliette Hill, Marlene Engel, Lynn Mullan und Justinn Harrison, genauso wie meinem deutschen Team: Anna Wichmann, Cathérine Fischer, Stephanie Schottenhamel und Judith Zimmer. Und natürlich werde ich meinem Herzallerliebsten Les und dem Rest meiner Familie, die mit mir über meine fiktive Welt reden, als wäre sie real, auf ewig dankbar sein.

Im Zweifel Liebe
Bei Rückkehr Liebe
Trotz allem Liebe
Bei Aufprall Liebe

Die Bradens (Peaceful Harbor)

Geheilte Herzen
Voller Einsatz für die Liebe
Liebe gegen den Strom
Vereinte Herzen
Melodie der Liebe
Sieg für die Liebe
Endlich Liebe – ein Braden-Flirt

Die Remingtons

Spiel der Herzen
Im Dschungel der Liebe
Herzen in Flammen
Herzen im Schnee
Liebe zwischen den Zeilen
Von der Liebe berührt

Die Bradens & Montgomerys (Pleasant Hill – Oak Falls)

Von der Liebe umarmt
Alles für die Liebe
Pfade der Liebe
Wilde Herzen
Schenk mir dein Herz

Der Liebe auf der Spur
Verrückt nach Liebe
Ein Sommer voller Liebe
Unzähmbare Herzen
Ein Winter voller Liebe

…

Die Whiskeys: Dark Knights aus Peaceful Harbor

Tru Blue – Im Herzen stark
Truly, Madly, Whiskey – Für immer und ganz
Driving Whiskey Wild – Herz über Kopf
Wicked Whiskey Love – Ganz und gar Liebe
Mad About Moon – Verrückt nach dir
Taming My Whiskey – Im Herzen wild
The Gritty Truth – Kein Blick zurück
In For A Penny – Süßes Glück

…

Seaside Summers

Träume in Seaside
Herzen in Seaside
Hoffnung in Seaside
Geheimnisse in Seaside

…

Entdecken Sie Melissa Fosters Bücher auch auf:
www.MelissaFoster.com/Herzen-im-Aufbruch

9 781948 868211